U0165741

追蹤躡跡：
明清小說的文化闡釋

五南圖書出版公司 印行

高桂惠————著

英文簡介　viii

緒　論　001

第一章　015
孤臣殘史與詩禮中國：
《水滸後傳》的歷史通感與家國想像

一、前言　018

二、孤臣殘史　022

三、暹羅國／詩禮中國
　　——海外乾坤的烏托邦意象　037

四、水滸餘黨的「征東」　052

五、餘論　053

目　錄

第二章 055
從蓼兒窪到軒轅井：
《後水滸傳》的「妖魔」書寫與「國魂」重構

一、前言 058

二、托生與孿生子型文化英雄及其派生意義：
綽號、神話、妖魔及罡煞 060

三、聖地幻化：水滸的消失與軒轅井的意象 080

四、世變淪胥，晦跡冥遁：
近代俠從「社」到「群」的組織困境與悲劇意識──代結語
088

第三章 091
「攘夷」還是「尊王」？
「皇化」文本《蕩寇志》的理想秩序

一、前言 094

二、如何進入《蕩寇志》？
──從《英雄譜》的合刻與《水滸傳》的腰斬談起 096

三、「官逼民反」：「官」與「民」關係的再檢視 102

四、「忠義觀」的辯證想像──「招安」的「真正法門」？ 106

五、加冕的關鍵點：雲天彪的關公形象 112

六、官民相得？──意識形態和民間理念之間的關係 116

七、「虛假意識」與「有限空間」的言說──宗法父權下的女性主
體 119

八、「殘形」閱讀下的「完形」心理 125

九、結語 128

第四章 133
重讀《水滸》：
在水滸精神與意識形態之間

第五章　141
解碼遊戲：
《後西遊記》的裝僧與扮儒

一、前言　144
二、「裝僧」──扮演的揭露美學　144
三、儒林的漫畫化──儒釋差異的固定與拆解　147
四、「無解」──「實錄化」的文體選擇　151
五、「天花」與「才子」──代結語　155
附錄：《後西遊記》的魔難與結構　157

第六章　185
情欲之夢：
《西遊補》的空間與細節的意涵

一、前言　188
二、由「齊天」、「鬧天」到「補天」與「求放心」　190
三、心與魔的關係　199
四、魔境的設計　209
五、情欲之夢──心學、救亡、贖罪的歷史反思　216
六、結語──霹靂弦開天地變，梵語唐言穿一線　219

第七章　221
魔法無法：
《續西遊記》的魔境重遊

一、前言　224
二、「遊」的文化母題（motif）及取經系統的發展　225
三、《西遊記》的仙界、魔境與人間　230
四、《續西遊記》的魔境　237
五、餘論　259
附錄：《續西遊記》名色表格　263

第八章 277

類型錯誤／理念先行？

由明末《西遊記》三本續書的「神魔」談起

一、前言 279

二、《西遊記》及其續書群中神魔世界的演義 280

三、情節、名色、證道操作下的神魔內涵 282

四、神話何爲？——「理念先行／類型意識」轉化下的書寫 287

五、一種理解方式的反思——代結語 290

第九章 293

情欲變色：

論丁耀亢《續金瓶梅》的德色問題

一、《續金瓶梅》的續書背景 295

二、「德／色」的開展：財貨與淫欲 298

三、貞勝？畸勝？——人性張力與因果報應 314

四、「主悟／主修」與「重情／重理」的調和與轉向 318

五、「妖書／善書」與「藏書／禁書」？ 327

六、結語——知我者，其惟《春秋》乎！ 331

第十章 333

未竟之事

——《紅樓夢》續書群的赤子情懷與場式效應

一、未完成：殘缺美學的變形 336

二、一種選擇：自我、組織、群集、完形 337

三、中國文學的「赤子之情」 342

四、補恨天宮——逆子（女）的妥協 345

五、結語 356

第十一章 359

廣場狂歡：
明清小説中英雄與神魔譜系之大眾化闡釋

一、戰爭、身體、家國：有關「英雄譜」幾個問題的提出 362
二、英雄譜：一種文化選擇 368
三、身體的想像與消費：怪誕的、變身的意涵 371
四、加冕與脱冕：逾越、食色受阻及複調 380
五、如何理解中國式的「大眾性」？——代結語 392

第十二章 397

《聊齋志異》、《閱微草堂筆記》續書中「擬唐」與「擬晉」的承衍

一、前言 399
二、《聊齋志異》與《閱微草堂筆記》的「擬唐」與「擬晉」 401
三、「擬晉」視角——以「醫案」型故事的知識衍化為例 406
四、打造論壇——以《醒夢駢言》與《聊齋志異》的對話為例 417
五、《聊齋》、《閱微》續衍中審美意趣與書寫性質之搏化
　　——代結語 422

結　論 425
徵引書目 431
後　記 451

Tracking Trails:
The Group of Sequels of Chinese Novels and Its Cultural
Interpretation

Introduction

The primary subject in this book focuses on the explanation on the "group of sequels" to Chinese canonical novels. The first three compilations in the book concentrate on the sequels to canonical novels during the period of late Ming dynasty and early Qing dynasty. Sequels of this period represent as profuse discourse of social changes, and their description of the cultural, political and ideological codes that quite obviously reveal a diverse outlook of heterogeneity. The last two compilations in this book are summary and the discussion of the modernized sequels, with an attempt to analyze the "field effect" and "symbiosis effect" of the group of sequels.

The topic "Tracking Trails" highlights the perspective that canonical novels, as a kind of "antecedent rehearsal" of culture, in a sense, represent only as a spot breakthrough. Unlike canonical novels, with their power of flashback that can buffer the cultural shock, sequels appear to be able to generate the acts of counterbalance, and to alleviate destructive power as far as the cultural inertia and stability are concerned. From this perspective, sequels possess a positive aspect that encouraging a dialogue. However, they are also possess the characteristics of non-creativity, frequently being interpreted not only as a force of obstruction, staleness, and conformity toward the mainstream culture, but also as a shortcoming that can diminish the charisma of a cultural vanguard. Nevertheless, sequels bring prominence to primordial genes of popular culture, due to the fact that sometimes they represent the upsurge effect, in which some active elements of "paranoia" are intertwined. Sequels in Chinese

literature are generally titled with words of "supplementary",
"sequent", "completed", "ended", "succeeding", and "against" etc.,
which display a fragmentary writing phenomenon. Such a writing
phenomenon, on one hand, reveals the multifarious collection and
absorption of both new and old elements in sequels; on the other hand,
they are also manifested the phenomena of parasitism and symbiosis
through the integration of the literary consciousness and the periphery
of canonical novels. The arrangement of such an abundant breath of
styles contained in sequels, which might be derived from author's
particular choices or from some occasional encounters, is actually a
supplementary process of history. When the conglomeration of this
diverse writing is applied to the "totality" linked of the historical
system, the fun part of sequels emerged.

緒　論

可不可以有新的觀點來閱讀與理解？

可不可以有更多的資料供我們辨識時代的風貌，連繫歷史的發展？

對於「續書」的切入，從一開始，我就不斷的提出上述問題來作為小說研究的思辨。當然，無可避免的，總是有人不斷的懷疑這只是自己在製造價值的想當然耳；也有人覺得這是對經典的褻瀆、對「偉大」問題的迴避。就像有些學者面對諸如張愛玲那種早期被認定為鴛鴦蝴蝶派的「不入流」小說，當它們成為一種文學時尚甚至文化現象時，發覺可以「時代的總量」來貞定其價值，無形中吻合當代「通俗化」、「大眾化」的視角，但是這種解釋還是無可避免的以「價值論」為前提，在大量、快速的文化生產機制下，「質」的生產如何呈現呢？「量」又如何化為「質」，並進而形成歷史的脈動？

認為「續書」是「狗尾續貂」已是1715年的見解[1]，孔尚任為《在園雜志》作序時說，劉廷璣此書兼具「明、道、智、義」四個「良史」的條件，並點出作者是以作史之筆即作詩之筆來行文論事

---

[1] 劉廷璣《在園雜志》自序中註明時間乃康熙乙未（1715年）春初，臺北：藝文印書館，1971年，頁6。

的。[2] 我們如果細讀劉廷璣對「續書」以及對待大批野史、浪史、快史、媚史的態度，了解這一說法大部分是站在「官方知識」的角度來批評的[3]，大概對其「禁毀」、「教化」的官方角度會稍加保留。

當然，不能因為轉移「官方角度」就能去除「狗尾續貂」與「畫蛇添足」的負面評價，評價固然是為學研究，追求知識主要目的之一，但是對於知識圖譜的全面理解，更是使我們不致於偏頗的要件。本書基於這樣一種知識關懷，對於以往小說研究所致力發展的「考論」，就「考」的部分學者們對小說流傳、版本等上游問題做出貢獻；「論」的部分在主題學、敘事學、美學等方面累積成果，但是當小說的接受者以「讀者／作者」雙重身分進入文本時，又是一種怎樣的文化景觀？為什麼小說研究者以及小說史視這群接受者為一種僭越、藐視他們的「創造性閱讀」（雖然不一定有積極意義的創新）？

從積累性質的章回小說到晚清的各種類型的、新舊雜呈的「新」小說，中間有一大段前近代性，或說是原始現代性的書寫仍待挖掘，它們的「通俗化」、「大眾化」是否有助於我們理解中國

---

[2] 同上註，頁3-4。

[3] 如論「續書」部分，結語說：「演義小說之別名，非出正道，自當凜遵諭旨，永行禁絕。」（同註❶，頁148）；而後者，對「野史、浪史、快史、媚史」等作品，秉持「康熙五十三年禮臣欽奉上諭……小說淫詞，荒唐鄙俚，瀆亂正理，不但誘惑愚民，即縉紳子弟，未免游目而蠱心焉，敗俗傷風所繫非細，應即通行嚴禁等諭。九卿議奏，通行直省各官，現在嚴查禁止。大哉王言煌煌，綸綍臣下，自當實力奉行，不獨矯枉一時，洵可垂訓萬禩焉。」（同註❶，頁106）

啓蒙的歷史圖景？當現代化的視野從政治領航的角度轉向社會文化經濟等視野，這一群大部分默默無聞的作家群是否也坐實了部分原始現代化的內容，就像魯迅坐實了晚清到民初那一段現代化的歷史圖像一樣？我不是說這些作家像魯迅一樣偉大，乃是指著他們擴大一個文學場域的回溯或看似停滯的現象而言。

　　本書基本上是鎖定四大小說之續書爲主的考察，既有「續書群」的集體比較，也由一部部續書的分析討論累積而成。所收錄的篇章基本上是本人多年來先後發表的多篇論文，每一篇都經過修訂與整理，又增補若干篇幅，在經典原著的「故事盒」裡去考察續書的單點現象與群聚效應。由於續衍現象在中國小說領域中一直是個很難分割清楚及定義完整的問題，本論文以「box」的方式予以聚攏，在若干「故事盒」中有一些重複的現象，主要是爲了服務於不同切入點的問題予以闡釋所致。爲了解釋的效力，前三個群落主要作品集中在明末清初的經典小說之續書爲主，作爲世變的一種豐富言說，其文化編碼與政治及各種意識形態編碼更顯出差異性的豐富景觀；最後一個群落逐漸轉向綜合論述與時代開展的企圖。本書所謂「**追蹤躡跡**」主要有以下幾個思考：

　　（一）殘留、繁殖、變體：續書多帶有一種理論、批評的書寫意味，而這種理論與批評不僅僅是「文學的批評」，更多時候是「生活的批評」、「社會的批評」或是「文化的批評」，因此其類型意識呈現更多的混錯與模糊。魯迅編寫小說史所分的大類，若就續書操作的具體考察，其交叉、互滲是無法吻合他的處理。續書群的類型性質——哲學類型（《西遊記》）、政治類型（《水滸

傳》）、社會類型（《紅樓夢》）、人性道德類（《金瓶梅》）、歷史類型（說唐系列），其追蹤的狀態是依附類型產生辨識功能，以達到另一種類型意識為前導的另類言說，抑或挑戰類型，模糊界線，以形塑知識圖譜的混錯，借此說彼，以邊緣文學立言作為立身的另一種表態？續書群的邊緣書寫，在寄生式的發言狀態下，如何參與整體文化的共生？以「共名」（羅蘭・巴特）的書寫策略，向母體文化投誠，卻又弔詭的予以消解其經典性、神聖性以及宰制力量。「續書研究」類似明清的女性文學發聲狀態，是一種邊緣文人「去邊緣化」的另類發聲，所謂邊緣的邊緣，其雙重邊緣性格，在邊緣閱讀中的意義，是否也展示了某種「新經典」形成中的拉鋸力量？它們所開發的小戰場，在進行文化「微調」時，藉由小人物的翻身、二世（轉世）、廣場文化（天堂、地獄、夢境、女兒國、水滸、他鄉異域等等）的另類演出、時空層疊交錯（新舊時代人物），其荒誕性格（西遊補、續西遊、後西遊等）或過度嚴肅（補紅樓、完結篇、結水滸等），無不展演文化的各種張力場，在脈絡化和去脈絡之間，呈現各種競技情形。

　　清代劉廷璣對續書的評價很低，他說續書往往是「狗尾續貂」、「畫蛇添足」，基本上是從藝術、文學的角度評價，不是文化、社會、歷史的理解結果，這在當時的確代表了一種見解，但也似乎沒有影響續書的繼續蔓延發展。然而，面對原著與續書的不對等的主體關係，其「主體間性」如何理解？差異本身帶來秩序等級，差異結構的形成是否可以為我們建構續書理論（這點由許多續書的序跋可以予以探討，如：陳忱的序、董說的答客問等），從而探討社會觀點、道德觀點、哲學觀點等等之下的小說理論？

（二）**重讀、誤讀、細讀**：如上所述，所謂「蹤跡」亦即斷裂感、碎片性（不完整性）、模糊性。「蹤跡」的表述是經過變形、刻意的回溯，意在言外的一種書寫狀態，以製造文化現場的「在場」。如果說續書是以經典小說的元素作爲操作策略，對經典的誤讀又是經常出現的一種刻意行爲，當經典成爲一種交際單位，其錯置的場域就形成意義的另一種重要來源，經由錯誤的人或錯誤的訊息來達到消解經典的目的，這消解過程也大大的提供解決創作來源枯竭的問題，以及達到刻意模仿的戲謔感。

此外，「續書」使「細讀」成爲一種閱讀的重要形式，「細讀」之所以成爲可能，乃因續書作者在尋找「文本縫隙」有其獨到之處：如金聖歎在評容本二十二回九天玄女贈給他偈子（法旨）說道：「只因此等語，遂爲後人續貂之地。殊不知此等悉是宋江權術，不是一部提綱也。」對此，張錦池對金氏之批語卻有不同看法，他說：「該書（《水滸傳》）又不是宋江的自傳，怎麼施耐庵筆端的九天玄女的『法旨』，成了宋江玩弄的『權術』，而且『悉是』！所以倒令人從這條批語的反面看出九天玄女的這一『法旨』和『偈子』的確是《水滸傳》『一部提綱』。」[4]「後人續貂之地」是往大處著手的，這種「提綱式」的切入法，不同於綴補式的完足之思，有著更強烈的對話企圖，甚至帶著顛覆的意味，《水滸傳》續書的性格由此可見。

續書有時從文本出發，有時從作家出發，或者從讀者出發，形塑出文化生產的諸多課題，因此，**尋找出發點**，也是一項有意味的

---

[4] 張錦池著《西遊記考論》，哈爾濱：黑龍江教育出版社，1997年，頁456。

小說課題。如：《蕩寇志》經由細讀以後，我們才發現它作爲《水滸傳》的續書，與其說是接續金聖歎「獨惡宋江」的精神，不如**聚焦到他對時代新貌的重點想法**，亦即：由〈三打祝家莊〉一回所引發的「以尊王取代攘夷」、「用家恨置換國仇」、「將官民相得用來轉化官逼民反」、「借三國忠臣滌蕩水滸義士」等多重意象，可以說：《蕩寇志》由單點出發，是「祝家莊」一役的深刻回應。所以討論「續書現象」不能只是以一種連續性、先在性、高低等概念來評價原著與續書的等級秩序，反而應當留心其中展示的「差異」。續書往往反過來指證「原著」是什麼？也提出對原著典律化過程中的質疑，其性質充滿了對話性，而在對話中也指出意義的多元性與含混性。

開啓對話，意味著啓動「類比想像」（analogical imagination）[5]，「類比想像」提醒對話者：差異性一旦被解釋成「不同的」和「另外的」，那麼對話的進行，便總存在著互相轉變，彼此指稱的開放性與可能性。「類比想像」亦即願意進入對話，願意進入交流的場域，交流時或者改變不那麼澈底，但總是存在著許多不同的選擇和取向。差異有時被化約爲不同的變體，而在變體中又繁殖新差異，這就是續書研究可以用「續書群」的視野進行的原因。

從這個角度來思考續書的問題，可以發掘出續書實際上在重構原著的同時，往往開發了另類論述，如：對歷史事件的啓動，有些演義不斷強調其「按鑒」演義；有些則不以信史自居，迴避了歌頌

---

[5] 特雷西著，馮川譯《詮釋學、宗教、希望──多元性與含混性》，香港：漢語基督教文化研究所出版，1995年，頁157-159。

歷史人物事件的理性思維定勢，選擇以某人、某家、某幫或者某個新朝代的小集團從事大規模戰爭，或一連串的征戰。而在大規模曲折的軍事活動前提下卻以個人、家庭、兄弟之間以及人物的活動爲主，夏志清稱之爲「軍事演義」小說。[6]後一類小說充斥著因果報應、個人恩怨、傳奇性格，這類「奇書」性質的異質性建立在多面向的解域：空間的解域——戰場廣場化，鬥陣、鬥智、鬥力無奇不有；身體的解域——將武藝與婚配以快節奏推進配合，演繹出另一種才子佳人的想像；時間的解域——藉由輪迴再世、代際交替，生生死死、死死生生消解未竟之事；意義的延異——如西遊續書直以證道發落演義知識圖譜，將知識具象化爲大王、小兒、婆婆等非英雄化的人物形象，又以另類「妖魔」展演，使得西遊續書具有禪宗公案性質與童話性質的戲謔色彩，形成知識的非主流學案面貌，情節與衝突退居小說幕後，重點在對話的「道學氣」之前，是一種童稚聲音的演出，其實是當時理觀再造的某種時代造象。

　　（三）就小說發生學與形態學考察：經典小說作爲文化的「超前預演」，是點狀的突破；而續書作爲緩衝的回溯力量，在文化的慣性與穩定性之當下，對前進的破壞力量展開抵消與沉澱的工作，就這一點而言，續書是有一種對話性質的積極意義。而且由續書中就小說人物的世代交替、復活以及「舊事重演」等種種機制來看，這一些著作群想表達的是理想與現實之間的融合可能，「突顯」本身就是它的價值，它們不提供眞知灼見。另一方面，在雙重弱勢

---

[6] 夏志清〈軍事演義——中國小說的一種類型〉，《成都大學學報》，1990年第4期。

（續書的影響焦慮、邊緣人——創作者與接受者大多為下層）的言說中，卻弔詭的扮演意識形態的發言人，雖然宰制權往往是他者所有，但是其「權且利用」的重複訊息，使得意識形態因為訊息宿與訊息量的變化而產生質變。續書在積極的對應經典著作表現為：補、續、完、結、後、抗等形式之外，也表現為無創造性的特質，它們往往被解讀為阻力、慣性、對母體文化的投誠、對先鋒力量的消減（經常是沒有接管控制權）。人們在消費的心態下不斷把玩某些熟悉的形式、元素；進入公共化了的熟悉情境，以達到休閒的目的，來作為常態生活的一種模式，作為「我們的」共同經驗。

續書有時代表著熱潮效應：誠如魯迅曾經說過像《金瓶梅》這一類的風月小說：「專在性交，有若狂疾。」《說岳》與《說唐》之類的群書效應，也是「專在調情」（樊梨花與薛仁貴的「三請三救」以及許多「叫陣」中的男女調情，乃至於「迷姦」等事件）、「專在遊戲」（過關、擺陣、技擊、演藝）。這一類書寫熱潮往往熱衷於一些帶有「偏執狂」的行動素，這些狂疾之「狂」意味著過度性、耗散性，當它們在展演與消費的行動中時，重在「強度」與「廣度」，而不是「深度」。續書以「補」、「遺」等字眼命名，是一種碎片似的撿拾，因此其創作方法就特別離經叛道（不是思想的離經叛道），一方面表現為對新奇事物的收納[7]；一方面又無視

---

[7] 如：清‧褚人獲《隋唐演義序》說：「（隋唐演義）其間闕略者補之，零星者刪之，更採當時奇趣雅韻之事點染之，匯成一集，頗改舊觀。」《歷代小說序跋選注》，臺北：文鏡文化事業有限公司，1984年6月，頁204。

於小說文類的內在制約性，大量融入各種文類。**❽**

　　（四）就「續書」的創作觀而言：續書作者將民間廣爲流傳的熱門話題視爲「公共財」，以編纂和注疏的方式進行「創作」，這種創作方式不強調「原創」或「創新」，與後代經典化過程中強調的價值差距頗大，作爲話語交際單位的諸多情節，是非常開放式的，其意義的多（歧）義性是續書生命的發源處，而著作權壟斷式的思考無法貼近當時的文化生產線。我們從參與刊刻的諸多序跋中可以發現它們的創作觀，也有很多知人論世的「別是一家之言」的另類觀，亦即：小說創作不同於詩文的菁英論述和書寫策略。菁英論述往往視經典小說爲另一種形式的教科書（梁啓超以之新民），是相對穩定的；而續書及類型化小說具有類似於「新聞、雜誌」性質，往往以流動、不穩定爲訊息傳播狀態，它們在短時間大量散播訊息，其「能指」卻相當稀薄。

　　續書多有一種全景式的略寫，或者是夾帶非文學性質的「注文」（《續金瓶梅》爲《太上感應篇》之注、《西遊補》之前一篇〈答問〉），一方面隨著訊息的普及化、正文與寄生文字界線、主次不明；一方面文藝精緻的面向被時間壓縮和大量需求所改變，在純文學的續書創作群中，語言體裁在澄汰的過程中，作爲描繪抒情語境的贊賦及純文學特質被議論及思辨的敘述語境所取代，語境的轉變是觀察續書的另一個重點。

---

❽ 如：佚名《讀西遊補雜記》說：「（西遊補）帙不盈寸，而詩、歌、文、辭、時文、尺牘、平話、盲詞、佛偈、戲曲無不具體，亦可謂能文者矣。」《歷代小說序跋選注》，臺北：文鏡文化事業有限公司，1984年6月，頁327。

（五）**排斥小說、利用小說與禁毀小說：** 歷代序跋中的刊刻廣告詞語，是否可以描繪出歷代小說觀念？由於早期排斥小說的關係，小說生產不斷在經史正典中尋求適當的文化位置，如「佐經史」、「羽翼經史」並與遊戲性質，如「佐笑談」、「祛長夏」等共同形成消極功能；一方面小說又發揮「勸懲論」的面向，以「醒世」、「新民」、「閒評」、「高議」等積極功能與時代需求合拍。但是由於其另類言說的「民間輿論」性質，也使得小說一再碰觸界線，面臨禁毀的命運。在這種問世的處境中，續書在意義的播撒過程，與文化宰制權形成另一層次的「差異」，小說既有躲避審查的特質，又有利用與反利用的複雜關係。如：丁耀亢的《續金瓶梅》創作時期與「奉詔」創作《蚺蛇膽》（又名《表忠記》）差不多同時，但二者同樣都不為當局接受，前者更遭禁毀、丁耀亢也因《續金瓶梅》入獄百餘日；俞萬春的《蕩寇志》成為咸豐年間以小版本大量刊刻的政治宣導小說，小說的處境與作者／讀者的主客觀願望就顯得十分複雜。

（六）**在「典藏／夾藏」與「拓荒／拾荒」之間：** 續書作者的文化身分不易考掘，大多數小說作家以山人、閒人、主人、居士等自稱，就歷史的眼光來說，他們建構歷史既有班雅明所說的歷史「收藏家」的典範況味，然而似乎更傾向歷史的「拾荒者」，從事著「續（貂）」與「添（足）」的工作，這些續書作者畢竟注意到了歷史的「殘留」部分，亦即小說屢屢標明的「亂世忠義」。就匿名言說而言，續書作者的匿名性質可以有多重的觀察：一是背負著多重文化身分的遊走，他們多是發生在社會解體的狀況之下的言說，諸如：亡國──遺民意識；經濟生產方式大變革──遊民意

識；主流知識的轉移——異端思想、寒儒意識等等。

又或者在盛世的想像裡處於邊緣的發聲，如：對女人、小孩的關注，不是將妓女文人化，或才女文人化，就是將婦女、兒童「武裝化」，使其離開家庭，戰績彪炳於沙場並光耀門楣，成為「男／成人化」的另類典範。既邊緣又弱勢的這一群主角在現實世界中仍然是沒有聲音的一群，因為她（他）們發揮能力的場域充斥著神魔、天命、劫運等虛構性質的非理性因素，也就是說，在現實的理性世界裡，這是不存在的，它們只存在小說所建構的「虛擬世界」之中。小說所建構的秩序，是一種幻想的秩序，其江湖與江山的邏輯界線不明，所有的收編整飭、效忠從屬關係不能以一般的普世價值予以評量。

（七）續書群的「場域效應」與「共生效應」：才子世界的學科訓練與生存之道使得稗官野史與制義新編、證道、啓蒙、教化、娛樂等目的之間存在著一種非常微妙的「場域效應」與「共生效應」。如：張書紳《新說西遊記》第三回評說：「掄元奪魁，必有一番奇妙，方可以出類超群。若奇書不使之見，則心田無糞，中不免混俗和光。」將《西遊記》與「掄元奪魁」並提，並以全套八股文法解說《西遊記》，稱「一部《西遊記》可當作時文讀」，「似一部鄉會制藝文字」，「是一部聖經《大學》文字」。這種見解除了直指小說具有科場文字的某些特性，也點出「場外之文」與「小說家言」之間的互滲關係及場域效應。在八股文題庫中頗不乏《四書》的聖賢正面立論，八股文的題型除了代言題，也有記事題、截搭題等遊戲、借題發揮的空間，小說作為一種代言體，其斷章取義，瞬間捏合的笑謔詼諧，與民間出版的八股文專集，集豔典麗

句、集奇聞趣事或直接以俗語爲題習作相似。

明清時期雖然有人反對以小說家言入八股文，但是「齊天大聖」的名號曾被引爲「大哉堯之爲君」考題的破題中，可見其時的潮流。明代季跪編纂《西遊續記》，原是一本純粹的八股小品文集，然而季跪卻因而被誤傳爲《續西遊記》的作者。同樣的，在《西遊記》的作者問題尚未解決之前，道教全眞七子之一的長春眞人丘處機是此書作者的傳聞，也導因於這種「證道書」式的理解方式。這種先入爲主的假設，主要是汪象旭將《西遊記》改稱《西遊證道書》，並在〈序〉中批評一般讀者將此書作爲一般小說閱讀「乃俗儒不察，或等之《齊諧》稗乘之流，井蛙夏蟲，何足深論！」當這種思考模式在讀者群中發酵，不僅影響閱讀，那些不願當「俗儒」的文人，也就創作出一系列具有「語道」、「丹道」的續仿作品。小說在文人的文化身分遊走之際，形成文化知識編碼的群聚效應，使得續書現象的文化闡釋成爲一件有趣而又有意義的工作。

在未署名的《續兒女英雄傳》中，作者說明自己創作的原因是：「先有續書甚俗，應書肆之請而作此。」從「甚俗」的籠統印象，並以修正此缺失而發的創作動機來看，續書現象其實在小說發展史中不僅碰觸到創作的動力，也關係著影響的方式。從「作者／讀者」的雙重身分審視，續書作家群是行動派的批評理論家，不管就小說文類的邊界問題進行混類嘗試；或是在小說內部以及結局尋求修正主題、置入新知理念，他們的文學行動擴充了文學場域。

我們當代在小說接受的普遍價值觀中，以「幾大」小說來鞏固小說的「高峰」，作爲時代精神家園的堡壘；或者以「先鋒」來創

造另一種形式主義或技術主義的榮譽，以作爲時代精神的新指標。但是在這個榮譽被標舉的過程中，也可能會演變成另一種「意識形態」，一種趨之若鶩的時尚，一種遮蔽。

　　續書現象擺在「高峰／先鋒」的思維之下觀察，看來仍只是時尚與遮蔽的面貌而已。然而我們若以「蹤跡」（trace）的視野予以分梳衍異的過程，所有的「描跡元素」（tracer element），與續書群所標舉的經典原著，形成一個更大的文本集合。誠如張旭東指出：德里達（Jacques Derrida）像結構主義一樣將人類一切文化活動和行爲系統視爲一個「大語言」一樣，也把整個文本世界視爲一個差異系統、一個蹤跡的遊戲場，每一次的閱讀都製造出一種「起源」或「在場」的幻影，這個幻影本身是一種移動的、不穩定的主體的標記，所以「元素」的差異性不僅可以推及「文本」（context），還可以進一步將文本的差異推及更大的文本的集合。[9]我們在中國小說續書群的研究上，作爲一種「大語言」、「大文本」的集體現象，反過來可以指出：一個文本具有多大的力量和價值，要看它在多大程度上可以消解包裹在自己身上的意識形態之期待。當後人爲一個作家貼上「高峰／先鋒」的經典標籤時，我們也可能恰恰忽略和輕慢了這位作家的初衷，從而只在乎「我們的」期待，甚至我們完成的也可能是對這位作家的誤讀。

　　如前所言，續書作爲經典小說點狀突破緩衝的回溯力量，是阻力、慣性、對先鋒力量的消減，但又是纏裹著「偏執狂」的行動

---

[9] 張旭東《幻想的秩序──批評理論與當代中國文學話語》，香港：牛津大學出版社，1997年，頁108-109。

素，卻也因而突顯出通俗文學的原始基因，「消滅」與「偏執」在精神家園中是一種特殊的創發，續書弔詭的展演出「天才／庸才」的雙重奏，而且續書以補、續、完、結、後、抗等字眼命名，那又是一種精神「廢墟」，是一種碎片似的撿拾之書寫現象。因此，續書群對新舊事物的龐雜收納以及融入各類文體的「雜文化」現象，支配這一大堆東西的秩序，既出於選擇，也源自偶遇，這是一種歷史的增補過程，當這些文字的聚合體投入「總體化」的歷史系鏈之中，見證文學行動的「遊戲」便出現了，這種行動將蟻聚而至，無限擴充，正如今日的全民寫作、故事接龍、互動式文本……。

第一章

孤臣殘史與詩禮中國

《水滸後傳》的歷史通感與家國想像

摘　要

　　本章針對以往《水滸後傳》的研究所指出的海外乾坤乃是「舊朝遺民的復興基地」以及所謂「對梁山好漢受招安後的處境做了合情合理的分析」之見解提出不同的考察與詮釋。指出《水滸後傳》對水滸精神的時代「處境」與「立足境」的回應，是通過餘黨的再聚義，對「官逼」與「民反」的問題予以切割，使問題的重點由淪落草莽之原因的追問，轉變爲一種看來更爲龐雜的隱喻予以概括。水滸餘黨集體命運是由「官本位」意識的再省思爲出發點，所以「不願爲官」的重現江湖之理由，有一種「不遇」的「孤臣」心理，特別強調「去職」是與主流社會再次疏離的孤獨心理，這種心理表面上看來正如以往水滸研究最常提及的「農民起義」之理解，重在對政治主流的「大陸中國」作出回應與解釋；但是我們在文章之中發掘各個小聚義和大聚義的團體對財物的描寫，顯然沒有「飢寒之色」，這群梁山餘黨的性質似乎比較接近「剽悍之盜」。所以其自我疏離除了「不願爲官」的「官本位」意識之反撥，更有一種針對大陸體系結構鬆弛或軟弱時而有的「巢外風氣」，它的針對性又轉向「海洋中國」的思維，是一種「殘民」在經濟上與精神上的另謀出路。

　　因此《水滸後傳》對水滸精神的時代「處境」與「立足境」的回應，事實上散發出巢外的飆發力量之調節性與積極性，這種側重向外擴充的影響力，對傳統中國啓動其詩文禮儀等元素並進行援用與改造，導致「朝廷」的「天下」化，使得殖民思想得以在祖國

與新天地中進行連繫與融合，並從事「孤臣／殘民」的自我定位。作為「孤臣／殘民」的「殘史」，夾纏著儒俠道的調和與摶化，明末陳忱在遺民詩文中萃取「丹霞」等文化座標，並以「征東」的假象在海外乾坤置入「中國材質」，將歷史材料化為回憶材料，在歷史通感與家國想像的過去、現在、未來之時間軸中穿梭，試圖打造「完整的」精神歲月與精神家園，這是作者企圖以「海洋中國」的積極思維將中國概念涵蓋到大陸以外的地區，水滸餘黨由傳統的土寇轉變為海寇，並夾帶著文化因子。陳忱面對亡國的創痛與焦慮，其去除焦慮與解決痛苦的方法，乃擴大中國概念，並以文化中國為自我定位的依據。

關鍵詞：遺民意識、詩禮中國、孤臣殘史、巢外風氣、官本位

一、前言

　　《水滸後傳》的研究者常常被它的詩性般的感傷情懷所吸引，注意到這部續書的寫作動機及其詮釋，進而點出此書所建構的草莽英雄傳奇的歷史處境，並給出文本重構的意義，其中「反清復明」成為一個對此書解讀的重要共識。[1]明代陳忱創作《水滸後傳》的

---

[1] 如：駱水玉〈《水滸後傳》──舊明遺民陳忱的海外乾坤〉一文，分析「香火」在情節脈絡中的不同意義，由《水滸全傳》的120回起，至《水滸後傳》第1回中阮小七舊地重遊的蕭瑟，後來水滸諸人重新嘯聚登雲山，三名後輩瞻仰水滸舊人的神像（28回），延續了香火，然在14回、24回、38回中，出現「煙消灰滅」之嘆，中原已殘破，只得向外找尋良辰好景。其後就提出《水滸後傳》的四個美夢，夢的涵義多表現對暹羅的嚮往。作者以進行曲的不同節奏來比喻、分析水滸英雄在暹羅諸般作為的意義，並以雁宕山樵對《水滸後傳》的評點文字流露出的遺民意識及自我寫照，而後以鄭成功的海外事業與《水滸後傳》塑造出的暹羅做對照、探討。《漢學研究》第19卷第1期，2001年6月，頁219-247。姑且不論駱水玉對《水滸後傳》的歷史式解讀與政治解讀是否合理，在這篇論文中對「遺民」追問「舊境」與「立足境」之關係的提法倒是值得注意。對於水滸故事的敘事重構，《水滸後傳》的寫作方式的確緊緊抓住「處境」這一問題而發，劉海燕也指出這一點，她說：「《水滸後傳》根據《水滸傳》關於李俊『乘駕出海』、『投化外國』、『後來為暹羅國之主』的敘述演化而來；作者對梁山好漢受招安後的處境做了合情合理的分析。」詳參劉海燕〈《水滸傳》續書的敘事重構和接受批評〉，《明清小說研究》，2001年第4期，頁214-215。趙淑美《水滸後傳研究》指出陳忱目睹鄭芝龍為一己之私利，與洪承疇互相勾結，導致唐王在汀州為清軍所害，由於南明王朝的唐魯二王政權相繼傾覆，而東南沿海人民和愛國士大夫、將領、官吏在艱困的環境下堅持抗清，陳忱《水滸後傳》乃在讚揚草野忠貞之

「海外事業」對傳統中國人來說是一個既近又遠的夢想與歷史現實的混合體：它可以追溯到魏晉時期陶淵明以來的隱逸傳統；也可以放在明清時期的「地理大發現」的全球經濟之環節下，海外貿易的邊防經驗之新興「盜匪」形態的亂世思考，在秩序與反（無）秩序之間，「水滸」是一片寬廣的言說天地。尤其是後者，我們從許多明清文獻中有關御倭戰爭引起的海禁與反海禁的爭議[2]，以及明代中期以後的「倭寇概念」的演變[3]，再加上明朝建立以後一方面實

士，並鼓舞愛國精神與民族氣節，把匡復明室的希望寄託在他們的身上。臺中：東海大學中國文學系碩士論文，1988年，頁62。綜合這些詮釋，大多朝向「抗清」的寫作目的，這種詮釋似乎忽略了文本在「再聚義」與「海外建國」兩大部分的針對性，以及這兩部分合起來所產生的意義之變化，本文即分別就這三方面展開論述。

[2] 林仁川〈明代私人海上走私貿易與「倭寇」〉，《中國史研究》，1980年第4期，頁94-108。

[3] 樊樹志在釐清晚明「倭寇概念」時指出：日本學者針對「嘉靖大倭寇」（即「晚期倭寇」）和晚近學者對倭寇的研究，大致廓清了彼時的「真倭」乃是徽商王直集團僱用的日本人，而「假倭」才是此時期倭寇的主體，他們是中國中小商人階層，由於合法的海上貿易遭到禁止，不得不從事海上走私貿易，倭寇的最高領導者徽商王直要求廢止「禁海令」，追求海上貿易自由化。「倭寇」一詞本帶有「日本侵寇」或「日本盜匪」的意味，但是從十四至十六世紀，倭寇的稱謂各式各樣，如：「高麗時代的倭寇」、「嘉靖大倭寇」、「中國大陸沿岸的倭寇」、「葡萄牙人的倭寇」、「王直一黨的倭寇」，這些倭寇構成人員有地方的名主、莊官、地頭、賤民、海上流浪者群、武裝商人等海盜群，大部分的倭寇集團是日本人、高麗人、朝鮮人的聯合體，所以把倭寇當成是連續的歷史事象是不可能的。氏著《晚明史——（1573-1644年）》，上海：復旦大學出版社，2005年，頁30-34。

施嚴屬的海禁政策：一方面允許保留有限的朝貢——勘合體制內的官方貿易，《大明會典》記載：「凡勘合號簿，洪武十六年始給暹羅國，以後漸及諸國。每國勘合二百道號簿四扇。」[4]這種朝貢貿易體系除了經濟上的物資供需問題，也透過朝貢－回賜的互動維繫著兩國的關係，根據濱下武志的說法是：朝貢的前提乃在於朝貢國接受中國對當地國王的承認並加以冊封，在國王交替之際以及慶慰謝恩等機會前往中國朝見。[5]我們由政經各角度來審視明清兩朝的歷史現場，也許能對其時的藝文創作所經歷的生命體驗會有一個更具體的，或者說是較能貼近彼時在中國文化共相中「水滸精神」參與時代心靈造像之理解。

如果將《水滸後傳》的創作放在一個歷史時間的折疊向度來看，此書最後將水滸餘黨置於海外，以金鰲島為跳板，進而取得「暹羅國」作為基業，並與明朝形成朝貢－回賜的關係，進行如濱下武志所說的「冊封」、「慶慰謝恩」等臣服於中央政權的各種活動（同註[5]），則《水滸後傳》的想像視域與駱水玉清楚指出的：「《水滸後傳》……呼應了所謂水滸精神而又重新打造梁山泊的新視境，並掘引其中所可能夾藏的遺民之思，及其與清初臺灣鄭

---

[4] 明・李東陽等奉敕撰《大明會典》卷108，禮部《朝貢四》。萬曆十五年司禮監刊本。臺北：東南書報社印行，1963年，頁1620。所謂「漸及諸國」指日本、爪哇、蘇門達剌、真臘、錫蘭山等。

[5] 濱下武志著，朱蔭貴、歐陽菲譯《近代中國的國際契機——朝貢貿易體系與近代亞洲貿易圈》，北京：中國社會出版社，1999年，頁59-60。

氏政權的對話意義。……寄意於臺灣鄭氏的春秋大義。」[6]是否相
吻合？《水滸後傳》的回顧與前瞻之所依憑，究竟可以指稱出什
麼內涵？「暹羅國」是否有所謂的「偏安一隅」或者作爲「舊朝遺
民的復興基地」（駱水玉語）的意涵？還是只是假借明朝當代歷史
現況，以及遺民思維特有的歷史感懷、家國想像，編造一個異想天
開的多層次的水滸視域？對國君、朝廷法令、地方官府、存身立
業、異鄉經驗除了作爲「臣民」的政治思考，是否在異域的體驗中
開展出政治思維之外的意義？朝廷與天下的概念如何在明代中葉以
後，隨著海禁政策的開放或封鎖，以及對流寇的「剿／撫」態度之
搖擺[7]而有所變化？這些記憶如何疊入文本的話語世界？水滸精神
的再造，可否提供我們對清末民初水滸評論以及現代性論述的再認
識？凡此都值得再予以釐清。

---

[6] 同註 1，頁219。

[7] 樊樹志在《晚明史——（1573-1644年）》一書第十一章〈民變蜂起：舉棋不定
的撫與剿〉、第十二章〈攘外與安內的兩難選擇〉對晚明處理「流寇」問題時政
策反覆，時剿時撫，明朝君臣大多知道流寇撫剿有不易結之局，而這問題也與明
朝國脈相終始；有關這一點若與異族侵略問題合起來看，形成其時對「安內／攘
外」孰先孰後的辯論，可以說：明朝「安邊蕩寇」的重要議題成為當時人生命經
驗不可磨滅的一種共同記憶，頁896-1044。

二、孤臣殘史

亡國孤臣空飲恨，讀殘青史暗銷魂。──二十四回回末詩

（一）餘黨的現身

《水滸後傳》的故事源由仍然是「官逼民反」，但是它的「逼」除了「亂自上作」的結構必然性之外，加上了更多的不同元素，從第一回〈阮統制梁山感舊〉就指出「亂」源的改變。首先是阮小七已是一個「統制」了，接受招安後的身分改變似乎並沒有影響水滸英雄的集體情感，所以此書以「感舊」出場；然而，亂源也依然在於原來官僚體系的貪婪：如〈張幹辦湖泊尋災〉即是為了搜尋梁山「舊物」（餘留下來的財物）、「餘黨」而來（頁7）。[8] 對於《水滸後傳》之詮釋也許可以借用《水滸傳》的理解模式，然而由於《水滸後傳》牽涉的問題和《水滸傳》比起來已有更多的時代新問題，同時又與舊時代的問題糾葛在一起，因此解釋起來勢必新舊視域兼具。

在明朝所謂的「亂世」，除了中國社會原有的內部問題以外，嘉靖中葉以後，東南沿海地方，私商、海盜、倭寇結合為亂，攻城掠邑，劫庫縱囚，燒擄居民百姓，沿海寇亂與明政權幾乎相終始，

---

[8] 本文引文頁碼根據明‧陳忱撰《水滸後傳》四十回，臺北：世界書局，1983年，以下同。

而朝廷剿撫政策不定，官／民、兵／盜之間信任不足。對於這一個新形態的政治社會問題的理解，有一些學者詮釋仍然指出倭亂有相當成分的「農民起義」的內涵，如：林仁川就認為這場戰爭雖然不是農民起義，但是仍有成千上萬的農民按照其階級的觀點進行鬥爭，如重點打擊富家、巨室、縉紳、大姓、地主，進行一定程度的劫富濟貧的行動。但是這類倭亂通常由海商當領袖，仍不免把戰爭作為掠奪財富的手段，由於大批飢貧農民的加入，「必然帶有流氓無產者的劣根性，如鬥爭的方向不明確，戰略上順則進，敗則逃，甚至盲目的破壞……。」[9]也有學者強調為盜的另一些面向，如：張增信就指出「巢外風氣」的積極主動性，這些不論是明前期的粵海寇或明後期的閩海寇，帶著「亦商亦寇」的身分發跡，是一種「海洋中國：周邊歷史」的「飆發」現象，他特別辨明海寇之成因究竟是「桀驁之盜」或是「飢寒之盜」，而觀察明海盜經常是呼嘯而聚，烏合而來，不見得是為一理想或主義而揭竿奮鬥，因此不能以「起義」之名美化之。張增信認為明代東南海寇都有一致的巢外風氣，直接加速了海島的興起並提升了海洋的地位；間接推動東南邊民移民潮流，提供閩粵許多生理無路的小民另一生路。[10]

這兩種解釋其實都牽涉到經濟因素，也都關係著社會、政治、文化的運作與秩序的調和。「農民起義」的提法有其事實依據，重在對政治主流的「大陸中國」作出回應與解釋，因此雖說不能一概

---

[9]　同註[2]，頁104。

[10]　張增信〈明季東南海寇與巢外風氣〉，收在張炎憲主編《中國海洋發展史論文集》第三輯，臺北：中央研究院三民主義研究所，1980年再版，頁313-344。

以「起義」之名美化之，但仍免不了以社會某種群體觀點改造現實的說法；而「巢外風氣」的思考則針對「海洋中國」的興起，當大陸體系結構鬆弛或軟弱時，巢外的飆發力量亦有其調節性與積極性，雖不完全否定改造社會的價值，但比較側重向外擴充的影響力。

我們回到《水滸後傳》的書寫會發現：綜合著這兩種思維的「水滸精神」在此書中以一種結構上的既割裂又結合的方式呈現出來。當梁山餘黨再次出現在小說的時候，都各自帶著原來的經歷、履歷，逐漸「嘯聚山頭」，由小聚義到最後大聚義到「金鰲島」，進而建立「暹羅國」。茲以表格整理如下：

	人物 （出場回數）	加入集團、回數、座次	被逼為盜賊之因
1	阮小七（1回）	登雲山[11]（2回），第三	在梁山泊舊址遇已成濟州通判的張幹辦，張言欲剿除遺賊，與之起衝突，被阮小七打落帽子，三日後夜裡，張幹辦領人至阮小七住處欲擒之，被殺，阮小七攜母逃亡[12]（1回）

---

[11] 登雲山諸好漢於第三回結拜。表中顯示的是加入隊伍的回數。

[12] 阮小七被削官職之因：（頁4）先時破了幫源洞，見方臘的沖天巾、赭黃袍，一時高興，穿戴起來，搖搖擺擺，不過取笑一番，卻被王稟、趙譚看見，道他不該，變臉嗔喝。宋江勸住。那王稟、趙譚又在蔡京面前譖他謀反，蔡京就奏過聖上，削除了官職。（1回）

	人物 （出場回數）	加入集團、回數、座次	被逼為盜賊之因
2	扈成（1回末）	登雲山（2回），第四	被孔目毛豸以緝捕梁山泊餘黨為名，扣押其在海外做生意餘下的貨物（2回，頁11）
3	孫新（2回）	登雲山（2回），第五	1.新任知府為楊戩之兄弟，大作威福 2.毛豸在官府面前尋是非（2回，頁15）
4	顧大嫂（2回）	登雲山（2回），第六	毛太公之孫毛豸幾番和他們夫妻尋事，欲報仇（2回，頁14）
5	鄒潤（2回）	登雲山（2回），第七	**不願為官**，與一大戶賭錢起紛爭，殺了他一家後上登雲山落草（2回，頁15）
6	孫立（3回）	登雲山（3回），第二	因孫新等人殺毛豸一家而牽連入獄（3回，頁21）
7	欒廷玉（3回）	登雲山（3回），第一	原為祝家莊教師，後為登州都統制，中扈成之計，並為扈成、孫立說服，加入登雲山（3回，頁26）
8	杜興（4回）	飲馬川（5回）	因替孫立送信與樂和被擒，刺配彰德府，為管營報仇，殺了其小妾與馮舍人（童貫之心腹馮彪之子），與楊林、裴軒同至飲馬川（5回，頁41）
9 10	楊林 裴宣（4回）	飲馬川（4回），第三、第二	1.怕受奸黨的氣，**不願為官** 2.阮小七殺了濟州通判，地方官要取收管甘結，逼迫尋事，只得上飲馬川（4回，頁34）
11	蔡慶（5回）	飲馬川（6回）	**不願為官**，尋舅不獲，助楊林救出李應（5回，頁42）

	人物 （出場回數）	加入集團、回數、座次	被逼為盜賊之因
12	李應（5回）	飲馬川（5回），第一	**不願為官**，回獨龍岡重整家業，因杜興事被濟州知府捉下獄，蔡慶、楊林將之救出，路上殺了馮彪（5回，頁42）
13	樊瑞（6回）	飲馬川（6回）	**不願為官**，雲遊訪道，捉弄郭京、得罪李良嗣，與蔡慶同上飲馬川（6回）
14 15	公孫勝 朱武（6回）	至飲馬川山後白雲坡修行（7回）	樊瑞因羞辱道士郭京得罪李良嗣，李良嗣以為樊瑞即公孫勝，童貫派兵至二仙山擒拿公孫勝，二人逐避難至飲馬川（6回）
16	樂和（7回）	金鰲島（9回）	王宣慰以捉拿梁山泊餘黨為名欲強娶秦恭人，樂和將秦恭人、花恭人、花逢春救出，至太湖遇童威（8-9回）
17	花逢春（8回）	金鰲島（9回）	王宣慰強制扣留母親與姑姑，被樂和救出（8回）
18 19	童威 童猛（9回）	金鰲島（9回）	李俊陷在獄中，為了籌銀子救他為盜（9回，頁77）
20	李俊（9回）	金鰲島（9回）	官員霸占半個太湖，李俊等人與之衝突，後被太守使計捉下獄，樂和用美男計（花逢春）救出李俊等，眾人考量太守必再來尋事、太湖地勢不利事業，故出海另尋去處（11回）
21	安道全（13回）	登雲山（17回）	御醫盧師越忌恨之，換藥害死蔡京小妾，離京避禍（13回）
22 23	蕭讓 金大堅（13回）	登雲山（14回）	因安道全事牽連被捉（13回），刺配沙門島，途中被登雲山好漢救走（14回）

	人物 （出場回數）	加入集團、回 數、座次	被逼為盜賊之因
24	聞煥章（14回）	登雲山（19回）	1.**不願為官**[13]（13回） 2.為女兒親事至汴京奔波，遇呼延灼，後呼延灼等至黃河守金兵，聞煥章為之送家眷至登雲山安頓，與女團聚（19回）
25	戴宗（14回）	飲馬川（21回）	1.**不願為官**[14]（14回） 2.童貫奏聖上，仍加都統制之職，軍前效用，奔走半年（15回） 3.至大名府傳詔，劉豫降金，詔書被毀，回京不得，又聞柴進落難，依其言至飲馬川討救兵救之（21回）
26	蔣敬（15回）	登雲山（17回）	**不願為官**，做生意被人造讒言誣賴（15回，頁138），後與穆春同殺暗算他的船夫（16回），聞三府官兵征剿登雲山，與穆春同往（17回，頁156）
27	穆春（16回）	登雲山（17回）	哥哥亡過，家業消敗，助蔣敬殺仇人（16回），聞三府官兵征剿登雲山，與蔣敬同往（17回，頁156）
28	黃信（18回）	登雲山（18回）	扈成用計要蔣敬扮作黃信，自軍營中殺來，大敗三府聯軍，蕭讓往說服之，猶豫，後被擒，阮小七等救出（18回）

[13]（安道全）又道：「臺兄與高太尉交厚，何故卻在此間？」聞煥章笑道：「那裡什麼交厚，勢利而已！生無媚骨，曳裾侯門，非我所願。來此避喧求靜，教幾個蒙童度過日子，倒也魂夢俱安。」（14回，頁125）

[14]（安道全）便把前邊事蹟說了，「今特來進香。」戴宗道：「皇天再不容人安閒的！似先生這般高品，又惹出事端！我所以看破了，納還官誥，誓不入名利場中，出了家，盡是散誕。今日是三月廿六日，且消停一日，後日早上進香。」擺設素齋相待，共談心曲。（14回，頁130）

	人物（出場回數）	加入集團、回數、座次	被逼為盜賊之因
29	呼延灼（19回）	飲馬川（20回）	原為將軍，汪豹通敵失了隘口，恐奸黨加罪，呼延灼與呼延鈺、徐晟同加入飲馬川好漢陣營（20回）
30	呼延鈺（19回）	飲馬川（20回）	
31	徐晟（19回）	飲馬川（20回）	
32	朱仝（20回）	飲馬川（20回）	1.原在保定任統制，金兵勢大難以抵擋，遇呼延灼等三人解圍，與楊林同上飲馬川（20回） 2.尋雷橫之母，被雷母姪兒首告（首告宋朝官員者有賞錢），擒入金營（29回，頁263）
33	柴進（21回）	飲馬川（22回）	李邦彥主和議，付金人鉅金，搜刮各地財物，滄州太守高源為高廉兄弟，與柴進有仇，索鉅金不得，將之監禁（21回，頁189），幸賴節級吉孚慕義，用計將之救出，與飲馬川諸人會合（22回，頁196）
34	燕青（22回）	飲馬川（26回）	知有「鳥盡弓藏」之禍，潛身遠害[15]（22回，頁198）

---

[15] 燕青道：「小弟從征方臘回來，苦勸我東人隱逸。明知有『鳥盡弓藏』之禍，東人欲享富貴，堅執不從。我只得將書柬別了宋公明，潛身遠害。東人有個姑娘的兒子，冒姓了盧，稱為盧二員外，在京城裡開個解鋪，來投奔他。因我好那清閒，他這裡有個莊子，我就住下，打些鳥鵲，植些花木，逍遙自在，魂夢俱安。前年聞得宋公明和東人被奸臣所害，我東人葬在盧州，我到墳前哭奠，又到楚州墓上奠了宋公明，回來就不出門。……如今得眾兄弟救出，這是極好的事了！目下京城光景，雖有老种經略相公、姚平仲等勤王之師齊集城下，那誤國之臣，偏要和議，不許出戰，眼見得大事已去了，城內城外水泄不通，二位兄弟如何進去得？不如住在莊上，聽個消息。若汴京破了。此處也安身不得，要別尋去處了。」楊林道：「小乙哥，眾兄弟都重聚會了，何不也上山寨？」燕青道：「且看。」（22回，頁198）

	人物（出場回數）	加入集團、回數、座次	被逼為盜賊之因
35	王進（25回）	飲馬川（26回）	居宋軍官職，敗於金兵，王進本欲自盡，凌振勸退，遇燕青，與之同行（26回，頁233）
36	凌振（25回）	飲馬川（26回）	
37	關勝（25回）	飲馬川（26回）	劉豫被立為齊帝，關勝憤而乞歸，被囚下獄，燕青等用計救出（25回）
38	宋安平（28回）	登雲山、飲馬川會合（30回）	中了進士，因汴京殘破回鄉，被納入金營，遇呼延鈺、徐晟（28回）
39	宋清（29回）	登雲山、飲馬川會合（30回）	團練官曾世雄為曾塗之子，與宋清有仇，聯合鄆城知縣郭京擒之。後解至濟州，被呼延灼、徐晟救出（30回）

　　我們由這些餘黨再次現身為寇的書寫考察，發現此書針對明代民間社會對於逼使下層老百姓（漁夫、商人、家奴、僧道、隱士、地主等）或是已經「為官」的官僚體制內的人（將軍、統制、御醫等）之各種處境如何脫離社會常軌的力量大多歸因於「不願為官」，對整體政治官僚體系的失望是為盜的主因。由於新的時代問題與域外經驗的加入（不管是內陸與遼金的緊張關係，或是東南海寇的邊防問題[16]），《後水滸傳》的「官逼」與「民反」重點

---

[16] 隨著海外貿易的興起，明代的邊防也是一個重大的課題，海禁與海防問題帶出水寨兵與沿海遊兵的新形態軍事規模，寨遊士兵與走私奸民或盜賊形成一個很不同於傳統官／盜的水上世界生態。這類的論文可以參考：黃中青〈明代福建海防的水寨與遊兵〉，收在湯熙勇主編《中國海洋發展史論文集》第七輯，臺北：中央研究院中山人文社會科學研究所，1999年，頁391-438。

將原因的追問以一種看來更爲籠統的原則予以概括，從衆人動輒自稱「不願爲官」的說法，都是指向一種對「官本位」[17]的反撥，因此，《水滸後傳》再聚義的重要內容之一是「鋤奸」，例如：第二十七回〈贈鴆酒奸黨凶終〉，一網打盡了蔡京、高俅、童貫、蔡攸「四賊」；而對政治騙子、邪教亡國的郭京之流的著墨，也深具諷刺的意涵。這一群再次聚嘯山林的梁山餘黨，因爲曾受招安的過去，不管對招安當時的選擇爲何，其集體命運是由「官本位」意識的再省思出發的，所以「不願爲官」的重現江湖之理由，有一種「不遇」的「孤臣」心理，特別強調「去職」是與主流社會再次疏離的孤獨心理，這種心理表面上看來正如前面論及的「農民起義」重在對政治主流的「大陸中國」作出回應與解釋，是一種以社會某群體觀點改造現實的說法，但是我們在文本之中發掘各個小聚義和大聚義的團體對財物的描寫，顯然並沒有「飢寒之色」，這群梁山餘黨的性質似乎比較接近「剽悍之盜」。

有關這一點我們可以由《水滸後傳》的第二回〈毛孔目橫吞海貨　顧大嫂直斬豪家〉、第六回〈飲馬川李應重興〉、第九回〈巴山蛇截湖徵重稅〉、第十二回〈金鰲島開基殄暴〉、第二十四回〈贖難人石交仗義〉等情節裡看出，梁山餘黨在經濟上大致非常有餘裕，即便不是非常富裕，至少也能自給自足，甚至可以幫助同儕及他人。所以其自我疏離，大抵不是迫於「飢寒」，他們「不

---

[17] 有關「官本位」意識，詳參黃亞平《典籍符號與權力話語》，一書所建構的概念，就是價值體系處處以官為主的觀念，社會各階層都自覺的以官的意志為自己的意志，官本位的實質是權力本位。北京：中國社會出版社，2004年，頁258。

願爲官」，有一種針對大陸體系結構鬆弛或軟弱時而有的「巢外風氣」，它的針對性比較轉向「海洋中國」的思維，因此散發出巢外的飆發力量之調節性與積極性，雖不完全否定改造大陸中國社會的價值，但比較側重向外擴充的影響力。因此，水滸餘黨所面對的社會，不是《水滸全傳》原來的社會概念，國家也不是原來的國家思維，於傳統所啓動的元素中「朝廷」的「天下」化，用一種更爲寬廣的「海洋中國」的概念，複製「中國材質」於他鄉異域，這種包抄策略，使得殖民思想得以在祖國與新天地中進行自我定位，在心理上去除亡國的焦慮。

（二）頻頻回首與崩解中的家／國

　　馬幼垣先生曾經指出《水滸後傳》是一部敘述人心激盪，熱血奔騰的時代之「國家安危主題」的小說，陳忱賦予梁山英雄「具有史詩形態的道德象徵」。[18]對於這一點，我們從編織在《水滸後傳》「官逼民反」的核心事件之外，另一方面對心境的書寫從其充滿詩般的感傷文筆中可以感受到其文人氣息與山林野氣的融合。

　　對於融合的狀況及原因容後詳述，我們先來探討其感舊情懷，在《水滸後傳》的「感舊」情懷裡，我們往往可以從書中對往事的照應反襯出當下的困境：

---

[18] 馬幼垣《中國小說史集稿》，臺北：時報文化出版公司，1987年，頁81。

回目	水滸後傳人物	回憶水滸全傳
第一回 阮統制梁山感舊 張幹辦湖泊尋災	阮小七	原在湖中打魚為活，被吳學究說去撞籌，到晁天王莊上打劫生辰綱 白日鼠白勝敗露，同晁天王一班兒同上梁山泊避難 宋公明也上山入夥，弟兄們做成掀天揭地的事業 無奈宋公明望著招安 天子三降詔書，宿太尉保奏，即征伐大遼，剿除方臘。 赤心為國，血戰數年。兩個哥哥俱死在沙場，骸骨不得還鄉（頁4）
		回憶昔日百八條好漢聚會、商議軍情大事之榮景（頁6）
第十六回 潯陽樓感舊題詞 柳塘灣除兇報怨	蔣敬	在潯陽樓飲酒，想起宋公明在此題了反詩險喪命，思及宋公明〈西江月〉，和原韻提了一首（頁144）
第二十四回 獻青子草野全忠 贖難人石交仗義	燕青	憶當年於梁山泊宋江部下，元宵佳節時徽宗幸李師師，燕青陳情乞恩詔
第二十七回 渡黃河叛臣顯戮 贈鴆酒奸黨凶終 （清算四奸人昔日惡行）	王進	斥高俅為無賴小人，與其先父較量，敗後挾仇報怨
	柴進	斥高俅使族弟高廉做高唐知州，殷天錫倚姊夫之勢，把叔父柴皇城嘔死；李逵把殷太歲打死，高廉將柴進監禁在獄，幸得宋公明救上山寨
	燕青	高俅至梁山泊戰敗之後，被浪裡白條提上山來，宋公明設席相待，酒後與之相撲取樂
	李應	弟兄為王事戰死沙場，天子欲加顯職被奸人遏阻 藥酒鴆死宋江、盧俊義，使之含冤而死 蔡京若不受賄賂，梁中書也不進獻生辰綱，以致豪傑們道是不義之財，劫了去上梁山

回目	水滸後傳人物	回憶水滸全傳
		高俅不縱姪兒強姦良家婦女，不致將林武師逼上梁山泊 高俅不受進潤，批壞花石綱，楊統制也不上梁山泊。 石勒言：「王衍諸人，要不可加以鋒刃。」 太祖誓碑：「大臣有罪，勿加刑戮。」
第二十八回 橫衝營良馬歸故主 鄆城店小盜識新英	呼延鈺	某年夏天與花榮兒子同去採荷花，徐晟翻落水中
第三十回 聚登雲兩寨朝宗 同泛海群雄闢地	李應	李應喚水手做醒酒湯，阮小七欲泅水抓魚，李應憶及宋公明在潯陽樓飲酒，要鮮魚做湯，李逵強出頭去取，被張順泅得臭死（頁275）
第三十三回 頭陀役鬼燒海舶 李俊誓志守孤城	李俊	薩頭陀妖法厲害，憶及前日宋公明打高唐州，被高廉妖法損兵折將，敗了兩陣，虧公孫勝來方纔破得（頁295、296）
第三十四回 大復仇二凶授首 議嗣統眾傑歸心	燕青	李俊不敢居尊，欲請眾弟兄各主其事，稟奉國母垂簾聽政。燕青言必要一人統理方得國治家和，梁山泊為白衣秀士王倫創立，林沖火併他，奉晁天王為主，宋公明當時亦不敢專主；晁天王去世，宋公明繼為主帥，眾弟兄皆稟遵軍令（頁312、313）
第三十七回 金鰲島仙客提詩 牡蠣灘忠臣救駕	燕青	高宗至暹羅國，燕青向高宗伏奏覲見徽宗皇帝，進黃柑十個、青子一百枚，再度提及宣和二年上元之夜，在李師師家觀道君皇帝蒙賜御筆赦死罪事（頁338）
第三十八回 武行者僧房敘舊 宿太尉海國封王	蕭讓	憶及武松昔日景陽岡打虎、血濺鴛鴦樓之本事

回目	水滸後傳人物	回憶水滸全傳
	武松	聞李俊坐了國王，取笑他只怕還是潯陽江上打魚身段，然宋公明一生心事，被他完了 問明舊日弟兄，以及新加入的王進、欒廷玉等及四位子姪輩，言衆兄弟在暹羅當大官，強如在梁山泊上做強盜 次日祭奠魯智深、林沖墓，聞殺高俅一段，武松稱快，道林教頭的魂也鬆暢
	衆人（柴進、燕青、樂和、蕭讓、呼延灼、李應、孫立、徐晟）	祭奠張順，嘆息一般是潯陽江上好漢，同上梁山做水軍頭領，死的死了，生的卻做了暹羅國王
	燕青	西湖邊見李師師，憶及她曾受太上皇帝恩波，卻不思量收拾門頭，在此尋歡買笑
	柴進	巨族世家遇變故便改弦易轍，何況此煙花賤婦，要他苦志守節
	李師師	認得柴進為葉巡檢 記得當初宋義士的〈滿江紅〉
第四十回 薦故觀燈同宴樂 賦詩演戲大團圓	李俊	憶及在常州看燈，被呂太守拿了，樂兄弟用計救出 憶及當年重陽賞菊，宋公明有〈滿江紅〉一關至今仍記在心中

　　《水滸後傳》的第一回到十六回之前大多是故人重聚的一些機緣，當他們一一再聚義之後，就屢屢以憶往回應當下心情與價值行為，我們大略可以看出其回憶的重點分別是：部分的戰役、梁山推出領袖的過程、燕青在李師師家覲道君皇帝，並蒙賜御筆赦死罪事、宋江造訪潯陽樓及賞菊題詩事等。往事重提帶著敘述人特有的印記，重新樹立說故事的人的形像意圖，試圖把人引向一個「完

整的精神歲月」，通過一種時間的「通感」達至對先前生活的眞實重建。[19] 在這個重建的過程中，宋江一直是一個出現頻率很高的象徵性人物，作爲一種支配性的選擇，宋江的不在場，不斷召喚在場的意義與反思。〈西江月〉是宋江曾經題過的反詩，而〈滿江紅〉的特殊符號意象，熟知宋詞的人都知道，此詞牌押的是入聲韻，最適合塡上悲憤之情，而抗金英雄岳飛的〈滿江紅〉又是其中名篇，岳飛的〈滿江紅‧寫懷〉一闋：「……靖康恥，猶未雪；臣子恨，何時滅？……」；〈滿江紅‧登黃鶴樓〉有感：「遙望中原，荒煙外、許多城郭。……兵安在？膏鋒鍔；民安在？塡溝壑。嘆江山如故，千村寥落。何日請纓提銳旅，一鞭直渡清河洛！……」是國魂之代表作。上一闋書寫靖康大恥，下一闋則爲岳飛於黃鶴樓手書墨跡。

　　《水滸後傳》將人與作品轉成隱喻符號，敘事的進行，經由時間範疇（往事）與言說範疇（詩文、事件）形成一個有序的敘事圖像，故事文本化的過程虛虛實實，而水滸意識在記憶痕跡出現的地方突顯出座標的意涵，其核心意象是含恨的孤臣遙望中原的苦志與恥辱感交雜的心情。

---

[19] 班雅明在〈論歷史哲學〉中討論了波特萊爾詩作的時間總是奇特地割裂開來，這種詩的形式是其作品的重要結構，使得詞句縫隙中充滿了震驚，造成詞句內在「通感」的力量（correspondance，是一種「往事喃喃低語」的狀態），集合起往昔的形象，並藉由通感割裂時間的效果，開出一塊審美空間，班雅明把它定名為「氣息」（Aura），那是一種無形虛幻的領域，滋養著審美的欲望泉源，是一塊用來安放靈魂印記的地方。Walter Benjamin, *Theses on the Philosophy of History*, *Illuminations*, New York: Schocken Books, 1968, pp.253-264.

　　在與往事連結的線索當中，燕青是除了不在場的宋江之外，水滸餘黨與往事連結特別突出的要角。《水滸後傳》承襲前傳的「忠義」精神著墨最濃郁的是第二十四回〈獻青子草野全忠　贖難人石交仗義〉，燕青因為懂得金人語言及軍中制度得以冒死深入敵營，向被囚的皇帝獻上青子百枚，黃柑一顆，取其「苦盡甘來的佳讖」。龔維英批評「浪子燕青原本是大名府盧俊義員外家的『奴才』，現在晉升為皇帝的奴才，可悲可嘆！」[20]，但是我們以另一角度來看燕青形象的設計，在《水滸後傳》是一個非常重要的環節。首先，他是一個以精通外語「全忠」、「仗義」的完美形象立身行事，那已遠非「奴才」所可指稱的幹練角色；其次，在回顧過去事件時，他與李師師的往事又喚起招安與詩性情懷的關鍵。

　　在閱讀《水滸後傳》的書寫中，燕青形象的設計實有很大的自由度，他成為亡國君王的安慰者及知音，以及亡友家人的救贖者，而並非只是「奴才」的特質，浪子燕青是一種新舊質素形塑的下層百姓的亂世支柱，他的形象鮮活有力，對「忠義」格局的突破並非只侷限在階級鬥爭、民族鬥爭以及跳脫君子小人之爭，著眼天下百姓禍福之晚明學風而已[21]；作為水滸餘黨的靈魂人物之一，燕青的膽識、手段、機警、能力、超越生死成敗的君臣、友儕之情，才是

---

[20] 詳參龔維英〈簡析《水滸》兩種續書——《水滸後傳》和《蕩寇志》比較研究〉，《貴州社會科學》，1998年第3期（總第153期），頁68。

[21] 龔維英認為《水滸後傳》描寫精華所在乃在此書突破了忠義的框架，描寫了階級鬥爭和民族鬥爭之處（同註[20]）。而趙淑美由晚明學風的考察指出陳忱受當時學風影響，跳脫君子小人之爭，而著眼於天下百姓之禍福，學問轉向向外落實，不懸空在理論上，改以實際行為來實踐保國保天下之目標（同註[1]）。

此書對這種由下而上的精神力量之歌頌，雖然這個「浪子」在暹羅國被擢拔爲「副丞相」，但是他實際的行徑仍是浪子的格調。

胡適在考證《水滸後傳》時認爲：「……《後傳》的主要人物究竟還要算浪子燕青。凡是《後傳》裡最重要的事業，差不多全是燕青的主謀，……燕青是奴僕出身，故首相不能不讓給門閥光榮的柴進；然而燕青卻特別加封文成侯，特賜『忠貞濟美』的金印，這又可見著者對燕青的偏愛了。」[22]

至於李俊的開國則建立在前傳「混江龍」的基礎之上，陳忱試圖把漁夫兼水盜的形象擴充爲雍容華貴的開基國王，所以此書又名《混江龍開國傳》，其江湖味道仍是十分濃厚，胡適引《後傳》第九回寫李俊「不通文墨，識見卻是暗合」來說明這種對開國君主的書寫「是古人描寫劉邦、石勒的方法了」。[23]

三、暹羅國／詩禮中國 —— 海外乾坤的烏托邦意象

（一）祭祀／節慶的框架意義

《水滸後傳》是從「漁夫阮小七的回顧」開始的，在一個追憶

---

[22] 胡適《中國章回小說考證》，〈水滸傳續集兩種序〉，合肥：安徽教育出版社，1999年，頁118。

[23] 同上註。

的奠祭儀式中闖進一批到廢墟來繼續搜刮的人，這是一個饒有意味的記憶開啟。如果對照小說結尾李俊等人立國之後一連串的活動，當可以審知此書所敘述的江湖人物面對江山的家國想像與生存意識。《水滸後傳》三十八回〈宿太尉海國封王〉冊立征東大元帥李俊為暹羅國王並文武百官之後，接著廣行婚配以嗣世系；建羅天大醮壇場，追薦宋公明等並陣亡將士；以詩文「慶元宵」，並指定觀賞虬髯客下海在扶餘國封王的《定海記》一戲。凡此，無不指出此書將故事置入一個特定的「框架」之中──祭祀／節慶，這些奇特經驗的節日，一前一後，有別於小說中間的沙場歲月。

作為框架意義的這幾個情節實關係著續書小說究竟如何建構自己的言說場域，在四十回「慶元宵」時：

國主傳令，請金鰲四島並清水澳將領都到國中……依舊梁山泊上光景了。不覺臘盡春回，上元將到。國主傳令，請金鰲四島并清水澳將領都到國中，與國中文武大家慶賀元宵。搭三座鰲山，金鑾殿前一座，朝京樓下一座，宮中一座，廣放花燈，與民同樂。設三處大酒館，戶部給下錢糧，備辦酒饌，自十三夜起至十五夜止，**效唐朝時故事**，大餔三日，凡有職官員并羽林兵役，都掛牙牌，竟到館中任意酒飯，不要會鈔。……朝門前點兵護衛，國王同丞相柴進以下文武各官俱上朝京樓宴會。樂和把初出海時花逢春射死鯨魚那兩個魚珠鏤空了，點上蠟燭，如巴斗大兩顆水晶丸，銀光閃閃，人都猜不出是什麼東西做的，真是奇觀。公孫勝等也到。國主正坐，其餘四十二人序爵安位。國主舉杯道：「幸得皇天護佑，朝廷錫恩，眾兄弟同心輔助，得成此大事。思量在常州看燈，被呂太守

拿了，樂兄弟用計救得出來，海外稱尊，正所云：『不識一番寒徹骨，怎得梅花撲鼻香？』……國主道：「我雖粗鄙，雅好文墨，當年重陽賞菊，宋公明有〈滿江紅〉一闋，至今我還記在心中。今日盛會，不可無詩以記其盛。若只是大塊肉大碗酒，依舊梁山泊上光景了。諸位中有能做詩的，各自做來；如不能者，罰依金谷酒數。我先罰起。」喚內監斟上三大犀杯喫了，取文房四寶放在閒桌上。眾人互相推讓。丞相柴進拂拭花箋，吟成一首呈上：

氣象巍巍大國風，元宵樂事賞心同。

冰輪湧出金鰲背，萬載千秋一照中。

國主眾人看了，稱贊道：「臺閣氣象，燕許手筆，可卜將來相業。」聞煥章吟道：

柳梢殘雪拂東風，燈月交輝瑞靄同。

聖世必須興禮樂，薰陶養育辟雍中。

柴進道：「足徵國丈教冑子育人材雅化。」蕭讓把酒吟成一首：

太史由來采國風，賡歌又與舜廷同。

萬花明月元宵夜，杯酒君臣一氣中。

聞煥章道：「好個『杯酒君臣一氣中』！眞是盛世明良！」燕青作言志詩道：

少年浪跡似飄風，曾記東京此夜同。

知己君臣難拂袖，且酣煙月五湖中。

樂和道：「燕少師要扁舟五湖，有盧小姐作西施了。只是國主是可同安樂的。」蔣敬手裡像打算子一般，停了片時，也做一首道：

瀛海澄波無疾風，洞庭秋月一般同。

笙歌鼎沸瓊筵盛，映徹銀花綠酒中。

燕青道：「『洞庭秋月』是瀟湘八景之一，可知是潭州人哩。」宋安平矢口成章道：

物華天寶動和風，一派蕭韶仙苑同。

宣到玉堂傳草詔，金蓮兩炬落梅中。

裴宣道：「宋學士此詩自是翰苑仙班，移動不得。」花逢春不假思索，把錦箋起稿道：

玉街十里颭香風，長喜元宵佳節同。

走馬夜深金埒上，絲鞭遙指鳳樓中。

眾人盡贊道：「駙馬應詔之作，古來甚少，花公子此詩稱絕唱了。」燕青又問柴進道：「柴丞相，你是做過方臘駙馬的，那時曾做詩麼？」合席拍手大笑。公孫勝道：「貧道不曉得吟詩，唱個道情罷。」敲著漁鼓簡板，唱〈西江月〉道：

回首風塵自遠，息機萬慮俱忘。功名富貴霎時忙，走馬燈邊一樣。美酒三杯沉醉，白雲一枕清涼。蓬萊閬苑可翔翔，早渡洪波弱浪。

　　透過深具大地春回的美好意象之元宵詩會，夾藏在詩句之中的指認，有「無（去）時間性」的典故——唐時故事、范蠡、西施的故事；有依據特殊時空意義的記憶——梁山泊光景、東京舊事、潭州人的鄉親認同、柴進曾作過方臘駙馬之往事；有當下的祈願——巍巍大國、聖世興禮樂等等。

　　前歷史材料的提取，透過小說人物的宗教／節慶儀式予以重

建，這種重建藉著重回歷史現場去感知先前生活的眞實，以一種詩性的精神同化了宗教／節慶儀式般的內在經驗，從而在宗教／節慶儀式的範圍裡把自己建立起來，並透過特殊的氛圍把往事呈現爲美的事物，經由這種方式，感知的主體才能探詢當下生命所目睹的崩潰的全部意義，才能在危機四伏的景況中把自己建立起來，這種回憶中與過往生活的重逢必然使日子變得與眾不同，成爲一種「節日」。

　　因此，回憶的日子不是由經驗標明的，它們與其他的日子沒有連繫，而是獨立於時間之外的，這種感知狀態是「往事的喃喃低語」，它使人們可以在歷史的連續整體的時間──「同質的、空無的時間」的假象中釋放出來。所以回憶的日子使人們脫離「編年表」的日曆工作，將活動匯聚進一個「精神的歲月」，於是所有這些回憶的材料戴上了一種「不可接近的儀式的特徵」。由於回憶的材料不是歷史的材料，是獨立於時間之外的，因此，在這種由歷史感知割裂時間的效果中出現了一個審美的空間，在一成不變的生活節奏縫隙中爲靈魂闢出一小塊棲居之所，藉由引回歲月，把個體的精神世界與傳統，從而與整體人類重新聯合起來。[24]

　　所以李俊等四十四個「水滸餘黨」，在暹羅國這一新取得的領土裡所建構的國度，亦即小說所特別指出的「快活世界」、「昇平世界」是一個把個體的精神世界與傳統，從而與整體人類重新聯合起來的世界，但是作者又在一切如昔的元宵舊制（**效唐朝時故事**）中小心翼翼的與故事原班人馬區隔（**依舊梁山泊上光景**），作者的

---

[24] 同註 [19]。

聚焦是非常細微的，**詩**的元素和**大塊肉大碗酒**的不同，標明出遺民的新國度觀與時空觀，這種回憶特質和梁山餘黨再聚義的時間線索是一致的，它們共同編織成一種「精神的歲月」。

（二）儒俠道的調和與搏化

透過上引小說文本對今昔異同的對照，指出「雅好文墨」與「能詩」是不同於「梁山泊大塊肉大碗酒的光景」的主要區隔，並指出由「男女之欲」來推廣完成「人倫／王化」。意即：對傳統身分的提升與確立是以兩種互為補充的方式來加以處理的，儘管它們的比重不一，但是都是對自身文化傳統所做的具有針對性的再評價與再出發。一種是「文化遵從」成為身分確認的定錨，而這文化是遠溯唐朝詩文戲曲，甚而可以以公孫勝的法術同化高麗王的履道修真之宗教文化；另一種則為「種族差異的消除」，藉由通婚藉以培養和保存自己的身分。於是「暹羅國」就複製了一個應然的「詩禮中國」，在《水滸後傳》演繹出來的世界，不是替天行道、忠義觀的理念之爭，也不是明確的典章制度之工程化國家（engineering state）的全能性意義；小說所呈現的「開基」是生育、慶典、追薦亡魂、修真等非常的、非（超）理性的建構，這種把國家視為普遍化和人性化力量的形象，來源於家國的溫情回憶，如果衡諸「古宋遺民」的遺民性格圖景，較多表現為既連繫又獨立的，屬於水滸精神的那種特有的異質性。

若我們仔細聆聽文本敘事的聲音，會發現在小說所重新建構的國度中，水滸群體殘餘所保持和延續的形式，在充滿暴發戶的輝

煌裡，以詩禮自我提醒與自我提升，這種「中國材質」似乎被弱化
爲一種儀式，意味著對這樣一件事實的掩蓋：信念正在喪失其征服
人心的力量。對於這一群「有家難奔，有國難投」的英雄，最終倚
賴一套宴會慶典作爲打造家園的材質，這種材質只能形成精神上的
無家可歸的狀況，它們透過旌表封誥所得的新身分過於淺薄，無法
讓他們眞正扎根，所以小說的敘述是這樣說的：「李登（按：李俊
之子）生子，亦傳數世。每隔數年，到臨安貢獻一次，直至宋朝變
國，方才與中國斷了往來。」（四十回）畢竟「斷了往來」才是此
書眞正精神悲劇的所在，那是一種澈底的訣別，也是一種絕對的異
質。

　　《水滸後傳》最後兩首嘆詠詩道：**「儒者空談禮樂深，宋朝
氣運屬純陰。……司馬感懷成《史記》，一篇〈游俠〉最流傳。」**
第一、二兩句「儒者空談禮樂深，宋朝氣運屬純陰」的詩句，是
以第二句詩來反證第一句，以詩作爲一部書的終極禮讚，除了對
「時」、「氣」的重視，也同時對儒者的「禮樂」予以檢證再造。
所謂「儒者空談禮樂深」是對當時儒者持否定批判的態度。衡諸晚
明陳子龍、黃宗羲等人的詩論竟有相當吻合的思維。由於明清易代
特殊的時代氛圍，陳子龍、黃宗羲等人提倡「本乎志」、「遇乎
時」，非常重視易代之際的天地正氣。黃宗羲序其弟黃宗會之詩
時，舉周人採薇之歌與宋元遺民之詩爲陽氣，與其時局之陰氣相
激，發而爲迅雷，如黃鐘大呂，給予高度評價。儒家詩論向有「詩
言志」的傳統，但對於「時」就沒有像陳子龍、黃宗羲、全祖望等
人提倡「本乎志」、「遇乎時」這樣予以特別重視，尤其是將詩視
爲調和陰氣的陽剛之氣，乃在於遭逢世變，其胸有憂愁感慨不平之

氣所致。[25]

　　最後兩句詩說：「司馬感懷成《史記》，一篇〈游俠〉最流傳」，又與明清易代之際，以「山林氣」著稱的傅山之詩風相契。被傅山視為恩師的袁繼咸說他：「山文誠佳，恨未脫山林氣爾。」其實這正是傅山一生追求的西北文風美學風貌。山林野氣是文人士大夫雅文化的反面，在傅山從古代典籍中挖掘舉凡屑小、家常之物，或雄奇、枯淡、諧俗、瘦硬、古峻、樸直、簡拙等傳統文人所摒棄之美學風格，形成一種寒士的平民意識，在相當程度上是對諸如方以智那種冶遊公子式的東南名士的對舉，也是對傳統文人雅致柔媚的文風之反叛。他對於草莽氣息的詩文情有獨鍾，如在〈杜遇餘論〉中說：「風雲雷電、林薄晦冥，驚駭膊臆。連蘇問文章家有此氣象否？余曰《史記》中尋之時有之也。」（《霜紅龕集》卷三十）；又說：「貧道沉寂中每耽讀〈刺客游俠列傳〉，便喜動顏色，略有生氣矣。」（《霜紅龕集》卷三十八）。[26]這裡提及的《史記》、〈刺客游俠列傳〉正是《水滸後傳》詩中所津津樂道的文本，此書的詩文反映著明清之際東南陳子龍、西北傅山這兩個不同地理文化圈的重要詩文理論，以及具體的任俠之文化取材[27]與南

---

[25] 有關這一個詩風特色及詩論，詳參孫立《明末清初詩論研究》，第二章〈晚明社事與文社諸子的興復古學〉，廣州：廣東高等教育出版社，1999年，頁95-98。

[26] 同上註，頁164-176。

[27] 明清之際何心隱、李贄、謝榛、汪文言等許多士人都有重氣任俠之反社會、反傳統傾向，這是許多學者都已勾勒出來的晚明士人心態。如：周明初《晚明士人心態及文學個案》，北京：東方出版社，1997年，頁153-164；泰州學派的顏鈞、何心隱同屬儒俠，方以智的弟弟方其義文武雙全，喜扮俠士，兼為書法家和詩人，

北文風的交會。暹羅國——詩禮中國，乃晚明社事的延伸與回憶歷歷可指，卻又寫得悠悠渺渺。[28]

　　此外，在討論虬髯客下海在扶餘國封王的《定海記》這齣戲時，觀戲的英雄好漢們進入雙重虛擬的時空中（唐朝的／戲裡的）進行指認，細細比對了幾處細節：

　　梨園子弟呈上院本。柴進與李俊繙了幾頁，原要點一本《邯鄲夢傳》，卻見戲目上有個《定海記》，問是甚麼故事。那副末稟道：「此是虬髯公下海在扶餘國封王故事，是周美成學士填詞。」國主道：「我們所做的事，正有些與虬髯公相似，就演他罷。」優人開了場，演出虬髯公路見不平，救了被難的父女兩個，李俊道：「這虬髯公便是與我們一般的義氣，只是出身卻比我們正氣些。」又演到宇文智及設計陷害，李俊道：「這奸賊便是與高俅、黃文炳一般的。」演到虬髯公越獄逃走，路上遇見尉遲南、尉遲北落草，請上山去結爲兄弟，李俊道：「這便與宋公明在江州，與李戶部在濟州一樣的事。」演到李靖在華山大王廟一齣，柴進道：「這李靖敢是國主的一族，不然如何這等英雄氣概！」演到李靖見楊素，紅

獲「騷人任俠」美譽。王煜《明清思想論集》，〈附：評介彼得遜教授《匏瓜：方以智與對思想革新之衝動》〉，臺北：聯經出版事業公司，1981年，頁225。龔鵬程《晚明思潮》，臺北：里仁書局，1994年，頁344-345。

[28] 謝國楨先生在考察明清之際黨社運動在順治以後的社局，指出：明清之際士人由結社變爲依岩結寨的故事、由結社而變爲祕密結會（如鄭成功創立祕密團體天地會於臺灣）、社盟雖遭禁止，但是一般文人騷客詩酒流連等變化仍不絕如縷。詳參《明清之際黨社運動考》，上海：上海書店出版社，2004年，頁173-174。

拂妓夜奔，樂和道：「這楊素比蔡京還好些，只是國主卻沒有遇見
這紅拂妓。」國主笑道：「若是我，決不收留他。」大家笑了。演
到虬髯公遇見徐神客，燕青道：「這道士好像公孫先生，也姓徐，
莫非就是前日的徐神翁麼？」大家又笑。演到劉文靜下碁，虬髯公
會小秦王，燕青道：「前日牡蠣灘救駕，也是遇著真命天子了。」
演到尉遲弟兄兩個在羅藝標下為官，虬髯公招他二人同往登、萊
泛海，李應道：「也是從登、萊泛海，好奇怪！」燕青道：「羅藝
是幽州總管，從幽州到登、萊是便路，自然該是從這裡來。」演到
扶餘國大將弒主自立，裴宣道：「這便是與共濤一類，只是沒有薩
頭陀。」演到虬髯公兵伐扶餘國，殺賊為王，李俊道：「這卻比我
們直捷許多，不像我們費了許多周楚。」眾人大笑。團過圓，國主
道：「這一本戲竟像是與我們寫照一般，如何這等相像得緊！也是
奇事！」大家又飲了幾杯，正是歡娛，嫌夜短，已是雞鳴四野，重
賞優人，撤席歸宮。（四十回〈賦詩演戲大團圓〉，頁369-370）

　　這裡一連使用了許多指稱（是、便是、只是、若是、不是、也
是等等）的修辭技巧，造成觀戲的「共時」效果，卻同時也有透過
將往事、歷史及文學典故「戲劇化」以製造疏離效果。在唐代《虬
髯客》故事的對照文本之下，特別強調同是姓「李」的李靖與李俊
的宗族血緣，以及種種比附，指出戲中是一個唐朝的俠義故事，被
戲劇化了，展演之中戲仿味道十足，戲與詩、今與昔形成一組對照
與相互指稱的性質，儒士與俠士也揉合在吟詠表演之中。看戲的人
與戲中人都是俠士，但是在藝文活動中去欣賞的雅興又是一種文士
心情，說的又是一個廓然物外的莊老之思——海外乾坤。《水滸後

傳》以儒寫俠，儒俠雙寫的特殊用意纏夾著仙道等彼岸世界的嚮往，包含了對現實秩序的肯定與否定並呈的矛盾性，但這些以任俠自視的儒道，在「數世」時間綿延的海外，終至與「中國」斷了往來，儒、俠及道都在時間的綿延與空間的距離之中被短暫收編到「暹羅國」之中，但是文本最後又指出「暹羅國」和「中國」斷了往來，可見「詩禮中國」最終的幻滅。

　　梁斌在〈此儒家非彼儒家──《水滸傳》和《蕩寇志》文化價值取向之比較〉一文分析比較了《水滸傳》和《蕩寇志》兩部小說的儒學，認爲《水滸傳》體現了原始儒家思想，那就是其忠君觀念的消解主要從天命的神聖性開始的，但是《蕩寇志》卻將徽宗寫成即位後就鑽地道去狎妓，皇帝作爲天命的載體，在《蕩寇志》的徽宗身上體現爲由神聖走向荒謬。梁山泊的特殊環境裡，忠與義存在著執意調和而往往調而不和的兩重性，因爲在那個世界裡，忠是夾雜著反骨的有缺陷的忠，義並非禮儀化而是綠林化的義[29]，當忠義觀與天命並置，更可以演化爲複雜的歧義性。

　　若由「暹羅國／詩禮中國」的向度來考掘《水滸後傳》的儒學，此書對《水滸傳》所提出的傳承、修正與補充是：一、承認男女大欲對子嗣人倫的意義，這是國祚得以延續的基礎，這種華化的身體策略企圖將種族國家化；二、天下乃天下人之天下，可以傳子，但統系已絕時亦得以傳賢[30]，這裡又將國家最大化；三、崇

---

[29] 詳參《浙江師範大學學報》（社會科學版），2003年第3期，頁27-30。

[30] 三十四回〈議嗣統衆傑歸心〉燕青勸進李俊即帝位時說：「家有主，國有主，必要一人統理，方得國治家和。比如梁山泊當日是白衣秀士王倫創立的，……一寨

拜草澤的心理影響下，綠林的義被禮儀化，逆奴轉為良民，僚佐之見[31]躋身國之重典；四、以道家的嘯傲煙霞來調和儒家的忠義苦味。[32]以上種種搏化，對江湖義氣的狹隘性乞靈於傳統儒學與被神化的天理（替天行道、嘯傲煙霞），最後導致一種「無根的普遍性」之結果[33]，對長期將文人心態與民間智慧交織出來的江湖好漢

之中，尚且綱紀法度不可紊亂，況暹羅是個大國？……天下者，天下之天下，非一人之天下。賢明繼世，多有傑起。堯舜之時，不傳於子，而傳於賢。大將軍即宜聽受。」臺北：世界書局，1983年，頁312-313。

[31] 魯迅《中國小說史略》論及《蕩寇志》、《水滸後傳》時說：「清初，『流寇』悉平，遺民未忘舊君，逐漸念草澤英雄之為明宣力者，故陳忱作《水滸後傳》，則使李俊去國而王於暹羅。歷康熙至乾隆而百三十餘年，威力廣被，人民懾服，即士人亦無貳心，故道光時俞萬春作《結水滸傳》，則使一百八人無一倖免，然此尚為**僚佐之見**也。」上海：上海古籍出版社，1998年，頁204。

[32] 心已成灰的公孫勝參與水滸事業，及至暹羅國建國的過程有著明顯的被動性，當大局底定，就執意在丹霞山圮廢已久的梵宇重建丹霞宮（三十九回〈丹霞宮三真修靜業〉），可以說是：在暹羅國的制高點重建一座精神堡壘，試圖以道家的化外之思來調和儒家的功名之邊緣化。當暹羅國與大明帝國並舉之時，水滸政權內部秩序的變化，隨著明朝的追認其合法性之封詰，一部分不願接受收編的力量，就被安置在「嘯傲煙霞」之中，公孫勝的選擇使得《水滸後傳》的「遺民性格」在儒家之外多了選擇項目，流亡的異鄉人得以對精神原鄉進行指認，但是在全書末了公孫勝主持追薦亡魂羅天大醮，宋公明與舊國主馬賽真遙現於雲端，致使高麗王等人無不歡喜皈依，這種以宗教消弭差異的作法，令遺民由中心向邊陲撤退，及至在異鄉落腳，實際上是生存的弱化與退化（化彎並彎化）。

[33] 此處借用〔英〕齊格蒙特・鮑曼（Zygmunt Bauman）對當代知識分子喪失其批判性的說法，知識分子的這種異鄉人的特性，因為宏大設計（Grand Design）的人為環境提供了科學技術科層化，使得昔日自由知識分子變成大學教師、政府顧

的忠義意識，置於奴性的生存狀態之下[34]，所謂由遺民性所建構的海外乾坤，混雜著詩禮的核心價值、僚佐之見、士人漂泊情懷與草澤崇拜的民間意識，「暹羅國——詩禮中國」的烏托邦性質，就精神意義上來說，似乎進一步傳承發揮了衝撞邊界，夾纏意識形態的水滸精神，骨子裡其實有很濃郁的自我放逐、不肯就範的人生況味。

（三）丹霞——遺民意識的疊藏

根據謝國楨《明清之際黨社運動考》一書〈粵中諸社〉提及永曆名臣金堡以直節聞名一時，被陳邦傅排擠，遭受廷杖幾乎折斷了脛骨，後皈依函是門下，成為火伏，受盡折磨始傳予大法，在當時

問、專家官員或政府福利救濟機構中的官僚，知識分子由游牧生活過渡到安居生活，「學院式的科學」、「確立的學識」、「科層化的知識」成了向自私地方性利益屈服的標誌。無根知識分子向確立的知識階層的轉化，鮑曼將之稱為「異鄉人特性的私化」（privatization of strangehood）。知識階層的成員在該階層的普遍性中擁有同一種生存狀態，不再產生炸藥般的普遍性，喪失了昔日那種反叛性的稜角，不再對存在提供另一面的洞識，不再是此時此地的一種挑戰，不再是烏托邦的優勢，它成為「無根性的普遍性」。詳參氏著，邵迎生譯《現代性與矛盾性》（Modernity and Ambivalence），北京：商務印書館，2003年，頁136-148。

[34] 何錫章、高建青〈江湖遊民的奴才夢——論「水滸人物」的生存狀態及其生存意識〉一文指出水滸人物的忠義觀應還原其生存狀態的強盜面目，奴才本質，水滸人物這一群體身上所體現的是奴性生存意識，正如魯迅所說的：「……綠林結習，而終必為一大僚隸卒，供使令奔走以為寵榮」。《中國文學研究》，2002年第4期，頁48-53。

是很有名的故事。金堡後創丹霞名刹，在主持丹霞之際仍不忘懷故國，著有《遍行堂集》，將明末遺民語錄用藏經式的版心來刊刻，即所謂「徑山藏」，也叫做「嘉興藏」。不料乾隆四十年《遍行堂集》獄案發生遭毀。由於明清之際流寓粵東者多皈依函昰，函昰曾主持丹霞名刹，這座寺廟是大學士鄧州李永茂之弟捨其丹霞舊宅所建造的佛寺。

　　因此，「丹霞」成為一個特殊的代碼，在函昰與金堡所處的粵東遺民文化裡，是一個廣為眾人所知的地點。陳忱《水滸後傳》將它書寫為：「在廢寺之基建一道院」，一方面將梁山泊的「靖忠廟」移置到丹霞宮左側，改名「旌忠祠」；一方面在右邊建一「報德祠」，供奉舊國主馬賽真元身，後來暹羅國主李俊傳位子嗣後也在此修真終老（《水滸後傳》三十九回），「丹霞宮」成為暹羅國地理上、精神上的制高點。如果說《水滸後傳》是以遺民思想作為一種核心思想，那麼「丹霞」一詞置入的義涵就非常重要了，它將「靖忠」改為「旌忠」，與「報德」並列，合為一組符號系統，其所旌表與回報的德目表面上是儒家系統的核心價值「全忠」、「仗義」[35]，但是在「丹霞」的制高點覆罩下，透過公孫勝的羅天大醮報答神明並追薦陣亡將士，與三十八回〈宿太尉海國封王〉，三十九回暹羅國訂定典章制度，形成一組更大的權力符號象徵系統。

---

[35] 第二十四回講述燕青帶著楊林到金贏探視遭金人羈留的二帝時，回目寫道〈獻青子草野全忠〉，燕青並表明那是一樁「未完的心事」；接著他又極力籌錢贖回遭擄的盧俊義二安人和小姐，回目說道：〈贖難人石交仗義〉。

　　如果說小說後面的（四十回）元宵慶典「詩文」是回歸唐朝詩文的一種文學復古，在晚明的復古文論中具有典籍符號的象徵意涵——象徵著回歸精神家園；那麼三十八回、三十九回官制、官名則是活著的權力符號，坐實了「國」的想像。中國文化裡官制往往體現了王者集團的意志，尤其是封國時的「封爵」，透過官職名號來表達「官本位意識」，直接顯透中國文化「名實」觀念的根源，這觀念在先秦諸子百家對典籍符號與權力符號的現實投射中均予以辯證存在。[36]黃亞平認為「官本位」意識是遠古禮樂文化的原型符號——典籍傳承活動的自然產物，王官乃推動和認證典籍原型的傳承和延續，而這又是主流文化的發展方向。[37]

　　我們在《水滸後傳》的遺民自我建構中，看到的是他們仍然操作這一套權力話語機制：立王官、追典籍；但是在公孫勝的「丹霞宮」最後所收納的國主群——馬賽眞、高麗王、李俊，實則將人間王官所代表的官本位意識之最高權威推回巫覡的神性符號系統中，那是作為更寬泛、更大解釋空間的華夏文化原型符號系統，回

---

[36] 「正名」學說在先秦諸子思想中是一個重要的觀念，以儒、法為代表的是「定名分」、「明貴賤」；與以名、墨、道為代表的是「別異同」、「正名字」的學說大抵形成先秦有關名實關係的討論之兩大類。「刑名」、「爵名」、「文名」則為承繼前代典章制度之提法，是以政治倫理為主，語言邏輯為輔的結構互補，往往因現實環境之變動，形成動態結構的理論基礎，這種由原始時期對名號的崇拜和信仰，進入禮制階段以後，為前代原型符號所有的神性被置換為權威性，在進入歷史理性階段，名號又形成等級秩序。詳參黃亞平《典籍符號與權力話語》，北京：中國社會出版社，2004年，頁256-270。

[37] 同上註，頁258。

復到巫覡領袖對神靈祭祀儀式的固化和加工化的過程，對易代之痛的遺民反而坐實了「天下」的概念，精神上始得以開脫出一片寬廣之境。在現實世界裡的遺民的確無立足境，但是其任俠、結社、詩詠、逃禪、逃色等等博雜之境，卻是另一種世界的立足境，《水滸後傳》的生存理念與立足之道不得不是一種離散型的人生狀態，是一種詩性精神的生存意識。

四、水滸餘黨的「征東」

我們如果細讀《水滸後傳》大部分的篇幅，編織在時空詩化的書寫與你死我活的戰鬥中的路線，是一條東（南）進的流寓（亡）歷程。李俊先是自封，隨後並獲得道君皇帝追封為「征東將軍」，帶有相當濃厚的「大陸中國」的本位思想，是一種暗藏殖民他國（暹羅國）的權力與武力想像。這個所謂「新烏托邦」的國家想像不斷的複製中國的節慶（象徵春天的元宵節）、詩詞文藝、儒俠道思想等軟體工程，並強調血緣的傳承與流播；然而，卻又不得不兼顧「海洋中國」的現實。因此，這個奇怪的國家想像在牽涉現實的武力與權力部分就不得不借諸神道妖術與祖國封誥，達至一種實者虛寫，虛者實寫的弔詭手法。這一部「孤臣殘史」並非遺臣的理想建國方案，或是反清復明的基地，而是結合「桀驁之盜」與「孤臣殘史」在歷史通感與家國想像的過去、現在、未來之時間軸中穿梭，試圖尋求新身分，找到新位置的複雜心態流程。

　　所以說，海外乾坤是一個融合幻滅與理想的複雜時空型，不應該只是「預擬」鄭成功的海外事業，以之為反清復明的基地這種霸權想像而已。作為「殘民」，其發跡變泰與另謀生路的邊緣思想雖然扣著「征東」的大帽子，卻沒有提供流寓之後的回流想像即是明證。

　　在以「征東」成軍的梁山餘軍中，其征戰的隱喻就政權版圖的角度來看，一方面指向國內被異族征服的困境，以及面向國外從血統與權力的擴張試圖達到緩和的精神壓力；一方面就自己本身異質力量呈現出對社會、歷史、文化的矛盾衝突所具備的調節性功能，展現出向傳統的詩文以及權力象徵秩序的臣服，但是無形中也利用收編的假象躲避檢查，保持異端（流寇）的特質，立足於「海洋中國」與異族統治的「大陸中國」形成分庭抗禮的想像，其真正的存在是「中國材質」所打造的「完整的」精神歲月與精神家園，這是作者企圖以「海洋中國」的積極思維將中國概念涵蓋到大陸以外的地區，水滸餘黨由傳統的土寇轉變為海寇，並夾帶著文化因子。陳忱面對亡國的創痛與焦慮，其去除焦慮與解決痛苦的方法，乃擴大中國概念，並以文化中國為自我定位的依據。

五、餘論

　　《水滸後傳》就結構上來看大體可以分為兩大部分，一部分是對《水滸全傳》過去記憶的召喚，並編織在再次聚義的歷程中；

另一部分是延續《水滸全傳》記憶的召喚，並植入遺民詩文暨詩禮中國的廣大文化語碼，以形成海外乾坤的核心理念。《水滸全傳》→遺民詩文→詩禮中國，是一組層層遞進而又相互影響的烏托邦意象，這種書寫模式開啓了晚清水滸評論的若干議題，如：就歷史通感而言，亡國／水滸精神──激發出社會異質力量之調節作用，對晚清世紀末的歷史創傷，直接導引出國民性重建與國家重建的想像來源：炎黃子孫、強國強種、尙武精神等論述，無不在中國主體結構鬆動之際啓動這種異質想像。

此外，因爲朝代更替與世代交替產生的結構面與時間性的斷裂，殘餘的歷史拾荒者，所綴補的歷史拼圖不論就軍事規模、權力模式與範疇、國家政策、國土想像等，其所比附的文化語碼仍然是充滿斷裂的前歷史記憶，如大唐的「藩國」制度衍伸的「扶餘國」想像；水滸世界的擬國家秩序，都是將地極重新設定爲永恆循環的起始點，是一種「周邊中國」的永恆召喚，邊緣性的思維對中心的再定位，對疆界的再擴充，無不展現極爲積極的意義。

第二章

從蓼兒窪到軒轅井

《後水滸傳》的「妖魔」書寫與「國魂」重構

摘　要

本章是將「妖魔」書寫與「國魂」重構放置在文化意義上的闡釋，來解讀水滸世界的遺民／新民生產。此書從「宗教修辭」與「說部傳統」中擷取敘述的合法性資源與途徑，在近代「造神／去神」運動中開展紀實作品、歷史敘事與道德（哲學）修辭、宗教修辭、政治修辭等虛虛實實之間的「大文本」書寫。雖然托生與孿生子型文化英雄及其派生意義具有濃厚的神魔、轉世、因果等非理性色彩的特質；然而在「永不妥協」的梁山精神方面，對招安的堅決反對，對梁山好漢的精神純度以及與民同在的細緻處理，《後水滸傳》又自有一套吻合「俠」的近代形態之理性發展。揉合綽號、神話、妖魔及罡煞文化而出場的妖魔行傳，由綽號到諢號標籤化的變化，是大眾化的一個結構深層化之表現，古典俠的個人意志被江湖化的、世俗化的「武林」場域所逐漸滲透，俠義精神隨之逐漸走向諢號的形式體現出：這是一個群魔亂舞的世代。透過為民除害與復仇的書寫，藉由一套充滿野性的儀式作為一種江湖氣息達成慎重的誓約性質，拜盟者休戚與共，榮辱一體，其親密程度甚至勝過同胞兄弟。其中野性的分食敵人血肉，作者在此埋下一個區分敵／我、正／邪、叛逆／投臣的因子，由此可見，野性的復仇、救難以及飲食作風，除了是個性寫照之外，小說實際賦予它有更深層的意涵，是向更古老傳統、民間社會認同的文化意涵。

在《後水滸傳》「托生／孿生」雙重結構中，相對應於《水滸傳》的天罡地煞，這些魔性已經不是因為「誤走妖魔」而出的，它

是一種生命不死的循環與糾葛——「托生／孿生」，而且其最終歸宿已經不是高太尉放走他們的原址，而是「軒轅古井」，此一時間意象的增強，才是這部小說對水滸精神的傳承與消解經典的關鍵所在。同時，在時間的頑強否定（指向永恆不止的循環）中，小說又試圖解消空間的強制性規定，嘗試將水滸精神推向更廣大的空間向度。當眾英雄因緣前定式的匯聚到「洞庭湖君山」，並且大肆經營之後，小說的結尾以「軒轅古井」來保存梁山魂魄，乃宣告以黃帝符號營造異族統治下的國族想像，以國統來取代皇統，一方面固然有凝聚國族成員及其精神、搏塑國族整體的作用；另一方面在隱曲的國碼（軒轅-炎黃子孫）背後，確有排斥「非我族類」樹立疆界的嚴謹意義存在。《後水滸傳》訴說的「軒轅之戀」，是帶著歷史性的強烈主體悲劇意味的遺民印記，「遺民」之所以為「遺」，正是「存在過」的特殊標記，「一口可疑的井」，一種似在而非在的存在。

關鍵詞：托生／孿生型文化英雄、軒轅、國族想像、諢號、民間俠

一、前言

《後水滸傳》的作者是誰不得而知，只署名「青蓮室主人輯」，卷首有序，末署「彩虹橋上客題於天花藏」，根據胡萬川的考證，天花藏主人應是張勻，生於明末，在清順治年間到康熙前期，是清初創作推動通俗小說，尤其是才子小說的最重要人物。[1]《後水滸傳》在清代被理解爲「一片邪汙之談」，而逕予「狗尾不如」的評價。[2]

魯迅編纂「中國小說史」時，面對小說中的宗教哲學修辭問題，嘗試提出「神魔」一詞作爲框架來予以詮釋[3]，這對我們闡發小說的意義、價值以及知識譜系化的可行性、合理性及有效性時，指出這一類的宗教修辭並非都帶有根本的性質，它們把民間信仰文化資源與哲學神話宗教的片斷「混而又析之」的納入文學敘事裡，

---

[1] 胡萬川〈天花藏主人到底是誰〉，收在《中國古典小說專集》第六集，臺北：聯經出版社，1983年，頁235-252。

[2] 清康熙年間的漢軍鑲紅旗詩人劉廷璣著《在園雜誌》（卷三）說：「……後《水滸》則二書，……一爲宋江轉世楊幺，盧俊義轉世王摩，一片邪汙之談，文詞乖謬，尚狗尾之不若也。」沈雲龍主編《近代中國史料叢刊》三十八輯，臺北：文海出版社，1966-1973年，頁146-148。

[3] 魯迅說：「……歷來三教之爭，都無解決，互相容受，乃曰『同源』，所謂義利邪正善惡是非真妄諸端，皆混而又析之，統於二元，雖無專名，謂之神魔，蓋可賅括矣。」《中國小說史略》，第十六篇〈明之神魔小說（上）〉，香港：三聯書店，1996年，頁159。

這些資源斷片被扭曲、變造、戲仿、挪用、並置，使得原來在各自話語系統中的形象、儀式、情節、命題、概念被抽離了其原始教義上下文的具體連繫，靈活而多變的納入文學作品自成一體的敘述世界之中，以服從小說所希望達到的敘述效果，可說是明清時期的「中國小說中的宗教修辭」與六朝志怪已面對一個截然不同的知識文化處境了。因此，在「邪汙之談」的古典說部裡，《後水滸傳》的書寫如何從「宗教修辭」與「說部傳統」中擷取敘述的合法性資源與途徑，的確應在近代「造神／去神」運動中所開展出的紀實作品、歷史敘事與道德（哲學）修辭、宗教修辭、政治修辭等虛虛實實之間的「大文本」中去考察。

　　作為明清易鼎之際的作品，《後水滸傳》與陳忱《水滸後傳》以及俞萬春《蕩寇志》的敘事相較，帶有更濃厚的神魔、轉世、因果等非理性色彩的特質；然而在「永不妥協」的梁山精神方面，對招安的堅決反對，對梁山好漢的精神純度以及與民同在的細緻處理，《後水滸傳》又自有一套吻合「俠」的近代形態之理性發展。因此，在所謂「邪汙」之中的評語，雖是某種程度的誤讀，但也正說明了這部小說「妖魔」敘事特別受到強調的事實，而「妖魔」放在水滸的大敘事裡，自其創生伊始，固已染上濃厚的政治色彩和異端精神，又隨著續書開啓的再次聚義之發展，「妖魔」的多重品格也不斷的衍生出文化中的各種「符號資源」（symbolic resource），使水滸世界在政治鬆動之際，具有召喚政治之外的精神紐帶之可能。

二、托生與孿生子型文化英雄及其派生意義：綽號、神話、妖魔及罡煞

　　《水滸傳》「高太尉誤走妖魔」之神話結構，是後人開拓水滸述評的一個重要關鍵，由於主角人物亦魔亦人、非魔非人的特質，使得水滸創作者在使用其神話修辭時，得以從宗教文化資源有效的派生出政治敘事。不管是罡煞妖魔的降世、九天玄女的預應色彩，或是關帝信仰的儒家教化，都可以回溯中國古典小說自神話到志怪小說以來的層層積累，乃至於在明清章回小說許多佛徒道士引經史以證報應，意在自神其教以爲「輔教之書」的作法。[4] 明清章回小說對於中國神話哲學的轉換運用，即便是作爲情節結構的斷片或背景，都透露出整部小說的關鍵意味。

　　《後水滸傳》在人物出場的地方出現了一個頗爲鮮明的特色，那就是不管正反面人物都帶著一個「綽號」，而且在綽號出現的同時，或接下來的若干情節，作者會介紹或演義此綽號的來源及相關事蹟。姓名與綽號是文化精神與藝術審美、人格特質、社會變遷的豐富符號資源，盛巽昌就指出《大宋宣和遺事》的阮氏三兄弟（阮小二、阮小五、阮小七）的取名反映了宋元時期下層民眾有姓無名，以行第及父母年齒合計爲名的社會狀況；智多星「吳學究」的名是職業；孫二娘、扈三娘、顧大嫂是中下層女性以行第爲名；閻

---

[4] 這是魯迅在說明《冤魂志》、《宣驗記》、《冥祥記》等書時的看法，《中國小說史略》，第六篇〈六朝之鬼神志怪書（下）〉，同註 [3]，頁55。

婆惜、李師師是宋元民間藝伎歌女的特色大名。[5]綽號作爲姓名的補充或誇大，其實有另一種人物審美的興味，在創造人物形象，提供審美情趣以及月旦人物，都不斷指出其特殊用意，我們試由下面整理進入此書的人物畫廊：

（一）從綽號到諢名：身體、社會屬性的銘寫

人名	綽號	來源、特徵	頁碼[6]
楊幺	妖兒	出生時有兩團黑氣衝滾入房；自生下晝夜啼哭，睡在竹筐內常有人看見怪象，人便指說是妖魔。	70-71
王摩	魔兒		
楊幺		楊幺：「人說是有妖氣，就叫是妖兒。」 楊得星：「我今無子，得他一點『孤幺』也是好的，……」	76
	道長	教授：「幺」自是肖小氣象，甚非大雅端莊，……只得替他取了一個美號，使他日後成君子氣象	80
	楚地小陽春	見人不平便肯相助，見人患難便肯相扶	81
	全義勇楊幺	柳壤村人個個喜他愛他，若遇有事便來尋他商量做去，再不吃人虧苦	81
花茂	小天王	村中牌坊被雷震的將倒，一手托定	86
柏堅	八臂哪吒		86
呂通	鐵殼臉	紫臉莊腮	86

5　盛巽昌《水滸黑白綽號譚‧序》，上海：上海辭書出版社，2002年。

6　本文所注頁碼根據大連圖書館清初刻本，收在侯忠義主編《明代小說輯刊》，成都：巴蜀書社，1995年，下同，不另註。

人名	綽號	來源、特徵	頁碼[6]
游六藝	鎮天雄		87
滕雲	飛過海		87
何能	廣見識	抱負奇才，口若懸河	89
邰元	小太歲	母親生他時，曾夢見太歲	94
	春牛小太歲	兩條水牛爭鬥不開，他用手捏住牛角，兩條水牛似拱服般立著不動	118
王信	焦面鬼	贊文：面如藍靛，橫紋疙瘩堆成；髮若焦黃，亂蓬捧螺雙角	101
岑用七	揭浪蛟		110
郝雄	鬼見愁		111
張傑	白腳花貓		111
黃金	花花蝴蝶快活三郎	喜愛美婦人，美妾俏婢滿房幃，婦女若有姿色，必千方百計設謀到手，方才逐心	117
都趣	火老鴉	慣走人家作幫閑	130
丁謙	鐵裡蛀蟲		141
于德明	鐵鷂子		141
常況	鬼算計	自云：「能跳高牆，踏得險壁，任他藏得隱密，放得安穩，也要被我算計到它手，……存心偷奸偷詐，不偷貧苦，好結豪傑。」	143
柯柄	水底鰲魚	能識水性，在水中伏得晝夜，往來客船停泊，夜間去鑿通船底，將船沉溺，取他財寶。	161
童良	分水犀牛	江中風起，見船停泊，便入水去裂斷錨索，那船無力，旋入江心。得了財物，只賭錢吃酒，遠近聞名。	161
沃泰	攔路虎	贊文：兩臂上力挽千鈞，勇過孟賁	162、164

人名	綽號	來源、特徵	頁碼[6]
賀雲龍	活神仙	贊文：滿腹中道術萬千，法賽天師	162、164
王豹	撲燈蛾	恃力欺壓遠近鄉村，婚媾、嫁娶、死喪、田產交易俱要通知，請酒或送紙包才保沒事	167
駱敬德	錦毛犬		171
殷尚赤	鑽心蟲、遍地錦	有一身武藝、身上前後刺就了百朵纏枝牡丹	180
孫本	小虬髯	為人輕財好義，見人患難，極肯拯救	197
屠隆	鐵鑄金剛		
屠俏	馬上嬌	騎在馬上，一雙小腳兒在銀鐙裡斜蹺，十分嬌態。	203
殷尚赤、屠俏	男女魔頭	日日同去巡山，劫取過往，十分強橫	209
樂湯	五色反毛錦雞頭	拳棒十分了得，在大寶集一連三年不曾遇對手	215
夏霖	夏不求	自為號	236
王突	生鐵頭大漢		245
王摩	金頭鳳	能射摩空老鷹，戴得金鳳虎頭紥額	247
	小太保金鳳虎	官軍都尉來捕剿，俱被他殺走，故有此名	247
袁武	小袁天罡前知神	幼遇異人，善識天時地理，喜談布陣行兵以及陰陽術數，多智多謀	254
殳動	青竹蛇		257
黃佐	再蕭和	豹頭環眼，虎項熊腰，武藝精通，兼曉算法	260、333
馬霪	骷地雷黑瘋子	贊文：一味言憨性直，不知者盡道瘋癲；滿腔義重情真，知我者俱稱俠漢	275

人名	綽號	來源、特徵	頁碼[6]
鄭天祐	跟斗雲	一日能行五百餘里，人見他行走迅捷，俱稱之	312
岳飛（岳鵬舉）	忠孝	求名建功，顯揚當世	333
章文用	書記手	是個經書教授，久通文墨，真草隸篆以及刑名書札，無一不曉	370
郭凡	賽盧醫		370
段忠	一刀斷撒開	手段快捷	399
石青	山海鎮	生得矮小，面色如青	400
柳林	花斑豹		402
勞捷	毛頭獅		403
楊幺	楊無敵	自稱：聞得當初令公楊業，驍勇非常，百戰百勝，人稱他為楊無敵，亦且忠勇傳名。我幼時撫養父母，曾說是他遺孤。我今步武前人，亦當以無敵稱之，未為不可	410
羅英	潑天火	兩顴高聳，面色紅赤，武藝高強，性氣剛爆，時常鞭扑士卒	414
侯朝	癩頭黿	以混鐵火叉八百餘斤的癩頭黿，自此聞名	414
夏不求	夏剝皮	楚帝張邦昌授武職，一朝得志，搜索富戶，刻薄小民，生性貪淫，占人妻女，百姓背地裡咒罵他，欲剝其皮方快	423
向雷	喧天鬧	配得上好火藥	425
隋舉	沒攔擋		425
朱潤	探驪龍		433
	太陰老母	贊文：中年失配，炎炎獨火頻燒；半老無夫，慘慘太陰凝結	478、482

　　這些綽號的形象、性格非常鮮明，提供了特定的人物肖像圖，尤其是附帶的來歷說明，使得人物畫廊簡要概括，有著說書人和文人群體長期加工的民間氣息之殘留物。這些綽號有些是針對長相、身體記號、神態而命名，如：鐵殼臉、焦面鬼、山海鎮、馬上嬌、鑽心蟲、遍地錦等；有的是以武器配備命名，如：金頭鳳；有的是以奇能異事為名，如：小天王、春牛小太歲、鬼算計、水底螫魚、分水犀牛、五色反毛錦雞頭、再蕭和、楊無敵、喧天鬧、跟斗雲等；有些綽號帶著社會輿論批評的總結色彩，如：花花蝴蝶快活三郎、撲燈蛾、夏剝皮、火老鴉等反面人物，以及楊無敵、小袁天罡前知神等正面人物。在這些綽號中我們可以發現有些是他人給予的命名與被封號者自我認定有顯著的落差，如：夏不求／夏剝皮、楊無敵／楚地小陽春／道長／妖兒／全義勇、魔兒／金頭鳳以及颰地雷黑瘋子馬靈的爭議性贊文，從這些名號可以看出這部小說的民俗色彩。

　　此外，從這些綽號的人物畫廊中可以發現，《後水滸傳》在人物的設計上越是重要的人物越具有爭議性，表面上名號的使用似乎讓我們很快的進入人物性格特質，但是在越核心的正反面人物身上，作者就賦予更多的封號與矛盾性，有時還戴上出生時的夢應。這種人物書寫方式一方面將主角人物置於「無名」的位置，指出「他」不是一個普通人，而是一個「自以為」或「他人認為」或「命定如此」的人，所以我們正接受的這個人具有「非人」色彩的人；其次，作者將頗為極端的特質同時加在一個人的身上，來突顯出人物矛盾性格的不可調和與並存；因此，綽號的存在是一種取消，也是一種無個體身分的存在；最重要的是，本書的主角乾脆

直接命名「幺（妖）／摩（魔）」，所以此書可說是「妖／魔本傳」。

就中國武俠發展的歷史來看，隋唐以後，武俠向近代型轉化，逐漸形成綠林，下層社會之綠林其俠義觀念主要表現在江湖義氣，這與古典俠因為注重「名」的觀念，仍留意「俠」與「盜」、「賊」的身分區分不同。魏晉南北朝以後，俠出現分化，由於時局動盪的關係，民間社會成為俠士尋求新的發展空間，俠士成分日趨複雜，有武術藝人、各階層人物，他們盛行取綽號，余嘉錫《宋江三十六人考贊》說：「凡綽號皆取之街談巷語」[7]，這些綽號甚至具有樸野、猥俗的成分。陳山在《中國武俠史》一書指出民間社會不僅使用綽號，而且恢復遠古「移大犧」這樣的樸質用語，使綽號充分的世俗化。這種綽號除表現出武士之間的特殊位置，往往還能顯現武士之品格、技藝以及彼此之間的特殊親暱關係，更是被民間社會、武士階層進一步認同或定位的標誌。而後「綽號」又朝著「諢號」發展，「諢號」形同民間藝人的藝名，取代了綠林中人原來的姓名，在江湖中流傳。[8]超越了綠林諢名的表層詞義，實質上表明了此人在江湖體系中一種相互認同的結構關係與意義生產，所以諢名與深深烙印它的文化系統是分不開的。

由於宋代以後俠的近代形態促使武（綠）林的形成，作為一種文化現象，此一場域體現了大眾文化與菁英文化之間的一種動態複雜的關係[9]，存在於大眾文化與菁英文化動態融滲的武俠世界，

---

[7] 載於《余嘉錫論學雜著》，北京：中華書局，1963年，頁384。

[8] 陳山《中國武俠史》，上海：三聯書店，1992年，頁206。

[9] 陳山分析宋代儒家吸收禪宗用白話宣講的傳播方式，與私人講學之風，使得新儒

由綽號到諢號標籤化的變化，是大眾化的一個結構深層化之表現。古典俠的個人意志被江湖化的、世俗化的「武林」場域所逐漸滲透，俠義精神隨之逐漸走向諢號的形式體現出：這是一個群魔亂舞的世代。於是當有一個與儒家思想相近的人物「岳飛」出現時，即鮮明的映襯出一個不同結構的入侵，岳飛以一個負冤者與高貴的民族情操象徵人物作為「妖魔」的終結者，說明了在一個「天地有正氣」，而這種正氣「在天為日星，在地為河岳，在人為忠義」的時代裡，「邪氣之不容於天地也」[10]，因此此書的結尾才投下「岳家軍」收妖魔的情節，此點容後詳論。

（二）凡體與仙胎的轉化

從民俗較長期發展的綽號來開展書中人物行動，構成情節的連繫與象徵意涵之後，《後水滸傳》在全書終結時，仍回到星宿的榜單，此處試從相關人物的轉世托生以及聚義情節整理切入如下表（第四十二回〈眾豪傑大悟前身〉）：

家理論與其時逐漸發達的印刷出版，大眾媒介的更新相合拍，所以儒家思想滲透到大眾文化之中，而武林對儒家文化的接受不是被動的吸收，乃是用大眾文化觀念加以改造，於是產生武林的「忠義觀」。同上註，頁169。

[10] 高有鵬在《（插圖本）中國民間文學史》一書中分析：兩宋時代是明朝人百感交集的時代，楊家將與岳家將雙璧傳說更注滿了明代社會特有的民族感情，尤其是鄒元標在《岳武穆精忠傳・序》中說：「高宗忍自棄其中原，宜其忍殺一飛也。」李春芳《岳武穆精忠傳敘》也認為：「紀異者傳檜變為牛，而雷碎之，……邪氣之不容於天地也。」這都說明了當時小說創作中「文不能通，而俗可通」（袁宏道《東西漢通俗演義・序》言）的現象。開封：河南大學出版社，2001年，頁508-510。

	前世	托生	加入集團、回數	為盜賊之因
1	天魁星呼保義宋江	天柱曜星全義勇楊幺（2回）		壓死猛虎，與花茂等三人及天雄山豪傑結義（3回） 賀太尉強葬親人於柳壤村，與之起衝突（10回） 撕毀王摩圖形，被認作是王摩擒住，馬靈救出（23回） 為救許蕙娘大鬧東京，被擒入開封府（26回） 賀省擒其養父母，為救之自投官府，天雄山、君山兩處聚義救之，被尊為首席（33回）
2	天英星小李廣花榮	斗木獬宿小天王花茂（3回）	君山（6回）	因與楊幺、天雄山強人結交，被人出首，縣尉押入重牢（4回，頁97）
3	地正星鐵面孔目裴宣	奎木狼宿八臂哪吒柏堅（3回）	天雄山（5回）	為花茂事護送花茂妻子，途中被天雄山弟兄接去（5回）
4	地勇星病尉遲孫立	張月鹿宿鐵殼臉呂通（3回）	君山（6回）	花茂押解途中救之，被岑用七所救，入洞庭湖君山（6回）
5	地煞星鎮三山黃信	角木蛟宿鎮天雄游六藝（3回）	天雄山（3回）	二人原為宋朝將領，太尉賀省忌功，暗進表章陷害二人[11]

[11] （頁92）二人因說道：「我二人俱是宋朝將領，鎮守居庸關險隘，抵敵金兵。不期金兵不由居庸關進來，突入玉（雁）門關侵掠，徵索朝廷幣帛。朝中聽信賀省知兵，特授太尉之職，出師邀阻去路。誰知賀太尉是個蔭襲少年，營謀美職，全不知兵，一味忌功。我二人力敵向前，他只觀望不進，不應糧草，以致敗歸。他卻使人暗進表章，說我二人不遵軍令喪師。朝（頁93）中聽信，將我二人囚解東京處斬，因在半路脫逃，連夜往南投奔。……前日在一鄉村池塘內，忽掘起一個石碑，上刻有篆文，有人識出，說宋室不久，將來群雄割據。我二人不勝心動，一時恐怕做不來。若據碑上言語，是應在道長哥哥身上。」……因念出道：「遍地胡笳吹動，一輪紅日西斜。看來皇帝也無家，且喜天將還曉。楚地陽春非小，關中鳳虎堪夸。群雄嘯亂聚如麻，一旦丘山盡掃。」

	前世	托生	加入集團、回數	為盜賊之因
6	地數星小尉遲孫新	畢月烏宿飛過海滕雲（3回）	天雄山（3回）	
7	天機星智多星吳用	天心曜星廣見識何能（3回）	天雄山（5回）	見宋室君昏臣佞，避隱在家（3回，頁89） 柏堅求楊幺相助救花茂，楊幺薦何能（5回）
8	地然星混世魔王樊瑞	天冲曜星小太歲郃元（4回）	天雄山（5回） 焦山（11回）	花茂下獄，游六藝請來助，且可與互相仰慕的楊幺相見（5回） 妻子王月仙被權貴之子黃金設計娶為妾，並害郃元受牢獄之災（6-10回） 至柳壤村訪楊幺，因賀太尉強葬親人於柳壤村事，與之起衝突，與楊幺一同被押解（10回）
9	地全星鬼臉兒杜興	鬼金羊宿焦面鬼王信（5回）	天雄山（5回）	因有膂力，失手傷人，脫逃至天雄山（5回，頁101）
10	天敗星活閻羅阮小七	箕水豹宿揭浪蛟参用七（6回）	君山（6回）	在洞庭湖上出沒，留心結識好漢，救了呂通、花茂（6回）
		鬼見愁郝雄（6回）	君山（6回）	
		白腳花貓張傑（6回）	君山（6回）	
11	地鎮星小遮攔穆春	井木犴宿鐵裡蛀蟲丁謙（9回）	險道山（30回）	丁父收留被陷害下獄的郃元而結識（9回） 常況、駱敬德等結寨後，丁家表兄弟回家，丁謙長兄為縣吏被人誣害至死，丁太公聞訊病亡，丁于二人殺了仇家，入險道山
12	地樂星鐵叫子樂和	室火豬宿鐵鵲子于德明（9回）	險道山（30回）	

	前世	托生	加入集團、回數	為盜賊之因
13	地會星神算子蔣敬	天芮曜星鬼算計常況（9回）	險道山（30回）	與楊幺為友（3回）助郤元殺王月仙等（10回）楊幺為之頂罪，常況聞知便去認罪（12回）後駱敬德、于德明、丁謙等將之救出，與駱在險道山結寨
14	地退星翻江蜃童猛	壁水貐宿水底鰲魚柯柄（11回）	焦山（11回）	熟水性，二人商議要做大事業，遇郤元同赴焦山[12]（11回）
15	地進星出洞蛟童威	參水猿宿分水犀牛童良（11回）	焦山（11回）	
16	天富星撲天雕鵬李應	亢金龍宿攔路虎沃泰（11回）	焦山（11回）	焦山本有盜賊盤踞，沃泰犯罪脫逃過江，被劫上焦山，砍倒頭目，小校拜服，尊為寨主（11回，頁162）
17	天閑星入雲龍公孫勝	天英曜星活神仙賀雲龍（11回）	焦山（11回）	與道觀中道士不合，聞沃泰愛結豪傑故來投（11回，頁162）
18	地損星一枝花蔡慶	婁金狗宿錦毛犬駱敬德（12回）	險道山（30回）	常況友人，常況要楊幺去他家安置。有一身武義，好義結人（12回）
19	天巧星浪子燕青	心月狐宿鑽心蟲遍地錦殷尚赤（13回）	蛾眉嶺（16回）	相好妓女被商人董敬泉奪去，發生衝突，董敬泉賄賂孫本欲害之，幸賴孫本義氣過人，救之（14、15回）後娶屠俏，入蛾眉嶺

[12] （頁161）（柯柄）道：「近日有知事的過商曉得他厲害，預先著人暗送財物，方得平安過去。近日同我商議要做些大事業。若只水底中做好漢，終沒好名，因此留心結識。聞知楊幺有豪傑器量，仗義扶危，要去拜識，急切再沒閒處。」

	前世	托生	加入集團、回數	為盜賊之因
20	天貴星小旋風柴進	天禽曜星小虬髯孫本（14回）	白雲山（25回）	小廝夏不求（黑兒）懷恨，告董敬泉孫本放走殷尚赤事，董賄賂開封府相公擒之下獄（18回）
21	地魁星神機軍師朱武	天輔曜星前知神袁武（15回）	白雲山（24回）	曾應舉，黃潛善等只重夤緣，將他遺落，滿懷憤懣（15回，頁200） 在酒樓提詩譏笑宋室無人，被拿入府中問罪，孫本救之欲尋訪豪傑，做些事業[13] 遇王摩、鄭天祐、殳動，劫秦檜銀，至白雲山結義
22	地陰星母大蟲顧大嫂	女土蝠宿馬上嬌屠俏（15回）	蛾眉嶺（15回）	為蛾眉嶺強人屠隆之女
23	天罡星玉麒麟盧俊義	天任曜星金頭鳳王摩（19回）	白雲山（24回）	為麒麟山寨主養子，後被四位兄長排擠離山，遇袁武，與之結拜

---

[13]（頁200）孫本道：「這個袁武是我同鄉，他幼時曾得異人傳授，洞知天文、地理、數術、陰符。因欲見用於世，展其才略。去年東京開選，他來應舉。不期被黃潛善等只重夤緣，將他遺落，一種憤懣難與人言。一日，在開封府前酒樓上沽酒自酌，醉後在壁上寫了數行詩句，卻是譏笑宋室無人。早被緝事使臣拿入府中問罪。是我一力排紛，將他釋放，遂拜了弟兄，在我家住了多時。他曾勸我說：『不久汴京大亂，天下荒荒。』遂別我去尋訪豪傑，做些事業。」殷尚赤聽了，忙問道：「他恁個人，胸中必具先識。哥哥可曾問他豪傑是誰？」孫本道：「他說：『天意南旋，四方豪傑漸起。餘不足論，近聞得傳言有兩句，道是楚地小陽春，關中金頭鳳。二人可為群雄之首。（頁201）我此去若訪著一人，便事有可為。』只不知如今可曾訪著。」

	前世	托生	加入集團、回數	為盜賊之因
24	天速星神行太保戴宗	星日馬宿筋斗雲鄭天祐（20回）	白雲山（24回）	與人爭口，被告發，脫逃後遇殳動結拜同開酒店
25	地獸星紫髯伯皇甫端	翼火蛇宿青竹蛇殳動（20回）	白雲山（24回）	與鄭天祐開酒店劫財物
	王進	再蕭何黃佐（21回）	蛾眉嶺（29回）	奉命剿蛾眉嶺，楊幺愛其才，用計劫去黃佐親眷，黃佐後拜服（29回）
26	天殺星黑旋風李逵	天蓬曜星魖地雷黑瘋子馬靈（21回）	白雲山（25回）	一箭射滅證果鄉妖怪之眼（21回）救了被認為是王摩而被擒的楊幺（23回）救孫本、殺死官差（24回）
27	地文星聖手書生蕭讓	危月蟒宿書記手章文用（32回）	君山（32回）	為經書教授，沒坐性，失了館穀，投上山來
28	地靈星神醫安道全	觜火猴宿賽盧醫郭凡（32回）	君山（32回）	因知其名，花茂遣人到臨安誘之到山
29	地巧星玉臂匠金大堅	昂日雞宿一刀段撒開段忠（35回）	君山（36回）	為武昌尉司衙中操刀手，一向聞楊幺好名，欲做事業，救出馬靈（35回）
30	地俊星鐵扇子宋清	胃水雉宿山海鎮石青（35回）	君山（36回）	聞楊幺之事，極為仰慕，尋得楊幺養父母屍首送去與楊幺（35回）
31	地暗星錦豹子楊林	柳土獐宿花斑豹柳林（36回）	君山（36回）	原為賀太尉營中將士，進計與賀太尉被斥回，忿忿不平，賀雲龍觀雲知二人可為弟兄（36回）
32	天勇星大刀關勝	牛金牛宿毛頭獅勞捷（36回）		

	前世	托生	加入集團、回數	為盜賊之因
33	天威星雙鞭呼延灼	虛日鼠宿潑天火羅英（37回）	君山（37回）	為廣陵駐紮的宋軍將領，楊幺愛其勇猛，用計將二人縛來
34	天壽星混江龍李俊	軫水蚓宿癩頭黿侯朝（37回）		
35	地軸星轟天雷凌振	房日兔宿喧天鬧向雷（38回）	君山（39回）	見宋室將危，想做番事業，在蓼兒窪立寨，宋江托夢要二人結識楊幺、王摩（38回）
36	天滿星美髯公朱仝	尾火虎宿沒攔擋隋舉（38回）		
37	地角星獨角龍鄒潤	氐土貉宿探驪龍朱潤（39回）	君山（39回）	久聞楊幺之名，甚為欽佩，為之偷取神棍（39回）

四大仇人

人物	何人轉世	罪狀
賀省（賀太尉）	蔡京	忌功暗進表章，令游六藝、縢雲二人被問死罪（3回） 強葬親人於柳壤村，與楊幺、邰元起衝突，與地方官勾結，令二人下獄、被押解（10回） 聞楊幺結夥白雲山、大鬧東京，便將楊幺養父母拘禁，欲引楊幺投案（31回）楊幺養父母後病死獄中
董索（董敬泉）	童貫	強奪與殷尚赤相好的妓女張瑤琴，起衝突後賄賂開封府尹、孫本，欲將殷尚赤置於死地（14、15回） 夏霖告密後，賄賂府尹將孫本處斬（19回） 孫本被判刺配，賄賂解子將之了結，欲強娶蕙娘（19回）

人物	何人轉世	罪狀
夏霖（夏不求、黑兒）	高俅	與孫本有怨，向董敬泉告密（18回） 助董敬泉強奪蕙娘（25回）
王豹	楊戩	在謝公墩挑釁楊幺（11回） 誣賴楊幺殺人，告至陽城縣衙（12回） 在謝公墩欲擒馬靁（31回）

　　在四十二回揭開眾好漢的托生轉世之緣由時，同時也揭開了楊幺、王摩「前世異姓頭領兄弟，今世同胞兄弟……（王摩道）俺兩人面貌廝像，當時夢中說一瓜一蒂，今日才知同生雙養」的謎底。在《後水滸傳》「托生／孿生」雙重結構中，托生的新的星宿有烏、蛟、蝠、狗、貐、狐、蟒、猴、雞、兔、蚓、鼠、獐、牛、貉等多種動物的名稱，相較於《水滸傳》的星宿名稱接近道教將天罡地煞星群神格化為天將，《後水滸傳》的動物星宿層級不高，多是與老百姓的生活更為接近的一些小動物，這些水滸再生的星宿成為人物特徵的「敘述形容詞」[14]，可以比較容易被「結局性情節」

---

[14] 美國敘事學家查特曼在《故事與話語》一書摒棄結構主義敘事學家將情節擺在第一位，以及傳統批評家將人物視為首要成分的偏執，提出必須將人物特徵與更為短暫的其他心理現象區分開來。他認為人物特徵為「敘述形容詞」，指稱人物的「個人品質」，它有別於人物的臨時動機、感情、情緒、想法和態度。"*Story and Discourse*" by Chatman, S., Ithaca: Cornell univ. Press, 1978, pp.107-138. 當代敘事學的人物觀，將人物區分為「功能性」、「心理性」等人物研究模式，而提出「行動者」這種結構功能性質的單位，對「人物」此一複雜的語義單位及其特定組合方式，以及行動者之間的心理關係和意識形態關係的分析，雖然有適用性與侷限性的問題存在，但仍然有效的對傳統批評實踐的盲點做出貢獻，如「功能

使用[15]，這在以因果報應爲主軸的《後水滸傳》[16]，能把事件發展過程作爲描寫的重點，亦即類型化、概念化的人物比較能快速回應「因事設人」的創作需要，所以此書的人物美學不同於「展示性情節」以展示人物爲目的，《後水滸傳》的人物性格不具備發展變化的特色，而多是與生俱來的。因此，在整體托生的預示性裡，結局是命定的，小說人物作爲行動者，其實在演示一個預先設計在楊么鐵棍上的讖語[17]，這是《後水滸傳》的「神話結構」啓動文化英雄的秩序觀（藉由幾次的再排定座次）及其感性結構（對前世記憶的召喚）之「因事設人」的作法。

　　《後水滸傳》「托生／孿生」的英雄以新人的姿態出生，從楊

性」的人物觀對以事件爲中心的程式化小說，提供傳統歷史演義小說對已知事件的重演之美學特質的釐清；而「心理性」人物觀在藝術虛構性與經驗式分析及其與敘事層面的關係，也對照出現代小說的文體學意義。

[15] 一般小說的傳統情節特點是有一個以結局爲目的的基於因果關係之上的完整演變過程，查特曼將之命名爲「結局性情節」；不同於現代小說，尤其是意識流小說、心理小說的情節，屬於「展示性情節」，後者以展示人物爲目的，它的特點是「無變化」、「偶然性」、「情節淡化」及「無情節」；而前者則往往缺少人物內在豐富的性格，鎖定「事件」發展爲主。*"Story and Discourse"* by Chatman, S., pp.47-48.

[16] 《後水滸傳》第四十二回「大悟前身」時，衆兄弟一齊說：「誰知前後俱是一般結義兄弟。殺這幾個仇人，只道報今世的冤仇，不期俱是舊日冤仇。冤冤相報，從此消釋。」（頁473）

[17] 鵬飛洞庭，楊花易零，蕭牆不測，腐草護舲，須尋築隱，歸結天星。（四十二回，頁466）

ㄠ、王摩與原生家庭的失散，到與養父母的離散[18]，他們從家庭中被拋出來，最後在更爲緊密的孿生同胞中結義，這是一批與道家罡煞文化更爲疏離，和陳忱的《水滸後傳》、俞萬春的《蕩寇志》之水滸英雄的菁英傳統也有所區隔的「新人」。其原始性格大都帶著庶民社會的小標籤，這些雜化的動物型星宿不是一個結構嚴整的、趨於成熟的思維體系，尤其在「妖／魔」孿生兄弟與黑瘋子馬靈的嗜血報仇中，更具有一種原始的野蠻衝動。如：第十六回〈好夫妻拼命捻酸　熱心腸兩頭和事〉寫殷尙赤與屠俏兩人初婚，新郎與新娘即大快朵頤：

　　這一席喜筵，雖無海錯山珍，卻有豬、羊、牛、犬，大盤大碗的搬來。屠隆便擅拳裸袖，低頭啖嚼。殷尙赤卻也要吃，只是初做新郎，一時不好動粗，恐怕新人看見不雅，便抬頭看這對面新人。早見屠俏，右手擎著一只豬腿，左手捧著一大碗酒，吃一口酒，咬一塊肉。兩旁村婆野婦，不住的斟酒與她吃。殷尙赤見她吃得十分爽快，便也忍不住吃起來。三人在喜筵上直吃得落花流水，風卷殘雲。不一時，各人面前俱堆了幾堆白骨，盤碗皆空，俱有三分酒意。（頁208）

　　接下來洞房花燭夜一夜歡情的韻文，與前面幾堆白骨以及碗盤皆空的晚宴，寫出食色的盡情暢快，對原始本能毫不修飾。
　　二十四回〈龍尾嶺兩押差私害人〉，馬靈救了孫本，因餓了兩

---

[18] 楊ㄠ禍延養父母，寫得曲曲折折；王摩則遭養父逐出家門。

天「（將兩個押差）即將刀向兩人腿肥處連割，亂塞入口中咬嚼。吃了一飽，便一刀一個割下頭來，擺在地上……，洒家便是颭地雷黑瘋子馬靈」（頁294），自稱「颭地雷黑瘋子」的馬靈吃人吃得好不快活。馬靈與「大黑天神」的「取生人血肉為樂事」之原型十分相像，我們在《後水滸傳》的馬靈身上看到一些融合魔性與倫理、道德化的大黑神身影[19]：馬靈奉母至孝，事友至純，甚至在證果鄉射死「蜃妖」解除村民的禍害。

二十五回「白雲山六雄小結義」後，一段豪飲贊文道：

　　笙簧疊奏，水陸俱陳。笙簧疊奏，雖按宮商，吹出百般新調；水陸俱陳，少見珍饈，搬來一陳腥膻。野的是獐、麂、鹿、兔，半熟半生；家的是犬、馬、牛、羊，帶毛帶血。手指作箸，大塊撕來咬嚼；沙碗當杯，一氣吃乾咽嚼。談論的，不過是除奸殺佞；講究的，無非是理枉伸冤。這邊叫弟猜拳，那裏呼兄豁指。天上稱為星煞，人間指說魔君。直吃得東倒西歪，那時方才告止。（頁299）

---

[19] 這一原型從佛典「摩訶伽羅」而來，該神原是佛教密宗的護法神（伽藍），亦即「冢間摩訶迦羅大黑天神」，在佛典中是一尊魔法性的神靈，但是到中國之後，轉變為倫理性、道德性的存在，另有婆羅門教的濕婆神吞下毀滅性世界的劇毒以拯救人類，脖頸燒成青黑色，所以「大黑」，因此，這神明與瘟神又有關。明代余象斗《北遊記》中的「班竹村霄瓊吞食瘟藥」故事，和白族瘟神行善吞疫的故事，都是摩訶迦羅大黑天神、家神、冢神、樹神的各種異文。詳參呂微《神話何為——神聖敘事的傳承與闡釋》，第八章〈魔法神靈的道德轉化——趙公明與黑神的故事〉「大黑天的故事：從佛典到市民小說」，北京：社會科學文獻出版社，2001年，頁368-378。

也是形容中英雄的食物包括「野的」、「家的」，而其「少見珍饌」、「一陳腥膻」、「手指作箸」、「沙碗當杯」都是帶著「人間魔君」的特殊飲食興味。

經由一次次快意恩仇的生吃熟食之展演，整部小說蓄積在頭號敵人蔡京轉世的「賀省」之報仇共宴上，「茹人飲血」就帶有一種特殊意涵：

此時賀太尉唯有低頭自悔，亦不能挽回。馬靈便自躥跳過來道：「哥哥們兀地好言問這撮鳥，洒家吃撮鳥騰倒也夠，只今剁割塊肉，與眾兄弟咬嚼！」說罷，便用手剝得赤條條，栓在庭柱上，掄著板刀，向他胸腹只喀嚓聲，直割到底。一時腹破腸出，馬靈便翻出心來看著：「鳥心紅紅的，沒黑，卻會黑心事。洒家那日救孫哥哥，剁割鳥公人，吃個飽。恁些時屁股上沒肉，腿條也是怪瘦，只割他幾大塊來咬嚼！」遂揀膘肥處，連割連吃。楊幺與眾弟兄齊叫聲：「好個馬靈！」馬靈抬頭笑道：「兄弟口饞，沒先敬奉眾位哥哥。」便喝人取了一個瓦盆，接了半盆鮮血，又割了幾十大塊，一手托盆，一手托肉。又喝取個碗來，先奉楊幺、王摩道：「恁血當酒，兩位哥哥只多吃些！」便舀滿一碗血，奉與楊幺。楊幺接來吃乾。又送兩塊肉，楊幺也一口咽下。王摩也是恁吃。馬靈見了十分快活，便向眾弟兄奉來。奉到屠俏面前，馬靈笑說道：「嫂哥，兀沒比閒浪撒嬌婆娘，怕甚鳥羞。卻是奢遮做頭領，同馬靈弟兄般，只前日將楊大伯搽的恁好花臉，遮得沒認，馬靈煞是歡喜！」說罷，也是一碗血、兩塊肉。屠俏笑了一笑，也自飲吃。馬靈叫聲：「好！」又向各處奉來，無不歡笑飲吃。遂奉到黃佐面前。黃

佐早一個惡心，忙推不吃。馬靈便勃然大怒，瞇睛喝罵道：「兀地獃鳥，沒識好，敢不吃這廝血肉，可倚著帶些官樣不吃？兀那鳥驢眼沒瞎，柳林、勞捷、游六藝、騰雲比獃鳥官樣還大，叫吃沒敢不吃。只你獃鳥拗逆，便沒一心造反榜樣，洒家板刀自不認兀誰！」說罷，只向他嘴邊亂塞。楊幺忙走來，扯了馬靈道：「兄弟休恁地頑笑。他吃不慣，怎去強他！」馬靈道：「哥哥兀自討面情，便沒叫吃。」不一時奉完，手中尚存六塊，便來查點。內中已不見了郝雄、張傑，便要去趕尋。楊幺忙又拖住，遂使人拖去殘屍，又自捧了牌位並骸骨進去。只這分吃，吃的不吃的，俱有緣故在後。（三十六回，頁406）

這一段報仇的書寫有另一種「歃血為盟」的意涵，這是遠古歃血誓盟方式在江湖的複製運用。拜盟作為一種江湖氣息，不管是對天盟誓、斷物（如斬雞頭）盟誓、拜神盟誓或歃血盟誓，都是藉由一套充滿野性的儀式達至慎重的誓約性質，一旦結盟，盟約就具有終生約束力，拜盟者休戚與共榮辱一體，其親密程度甚至勝過同胞兄弟。這一段野性的分食敵人血肉，馬靈看大家一起分食，十分快活，唯獨輪到黃佐時，他一陣惡心，忙推不吃，因著「只這分吃，吃的不吃的，俱有緣故在後」，作者在此埋下一個區分敵／我、正／邪、叛逆／投臣的因子。由此可見，野性的飲食作風，除了是個性寫照之外，作者實際賦予它有更深層的小說結構意義與俠義的文化意涵。

三、聖地幻化：水滸的消失與軒轅井的意象

　　恩斯特‧卡西爾認為神話具有雙重性，它一方面展示一個概念（conceptual）的結構，另一方面又展示一個感性的結構（perceptual structure）[20]，不同的民族（部落）由於社會發展、文化生活、歷史機遇以及信仰等因素發展出不同類型的文化英雄，「孿生子型文化英雄」即是典型的文化英雄[21]，這些文化中介形象往往夾帶著創世、教化的業績，也表現為破壞與犧牲奮鬥的掙扎軌跡，其形象與觀念存在著無法擺脫的矛盾。由於神話本身是變化的，同一個神話從一種變體到另一種變體，往往是空間的消亡，而不是時間的。[22]在《後水滸傳》「托生／孿生」雙重結構中，相對應於《水滸傳》的天罡地煞，這些魔性已經不是因為「誤走妖魔」而出的，它是一種生命不死的循環與糾葛——「托生／孿生」，而且其最終歸宿已經不是高太尉放走他們的原址，而是「軒轅古井」，此一時間意象的增強，才是這部小說對水滸精神的傳承與消

---

[20] 詳參恩斯特‧卡希勒著，甘陽譯《人論：人類文化哲學導引》（"*AN ESSAY ON MAN: An Introduction to philosophy of Human Culture*" by Ernst Cassirer），臺北：桂冠圖書公司，1994年，頁113。

[21] 這類型英雄又可分為：兄弟型、兄妹型、雌雄同體型、獸形孿生子，而兄弟型是最常見的一種。詳參馬昌儀〈文化英雄析論〉，《民間文學論壇》，1987年第1期，頁56。

[22] 恩斯特‧卡希勒就認為，在某種意義上，整個神話可以被解釋為就是對死亡現象的堅定而頑強的否定。同註[20]，頁125。

解經典的關鍵所在。同時，在時間的頑強否定（指向永恆存在）中，小說又試圖解消空間的強制性規定，嘗試將水滸精神推向更廣大的空間向度。

（一）生生死死蓼兒窪──第三十七回回末詩

「蟻聚穴中呈幻相，邯鄲一枕夢黃梁」是此書以一切皆爲幻相來啓示起義的基地，也說明起義的無望感。《後水滸傳》這一組新的空間意象包括白雲山、焦山、險道山、君山以及柳壤村等若干鄉鎮，比較多位處州府交界之處，形成三不管地帶。對照於楊幺模糊的前世記憶，以及對記憶中和今生所及之地的操作，如：楊幺舊地重遊已是宋江墳地的舊地，以及盧俊義墳墓所在的蓼兒窪和焦湖，他除了訪墓、造墓之外，並就地散財建村，成立「蓼花村」（三十八回〈楊義勇感夢見前身〉）。這種對空間的處置，經過時空的轉換，《後水滸傳》的空間意象形成多重轉喻。

首先，轉世的梁山英雄先取消以往梁山的神聖性，在言談中否定其作爲江湖義氣匯聚的地標意義：如在二十一回作者借鄭天佑之口說明他與父動「……因見世事日非，若只在此賣酒，怎能發跡？……便去學宋江當年故事，去占梁山，召集眾人，做些事業。」而袁武對他們二人分析道：「……我近見梁山水泊中，旺氣全消，非復當時所比。……白雲山中，見其峰巒層疊，地脈蒼莽，雖不能大展，亦可作英雄一小結構。」王摩也說梁山是「晦氣窩巢」。其次，在舊遺址上予以莊園化，如前所提的「蓼花村」。再者，爲了貫徹莊園化，甚至將各路英雄的新座標，添加了「發跡」

的夢想，白雲山如此，焦山、險道山、君山也都一樣，柳壤村全體遷村到君山更是帶領全體鄉親一起致富的美夢。最後又在楊ㄠ集團與岳飛對峙交戰的過程中，透過岳飛策反黃佐，使眾守軍「填名得官」，「……招諭銷魂嶺、險前沙、保固堤、轂轂灘、殺風島，以及柳壤村人眾。」澈底瓦解楊ㄠ集團的空間經營，也就是再次應證了新版的梁山事業之無效。

《後水滸傳》空間的多重轉喻乃是藉由空間的修辭展演政治力量、民間秩序以及個人志業的角力場域。作為「鄉愚」的民間倫理邏輯（不管是道德倫理或是政治倫理，乃至於現實生活的財務考量、同鄉情誼都被調動），擺盪在政治威權和個體願望之間，看似闇弱的民間倫理秩序的向背，成了政治話語合法性的前提，這種情節模式，恰可讀成一幅意識形態的寓意圖。作為成／敗、善／惡、正／邪的重要關鍵是「鄉愚」與「名利」，那麼，幻滅的英雄是因為植基於一塊幻化的基地？還是有一個更大的虛幻支撐著這個虛幻的建造？誠如袁武對楊ㄠ亟欲「覓一可為之地」的質問：「但以天下之大，除了北方南地，豈無一土一水可居？」最後楊ㄠ認定的「洞庭湖君山」是忠義空間的個人化（哥哥氣概）以及莊園化（柳壤村複製並予以軍事化），在政治威權面前並不能支撐出家國事業的偉大性與合法性（此所以岳飛在討洞庭湖君山時的檄文所說的「若思圖王成霸，未聞據水而成帝業，未聞坐舟而治天下，未聞刺配而成賢宰」，頁495），這樣的空間修辭處理，顯然在「去水滸」與「去宋江」的同時，無法也無力賦予新的神聖空間——「洞庭湖君山」有效的顛覆威力，因此，所謂「英雄結構」是一個空洞的存有。

（二）蟻聚穴中呈幻相，邯鄲一枕夢黃粱── 第四十四回回末詩

　　《後水滸傳・序》說：「如宋徽、欽二帝，無治世之才，任用奸佞，以致金人自北而南。一身尚無定位，豈有餘力及於群盜？故前之梁山，後之洞庭，皆成水滸，以聚不平之義氣。至於走險弄兵，擾亂東南半壁，則莫不正名分，指目為強梁跋扈。盡欲蕩平。然究思其強梁跋扈之源：賀太尉不奪地造阡，則楊幺何由刺配？（頁15）」所以《後水滸傳》的衝突點之一，在於土地使用分配的緊張關係。然而，「皆成水滸，以聚不平之義氣」的天下，早已在金人的蹂躪之下一片蕭條了。

　　《後水滸傳》的空間意象並不像《蕩寇志》的地域化或鄉土化；也不像《水滸後傳》的金鰲島、暹羅國被視為「復興基地」或「烏托邦」的政治化、哲學化修辭。《後水滸傳》的空間意象啟動了唐代《南柯太守傳》的蟻聚意象，有奇幻藝術化的傾向，我們若由上述《水滸傳》的三本續書對於水滸餘黨的若干根據地以及戰場的描繪來比較，每一個「聚義」的據點，隱然成為可以連串成考察歷史地理的意識形態化地圖。

　　《蕩寇志》的空間書寫比較令人印象深刻的是陳希真父女的猿臂寨，其中充滿了掘藏的發跡變泰的事蹟與道教化色彩的空間，這是作為水滸餘黨的剋星所在，在與官軍取得合作關係後，猿臂寨的游離、中介色彩逐漸固化為意識形態的民間型態，舉凡觀象望氣、婚配升官、國泰民安等俗世願望及秩序或逍遙世外、得道升天等出塵之思都一一置入這個山寨。《水滸後傳》由飲馬川等小聚義，一

直到金鰲島、暹羅國的大聚義，牡蠣灘救駕的救國勤王運動[23]，使得《水滸後傳》的空間一直被視為「復興基地」或「烏托邦」的政治化修辭，其永恆性建立在香火與基業的雙重價值的基礎上，「巢外」的飆發性格所建立的海外乾坤有著精神家園與理想國度觀，再一次見證水滸精神深具積極性的異端色彩。

與前二書的空間書寫相較，《後水滸傳》的空間意象則著力描寫「洞庭湖君山」，藉由不同視角呈現在讀者眼前，首先是當眾英雄似乎因緣前定式的匯聚以後，按照楊幺的意思開始營建，在掘得鐵匣天書之後，作者以楊幺及其集團的角度進行刻劃：

因說道：「這座君山，雖是占險可畏，只是嫌他孤立，四面受敵，外少包藏，使人易窺山寨。我今何不使人在湖中疊土成山，以成包裹，有何不可。」即一面動工，將大木釘入水去。賀雲龍知不可阻，自回山寨。果然人在興旺時，即神鬼亦不降禍阻撓。這楊幺不幾日間，在湖中釘了無數大木，使人晝夜挑土填堆。不半年間，東堆一山，西築一嶺，又填了一帶高崗，將君山裏抱環繞。高崗下面，砌了一條暗道在水底下，容人可走，上下兩旁俱用桐油灰布護緊，不透入水。若有事急，只消在崗下走入暗道，在水底下走上君山。這是楊幺在軒轅井內看了這條天造地設的路徑，他也造出這

---

[23] 胡適對《水滸後傳》的提法，他認為「那時明永曆帝流離南中，鄭成功出沒海上，難怪當日的遺民有牡蠣灘救駕，暹羅國酬勳的希望。」因此，胡適認為此書的三大重點乃：救國勤王的運動、誅殺奸臣的快事、黃柑青子之獻。《中國章回小說考證》，〈水滸傳續集兩種序〉，合肥：安徽教育出版社，1999年，頁119-126。

條路來。又有數處沙堤灘島，君山面前築了兩座土山，東南對峙，形如牙爪，遂取名東西虎牙山；又築了三處，俱拱向君山，是名「五岳朝天」，因見棍頭上，有「屈於岳兵」使其拱服之意。沙提灘島流來的水，俱向君山，取其萬水來潮。嶺上設立烟墩，若遇湖中有警，在嶺上放起狼烟，山寨俱知，取名「見機嶺」。遂設立寨柵，使軍校把守。果是沙堤曲折，灘島逶迤，取名是「險前沙」、「保固提」、「轂轕灘」、「銷魂島」。……楊幺這番在湖中興工眾作，真有鬼神助力。嫌風風息，憎浪浪消。竟在湖中堆山疊嶺，一如天造地設，成了錦錦繡繡，怪怪奇奇，被他做了窩巢險穴，百般的揚威耀武，其中實有天意，是以鬼神不施波浪，反助其力。然有時天不絕宋，正可勝邪，將這些假山假嶺一如泡影，事業渾似電光。（三十九回，頁439-440）

接著透過岳飛的視野來敘述：

岳飛即去整飭船隻，戒嚴將士。……遠望君山形勢以及各處灘嶺，不勝觸目而笑。……蟻聚穴中呈幻相，邯鄲一枕夢黃粱。（四十四回，頁492-493）

岳飛與眾人……正欲走出，不期狂風大作，霎時地黑天昏，對面俱不見人影，兩耳中只聽見四下裏一如潮奔海嘯，半空中霹靂電光，雨如盆潑。昏黑了多時，方才止息。軍士俱來報說楊幺所築山嶺、堤島、沙灘，盡被水勢沖瀉得無影無蹤，輪船已被電火燒擊。岳飛聽了大喜，遂發遣山上餘黨以及婦女，聽其自去。即焚毀寨

宇、上下廳堂，只留軒轅古迹。（四十五回，頁503）

　　對洞庭湖君山的形成，小說以第三人稱夾議夾敘的介紹，當中「假山假嶺一如泡影，事業渾似電光」有一種布景、道具的味道，使這一座事業根基失去其「聖地」的神祕性與神聖性。本來營造一個歷史革命場景是何等重要的一件事，在這個命定的空間當中原本是收納亂世英雄冀盼與理想的地方，在營造的當時風平浪靜，似乎也承載著天意，楊幺根據自己對讖言的理解來規劃，而這個集合宗教、政治、技能的空間修辭卻被無可撼動的倫理道德修辭——忠義、正邪所取代，成爲現實政治鬥爭的歷史舞臺，當一切俱成幻影，歷史之所以幻化爲陳跡始浮現——「軒轅古井」。

（三）軒轅古井

　　梁山泊在水滸續書中經常以尋根追憶的姿態再次現身，而且是夾帶著生死乖格與戰火餘燼呈現出來，如果從情感連繫的角度來看，回憶的情懷早已奠定了水滸忠義敘事的基礎。《後水滸傳》的追憶詩情不若《水滸後傳》那麼濃郁，在另立山頭的同時，就以一首讖語宣告了水滸的死亡。

　　但是爲什麼仍然要演義「水滸」呢？

　　空洞，並不代表一無所有，符號學家說，「空白」是所有符號中最重要的符號。[24]在水滸英雄轉世再生的「洞庭湖世界」裡，天

---

[24] 如羅蘭・巴特（Roland Barthes）就認爲，像時裝和文學，以一種高級藝術的全

罡地煞最終被蕩除，化作一團黑煙凝聚，洞庭湖君山山寨灰飛煙滅之後，仍留下一口「軒轅古井」來蓄積這些魂魄。這口井在追殺的岳軍眼中「只見井內滿貯清泉，那裡有甚路可通！」《後水滸傳》的讀者多不滿意於此書爲了忠於史實，沒有成功的寫出楊幺的覆亡，或只點到這個結局的可能性[25]，但是「軒轅古井」的「遺跡」意義之「空白」處，仍有許多尚待言說的意義，那是隱藏在一泓清泉之下的古老魂靈之囈語！

　　當水滸敘事拋掉梁山泊的舊精神世界，又必須兼顧洞庭湖盜匪終究失敗的史實，《後水滸傳》的書寫採取一種更爲古遠的「集體記憶」（collective memory），另闢一條故事詮釋的途徑。「軒轅」（黃帝）是中國古史系統中茫昧難稽的神話式人物，有關他的記載與符號化過程，尤其在先秦諸子與清末民初的古史辯論中，更被創造或發明出一套歷史記憶、社會實踐、族群認同以及政治理念等符號系統，這是一個在中國漫長歷史中能夠爲社會行動與社會關係提供詮釋符碼的一套符號系統。[26]《後水滸傳》寫於明清易鼎之

部複雜性，強烈而巧妙的進行意指，但是我們也可以說，它們意指著「空無」，它們存在於意指過程之中，而非存在於被意指的對象之中。喬納森·卡勒爾（J·Culler）著，方謙譯《羅蘭·巴特》，臺北：桂冠圖書公司，1994年，頁62。

[25] 吳曉鈴〈關於後水滸傳〉一文說：「結束得頗具『神龍見首不見尾』的縹緲之致。當然，重要的是，這樣的結束正是體現了作者的愛憎所在。」《社會科學輯刊》，1983年第3期，頁140。

[26] 詳參沈松僑〈以我血薦軒轅──黃帝神話與晚清的國族建構〉一文，對「軒轅」、「孔子」等文化符號、種族符號化的討論，以及尊王攘夷的爭議。《臺灣社會研究季刊》，1997年第28期，頁1-77。

際，其拋卻岳家軍所代表的「官方」定義，直指「炎黃子孫」的國族認同，在當時是一個頗為嶄新的提法。作者試圖用一個更大的認同去回應無所逃於天地之間的亡國之痛，所以此書從頭到尾對宋江及其「招安」的軟弱表現極為不滿，小說的結尾以「軒轅古井」來保存梁山魂魄，乃宣告以黃帝符號營造異族統治下的國族想像，以國統來取代皇統，一方面固然有凝聚國族成員及其精神、搏塑國族整體的作用；另一方面在隱曲的國碼（軒轅-炎黃子孫）背後，確有排斥「非我族類」樹立疆界的嚴謹意義存在。

四、世變淪胥，晦跡冥遁：近代俠從「社」到「群」的組織困境與悲劇意識──代結語

如果順著國族想像與國家概念的結構面來審視小說人物的行為，則楊幺、王摩等轉世妖魔，他們在亂世中的所作所為，毋寧是比較接近社會面向的考量。《後水滸傳》情節中所展示的衝突大多在鄉鎮，其性質不像《蕩寇志》、《水滸後傳》那樣充滿國仇家恨，事件的性質不外乎美色金錢財貨等私利性質比較濃厚的衝突。作者以比較重彩濃墨渲染英雄為民除害與造福鄉民的事件：第二十一回〈眾愚民生天成白骨　兩好漢雙箭射紅燈〉到二十四回〈白雲山四英雄小結義〉；以及第三十回〈坐護鄉村遇常況〉到三十三回〈柳壤村應風水奔楊幺　眾弟兄驗天時同聚義〉，都是將聚義與鄉民的問題綁在一起，從其「公／私」的觀念中，可以看出

此書展演出近代形態的俠——「民間俠」的特質。

　　「民間俠」的出現一方面是因宋代以後華北地區鄉民為抵抗異族侵略，維護地方治安自發組織的民間武術團體，而這些團體成為一種準軍事團體，由於入社者（通常叫做「弓箭社」）不分家業階級，以家資武藝高下為大家佩服的人擔任社頭、副社、錄事等頭目職責，他們「帶弓而鋤，佩劍而樵，出入山阪，飲食長技與敵國同。私立賞罰，嚴於官府，分番巡邏，鋪屋相望。」[27]隨著都市化進程，推動了武術滲入平民生活中，並帶有平民性的平等色彩。

　　另一方面，作為俠的近代形態變異，如前所論，由於大眾化的發展，在與菁英文化互滲的結果，不僅促進社會文化之再普及、再深入，使得俠文化成為文化發展的近代期開端的表徵之一[28]，由於

---

[27] 見元・脫脫《宋史・兵志四》，清・永瑢、紀昀等纂修《景印文淵閣四庫全書》，臺北：臺灣商務印書館，1986年，頁505-520。

[28] 錢穆《中國文化史導論》提出宋代乃是中國近代的開端期，（上海：三聯書店，1988年影印版，頁139）有關現代化的問題，當代學者大都同意：不同國家現代化歷程以及啟動方式各不相同，有些早在16、17世紀就開始起步，不管是「早發內生型現代化」或是「後發外生型現代化」（孫立平，1991），都不是簡單的「衝擊-反應」分析模式可以解釋的。如：柯文（Paul A.Cohen）主張將中國現代化問題分層處理，他認為在外層帶（就地理、文化而言），諸如通商口岸、大眾傳媒、基督教等出現是西方衝擊的直接產物；在中層帶，如：太平天國、同治中興、晚清新政、辛亥革命等，是經西方催化或賦予某種形式與方向之後的歷史新造象；在內層帶，人口問題、土地資源、鄉村宗法關係、風俗習慣、底層騷動、匪患等，兩個世紀以來基本上沒有受到西方文明的感染，保持著自己亙古未變的外部標誌與內在象徵（參閱《在中國發現歷史：中國中心觀在美國的興起》，北京：中華書局，1989年，頁40-42）。明清之際社會動盪所深繫的匪患與明朝亡

水滸世界兼負大眾與菁英雙重視域，在近代化的過程起了改造儒家的民間言說風貌（忠義觀、替天行道等哲思），也將大眾願望置入「大／小傳統」的相互連結中[29]，諸如陰陽五行的姓名學、風水等議題成為《後水滸傳》的敘事紐帶，《後水滸傳》的江湖視域，為我們勾勒出俠的近代形態世俗化的面貌。

在小說的尾端回歸洞庭湖君山的幻境──「軒轅古井」，表面上似乎保留了遠古的國家記憶，在面臨亡國滅種的民族危機時，掌握民族深層的認同符號就握有精神制高點，對社會動員、凝聚人心、整合社會意識形態就能不斷的被強化，適逢改朝換代的之際也較能取得合法性資源。但是《後水滸傳》置於「古井」的那一團黑氣，雖然仍可伺機而發，處於亡國的民族傷痛之際，這部小說訴說的「軒轅之戀」，仍帶著歷史性的強烈主體悲劇意味的遺民印記，「遺民」之所以為「遺」，正是「存在過」的特殊標記，「一口可疑的井」，一種似在而非在的存在。

國史有著非常深刻的連結，這個中國內部矛盾又牽繫著與外族的矛盾，「水滸世界」在近／現代化過程中作為俗文化的內在象徵，描繪出鮮明的歷史圖像。

[29] 如本書的綽號命名是傳統民間觀念姓名學的集結與行業別、慣走江湖之（武術、各項技藝）藝人的諢號之結合；而賀省與楊幺故鄉柳壤村之衝突，是為了前者欲埋葬先人於柳壤村，強占土地，霸占「風水」。李亦園認為：「……為祖先的墳墓看風水，……可見空間和諧的風水觀念實在是傳統文化最基層的宇宙信念，它不但連結大小傳統於其間，也自然成為華人文化的一個共同特徵。」（李亦園著〈從民間文化看中國文化〉，收在陳其南、周英雄主編《文化中國：理念與實踐》，臺北：允晨文化出版，1994年，頁18）可知「風水」的衝突也是連結大小傳統的一個重要觀察點。

第三章
「攘夷」還是「尊王」？
「皇化」文本《蕩寇志》的理想秩序

摘　要

《蕩寇志》接續著明末七十回本的《金批水滸》，將水滸人物在民間傳說中的「勇悍狂俠」色彩，以及知識分子改造的「憤書」面貌下的「盜賊之聖」，兩種不同內涵進行精神總檢討，提出官民相得、以夷制夷（骨子裡是「以漢治漢」）、歸田逃禪等新興觀念，並於清咸豐年間被收編爲「政治宣傳品」，其所承載的意識形態變遷的總體圖像隨著時空推移變化。

俞萬春所創造的小說美學理念，一方面回應「合刻本」「發跡變泰」與「關公信仰」之奇情式的英雄想像，但是在官方知識體系的強勢運作之下，「奇情」與「豪俠之情」等仍具有其危險性因子的文本縫隙，由「民族英雄」轉化爲「國家英雄」的過程中，透過放大「實踐意識形態」（官民相得的「治道」），萎縮「純粹意識形態」（忠義、天道），來導入官方的「組織意識形態」中，這一層理逆反的辯論，以當前而立即的目標取代終極目標。

二方面將情節屢屢照應《水滸傳》「三打祝家莊」這一情節，以「家恨」取代「國仇」。

第三方面則利用社會集團透過理想化的傳統形象來表現自己的存在方式，形塑關公影子的官兵領導──雲天彪，製造「官民相得」的新理想秩序。最後在結構底層隱然以小說人物序列方式將梁山集團極度邊緣化，使一百零八條好漢敗在邊緣人物「女人／夷種」手中，其實是另類「以夷制夷」──「以邊緣制邊緣」的設計，以達到「尊王」的目的。

　　俞萬春創作《蕩寇志》時使用的民間理念，是深知水滸故事中的可轉化性，他一方面運用小說的民族、文化、性別等各層理的英雄譜系，去編織一個綿密的宰制網絡，迫使梁山好漢這些負載著「亂世忠義」觀念的游離分子，成為穩定國家中的一種偏差、一種變體，幾乎人人得而誅之，即便是女人、即便是夷人。在這個「皇化」的過程中弔詭的展示了水滸故事一再地毫不含糊的、刻意的遭到「誤讀」的背後，實際上是在漫長的發展軌跡中為文化場域提供了豐富的符號資源，在個體、家族、鄉土、民族以及國族的想像視域裡被賦予不同層次的理念、意識。

關鍵詞：續書、意識形態、尊王攘夷、皇化、《蕩寇志》、《水滸傳》

一、前言

　　美國普林斯頓社會科學院的格爾茲（Clifford Geertz）教授在一九七三年出版的代表作《文化的詮釋》一書中表明：反對將意識形態視為貶抑的看待方式，主張要建立一個「不加褒貶的意識形態概念」（a nonevaluative conception of ideology），他認為意識形態與宗教、哲學、美學、科學一樣，都是作為一種文化系統，用以提供人們組織社會和心理過程的藍圖；當一個社會產生了社會與政治危機，加上文化因迷失方向而產生文化危機，就需要意識形態來對整個世界提供一個全面的指引與說明，以使人們能夠理解自己的處境，並且看到一個新的方向和出路。[1]

　　由於意識形態一詞的概念發展歷程是結合著認知、觀念、信仰、實踐以及權力等多方面的複合體，所以兼具複雜性與模糊性。作為一個不斷發展的、有機的連續體，意識形態如何達到利益、思想與信仰的共識，又如何展現其自身的變遷能力，關係著形塑此「共生」概念的社會群體。格爾茲將意識形態置於文化系統的脈絡下來考察，突顯其積極意義的社會實踐功能，在我們研究各種類型的文化文本之際，使得意識形態這一概念可以重新提供考察人類生

---

[1] Clifford Geertz, *The Interpretation of Cultures*, New York: Basic Books, 1973, pp.194-200. 譯本有《文化的詮釋》，克利福德・格爾茲著，納日碧力戈等譯，王銘銘校，上海：上海人民出版社，1999年1月。第四編〈作為文化體系的意識形態〉，頁221-266。

存的潛流之「深描」（thick description）。[2]

　　《蕩寇志》接續著明末七十回本的《金批水滸》，使水滸故事由民間傳說發展爲知識分子的「憤書」，進而在清咸豐年間轉成「政治宣傳品」，其所承載的意識形態變遷的總體圖像隨著時空推移，由游離性質的魔魅（遊民意識、幫派意識），轉向作家的魔魅（革命救贖意識），再回歸去魅與轉型（官方意識、晚清的理想國民意識），證明了水滸故事並非只是提供一種詮釋的文化場域。·

　　在面對《蕩寇志》一書的研究時，學者往往陷入兩種主要的困境：一是對長期深受愛戴的梁山英雄慘遭毀滅，就小說審美情感上，對這些人物的敗亡使「讀者」難掩失落，形成所謂「墮落式的、殘形的」閱讀之無奈感[3]，續書的接受儼然成爲某種「作者／讀者」的人格缺陷。第二點是對水滸故事長期存在的「意識形態」本質的蒙昧，使我們無法直接以意識形態來詮釋此書。[4]

　　本章試圖藉由理解小說文本在文化領域中多元化世俗理性所具備的轉型意義，再一次審視《蕩寇志》的「皇化」內涵；換言之，如果我們不把《蕩寇志》當作政治文宣的史實來看，而作爲俞萬春創作二十年間的一種社會規範實踐的文本或意識形態，那麼，這個「集體記憶」（collective memory）的採集，仍有重新省察的空間。

---

② 同上註，上海人民出版社譯本，頁6。

③ 樂蘅軍著《意志與命運——中國古典小說世界觀綜論》，臺北：大安出版社，1992年4月，頁304。

④ 此點分析參見：三、「官逼民反」：「官」與「民」關係的再檢視，並詳參註⑲至註㉒。

二、如何進入《蕩寇志》？──從《英雄譜》的合刻與《水滸傳》的腰斬談起

　　嚴敦易從《水滸傳》的演變史來解釋續書的出現，他認為水滸故事到了出現綜合本和刪除後半部的刪節本地步，它本身已臨到了不容易再遞嬗蛻化的終點，因為無從再增衍，也無從再刪減，傳本既多，「繁」、「簡」也互相在比較，像明中葉那種易於動手編潤的時期不復存在了，更由於《水滸傳》本身的演變已到了宣告停止的狀態，才使得後來出現的創作只能是「續書」。[5] 在解釋眾水滸續書時，嚴敦易對《蕩寇志》的主題和寫作背景，根據俞萬春兄弟俞蟲續序，連繫到俞家的家世成分，他認為俞萬春的父親在嘉慶年間鎮壓過珠崖黎族民變、湖北趙金龍之變，所以選擇金聖歎刪節本，從梁山排座次的頂點之後，來整體的寫它的「潰敗」，它的名稱，本來稱為「結水滸傳」或「結水滸」，是逕行援附《水滸傳》之名刊行的，換句話說，也就是有把「結水滸」和七十回本融合為一書的企圖。但是，後來因為作者名稱、政治環境（嚴氏提及《結水滸》寫作之後約十年有洪秀全的金田起義、川楚白蓮教變亂、紅軍等「寇盜方張」）、售書維生種種因素，續刻時就名為《蕩寇志》，與《水滸傳》分開來以續書的面貌出現。[6]

　　嚴敦易並在這樣的解釋下提出《蕩寇志》是依附七十回本的繁

---

[5] 詳參嚴敦易《水滸傳的演變》，臺北：里仁書局，1996年4月，頁255-256。

[6] 同上註，頁258-260。

本系統生存的，因爲石印鉛印的興起，使得七十回本取得廣泛流行的優越條件，而坊刻簡率粗陋的簡本系統逐漸絕跡。[7] 對於《蕩寇志》對七十回本依存的推論，嚴氏說：

> 《蕩寇志》的流行，無疑的是相對增加了七十回本通行數量的，即使他不稱爲《結水滸》，他和七十回本是緊相銜接的，不同於任何的繁本簡本或綜合全傳本的完全不對頭，連不上；看了任何繁本簡本或綜合全傳本的水滸傳，再來看《蕩寇志》，勢必再看一下七十回本的水滸傳，才能夠貫串了然。如果《蕩寇志》在咸豐同治年間有他相當的行銷，七十回本的水滸傳，自也聯帶著比其他本子占些優勢了。[8]

究竟《蕩寇志》所連繫的是一個什麼樣貌的「原著」？這種連繫與水滸故事接受和版本發展的關係是不是如嚴敦易所推測的那樣？並且續書原作相得益彰？而《蕩寇志》與七十回本《水滸傳》是否「在政治性質的作用上，原是同一性質的東西」？又如果在政治這方面同樣「爲封建社會所接受」，可否因此就認定其內容的「貫串」一定要回到七十回本？[9]

根據俞萬春的兒子俞龍光說，《蕩寇志》寫作起於道光六年丙戌（1826），至道光二十七年丁未（1847），共二十一年完成

---

[7] 同上註，頁261。

[8] 同上註，頁260。

[9] 同上註。

草稿，來不及修改就過世了。[10] 但是因為三年後金田起義，於是趕在咸豐元年（1851）五月在蘇州刊刻，咸豐三年天地會起義，清廷「急以袖珍本，刻播是書於鄉邑間」。[11] 從諸多《蕩寇志》的刊刻、續刻的序中可以讀到，俞萬春及其友朋後人皆鎖定金聖歎對《水滸傳》的修訂版與他對宋江的政治解讀和道德解讀來進行創作與對話。[12] 然而這是不是可以用來詮釋《蕩寇志》的內容與寓意？又或者推論簡本、繁本或全傳本系統的「完全不對頭、連不上」（嚴敦易語）？

此處所要指出的是，對於《蕩寇志》產生影響的到底是不是只有金聖歎七十回本，就《蕩寇志》內容來細加分析，在思想、骨幹、切入點和情節點上，對照的水滸故事是否有不同的版本演變痕跡殘存，甚至是大於七十回本的對話？作為續書文化的一個重要環節，《蕩寇志》曾被努力促銷，作為政治、族群、社群各方面的宣傳品大力推廣，在製（創）作[13]的過程中是否也採集了相關小說的

---

[10] 據俞龍光〈蕩寇志按語〉，收在朱一玄、劉毓忱編《水滸傳資料匯編》，天津：百花文藝出版社，1981年8月，頁580。

[11] 據錢湘〈續刻蕩寇志序〉，收在朱一玄、劉毓忱編《水滸傳資料匯編》，天津：百花文藝出版社，1981年8月，頁587。

[12] 如：清‧古月老人〈蕩寇志序〉說：「嗣因聖歎出，不憚煩言，逐層剔刷，第詐偽之情形雖顯，而奸徒之結末未詳。世有好談事故，而務求其究竟者，終覺游移鮮據。」收在朱一玄、劉毓忱編《水滸傳資料匯編》，天津：百花文藝出版社，1981年8月，頁581。

[13] 《蕩寇志》創作過程歷經二十餘年，又是跨代完成，其刊行狀況也與時代需求相應合，使得此書既有漫長的個體性和家族性意義，又兼具集體意識的時代印記，

元素作為「文化標本」？俞萬春及其當代刊行的氛圍使他們選擇以七十回本作為嫁接原著的一種說詞，並採用金聖歎「施作羅續」的說法將所謂「羅續」剔除，但是我們細讀整部《蕩寇志》，卻除了祝家莊「復仇」與梁山英雄的「敗落」之外，有若干人物、情節、思想遠非七十回本的形式或精神所可以詮釋的，作為全書的主要訴求和執行「蕩寇」的任務，勢必要另外尋找支撐與對話的方式，《蕩寇志》與《水滸傳》的流傳過程中任何一些蛛絲馬跡，是否也有內在的連繫呢？或者只是如嚴敦易所說的「完全不對頭、連不上」？

　　在明朝《水滸傳》的刊刻過程中「合刻本」也是相當受歡迎的一種版本，以「合刻本」行世的《英雄譜》有三種：清代有四大奇書本、漢宋奇書本，其中屬於明刊本只有二刻英雄譜本，書的全名為「精鐫合刻《三國》《水滸》全傳」，版心書名《二刻英雄譜》，明代刻書家熊飛在崇禎年間別出心裁地將《水滸》《三國》上下合刊成此書，根據楊緒容、方彥壽的推論「英雄譜」之名似乎出自熊飛的原創，而且而這個「英雄譜」的「譜」字和葉逢春本的《新刊按鑑漢譜三國志傳繪像足本大全》的「譜」字都是接近「史」義的名詞，是演義《資治通鑒》（按鑑）、《後漢書》（漢譜）、《三國志》（三國志傳）的小說。[14]在明代出版者對市場的考量之下所做的合刊本，已有「求全」、「求博」的趨勢，《新

　　所以此處我稱此書的生產為「製作兼創作」。

[14] 楊緒容、方彥壽〈葉逢春本《三國志傳》題名「漢譜」說〉，《明清小說研究》，2002年第2期，頁99-104。

刊按鑒漢譜三國志傳繪像足本大全》以「大全」的出版策略囊括了
《資治通鑒》（按鑒）、《後漢書》（漢譜）、《三國志》（三國
志傳）來演義，後又加上《水滸傳》以成「全傳」，並正式提名爲
《英雄譜》，已將歷史「通俗化」，這種通俗化、英雄化、全景化
（結合民間傳說與正史），形成小說的消費常態。在「合刻本」行
世的廣告詞，如：明代熊飛的「雄飛館主人」就說：

　　語有之：「四美具，二難并」，言譬之貴合也。《三國》、
《水滸》二傳，智勇忠義，迭出不窮，而兩刻不合，購者恨
之。……誠耳目之奇玩，軍國之祕寶也。識者珍之！[15]

　　又如：明代楊明琅〈敘英雄譜〉辯證二書之關係道：

　　《英雄譜》者，《水滸》、《三國》之合刻也。夫《水滸》、
《三國》，何以均謂之英雄也？曰：《水滸》以其地見，《三國》
以其時見也。夫時之與地者，英雄豪傑之士之所借以奮其毛翮，吐
其眼眉，而復以發舒其蕩曠無涯之奇。乃竟以此而譜英雄，豈英雄
之樂以時與地見哉？……梁山一百八人與周庭師師濟濟何以異？梁
父草廬數語，指畫如券，雖爲公旦之負辰可也；公明主盟結義，專
圖報國，雖爲亞夫之交歡可也。壽庭侯忠義千古，黑旋風孝勇絕
倫，持此青龍偃月扑刀大斧，何難劈開霄壞，掃蕩妖氛耶？至若正

---

[15] 〈英雄譜刻印說明〉，收在朱一玄、劉毓忱編《水滸傳資料匯編》，天津：百花
　　文藝出版社，1981年8月，頁152。

平吐氣于三弄，與日月而爭光；夜叉發憤于一劍，登人肉于刀俎。其一時之志士貞夫烈女壯婦，靡不接踵輩出，以逞奇于天地之間。而又無所謂聖君賢相者，以大竟其用，而卒究其才。則時安得不爲三國，地安得不爲水滸？而英雄之卒以《三國》、《水滸》見也，又豈英雄之所已哉？然此譜一合，而遂使兩日英雄之士，不同時不同地而同譜。……不讀此譜，一讀此譜，則干城腹心盡屬英雄，而沙漠鬼哭之恢，玉門冤號之聲，各不復聞于耳矣。此乃于合譜英雄意也，非專以爲英雄耳也。[16]

　　這兩段話可以探知明代末年，對「英雄」的消費出現官盜混同的現象，三國英雄與水滸英雄合譜，其譜系化的思考自不是純以「官／盜」這一組思考路線來進行審美，代之而起的是非常個人性的「發舒其蕩曠無涯之奇」、「逞奇于天地之間」或「智勇忠義，迭出不窮」的「奇情」式的滿足感爲訴求。但也是因爲這一合刻的現象，使我們在詮釋《蕩寇志》的文化意涵時，不能不考慮水滸故事演變過程中「合刻本」的影響。

　　另一方面，在水滸故事的發展中金聖歎無疑是一個重要的關鍵，他的評改此書，是《水滸傳》文本發展中的重大事件，不僅造成《金批水滸》成爲流行的版本，而實際上也「決定了後世《水滸傳》文本發展的主潮流」。[17]我們如果擴大將「文本發展的潮

---

[16] 同上註，頁230-231。

[17] 竺洪波〈金聖歎與中國敘事學〉一文即指出此點看法並認為金批在中國敘事學上打破了中國文學抒情理論片面發展，敘事學說嚴重滯後的格局。《明清小說研究》，2002年第4期，頁57。

流」設想爲閱讀、評論及創作等多面向接受狀況，那麼，水滸續書與《水滸傳》的對話狀況也是非常值得重視的一種潮流，直至晚清，大量的水滸評論，更是作爲水滸敘事群參與時代論述的輝煌演出。⑱

由於金聖歎個人的創作才華與理論魅力，《金批水滸》對水滸故事的影響遂使《水滸》研究成爲「作家」焦點，超過「文本」本身的出發，張鈞在〈從作家出發還是從文本出發——談金聖歎對宋江形象的「誤解」〉一文指出：金聖歎「獨惡宋江」、「一百八人皆惡獸」、「誅心之論」等等，都是因爲他混淆了主觀鑑賞與客觀批評的界線。⑲如果我們將明清合刻的「全傳式」小說消費常態與金聖歎的腰斬水滸一起審視，並將後代又以《金批水滸》參與時代論述一併考察，續書群的創作就有許多尚待闡釋的文化空間。

三、「官逼民反」：「官」與「民」關係的再檢視

《水滸傳》的研究除卻作者探考與成書年代、版本的問題之

---

⑱ 周家嵐《清末民初水滸評論研究》，政治大學碩士論文，2002年6月。該書指出清末民初的水滸評論就與其時之啓蒙論述結合爲救國新民的議題，誨盜說；民權、尚武思想；賊性、奴性的國民性討論等等都成爲時代議題的縮影，甚至1902年《新小說》亦有翻譯者打算仿《水滸傳》的體裁從事翻譯，頁191。

⑲ 《明清小說研究》，2002年第2期，頁119-127。

外，《水滸傳》的研究在思想藝術方面一直隨著時代脈動與研究視野而進行主題的翻新與檢討。由於此書描寫綠林好漢、草澤英雄，因此與此相連繫的歷史考察和社會政治價值思考也隨著時代風氣和美學、哲學、文化思潮逐步發展。站在「矛盾鬥爭」釋義的二元對立模式的解釋方式曾造成此書詮釋的主要潮流，諸如：「革新派／守舊派」、「市民／地主」、「農民／地主」的階級矛盾鬥爭[20]、「忠義／反忠義」、「忠義雙全／功名家業」矛盾[21]等觀念辯證；另有試圖突破二元對立思維的提法，如：梁山路線爭議、「倫理反省說」、「行幫道德」、「復仇說」、「軍功模式說」、主導意識應爲遊民意識等[22]；以及文化心理與悲劇意識的審視之《水滸傳》研究。[23]

　　文化作爲一種歷史潛流，在作家創作中自覺或不自覺的流露出來，《蕩寇志》的文本帶有相當濃厚的時代寓意，也是非常複雜的

[20] 如：楊紹溥〈《水滸》與明代農民起義〉收在沈伯俊編《水滸研究論文集》，北京：中華書局出版，1994年，頁600-619。又如《水滸傳資料匯編》亦蒐錄了〈明末農民起義史料〉、〈明清史料乙編〉、〈明清內閣大庫史料〉、〈綏寇紀略〉等史料文獻以為應證，天津：百花文藝出版社，1981年，頁511-516。

[21] 蔡鐵鷹〈說不得的「忠義雙全」掙不脫的「功名家業」〉，《明清小說研究》，2002年第2期，頁105-117。

[22] 王學泰〈論《水滸傳》中的主導意識──遊民意識〉，《文學遺產》1994年第5期，頁95-105。王北固《水滸傳的組織謀略》中所謂的社會邊緣人（零餘者），詳參該書16-17頁。上海：上海書店出版社，2003年。

[23] 這方面的整理可以參閱黃霖等著《中國小說研究史》，杭州：浙江古籍出版社，2002年7月，頁299-316。

文化積累的小說。此書對於《水滸傳》有部分的模仿，也有相當程度的「去水滸英雄」的對抗意圖，因爲水滸故事本身長期流傳演變積累的潛在巨大吸引力，和《蕩寇志》創作刊行的時機與現實環境的考量之間的差距，使得《蕩寇志》的文化層累有許多的矛盾與夾纏。

　　《蕩寇志》表現在模仿的部分，從小說一開始就演義了「官逼民反」的主題，主題的變調也從此展開：《蕩寇志》在一開場是女飛衛陳麗卿遭花太歲高俅之子調戲的事件，導致陳希眞父女離家避禍猿臂寨，此後陳氏父女與雲天彪爲主的官兵合作，成爲「蕩寇」的兩股主要勢力。《蕩寇志》的英雄觀在此一聯手活動表達出來，在蕩寇的模式中有「官兵＋鄉勇」、「官兵＋尙未與梁山結盟的盜匪（陳希眞集團）」，以陳希眞父女爲主軸的這一股力量表現了「官逼」卻不「民反」，於是，在切割《水滸傳》最核心的主題一分爲二時，「官逼」照舊，但重點在於「民反」是否可以成立這一環節。全書演義的重心一方面轉移到「民」的變化，小說開始在處理面對威逼時的陳麗卿是「發怒除奸」（七十二回）、「痛打高衙內」（七十四回）；到後來隨父親避禍猿臂寨，乃至於透過陳麗卿與祝永清的聯姻（〈玉山郎贅姻猿臂寨〉），陳希眞父女在山寨的生活致力去盜匪化，經過〈陳道子草創猿臂寨〉（九十回）的身分轉化，股實山寨戰力：透過傳統通俗小說「掘藏」這一經常使用的情節，置入「發跡」的想像，在草創時期的山寨挖掘出銀苗，估計約五百餘萬兩白銀，還有石青、青銅等礦產，又有陶土可供燒製瓷器，使得猿臂寨經濟上避開劫掠百姓商賈的現實問題；一方面猿臂寨又在遇有散亡失業流民，便招撫入寨耕種；大興土木造起砲臺碉

樓；在青雲山頂建蓋一座萬歲亭，供奉一座大宋皇帝牌位，並且與官兵取得合作關係（頁198-199）[24]，《蕩寇志》在經營陳希眞立足點的猿臂寨時頗費了相當筆墨，從第八十三回到九十回將猿臂寨這一綠林予以轉型，而轉型的起碼是道德上的「謙讓」（〈苟桓三讓猿臂寨〉）以及經濟上的自足自給。

　　遭遇「官逼」而可以不「民反」的契機在於「掘藏」而「發跡」，並透過與官兵取得合作關係，接下來的戰役就是「變泰」的過程了。《蕩寇志》在一一剷除梁山匪寇之後，故事最後陳希眞父女卻悟道潛隱，所以盜匪參與國家軍事行動看來仍無實質的「變泰」，眞正「變泰」的還是不斷被封誥的雲天彪爲主的官兵集團。《蕩寇志》演義的「官逼民反」之主題結合了「掘藏」、「封誥」的通俗小說元素，使之成爲「發跡變泰」的文本，基調一經成形，架構在種種剿匪行動中的正當性、合理性及合法性於焉成形——「不抗殺官兵，不打家劫舍，戮力王家」（頁355），這是《蕩寇志》作爲「皇化」文本的第一步。[25]

---

[24] 回目、引文、頁碼皆據清・俞萬春著《結水滸傳》，出自《續四大古典名著》，長沙：岳麓書社，2003年1月。以下同，不另註。

[25] 一○三回記載「蕩魔真君」降世的張叔夜在平定麟山妖人劉信民「多寶天王」的妖教神道之後出榜安民，百姓回應朝廷的統治說：「百姓們不過一時執迷，原非甘心自外皇化。」（頁316）可見官兵的行動即是「皇化」的過程。

四、「忠義觀」的辯證想像 ──「招安」的「眞正法門」？

　　問題是「掘藏」、「封誥」的通俗小說元素，使《蕩寇志》成爲「發跡變泰」的文本，這個觀念是非常通俗的，作者不忘在理論層次上拉高《蕩寇志》的層級，因此小說中不斷嵌入的「忠義觀」是另一個看似形而上層次的辯證想像。在《蕩寇志》剿匪蕩寇的過程中，不論是公然對陣的高分貝吆喝，或是私下遊說的辯論，以及小說人物對一己的功名家業、人生道路的考量，「忠義觀」始終是《蕩寇志》作爲敘事的另一動力。

　　《蕩寇志》的「忠義」之辯有時表現爲小說人物「玩弄」忠義的指控（頁340）、有時放在招降的書信中（梁山招降陳希眞，陳希眞覆函，頁218、頁234）、有時直接放在辯論中（徐虎林與盧俊義的辯論，頁458、軍官李成拒絕宋江的「招安」，頁397），或是放在陳希眞尷尬處境中的表白──他不願將「綠林作爲終南捷徑」（頁234），卻也戰戰兢兢地不肯「失身從賊」（頁357）。而「假仁假義」更是《蕩寇志》繼承七十回本的金聖歎觀點對宋江集團嚴厲的抨擊：在一一○回〈三打袞州城〉祝永清以孫立之血奠祭其兄祝朝奉靈前，並對石秀割舌、取出杜興心肺展開血腥報復行動，以對應當年〈三打祝家莊〉之仇，回末贊詩道：「龍顏大悅，崛起了群力群雄；虎旅宣威，削盡那假忠假義。」（頁379）；一三七回〈夜明渡漁人擒渠魁〉在梁山敗亡，獨自逃脫的宋江遇見漁人「賈忠賈義」兄弟擒獲送官，宋江浩然長嘆：「原來我宋江

死於假忠假義之手。」（頁621）這些情節是《蕩寇志》與《水滸傳》「對話模式」的設計。

　　本來對《水滸傳》梁山英雄的「忠義苦旅」最難以調和的「招安」一事，是演義「忠義觀」不可或缺的關鍵，但是《蕩寇志》在一○一回〈猿臂寨報國興師　蒙陰縣合兵大戰〉陳希眞接獲雲天彪邀請「既輸力於天家，復用情於舊好：公私兩得，傾耳捷音」的書信之後，盜匪與官兵合兵大戰蒙陰縣，對林沖說道：「林將軍且慢，希眞有實言奉告。希眞爲想受招安，不得不傷動諸位好漢。爲我回報宋公明：如此方是受招安的眞正法門！」（頁298）前此，在九十二回隨著侯蒙招安詔書之到來，梁山集團內部辯論招安問題，《蕩寇志》將「反招安」仍舊放在李逵的身上，李逵說道：「只管說彌天大罪，既做下彌天大罪，須知沒處改換。」吳用回答他：「你這廝太不識起倒。這將方臘猖獗，朝廷正要用人，你若去殺得人多，作個大官，只在眼前，你卻不要？」（頁217）這一場招安的辯論其實並沒有提出價值觀的衝擊，有的只是「（對過去的彌天大罪）沒處改換」的罪疚感與「作個大官」的庸俗對比，因此才招來陳希眞所謂「招安的眞正法門」——透過與官兵合作而非奸臣引薦的譏諷。在這一回中還引出「武妓」殺「侯蒙」的疑案，扮演殺害招安大使侯蒙凶手的「武妓」究竟是陳麗卿？還是梁山集團的郭盛？一直到後來方揭曉這是宋江的奸計。

　　《蕩寇志》將嚴肅的招安議題以一個懸疑案擱置，產生意義的懸宕與變化，在間諜案中仍然展演「正／邪」的概念，只是招安變得戲劇化、懸疑化了，《水滸傳》那豐富而充滿矛盾的「忠義」課題，諧謔的被一句「眞正法門」一筆勾消，所以，《蕩寇志》對

「招安」一事看似嚴肅的形而上辯論，在一系列帶有遊戲色彩的計謀辯論的設計中，消解了《水滸傳》對英雄出處困境的終極意義。

這種遊戲色彩也延伸到「替天行道」的招牌，在處理歷史現實、歷史記憶的文本化過程，《蕩寇志》一貫緊抓住《水滸傳》較具「口號」性質的理念予以演義，除了前面的「官逼民反」與「招安」議題之外，對宋江打著「替天行道」的招牌也勢必要拆招。因此，在何謂「道」的討論上，就直指雙方出師的合理性的核心。《水滸傳》凝聚「梁山意識」就是「官逼民反」與「替天行道」的思想武裝，針對這一思想武器，《蕩寇志》多方論辯「天道」的內涵試圖取得詮釋的優勢。如：九十八回〈筍冠仙戲阻宋公明〉宋江為了破陳希真的神鐘求助筍冠仙，他拿出《太乙雷公式》一書以示宋江，這一情節實暗示蕩寇之師陳麗卿、雲天彪等大將在上界都是雷神，出自「雷部」，接著二人對梁山合理性展開辯論，宋江揭示一貫立場道：

弟子宋江避居水涯，恭候招安，現在替天行道，到處剗除貪官汙吏，為民除害。倘得仙人傳授此書，以除殘暴，各路生民幸甚！

筍冠仙回答他：

貪官汙吏干你甚事？行賞黜陟，天子之職也；彈劾奏聞，臺臣之職也；廉訪糾察，司道之職也。義士現居何職，乃思越俎而謀？（頁277）

　　《水滸傳》中公孫勝是中國傳統社會革命模式經常出現的典型發動者，他們具有原始宗教力量的代表：黃巾起義、白蓮教、義和團都是這種模式的社會武裝革命前身。由於原始宗教力量具有精神吸引力，在社會動盪解體過程中對廣大的下層社會有無比的精神號召力量。上述對話出自一位仙道之口，將「替天行道」的天職轉化成人職，對公理正義等普世性、終極性的價值予以制度化、結構化，宣稱人各有本分職司，以一種角色分工的態度來解釋「天道」理念，而且是由上而下的一種分工制度，亦即：由一神道口中將「天道」解釋爲「王道」，甚至只是「治道」的層次，試圖運用原始宗教力量將具有神祕性、超驗性的「天道」納入「皇化」的邏輯中，這是《蕩寇志》處理與前書水滸故事價值理念衝突時的敘事手法。[26]

　　此外，除了多方論辯「天道」的內涵，《蕩寇志》有時會以泛溢的筆法擴充概念，如：一〇二回宋江攻打蒙陰時，軍方守備張繼的夫人屏後代夫調度，軍中替她取了個渾號叫「公道將軍」，她對勝利的結局預測是：「此番出師必然大勝，可以上邀帝眷，下得民心。」所謂「公道」也者，仍不免是相當媚俗的「皇化」言談。除了上述演義《水滸傳》價值體系之外，《蕩寇志》的「皇化」在表現規訓的方式是每當官方從梁山地盤收復失土，褒嘉聖旨隨即頒布，一篇篇的聖旨，一次次的規訓，又以官方語言回應上述價值觀的辯證，形成文字化的收編整飭與行動中排除滌蕩反對勢力的秩序

---

[26] 陳希真父女、女諸葛劉慧娘的神道化也都是對潛藏在民俗信仰中這一股力量的官方化書寫。

化過程動靜結合，織就一個牢固的「皇化」網絡。

《蕩寇志》的作者在面對「蕩寇」的思考邏輯時，顯然有他一系列的釐析與分梳並整合的過程，將水滸故事的「官民關係」、「忠義觀念」、「天道思想」、「民俗信仰」看作宋元明清意識形態的形象畫卷，它們是有一個漫長發展的歷程。

宋江集團由北宋末年地方型的零星盜匪逐漸擴充規模、抬高意識形態的旗幟，結合「說公案」與「說鐵騎兒」的民俗演藝，再經由元代水滸戲「抗金」事蹟的「攘夷」色彩，使一個街談巷語的傳奇故事增繁為民族英雄傳奇，《水滸傳》與南宋以來的水滸故事最大的不同在於改變了宋江的結局為「宋公明神聚蓼兒洼」，深化了作品主題為「英雄悲劇」，也是作者的深沉悲憤之所在。但是這些好漢們從「義」與「勇」仍有扞格相戾之處的「勇悍狂俠」到「盜賊之聖」，並進而成為「草澤忠臣」的變化，原是富含著「盜氣」與「忠義」的辯證關係。張錦池認為水滸故事的發展軌跡始終未脫「忠義」二字，當它的美學價值越高時，史學價值就越低，所以「只可把它看作宋元意識形態的形象畫卷，不可把它看作北宋末年宋江起義的英雄史詩。」[27]立足於歷史意義上的宋江起義的史實與這個故事應運而生的時代思潮兩個視角交相比對考察，「意識形態」的解讀方式的確是這個故事系統不可忽視的存在實況，問題是：到底是「誰的意識形態」？作為「亂世忠義」與「治世忠義」其「意識形態」的意義與功能又有何不同？

---

[27] 詳參〈『亂世忠義』的頌歌──論《水滸》故事的思想傾向〉，收在沈伯俊編《水滸研究論文集》，北京：中華書局，1994年3月，頁425。

　　如果不將種族與政治分開來看，《水滸傳》作為一個公共記憶，對漢族而言，那是一個歷史潛流的記憶，所以它是「亂世忠義」，是「英雄史詩」的悲歌；對金、元、清之異族而言，則又是可資利用的「治世忠義」，「意識形態」是作為整編收斂的良好工具，體制內的「忠」與體制外的「義」如果加上「尊王」與「攘夷」、「安家」、「立身」等功能變數，衍生出來的價值光譜排序就相當複雜了。

　　誠如張錦池釐析宋元水滸故事的梁山好漢從「劫掠子女玉帛，擄掠甚眾」的「勇悍狂俠」，到水滸戲始將「替天行道」的「杏黃旗」插上水泊梁山，而後如鄭振鐸、魯迅所指出的：「征遼」、「討田虎」、「伐王慶」是新加的[28]，《水滸傳》作者始終脫離不了「盜賊本王臣」的內在制約，因此「義」作為「忠」的反向選擇，集體意志可以容忍到什麼程度？歐陽見拙認為在封建體制之下的農民起義大體而言有三種層次：低層次的沒有「政治綱領」；中層次的有「政治目標」，但是在不滿朝廷腐敗的同時仍冀望招安，仍不免有忠君的行為；高層次的起義則不僅有明確的政治目標，而且必定以改朝換代為目的，但是明清時期推崇《水滸傳》的評價標準是「忠君」。[29]

　　俞萬春在處理「忠義」、「天道」等概念時，混淆了「純粹意識形態」（pure ideology）與「實踐意識形態」（practical

---

[28] 同上註，頁420。

[29] 〈《蕩寇志》是《水滸》作者觀點的再現──《水滸傳》與《蕩寇志》的比較〉，《明清小說研究》，1989年第3期，頁21-30。

ideology）之間的差異，將「天道」詮釋爲「治道」，而此兩種不同層次的意識形態正是構成「組織意識形態」的內涵。[30]由於適逢「組織（皇朝）」的存在遭受挑戰，「忠君」觀念就涵納了「純粹意識形態」與「實踐意識形態」。所謂「招安法門」者，正是藉放大「實踐意識形態」，萎縮「純粹意識形態」來導入官方的「組織意識形態」中，這一層理逆反的辯論，恰如將「家恨」取代「國仇」一般[31]，以當前而立即的目標取代終極目標。

五、加冕的關鍵點：雲天彪的關公形象

　　由於意識形態的出現與社會集團的創建和延續過程息息相關，任何社會集團都需要一個關於自我認知的形象，並將此一形象不斷傳承下去，也只有透過對先民行爲不斷陳述及將類似先民行爲模式進行詮釋，才能夠使先民行爲獲得再生能力。因此，意識形態就是這種對社會集團創建之初的理想與集體記憶，而社會集團是透過理想化的形象來表現自己的存在。[32]

---

[30] Franz Schurmann, *Ideology and Organization in Communist China Berkeley*, Cal: University of California Press, 1968, pp.18-23.

[31] 《蕩寇志》最重要的民間團體「祝家莊」、「猿臂寨」都帶著「家仇」未報的動機參與蕩寇行動。

[32] Paul Ricoeur, "*Science and Ideology*", Hermeneutics and Science, trans.and ed.by John B.Thompson, New York: Cambridge University Press, 1981, p.225.

　　三國名將關羽從一位人間武將到帝君神靈化過程，不斷的受到官方及釋道兩教的敬崇，在清朝，除康熙之外，幾乎每一位皇帝都給關羽新的封號，乾隆更下旨令《四庫全書》編纂將所有《志》中關羽的謚號全改爲「忠義」，爲了褒嘉武聖，連纂改史書的方式都用上了[33]；洪淑苓由地形地物傳說考察民間塑造關公的「文化英雄」形象[34]，可見「關公信仰」的普及化，這種普及化既有上層社會的刻意製造，也在知識分子及民間廣泛流傳，形成一個相當特殊的共有言說空間。[35]《水滸傳》中梁山好漢甚至將關羽視爲「行業神」予以崇拜[36]，七十回本《水滸傳》第六十二回，宋江圍攻大名

---

[33] 魯曉俊《汗青濁酒──《三國演義》與民俗文化》，哈爾濱：黑龍江人民出版社，2003年5月，頁41。

[34] 洪淑苓〈地理書與方志中的關公傳說〉，收在淡江大學中文系主編《人物類型與中國市井文化》，臺北：學生書局，1995年1月，頁89-116。

[35] 例如鄭志明在《中國社會與宗教》一書第十三章〈明代以來關聖帝君善書的宗教思想──儒家道德思想宗教化的基本形態〉指出：以關公爲信仰主神的教派，以儒宗神教最盛。宋代關公只是個「從祀神」，到了明末，朝廷的封號早已位極天神；萬曆年間更由「協運皇圖」（即協助玉皇大帝綜理萬機）的「協天」觀念，由武神升格爲文相，清代爲通明首相，辦公位置在於南天，其信仰又與扶鸞降筆的民間信仰有關，這一點就宗教現象而言近於巫術的薩滿信仰，由於關公的完滿人格，透過神道設教以推廣道德教化的倫理宗教，對於社會文化與意識形態的發展，有其整合功能與存在價值。臺北：學生書局，1989年11月，頁283-312。

[36] 王同舟《地煞天罡──《水滸傳》與民俗文化》，哈爾濱：黑龍江人民出版社，2003年5月，頁49。根據考察「關公」甚至在多神崇拜的宗教信仰之下發展爲二十多個行業的保護神：皮箱、皮革、煙業、香燭業、綢緞業、鹽業、廚業、屠宰業等等，在山東《大刀會咒文》融匯佛道兩教及民間信仰諸神，在附體時排刀排磚

府，宣贊推薦大刀關勝領軍討伐梁山，道：「此人乃是漢末三分義勇武安王嫡派子孫，姓關名勝，生的規模與祖上雲長相似，使一口青龍偃月刀，人稱爲大刀關勝。」第六十三回，神行太保探得關勝領軍，回報梁山：「東京蔡太師拜請關菩薩玄孫蒲東郡大刀關勝，引一彪軍馬飛奔梁山來。」後來關勝被賺上梁山，在大聚義時排名第五，僅次於宋江、盧俊義、吳用、公孫勝，顯然是利用江湖崇拜關羽的心理，藉此增加梁山的威望。上面所說的「關菩薩」即隋朝以後佛教以關羽爲護法伽藍，成爲中國化的佛教護法神；道教也編造種種神蹟使關羽成爲護教伏魔聖君。

我們由上面關羽形象的轉化可以鳥瞰他在各層級文化的影響，不管是官方知識或民間理念，直至清朝，形成一個十分堅固的「忠義」意識結，整合著不同階層的秩序理念。《蕩寇志》在使用這一意識形態的符號時，一方面是針對七十回本《水滸傳》的「忠義」符號予以逆寫；一方面又要不偏離當時典律化的「忠義」符號，於是設計出「雲天彪」的官軍形象，試圖涵蓋這兩個既相關又逆反的概念。在主流的社會價值看來，梁山的所謂「江湖大義」本質上是一種小圈子的道德，它重在親疏之分，而不是是非之分，「義」的格局不大。在一個將關羽的品格理解爲理想人格或接近超驗的神格的歷史脈動中，卻以「講義氣」概括關羽的品格，這是一種近乎侮

於大刀會會員身上，以幫助他們「刀槍不入」，因為多神崇拜，使得信仰有一種混合性的特點。侯杰、范麗珠著《世俗與神聖——中國民眾宗教意識》，天津：天津人民出版社，2001年9月，第四章〈分裂的宗教情感〉，頁151-152、頁161-162。

辱英雄的行徑。因此，《水滸傳》寫到關勝遭梁山俘虜，「看了一般頭領義氣深重」，「願在帳下為一小卒」，清人王望如評論說：「嗚呼！雲長先生有降曹之子孫耶？吾不信，吾不信。」俞萬春在《蕩寇志》中認為梁山諸人都是朝廷罪人，關羽武聖人豈有關姓子孫嘯聚梁山，於是把關勝改為「冠勝」。

　　「雲天彪」的官軍形象應也是承應這一思路的敘事手法，一切蕩寇的主軸都匯聚到「雲天彪」的調度當中。他時而與軍官「開講《春秋大論》，不問賢愚無不感動。天彪講到那剀切之處，多有聽了流淚不止的。不到數月，馬陘鎮上軍民知禮，盜賊無蹤。」（頁201）在作戰過程中聞知屬下李成降賊，雲天彪判斷這一消息時，「雲天彪沉吟了一回道：『非也，吾料李成決不出此。他從我年餘，《春秋》大義聞知熟矣，何至今日昧心。且統兵前進，以觀行止。』」（頁398）可見《春秋》是《蕩寇志》最重要的思想武器，針對的就是梁山的忠義觀之「江湖大義」。《蕩寇志》一三九回回目〈雲天彪進《春秋大論》　陳希真修慧命真傳〉以兩部著作作為思想武器，一儒一道，達到蕩寇的高峰，〈結子〉將〈群魔歸石碣〉與〈天女（按：陳麗卿）顯靈蹤〉合提，可以說，《蕩寇志》以儒道為主流思考，將《水滸傳》的歷史邊陲感澈底的予以解構，小說新文本中的「儒／道」都在政治給出的「有限空間」中言說，「儒家忠臣」與「道家義士（女）」在強烈的當代意識形態裡被整併，《蕩寇志》在咸豐年間緊急刊行，其實是清廷對漢文化的修飾與再利用，一如清代歷位皇帝對關羽的形象再塑造是同樣的手法。

六、官民相得？——意識形態和民間理念之間的關係

　　《蕩寇志》確定上下君臣倫理的同時，強調「公私兩得」的「蕩寇」邏輯。在陳希眞第一次與官兵合作於蒙陰縣會戰時，所謂「招安眞正法門」的書信中，雲天彪勸陳希眞會師，說：「務即會合天兵，匡扶王室。兼且高公舊誼，從此修盟。既輸力於天家，復用情於舊好：公私兩得，傾耳捷音。」（頁296）《蕩寇志》中對「公／私」這一組概念的演義並沒有將屬於個人情誼的「私」次位於國家的「公」，在這一層意義上而言，此書有某種素樸的啓蒙思維夾雜在反啓蒙的蕩寇行動中。因此在吸納民間力量加入蕩寇行列的過程中，「輸力於天家」的地方自發性力量，除了陳希眞父女外還有哈蘭生（九十九回）、召家村（一○四回）這一類的「鄉勇」以及士紳的捐輸。《蕩寇志》在蕩寇的過程中整合了官兵集團、透過管道被招安的綠林集團、各地鄉勇三股力量，並且如前所說的在綠林轉型上也安頓了遊民，這種「全民」就位的想像藍圖，是一種集體意志的擴充，這是相對於《水滸傳》重在突顯個人意志的爆發的。因此，《蕩寇志》與梁山英雄的對峙其實是俞萬春在文本縫隙中由「三打祝家莊」演義出來的一個「事件回溯」。

　　在《水滸傳》「三打祝家莊」這一段故事對梁山泊成長與宋江事業其實有多重的意義，祝家莊三家聯防體系是當時防禦草寇非常主要的鄉勇實力，但是宋江集團以小搏大，加上扈家莊扈三娘投降，孫立集團出賣祝家莊，梁山泊由原本山頭草寇吸收祝家莊實力，作戰規模逐漸在「三打」中發展調兵遣將的戰略技巧，一○八

位頭領因此聚集了六十位，已超過一半數目了[37]，所以「三打祝家莊」在《水滸傳》的組織謀略和組織發展具有重大意義。此外，《蕩寇志》回應前書《水滸傳》最重要的地方應該是以「祝永清」爲主的莊園式武力的參與「蕩寇」：在漢族是祝家莊，在異族是哈蘭生爲主的哈家莊。對「莊園」模式的再利用有一個相當重要的「水滸邏輯」在裡面，因爲在三打祝家莊一役時晁蓋中箭身亡，宋江始成爲梁山集團第一把交椅，所以《蕩寇志》藉著「三打祝家莊」這一情節，在意義上一方面直指宋江的領導地位的來源的閱讀記憶；一方面再次發動民間新興的莊園力量作爲整編的自發性想像，「三打祝家莊」這一情節的再啓動，比陳麗卿遭調戲式的「官逼民反」更富有實質的「蕩寇」意義。

　　我們在明清社會秩序的研究發現，明清基層社會的管理存在著「官」與「民」的二元組織系統，其中「民」的組織系統中包含家族、鄉族、鄉約、會社、會館等形式，由於其管理目標與統治者要求大抵相符合，所以形成國家統治的補充與延伸，它們多藉助血緣、地緣、神緣及業緣的紐帶，實現社會整合功能，這種「官民相得」模式的建立，藉著「以德治國」的精神價值與民間自治化傾向來建立一種新的統治秩序。[38]《蕩寇志》在蕩寇的過程中整合了

---

[37] 王北固《水滸傳的組織謀略》中分析此一戰役的意義重點之一是梁山泊經此一役始變成積極意義的準正規軍的革命團體。詳參該書29-30頁。上海：上海書店出版社，2003年。

[38] 王日根著《明清民間社會的秩序》，〈一、明清民間社會秩序的考察〉，頁35；〈結語：中國傳統政治文明中的「官民相得」〉，長沙：岳麓書社，2003年10月，頁523-533。

「全民」就位的想像藍圖，這種集體意志的擴充其實是有歷史依據的。由於《水滸》研究與評論一直以來專注於此書對個體意志的歌頌與對悲劇美學的賞鑑，使得我們對《蕩寇志》這部續書提出新秩序的意義受到金聖歎美學理論的制約，忽略其在「皇化」的意識形態與傳統文化根基放置民間力量所夾帶「自治化」的不具批判性的啟蒙色彩。[39]

　　《蕩寇志》在蕩寇的過程裡皇帝始終沒有御駕親征，其「虛君」的「皇化」演出，在相對意義上並沒有把「官民相得」所整合的新社會秩序中的「民間」真正推向政治符號和國家權力意識形態的符號。因此，代表「民間」力量的祝家莊後代祝永清結合民間信仰的神道──陳希真父女、「女諸葛」劉慧娘等勢力，經過轟轟烈烈的戮力王家之後，仍不免在結局時一一退場：非死即隱，象徵著民間力量以及民間理念仍然以死亡和隱逸作為退場的機制，可見在新秩序中的「新」意，是以「官民相得」為掩護的剷除異己的封建霸權本質。

---

[39] 王光東《民間理念與當代情感──中國現當代文學解讀》指出五四時期知識分子與「民間」之間的關係大致有三種類型：一、為「民粹派」思想，經毛澤東等人的努力，使之成為政治符號和國家權力意識形態的符號；二、為透過歌謠等民間文學的蒐集和倡導，從審美角度肯定民間文化形態的精神價值；三、周作人等人吸收民俗藝術的積極健康的生命力，又試圖批判民間、提升民間以達啟蒙目的。桂林：廣西師範大學出版社，2003年4月，頁63-64。其實意識形態與啟蒙之間的辯證，在明清時期社會秩序隨著海洋政策、犯禁式的經濟活動、民間組織的發展，經歷了相當長時間的重整與調和，並自生自發社會秩序的道德、規約、信仰以及管理機制。

七、「虛假意識」與「有限空間」的言說 —— 宗法父權下的女性主體

　　在《蕩寇志》中參與蕩寇的兩位重要女性基本上都沒有母親，形成兩種交叉的「（類）父女組合」——陳道子／陳麗卿（父／女）；雲天彪／劉蕙娘（公公／媳婦），而戰場上的分工是：雲天彪／陳麗卿（武功）；陳道子／劉蕙娘（謀略）。這之中女性智慧與女性武力的演出是《蕩寇志》表現另一個「新質」的策略，在全書起迄、重要關鍵都是靠著陳麗卿、劉蕙娘兩位女能人來建功，那麼透過「女飛衛」陳麗卿的箭術武功與「女諸葛」劉蕙娘的謀略占卜，才使得蕩寇這一艱鉅任務得以完成，這一對表姊妹才藝雙全，合起來是「文武」雙璧。爲什麼《蕩寇志》如此書寫女性？

　　首先，當女性敘述與民族國家敘述放在一起詮釋時，後者的宗法父權文化和政治意義操控著女性主體的定位，因此往往在文學中的女性正面形象就有陽化的現象，而負面形象因爲純女性的特質就被貶爲尤物而成爲「禍水」。女性陽化的書寫是崇尙性別錯位、角色反串等認同宗法父權價值的陽性書寫，這種男性模擬／補償性書寫，無不反映出女性的主體性匱乏。我們如果放大到通俗文學的脈絡來看，楊家府演義的滿門寡婦報效國家、薛家府演義的樊梨花戮力王家與《蕩寇志》的陳麗卿、劉蕙娘都是此類女性陽化的書寫，她們共同被置於「通俗」行列，與妖異、開拓邊疆、打擊異己等問題相連，意味著女性被宗法君父之權同化與內在殖民的現實。

　　當性別就像種族、階級一樣，被視爲人類一切經驗中有機的

社會觀念，女性在小說中的意涵更體現出邊陲性質的亞文化從屬地位，然而，《蕩寇志》在這個有機的社會觀念中究竟有沒有與楊家府、薛家府故事裡的女性有不一樣的特質呢？在眾多「家將」系列的書寫上，《蕩寇志》與她們不同的一個小小的地方，在於將女性的武功與智能採「分寫」的策略。

「女飛衛」陳麗卿不像樊梨花是透過比武招親的方式取得「先鋒」地位，她一出場即與父親和「女諸葛」劉蕙娘合作無間，又在「祝家莊」媳婦的頭銜上參與復仇報國的事業，最後修道有成。對「先鋒」頭銜的取得與否成為內部的某種張力，她唯一的一次扮裝「武妓」後來被宋江集團模仿利用，殺死招安的大使侯蒙。在一次為自己爭取「先鋒」頭銜的辯論中她說：「……爹爹想：你要孩兒做粉頭（按：即武妓），我都依了；我只不過要作個先鋒，爹爹都不許我，教孩兒如何氣得過？」（頁141）陳麗卿屢次想取得「先鋒」頭銜的張力與扮演粉頭「武妓」的逃亡經驗，基本上是男尊女卑／男主女從的權力形式和道德觀念的雙重演出，共構出處於「低位」（subalternity）的女性族群的壓抑符碼。

《水滸傳》的女性書寫近二十位女性人物中有英雄、有妓女、有淫婦、有貞婦、也有刁婦，女性除了「守本分」之外，「非道德化」、「男性化」都夾雜著男性話語中的愛憎與權力的評價，「女英雄」在《水滸傳》的形象是男性的複製品，不是生活中真實的女人，是男性文化中的「空洞能指」。[40]《蕩寇志》出現的女性形象

---

[40] 寧俊紅指出：「女英雄」在《水滸傳》的出現有兩個原因：一為達到廣義修辭上的平衡或對稱，所以女俠形象作為男性傳奇世界的點綴；二為了讓她們在男性

以「女飛衛」陳麗卿和「女諸葛」劉慧娘為主，其實也是緊扣《水滸傳・三打祝家莊》的「女英雄」內涵：三打祝家莊時，一丈青出戰，王英一聽是女將，原打算一合便捉來，反被一丈青活捉；後一丈青追殺宋江，被李逵捉得，宋江不殺不審，連夜送上梁山交給宋太公，大家原以為宋江要據為己有，他反將一丈青認作義妹，把她許給王英，由這一次戰役在男女關係上顯出王英的好色、李逵的憨直以及宋江的大義。《蕩寇志》回應這一情節生出較具「自主權」的女性「英雄」與女性「智者」，當她們最後復仇殺了王英時也是相當血腥，她們將一枝鐵桿尖頭往王英死屍糞門直插到胸口，扎在馬上，還「笑得打跌，眾人都忍不住的笑」（一三〇回，頁559），騙一丈青扈三娘應戰。這一情節扣住《水滸傳》「（女）英雄」以寫《蕩寇志》的「女英雄」，二者充滿較勁意味。

　　分寫的另一女性符碼是「女諸葛」劉慧娘，小說一方面點出她的體弱多病以及小腳與陳麗卿的大腳不同（頁70）；但是一方面又不斷重彩濃墨的描寫她嫻熟占卜觀氣等傳統知識與勾股器械等先進知識，成為結合傳統女子形象「德色才情」的完美內涵，並具備參贊帷幄的「諸葛」新質。她一方面與陳道子一起施法占卜觀氣；一方面與「外國巧師」白瓦爾罕研究奔雷車、沉螺舟的改造以及《輪機經》、勾股算法、地理研判。白瓦爾罕是從梁山集團搶來的人才，在許多蕩寇的過程中與女諸葛劉慧娘研發改造武器及進攻策

故事中起鏈條作用，然而女英雄形象仍是被限定在傳統的輔助角色和男性價值觀中。〈《水滸》女性形象漫說——兼談《水滸》的「話語」〉，《新疆大學學報》（哲學社會科學版），1998年第26卷第3期，頁90-92。

略，後來這一個「夷種」也死在蕩寇的砲火中。《蕩寇志》將女性形象的符號伸向巫師式的神權與知識掌控權，其權力位階在中國宗法父權社會具有神位化與士大夫化的意義，但是由於神權思想與知識在各文化模式中大多居於軸心基礎，當它們同時被一位女性所擁有是不符合文化的客體想像的，因此小說不忘解釋這位女性的「體弱」、「小腳」，這一饒堪細味的細節，彷彿宣告承載這一重要文化內核和政治方向感的重責大任，安置在被陰性化了的民間蕩寇集團，而且是集團中的女性成員，其立足點仍是脆弱而無力的，再加上她與「夷種」白瓦爾罕共同研發蕩寇新知，這種小說審美機制，其實是將異質力量一起放置在「新鮮感」的消費中，並在小說結尾都走向死亡。

在中國古典小說中，巫術文化與理性智慧往往是混雜在一起創作，成爲一種理想型的審美慣性。《三國演義》中諸葛亮平蠻時曾使用過「地雷」（八十七～九十回），他臨終前將「連弩法」傳授給姜維，後來與魏兵交戰時派上很大的用場（一○四回）。諸葛亮的天氣預報、八陣圖、木牛流馬、地雷、連弩機之類的智慧，是古代科學智慧和巫術文化的結合，在民間傳聞流播中蒙上一層神祕面紗，適合於通俗性的知識想像和理解。《蕩寇志》「女諸葛」劉蕙娘承襲了《三國演義》這一部分的文化想像，但是將她的性別特別著重在陰性特質上（小腳、體弱），一方面複製了男性／理性的父權體系啓蒙者與決策者的幕僚形象，一方面保留了男性主體是權力的強者的統攝者，女性客體是弱勢的被統攝者的政治言說，並透過蕩寇過程中與陳希眞取得共事合作的部分權威，在宗法性別倫理秩序上小心回應主／客體的秩序關係，並部分鬆動文化模式中居於軸

心的君父威權體系的結構，所以蕩寇集團的交叉的「（類）父女組合」，仍維持宗法家長制，所給出女性陽化書寫的形象，明確地將女性的才智武功定位在夫／天的男性中心論述之中。

這種虛假論述參雜著真實與虛構、歷史與神話「錯位」的文學現象，在晚清與五四以往的現代文學中大量出現的知識女青年、革命女青年、文藝女青年等等模式不斷參與新時代的改造想像。然而，此一「虛假意識」在明清小說中即以通俗文學形式不斷複製：楊家將的寡婦群、樊梨花與《蕩寇志》中的陳麗卿與劉蕙娘。她們帶著男性的標誌「女先鋒」、「女飛衛／女諸葛」參與「時代的典型意義」。這種虛假意識可以被理解為宗法父權社會長久以來女性主體被壓抑，所產生的「女性自我匱乏」，因為補償心理而有的膨脹現象。[41] 但是「錯位」的產生乃是一種反對與矛盾的描繪，「蕩寇」在一系列「魔術般的人物」與「魔術般的解決方式」中進行，那是一種亞文化所代表的支配權的挑戰，然而不是由亞文化直接發出的，而是在「有限空間」──戰爭、遊戲、節慶、日常生活等民間言說中的遊戲空間間接表現出來的。

正如我們所看到的「神話般的解決」，都是最外面的「表層」：即符號層面上表現出來，這意味著符號社會、神話社會並不是一個統一的整體，符號將社會割裂成不同的階層，同一套思想交流符號的使用者全體其實並不一致。因此，不同階級的不同話語之間，其思想中不同定義和不同意義之間的反抗與消解就形成生產

---

[41] 林幸謙著《女性主體的祭奠──張愛玲女性主義批評 II》，桂林：廣西師範大學出版社，2003年，頁12-13。

與再生產，而各階層的對話的「裡層」總是在「表意」的層面中進行。所以符號一旦被社會中從屬團體占用或盜用，並使其載有「祕密」或「特定」意義，從屬團體按照自己所繪製的「意義地圖」通常是「非自然的」離經叛道者。[42]

　　透過「女性自我匱乏」的膨脹現象與「意義地圖」的再繪製這兩個不同面向的思考，《蕩寇志》這一十分陽剛的文本，對社會新舊元素的極力展演，仍有其言說困境中的特殊意涵：當這些邊緣人物在結構底層隱然以小說人物序列方式將梁山集團推向極度邊緣化，使一百零八條好漢敗在邊緣人物「女人／夷種」手中，其實是另類「以夷制夷」——「以邊緣制邊緣」的設計，以達到「尊王」的目的。《蕩寇志》在使用民間理念時，是深知水滸故事中的可轉化性，他運用小說的民族、文化、性別等各層理的英雄譜系，去編織一個綿密的宰制網絡，迫使梁山好漢這些負載著「亂世忠義」觀念的游離分子，成為穩定國家中的一種偏差、一種變體，幾乎人人得而誅之，即便是女人、即便是夷人。

---

[42] 讓‧熱內（Jean Genet）、羅蘭‧巴特（Roland Barthes）等以符號學的角度試圖對亞文化進行揭開，通過對生活富有深層意義的文化表層進行闡釋，使生活形式中潛在的顛覆性意義之網得以開啟。參閱羅蘭‧巴特（Roland Barthes）著，許薔薔、許綺玲譯《神話學》，臺北：桂冠圖書公司，1997年。迪克‧赫布迪齊（Dick Hebdige）著，張儒林譯《次文化——生活方式的意義》（SUBCULTURE-*The Meaning of Style*），臺北：駱駝出版社，1997年。

八、「殘形」閱讀下的「完形」心理

　　樂蘅軍認爲陳忱的《水滸後傳》與俞萬春的《蕩寇志》出現在水滸的變形期，是一種侷限的、殘形的閱讀，而這三百年的水滸讀者「在異族政治的隱痛下，只是怠惰地讓水滸畸形殘缺的存在著」。[43]當然，當金聖歎製造出一個「貫華堂古本」的神話，而清末民初又製造出「施耐庵神話」，使施耐庵成爲「良作者」的符號[44]，水滸故事擺盪在菁英解讀裡對政治意識或英雄悲劇美學，乃至於理想性格意志的「完形」期待中，其歷史刻痕作爲國民性、憤書的載道功能，在代代讀者的閱讀中製造出許多意義，可以說，寫作二十年之久，在咸豐年間被選爲「政治宣傳品」的《蕩寇志》，不是一場意外的演出，而是毫不含糊的、刻意的「誤讀」。

　　《蕩寇志》作爲知名小說的續書，在寫作策略上繼承七十回本的金聖歎對作者的誤讀，以「施作羅續」的說詞，肯定施耐庵，詆毀羅貫中的「續書」，以作爲腰斬《水滸傳》合理性的基礎。[45]但

---

[43] 同註 ❸。

[44] 周家嵐《清末民初水滸評論研究》，第四章第二節，政治大學中國文學系碩士論文，2002年6月。

[45] 例如：《蕩寇志》一一九回在介紹梁山泊的地界時就說此地「乃是三府二州四縣交轄之地，其東面是濟寧州該管，前傳施耐庵已交代過。」（頁456）接這又補足了東、東北、正北、西北、西、南等方向，對所謂「前傳施耐庵」的回應與延伸比較正面。然而對羅貫中的態度則作者又忍不住跳出來謾罵，如一三二回宋江欲重拾人心，在九天玄女宮設醮，出現神蹟，作者忍不住批評：「看官這件事

是在整合意識形態時仍以「關公信仰」爲聚合點，其上有「虛君」的意象，褒嘉聖旨作爲皇權的虛擬性存在狀態，事實上皇帝從未御駕親征或召見義士們；其下則整合了鄉勇、游離組織（陳希眞爲主的猿臂寨），並實質的打擊盜匪集團梁山。就其核心思想來看，仍然是「合刻本」將《三國演義》與《水滸傳》並列的融合策略。

如果從「續書」的內涵來審視，「合刻本」延伸出來的「奇情」式的審美訴求一直也貫穿三百年水滸變形期。而所謂「變形期」的「怠惰」閱讀裡，不可否認的，對於「國家」與「國民」的想像，不僅僅是利用通俗方式將「國家意志」普及遠行，達到宣傳目的，同時也包含了站在民間立場向上傳遞民間的聲音，溝通民間與權力意識形態之間的關係。換言之，又何嘗不是從民間立場去理解國家的意志及政策，這種寫作立場決定此書基本想像方式和民間視角。《蕩寇志》若非以政治先驗觀念出發去虛構「國家」中的各階層人物及其特點，而是以一篇篇褒嘉聖旨爲意識形態的「裝框」來作爲膜拜價值，擱置在背景的皇權作爲監視系統，那麼鏡頭前仍是群魔亂舞之新舊雜陳的社會景象，是否正意味著：文人試圖使自己脫離正常化形式認爲的理所當然的歷史全景，創造一個分崩離析的動亂世界，在這個世界中虛擬的「神聖」與虛擬的「神怪」一樣眞實，卻也同樣虛幻。

（按：指九天玄女降靈在每個梁山義士身上隱隱然出現紅文反寫的『江』字）到底眞的假的，我卻不必直說，……至於像羅貫中這班呆鳥，卻一萬年也猜不著，我說明了，也是無益。」（頁578），這些地方顯然是順應著金聖歎對《水滸傳》的以作家出發的批評及改寫策略。

　　《蕩寇志》在蕩寇的實質作法中，運用民間通俗文學的「有限言說空間」表明：「蕩寇」其實是尋找一些不同層級的歷史處境中的人，置於秩序的譜系中，試圖透過秩序整編的過程形成「皇化」文本，亦即：

　　皇帝→官兵→鄉勇→民間組織→智慧女人→智慧夷種→盜匪

　　當一切力量被安置在權力場上角力時，在「皇之民」的光譜中後三層皆以死亡作爲結局，足見社會之異質性是不見容於當時的「國家想像」與現實文化；而民間組織的陳希眞父女則回歸傳統民俗信仰的譜系，被造神了；眞正「皇化」的對象其實只是「官民相得」的「官兵」與「鄉勇」罷了。但是，兪萬春心目中的「官民相得」是否等同於清廷所要利用的「官民相得」？這問題仍是值得推敲的，一個小說文本的流傳與複雜的機遇，正可看出文化支配權的動態調節。藉由「文化」一詞的思考，當文化成爲人們的生活方式，通過持續和複雜的過程來界定和分享意義，約翰·菲斯克（John Fisk）考慮知識時認爲：「知識從來不是中性的，……知識的力量必須通過兩種模式表現出來：第一種是去控制「眞實性」，要把現實的轉化爲可知的，這樣需要將其作爲一種支配性的東西盡可能去掩飾其隨意性和不完整性。第二種努力就是使這種具有支配性（也因此是社會政治性）的現實成爲眞理。……支配性的權力要求努力建成（某種意義上的）現實，並且廣泛而平穩地使這種現

實在社會中得到傳播。」[46]透過咸豐年間《蕩寇志》被採納爲「官方」宣傳品的這一事件，可以想見清廷在使用民間理念時，是深知此書的可轉化性，他一方面運用小說的民族、文化、性別等各層理的英雄譜系，去編織一個綿密的宰制網絡，迫使那些如梁山好漢背負著「亂世忠義」觀念的游離分子成爲穩定國家中的一種偏差、一種變體，幾乎人人得而誅之，即便是女人、即便是夷人；一方面又在「英雄化」的異端譜系中先去除異端之尤——水滸英雄，然後又小心翼翼的剔除一絲一毫的異端氣質——女英雄、道士英雄，最後保留儒化意象的雲天彪作爲核心符碼。

《蕩寇志》在結構底層隱然以小說人物序列方式將梁山集團極度邊緣化，使一百零八條好漢慘遭邊緣的「女人／夷種」戰敗，達到「尊王」的目的。俞萬春所創造的小說美學理念，或者只是回應「合刻本」奇情式的英雄想像，但是在官方知識體系的強勢運作之下，「奇情」與「豪俠之情」仍有其危險性，「民族英雄」如何轉化爲「國家英雄」便弔詭的成爲見證水滸故事爲幾百年來的文化場域提供了豐富的符號資源的明證。

九、結語

透過以上的闡釋，我們發現水滸故事在漫長的發展軌跡中爲

---

[46] John Fisk, *Reading the Popular*, Boston: Unwin Hyman, 1989, pp. 149-150.

文化場域提供了豐富的符號資源，在個體、家族、鄉土、民族以及國族的想像視域裡被賦予不同層次的理念、意識。咸豐年間被採納爲「官方知識」的《蕩寇志》其本身的發展自有其從「說公案」、「說鐵騎兒」的民間「奇情」式審美，到被知識分子形塑爲「憤書」的悲劇美學，再到「官方知識」的「皇化文本」，形成官方視角與民間視角一次近距離的交流（鋒？）。《蕩寇志》由文人創作，卻被官方選定爲教材，以建立理想中的「皇民」，作爲宰制者的皇帝始終沒有現身，其現身的形式爲「封誥」文書，是一種文字化的「空洞存在」；作爲「異族」的統治者，在建立「異端」譜系「異化」他者時，「常端」仍停留在「關公信仰」的單一點，夷種、女性、道士、鄉勇諸色譜，作爲與「梁山匪寇」相對照的流動層之灰色地帶，在整合的過程被形塑爲「支援意識」，他（她）們過渡性的現身與有限度的支援「皇朝」，將民間意識「自願式」的整合到「官方意識」裡。

　　《蕩寇志》選擇《水滸傳》「三打祝家莊」作爲「復仇」的意志之展現，正是在「灰色地帶」尋找轉化的契機，「家族」成爲「國族」與「民族」縮合的精神紐帶，對「莊園」模式的再利用一方面回歸宋江「權力」來源的「水滸邏輯」的記憶，以質疑其領導地位；一方面再次發動民間新興的莊園力量作爲整編的自發性想像，以取代陳麗卿遭調戲式的原「水滸邏輯」的「官逼民反」，使得「蕩寇」之舉具有「家族」意涵，「家族化」話語控制與演出實際上比「國族想像」更具體可見。

　　在「異端」的元素中「女性」、「科學新知」等性別、技術面向是危機處理的關鍵，尤其是熱武器、地圖等具有「先進」意涵的

戰略，在「夷種／女性」的即興演出中，混雜了「實用／可用」的
文化特色，對技術的掌握在在是民間本位的，是否也正點出「支援
意識」的灰色團體所持的不能統一、難趨穩定的身分（想像）？小
說中官方意識形態霸權體系的有效整合深化了傳統的儒家（春秋大
義）思維，道家與民間「技術／武藝」則仍然只是「膜拜價值」。

　　如果我們不去考慮《蕩寇志》被遴選為官方教材的這個面向，
試圖回復俞萬春作為一個通俗文學作家，他所要、所能表達的意
圖，可能需要去闡發「續書」試圖重新建立一個普及文化的關照系
統，其對「霸權」的想像既存在利用，也具有抵抗的姿態。「續
書」作為文化繁殖增生的特殊場域，其市場反應往往超出文人純文
藝的藝術評價。[47]樂蘅軍所謂的「墮落的閱讀」，在文化場域市井
化的通俗文學傳播中應是常態的閱讀，大量以世代累積型為主的中
國小說創作，創造了、也回應著常民「大眾化」為主的審美意識，
這種意識多為開放式的、隨機式的、重複的拼貼藝術。咸豐年間以
袖珍版大量刊行的《蕩寇志》，當作如是觀，其言說對象正是彼時
適應著為滿清異族皇化的「民」，其常民意識是如此的幽微隱曲。

　　在確認民間理念與文化霸權的關係時，普及文化的關照系統
必然在主導文化的網絡中滋長。「蕩寇」力量的匯聚，是普通人文

---

[47] 宋莉華指出「續書多寡不完全取決於小說原書文學價值之高下，而更多地由小說
的流傳狀況來決定。……由於續書所具有的特殊性，及他是在一定程度上依附於
原書內容的創作，故出現清人以續書的形式來禁毀淫書之舉。」《明清時期的小
說傳播》第五章〈小說傳播中的文化增殖效應〉，北京：中國社會出版社，2004
年7月，頁162-169。

化感應的方式，我們在小說文本一再讀到陳麗卿等人對梁山集團的反擊伎倆，玩弄對方的價值、屍體、碑碣、旗幟等等，更勝於它們對一些抽象觀念，諸如：民族情感、家族情感、國家意識等終極意義的把握。事實上，小說結局除了梁山集團的全體潰散，祝家莊成員、陳希眞父女等民間團體也都一一退場（死亡或得道），滲透在小說中所夾雜的正統意識形態、先進思維異端審美的通俗「奇情」以及傳統信仰的儒道系統之間，《蕩寇志》對歷史與存在的關注，並非尋根的祖源說；也未必是烏托邦式的未來視野；啓動一個民間盛傳的故事，還是在別人的領域（霸權）內進行言說，這其實是一個相當虛無、澈底悲情的、有待清除的──「現在」。在他人的言說空間裡滲透屬於自我與族群的言談論述：群魔亂舞確實混雜不清，價值論述也各說各話，在扼殺普通人界定差異，擁有偏見的特權之前，何者該鞏固？何者當剔除？如何澄汰有朝一日將成爲歷史的「時事」？小說中虛擬一次次的蕩寇行動與一篇篇的褒嘉聖旨，共構出一齣以悲劇打底的人間喜劇。

第四章
重讀《水滸》
在水滸精神與意識形態之間

　　《水滸傳》在明末清初的三部續書中展現了十分豐富的文化圖像，這三部續書選擇英雄俠義來抒發改朝換代的感受與思考，除了運用敘事傳統從神話到史傳再到小說的敘事發展之關聯性之外，也是因爲在水滸的傳播過程中，已形成一個非常豐富的意識形態與個體意志以及社群意識、異端精神之纏裹、交鋒、交流或交換了。

一、

　　中國晚近歷史於甲午年後，士大夫以「群」來創造翻譯他們追求的「理想」組織形態，這個形態除了包含個人聚合成集體外，主要還需打通傳統家庭、紳士集團以及君主所代表的朝廷三個組織層次，所以清末民初的「群學」將群與君之間的關係高度強調。金觀濤、劉青峰分析「群」與今文經學之關係說：「人合成『群』只不過是『質點合成體』、『族成爲國』的普遍天道的一部分；而『群學』一方面表達了普遍天道，另一方面還刻劃出君王在『群』中的核心地位。也就是說，『群』的意義與中國傳統社會觀、道德觀和宇宙觀是一致的。」[1]這是中國近代公共領域形成過程中，戊戌士大夫從古典文獻考掘、使用「群」，形成所謂「群學」，把「群」與「君王」拉上關係，對傳統「群」的意義進行選擇性的強調。

---

[1] 金觀濤、劉青峰〈從『群』到『社會』、『社會主義』——中國近代公共領域變遷的思想史研究〉，《中央研究院近代史研究集刊》第35期，2001年6月，頁14-16。

　　彩虹橋上客的《後水滸傳》以一個「托生／孿生」的妖魔神話來展演俠的近代形態，在與時代的精神合拍之下，對傳統道教罡煞文化積累的一百零八條好漢，以諢名化的民間性格特寫其樸質與野蠻，帶著神話精神托生的新水滸世界，雖然神話被歷史意識所吸收掩埋，但是無形中也哺育了「歷史化」的小說一種饒富文學氣息的魔性／詩性精神。這世界所展示的組織形態從各地的小聚義及其與「鄉愚」之互動，比較接近明清之際所謂的「會」、「黨社」，那僅僅是由個人形成的許多小組織，不包括由小組織衍成大組織的功能。

　　《後水滸傳》悲劇的來源是書中一再提到的「君」的問題，四十一回〈楊幺入宮諫天子　高宗因義釋楊幺〉所演出的臣忠君，君愛民，這才是民間「結義」真正的困境，畢竟楊幺、王摩靠著「楚地小陽春／關中金鳳虎」的地區性之民間封號號召眾好漢來聚義，仍只是「質點合成體」的規模，難掩其局部性的缺陷。所以面對官方、民間以及個體的整合要求無法提出有效的口號，所以一旦岳家軍出現，並對若干人誘之以「官」，洞庭湖君山的聚義就不堪一擊，《後水滸傳》只得將失敗的民間俠義鎖入「軒轅古井」，訴諸一種古老的「國族」符號，以重塑「國魂」之初蒙狀態。

　　《水滸傳》與其眾多的續書群以及水滸評論所形成的「大文本」裡，雖然提供下層文人對組織與組織之間的公共論述空間，也曾在晚明、晚清的世變中提供士大夫在新民變法的議題以及對新組織之想像空間，但是就「群」的創造來看，仍不脫質點合成體、族成為國的組織局部性，其悲劇來源之一都與無法達至一套整合家庭、紳士集團以及君主三個組織層次的力量有關。

二、

誠如前幾章所論，俞萬春《蕩寇志》在將「民族英雄」轉化爲「國家英雄」的過程中，透過放大「實踐意識形態」（官民相得的「治道」），萎縮「純粹意識形態」（忠義、天道），來導入官方的「組織意識形態」（「官本位」）中，這一層理逆反的辯論，是此書深知水滸故事中的可轉化性，運用小說的民族、文化、性別等各層理的英雄譜系，去編織一個綿密的宰制網絡，使得梁山好漢這些負載著「亂世忠義」觀念的游離分子，成爲穩定國家中的一種偏差、一種變體。在《水滸傳》刻意的遭到「誤讀」的背後，實際上反而創造出更多的符號資源，對於個體、家族、鄉土、民族以及國族的想像視域裡，英雄被賦予不同層次的理念、意識。

中國傳統的認同最常討論的有兩個面向，一是「夷夏」之別，一是「王霸」之分；前者強調血緣關係上的家族、種族，後者則以「治道」區分。在明清之際的水滸續書中，我們在公共領域諸如「群」與「君」的多面向整合想像裡，考掘了原始近／現代性的社群層理，發現水滸英雄生產出民間俠的近代形態，它們代表大眾文化的崛起與菁英文化在大眾化語境中的修正和堅持，因爲堅持，所以水滸餘黨不得不遠遁或死亡，仍得讓位於儒家的菁英文化；然而也因爲修正，所以水滸餘黨多帶著各自的餘憤進行抒懷。所謂官逼民反、替天行道，正是「王霸」的政治認同之典型腳本，而續書較諸《水滸傳》寫入大量家庭倫理悲喜劇，證明小說作爲大眾文化的產物，在「適俗」、「通俗」的俚耳之中，對傾向「夷夏」之別的文化與種族家族認同之刻劃，毋寧是比王霸更有興味的。

三、

　　陳忱《水滸後傳》的「海外乾坤」正表明此書喜劇風格的背後一種無立足境的深層悲劇意識，陳忱以暹羅國元宵節的吟詩論禮作為結束，是一種「古宋遺民」對「文化中國」的乞靈。趙園的〈明遺民論〉一文指出：士對遺民的表態與民對遺民的表態有著時勢迫成與自主選擇的種種不同，「遺民」一詞是以將對象大大簡化，抹煞差異為代價的，孤臣、遺臣、遺民的種種界定與自我定位牽涉了當時品味、等第的論述。考諸明清之際有關遺民的論說，幾乎涉及了由「殷頑」（按：指孔子，殷人也）、宋遺、元遺等一部遺民史。遺民史的敘述是明遺民自我界定、詮釋的常用方式，「對遺民史熱情，也在於尋求自我象徵，以及史述途徑」。[2]在遺民論述中有一個關乎存亡的提法是「存明」即「存宗」，雖然「繼志述事」較之「存宗」、「養孤」之類的論點在遺民價值論中有更高的評價，但是文化創造與血脈傳承在逐漸強調「不死之難」的遺民論述裡，隨著時間變化逐漸被突顯出來。[3]

　　陳忱《水滸後傳》的「海外乾坤」之遺民論，以暹羅國元宵節的吟詩論禮作為結束，既有一種詩禮中國，或者說是文化中國的深

[2] 詳參趙園〈明遺民論〉，《學人》第七輯，南京：江蘇文藝出版社，1995年，頁373-394。

[3] 詳參何冠彪《生與死：明季士大夫的抉擇》，第六章〈明清之際士大夫對生死難易的比較〉，臺北：聯經出版社，1997年，頁137-160。

層認同，也有以元宵節來象徵摶合的儒釋道意涵，以及傳統的生殖文化。[4]因此，《水滸後傳》散發的「巢外性格」雖然不免與「古宋」（亦即「故明」）有情感上的深層連繫，然而在水滸餘黨的論功行賞當下，小說人物所津津樂道的還是文化與血脈的複製與繁殖，對傳統「不死之難」的撫孤繼志之苦，轉為文化創造與血脈傳承之樂，小說提供了儒釋道各得其所的世界。

　　《水滸後傳》的研究者往往將「暹羅國」的烏托邦意象解釋成「復興基地」，這似乎正如遺民史在對「先正典型」的模仿中經常呈現的一種固化現象。將鄭氏父子的海寇面貌隱去，突顯其「民族英雄」的形象，對鄭氏集團的符號化，海峽兩岸的學者在使用上判然有別，其實都是不同程度的僵固。對因之而來的「暹羅國」→「烏托邦」→「臺灣」→「復興基地」的「遺民創作」，就形成對水滸世界的意義生產。在當代知識分子參與遺民敘事的解讀，對其史述條件和語境的理解較諸晚清，是否可在民族氣節與全球地理大發現之視野下做出不同的解釋？如果「明」已不可復，「清」已不可反，那麼明清之際的遺民之「存明」、「存天下」的論述，可不可以是「遺民意志」的推廣，可不可以提供另一國度觀（殖民論述之可能）？

---

④　趙東玉《中國傳統節慶文化研究》書中尋繹元宵花燈原生和次生的意蘊時指出這個節日源於祭祀太一神，南北朝以後因佛教影響也事奉燃燈表佛，後來在道教的三元節說形成上元節。花燈的「摸釘（丁）兒」活動即是求子之意蘊。這個節日堪稱儒釋道合一，而以儒為主，道釋為補的文化樣式，兼具傳統生殖文化的色彩。北京：人民出版社，2003年，頁161-167。

遺民由隱逸傳統而來，作為一種表達、一套語匯、一種語義系統，在重複運用中不可避免的固化，後代使用「遺民」概念表現出一種創造性的匱乏。但是在這個語義系統之中，作為意識形態的原始狀態，有時指向作為材料性質的「感覺」，發展為心之所憶的「意（識）」；有時是一種文化中廣泛的「已知」，經由史述條件和語境的開出，遂引發（政治／文化）意識的認同。「遺民」的集體造型，是否只是「反清復明」的政治意圖之遺民書寫，有時反而不是唯一重點，從續書群的集體現象來看，「晚明」與「晚清」的水滸創作，放在遺民敘事語境中檢視，二者雖不脫在「遺民」的大文本中自我省察、自我描述，但是其異端力量的展演，往往指向一個「新」時代的需求，雖然那個需求有時候是回顧的姿態，但是在毀滅的當下仍有舉目向前的一瞥。誠如趙園指出的「清末民初對明遺民的再度『發現』」[5]，晚清水滸評論實際參與了啟蒙救亡的現代化論述，開展出當時甚具前進意義的意識形態，如：「國民性」、「烏托邦」等論述。

　　針對文化與國家認同的糾葛與各自取決，其實我們在《蕩寇志》的劉蕙娘身上看到機械製造與輿地知識，結合著傳統愛情觀與醫藥知識、道教修練望氣之說，是一種傳統與原始現代性的萌芽複雜狀態。《後水滸傳》的作者也努力在楊么身上展現他的俠義與製造輪船的能力，這種怪誕的組合正是一種文化英雄理想型的再探，同樣揉合了複雜的新舊因子。《水滸傳》續書群在異端精神與意識形態的纏裹同時，由於遺民、順民的自我描述、狀寫，包含自我認

[5] 同註[2]，頁386。

知、自我省察、自我命運體認的深化，「新民」的文化基因逐漸生發，成為各種價值會合的契機。

第五章

解碼遊戲

《後西遊記》的裝僧與扮儒

摘　要

　　本章就《後西遊記》的裝僧與扮儒闡釋這部續書的書寫策略，指出此書對漫畫化的形象以「小字號人物」的「小鬧」，來顛覆偉大與激情的詩化情懷。小說對儒釋差異的固定與拆解，透過質問與沉默，擱置了原著的主題。相較於《西遊記》的理想色彩，《後西遊記》求解而未解，保留了群魔的各類質疑，作為小孩姿態的孫小聖、豬一戒及稱為大顛和尚的唐半偈，是帶有一種半吊子的「未完成」或更不關心「完成」與否的俗世姿態之旅，這部續書中主角停止「自辯」與「辯誣」的消音現象令人印象深刻。但是弔詭而有趣的是：本書對話的設計卻遠超過其他續書的比例，唐半偈的沉默與妖魔的詰問，形成重要的結構，而精確一點說，應該是「詰問」成為全書的結構，也是全書的精神所在。

　　《後西遊記》的狀醜摹俗很巧妙的把漫畫的誇張與地方色彩之語言巧妙結合，運用各種語言現象顯示幽默感，小說將醜的寫得越醜，俗的寫得更俗，可笑的寫得越發可笑，無不指向當中的失調與扭曲，透過一連串的漫畫畫卷與語言機鋒，來消費並消解「西遊」系列對唐僧故事與《西遊記》原著正典化的另一種「才子」意見與風貌。

　　這種「實錄化」的文體選擇，在以「象徵世界」為審美主導的神魔小說中，相對的來說是變異的種類，但是它強化本體世界而弱化象徵世界的書寫策略，對於文類與語言符號系統的自覺選擇與自

我節制，對故事群的「場式效應」就實驗與自覺的藝術經驗上，仍起了積極反撥與文化增殖的作用。

關鍵詞：實錄化、漫畫化、儒林、僧團、解碼

一、前言

　　《後西遊記》以《西遊記》原班人馬的後代再次聚合，面對一個是非顛倒，以訛傳訛，多疑失信，易於沉淪，難於開導的「東土人心」，這一批懷著「憂靈根」、「悲世道」的「小字號人物」唐半偈、孫履真、豬一戒、小沙彌前往靈山求取真解。林保淳以為「作者天花才子實有意藉舊結構說新道理」[1]，「新道理」在西遊世界裡可有言說的變異？當《西遊記》以幾百年的文化積累，在「天花才子」的世界裡，如何接住並開展此一故事群的發展向度？這是本章所試圖切入的面向。

二、「裝僧」──扮演的揭露美學

　　與《西遊記》相較，《後西遊記》的書寫較為明顯的是師徒之間的個性衝突少了，即便有也是甚不明顯；其次，所有妖魔不再以吃唐僧肉為目的。本來在《西遊記》中或可以說，幾乎大部分妖魔的眼光（如耗子精等女妖欲攝取元陽除外）都落在吃唐僧肉可以長生不死的焦點上，妖魔是「平行」於唐僧西行的，兩派人馬都像是在路上遭遇而發生衝突。但是《後西遊記》反而像是唐僧一行人去「參與」了妖魔，例如：許多妖魔都是因為「反僧」才和唐僧一行

---

[1] 林保淳〈後西遊記略論〉，《中外文學》，第14卷第5期，頁50。

發生衝突。當然我們仍可以將《後西遊記》視爲一種「遭遇魔難，自我修行」的歷程，不過由於上述所指出的這點特色，使得它比較像是一種對於社會現象的批判與哲理的辯難，大過於是一種自我修鍊的意味；「魔」不只是個人式的「心魔」，更是集體式的。若我們仍將之視爲一種修鍊，倒像是一種對「佛／反佛」思想之間的交互辯詰之路。

　　王民求在〈《後西遊記》的社會意義〉一文中指出《後西遊記》勾畫出生有、點石、自利、冥報、烏漆等不同類型的「裝僧」，他們的行徑多爲貪婪、自私、欺世盜名的典型。[2]《後西遊記》在前十回中揭露了「緇流黃冠」的嘴臉，作爲再度前往西天求取「眞解」的邏輯起點。但全書主調是鄙夷「胡言亂語」的講經說法，肯定「當頭棒喝」的修行方式。十三回起才開始轉入借題發揮，幽默詼諧的神魔糾葛。每一個故事都是一個具足的象徵，如：第十一回到十二回的「自利」和尚、第十三回到十四回的「缺陷大王」、第十五回到十六回的「媚陰和尚」、第十七回到十八回的「解脫大王」、第十九回到二十回鎭元大仙的「火雲樓」、第二十回到二十一回的羅刹國，第二十二回到二十四回的「文明大王」等（有關本書魔難與結構詳參附錄）。

　　此書的妖魔，例如：「自利」和尚，所諷刺的是佛教徒廣收布施，卻不耕自家「佛田」的行徑。「缺陷大王」，是由人心的乖戾之氣所集聚而生的。他以「缺陷」立教（「豈不聞來天不滿東南，地不滿西北。缺陷乃天道當然，我不過替天行道」）對抗佛教所強

---

❷ 載於《明清小說論叢》第一輯，瀋陽：春風文藝出版社，1984年5月，頁154。

調的「慈悲圓滿」，指佛教為「異端」。這裡是小行者主動要去掃除妖魔，反被妖魔搶白「為何不走你的路，卻來我這裡尋死」。《後西遊記》似乎有一種對於「分道揚鑣」是否反是正途的思考。而且妖魔又多與唐僧一行辯難佛法，如「缺陷大王」抓了唐僧，便要他回答：

> 「有佛還是無佛」、「你們和尚開口便念南無佛，既是南邊無佛，為何觀世音菩薩又住在南海？」「佛既清虛不染，為何《華嚴經》又盛誇其八寶莊嚴，思衣得衣，思食得食？」「吞針開好色之門，割肉取捨身之禍。佛家種種異端，有什麼好處？」「若有真經，就叫孫行者、豬八戒、沙和尚三個徒弟去求未嘗不可，為何定要唐三藏歷遍十萬八千里遠途，究竟為何？」「佛法又說慈悲，若果慈悲，就教唐僧一路平安的往西方，為何教他受苦？也不見十分慈悲。」

唐僧對此一概合眼默然，全不答應，於是乎就像是作者對於佛教與《西遊記》的一串疑惑，置於字行間向每一個讀者詢問著。不過最後的解決之法，是一種五行思想，因為缺陷大王的本事是會鑽土，導致小行者無法抓住他，這是「以木剋土」之故，這塊大地因為不夠「博厚」，故「不能生金以剋木，故木剋土而受木之害」，小行者於是往求太白金星求得「金母」埋在大地之中，讓大地充滿金氣，缺陷大王便不能施鑽地術了。這似乎是一種介於「缺陷」與「圓滿」之間的中介之道，便是「五行相生相剋」之理。換言之，「相生相剋」是同時兼顧「缺陷」與「圓滿」的。《後西遊記》裡

唐僧對妖魔「反僧」的提問沉默以對，孫小聖、豬一戒以後代童蒙的姿態回應外道的詰問，頗有融合儒道的赤子境界，他們口不臧否人物，不因任何塵世的利害得失來干擾自己童蒙未開或大智若愚的心境。

三、儒林的漫畫化——儒釋差異的固定與拆解

《後西遊記》二十三、二十四回是玉架山「文明大王」施展的金錢、文筆之難，小行者到天庭找文昌帝君協助收妖，文昌帝君的童僕「天聾、地啞」二人查出作怪的筆乃孔子的「春秋筆」，（唐半偈之前竟稱之為「害人之筆」）。後來文昌帝君派「天下第一文星——魁星」下去取筆，孫小聖本來懷疑魁星的能耐，因為他相貌十分醜陋，又不言語，和他在中國所見的文人「白面孔，尖尖手、長指甲、頭帶飄飄巾、身穿花花服、走路搖搖擺擺」大不相同。文昌帝君則說「那些人外面雖文，內中其實沒有。魁星外面雖奇怪，內實滿腹文。」這其中諷儒之意非常具象化，魁星在拿了文筆和金錠之後，「則是在殿中跳舞個不住」，回天上之前，又舞了一回，這個形象十分有趣，很有卡通漫畫的色彩。而文末也說道之後文昌帝君便將這兩樣（金錠與文筆）賞給魁星，所以日後見魁星手上就拿著這兩件物品。我們從這一組「文明／天（聾）地（啞）」的符號裡，看到唐半偈、孫小聖、豬一戒一路上往西天去完成那「未完成的事業」，想要求取解經方法時，卻一再在魔境裡看見儒、釋、

道三教的民俗新造型，以及三教界線的泯除，作者的一種理念：秩序即是各道和諧以對（未必統一）。「文明大王」的故事，寫出了「儒、釋」兩派思想的衝突，故事中寫儒教文士「毀僧謗佛」，對於佛教的敵視嘴臉十分鮮明，而在小行者施神通變化諸天神佛降臨之後，眾儒生又變換了另一副奉承臉面。作者的立場當如第二十三回中一開頭的詩所寫道：

　　花花花，有根芽，種豆還得豆，種瓜不成麻，儒釋從來各一家。儒有儒之正，儒有儒之邪；釋有釋之得，釋有釋之差。大家各不掩瑜瑕。你也莫毀我，我也莫譽他；你認你的娘，我認我的爺；為儒尊孔孟，為僧奉釋迦，各人血肉各精華。我若學你龍作蛇，你要學我鳳作雞，勸君需把舵牢拿，風光本地浩無涯。

　　這種贊文的辯證方式是透過創造一個代碼系統，將我們熟知的菁英知識（儒／釋）放在自然事物（花、豆、瓜、麻）以及自然規則（種……得……）之內形成互相指涉、轉喻的關係。代碼在很大程度上是我們的文化知識的一個組成部分，指意活動通過各種各樣看不見的代碼發生，其中有些作會界定各種社會類別，有些則使它們相互交叉。在上面這一段韻文中，啟動了二個指代對象系統（referent system），透過「象徵代碼」將意義表現為差異，指出符號系統之間區分的切痕標記，又透過與「詮釋代碼」連接起來，從而穩固差異的遊戲，以使意義對文化表現增殖，並處在適當的位置，差異是可逆轉的對立，象徵代碼既通過差異固定意義，也通過

差異拆解意義。[3]

　　這就是《後西遊記》中所持的一種「分道為治」（「儒自歸儒，釋自歸釋」）的思想，小說一開始便提到唐僧的龍馬，在本書中加入求解行列的再也不是原來帶罪立功的龍族，而是儒家神話中負河圖出水的龍馬，當初龍王要將他給唐僧時還曾為他的身分特殊而猶豫過，這就隱然指出以儒代釋的思想。

　　此外，有一段對語言的討論也頗值細味。在五聖二度上靈山求真解時，阿難、伽葉對「真解」是否要白白傳給唐半偈有一段對話，阿難本來打算收取賄賂，伽葉卻主張：

　　昔年唐玄奘雖說不沾不染，還有一個紫金缽盂，藏在身邊，

---

[3] 代碼顯示（代碼化）一個符號代替（編碼）另一符號的條件，當符號間被辨認時，產生意義交換，我們在符號的世界裡，有些公共指指規則（如紅綠燈、操作手冊）是需要去習得，有些則顯示社會群體間的差異（如俚語、禮節、幫會儀式），代碼在日常生活中之所以不易察覺，是因為反覆使用並傳達意義的輕而易舉。一個文本透過大量指代對象系統（referent system）的編碼來傳達意義。所謂「詮釋代碼」就是敘事的懸念的代碼。它決定了某種以讀者身分對敘事的特殊期待，這是因為它像敘事的大前提一樣提出這樣的基本問題：故事接下來要發生什麼，又是為什麼？這是大多數讀者在故事中尋求的，以便為事件和人物找到意義基礎的代碼。「象徵代碼」將意義表現為差異（這個符號而不是那個符號）。這一代碼通過象徵的同一性將「偶對的範圍」──一個「給定的對立」，諸如男／女、善／惡──區劃為文化由於對它加以差異地表現而表達意義的領域，致使這種對立看上去是不可避免和非語言的。參閱史蒂文‧科恩（Steven Cohan）、琳達‧夏爾斯（Linda M. Shires）著，張方譯《講故事──對敘事虛構作品的理論分析》，臺北：駱駝出版社，1997年一版，頁135、頁137。

苦苦不捨，我恐他貪嗔不斷，故逼了他的出來，你看這個窮和尚，清清淨淨，一絲也不掛，就勒逼他也無用，轉頭得我佛門中貪財。況求解與求經不同。經是從無造有，解是歸有還無，著不得爭爭論論。莫若做個好人情與了他罷。（《後西遊記》三十九回）

這句「解是歸有還無」的「無」的提出，到全書末了，世尊揭示的偈文：

前西遊後後西遊，要見心修性也修。
過去再來須著眼，昔非今是願回頭。
放開生死超生死，莫問緣由始自由。
嚼得靈文似冰雪，百千萬劫一時休。（《後西遊記》四十回）

這種「莫問緣由始自由」的提法，頗似王龍溪在面對三教問題時的「豈容輕議，凡有質問，予多不答。」[4]宋明理學家在構築

---

[4] 這段話是這樣說的：「二氏（按即佛老）之學，雖與吾儒有毫厘之辨，精詣密證，植根甚深，豈容輕議，凡有質問，予多不答。且須理會，吾儒正經一路，到得徹悟時，毫厘處自可默識，非言思所得而辨也。」（《王龍溪全集》卷一六，臺北：華文出版社，1970年）對這種佛老與儒被視為互不相容的異質思想的融滲過程，導佛入儒的苦澀心理，王龍溪也曾表達：「自聖學不明，後儒反將千聖精義讓與佛氏，才涉空寂，以為異端，不肯承當，不知佛氏所說，本是吾儒大路，反欲借路而入，亦可哀也。」（《王龍溪全集》卷一）在溝口雄三看來，「……把這（按：即宋學）看作是儒這一固有領域導入了佛與老，這樣，佛老在宋學中所具有的那種骨骼式的存在，光靠儒的一元的言辭幾乎是一言難盡的了。……依

理觀的更生時，針對佛是否異質的疑問，似乎經歷過一種難言之苦澀，他們所謂的「吾儒大路」借徑於異端，對失去主體性的焦慮是一種不易言說的困境，選擇沉默，是一種判斷的暫停。

　　林保淳將《後西遊記》分成三大段落來分析，在第二大段落第八回到十二回中，他指出求解、封經意味著同一件事，亦即：「刊落語言文字」[5]，但是作爲自我消解的「說故事」與「求解」的雙重的兩層意義（小說外／小說內）之張力中，作者採取「人工化的對白」的語言策略，不斷提醒讀者透過閱讀的「無解」。

四、「無解」——「實錄化」的文體選擇

　　如果說孫悟空當日曾高舉「齊天大聖」的旗幟，「齊天的欲望就是不斷的脫離現狀」[6]，《後西遊記》裡，五聖取經的姿態，則回應現狀的「無解」，而「大聖」的亦神亦魔亦儒亦道亦俠的精神夾裹的形象，因其朝向心學內省性，「齊天」的色彩被轉化爲「空」、「無」等終極概念，反落入群魔喧嘩的詰問聲中，相較於

靠理氣給包含人在內的宇宙萬物以統合的把握的這種偉大的世界觀，與其說是儒學的體系化還來得合適一些。」詳參〔日〕溝口雄三著，陳耀文譯《中國前近代思想之曲折與展開》，上海：上海人民出版社，1997年，頁120-121。

[5] 同註[1]，頁52。

[6] 參閱陳永明〈《西遊記》的凡與聖〉，收在《中國小說與宗教》，黃子平主編，香港：中華書局有限公司，1998年，頁256。

《西遊記》的理想色彩，《後西遊記》求解而未解，保留了群魔的各類質疑，作為小孩姿態的孫小聖、豬一戒及受封大顛和尚的唐半偈，是帶有一種半調子的「未完成」或更不關心「完成」與否的俗世之旅，這部續書中主角停止「自辯」與「辯誣」的消音現象令人印象深刻。但是弔詭而有趣的是：本書對話的設計卻遠超過其他續書的比例，唐半偈的沉默與妖魔的詰問，形成重要的結構，而精確一點說，應該是「詰問」成為全書的結構，也是全書的精神所在。

《後西遊記》對身為異態（或稱異端）的取經團體，與身為魔難的妖魔之遭逢，同樣作為異態的存在，在彼此儒、釋、道的論難中，沉默的唐半偈面對一路上妖魔的詰問時，表現出來的「不辯而自白」的方式，也是澈底擺脫辯白自己的困境。小說世界裡以一些帶著心學色彩的妖魔質問「求解」而又「不自解」的五聖，兩方人馬的交鋒，充滿了問句，而沒有答案，最後求回中土的「真解」，也在不肖僧人附和烏漆禪師的「高揚宗教，敗壞言詮」而終告枉然（四十回）。所以《後西遊記》的每一個詰問與對話設計之情節，形成它賞玩文字與概念的形象化的美學風格。

張南泉認為《後西遊記》的情節設計大量的加入「人工化的對白」，又常常借人物之口說出自己對現實社會的看法與評價，沖淡了情節與形象的含蓄力與吸引力，小行者大鬧三界，其氣勢、規模、叛逆精神都較為空泛。[7] 對於這一點，林保淳則指出天花才子乃「青目於禪宗」，《西遊記》在諸多磨難當中不欲直指關竅；

---

[7] 張南泉〈《後西遊記》的思想與藝術〉，《明清小說論叢》第一輯，瀋陽：春風文藝出版社，1984年5月，頁148。

《後西遊記》的磨難主要是人、地妖、自我考驗所構成的，沒有一次自天而降的災難，解難多靠自力解決，所以全書論辯不嫌顯豁，《後西遊記》的自覺的創作意圖對讀者迷惑之處：《西遊記》中為何總要觀世音菩薩解難？為何西方清淨地偏多妖魔？為何靈山有索賄？等等問題做出回應。[8]如果我們從「天花才子」的可能人選切入[9]，就像小行者眼中看到乃祖「鬥戰勝佛」孫悟空出場時的第一印象是「溫柔」，與昔日的傳聞不同時一樣疑惑；豬一戒也描繪其父「淨壇使者」忙著享受供奉，無暇要回釘耙。對書中人物的「小鬧」而不是「大鬧」，論其氣勢、規模、叛逆精神，《後西遊記》對界線的把玩正如詩贊所說的：「真儒了不異真僧」，其重點開發出中國狀醜摹俗類小說的另一種從容自在的美學風格。

作者化名「天花才子」，「天花」為法華經的著名佛教譬喻；「才子」則為明清士人的自我封號，這種「儒釋」改寫的自我定位，與純粹自處於民間弱勢地位的書寫略有區隔。在民間社會的弱勢地位，遇到不平和苦難時，總寄託另外一種力量（往往是宗教的或權力的）來拯救自己，所以就有了數不清的「清官」和「神仙」類型的戲曲小說，將宗教、哲學、文學、藝術的文化形態構成一個獨特的藏汙納垢的形態。《後西遊記》對界線的把玩停留在揭露與

---

[8] 同註[1]。

[9] 有學者猜測「天花才子」是浙江嘉興的徐震，但是鄭智勇從閩南方言，以及韓愈與大顛和尚的交誼，指出《後西遊記》的作者應是一部與潮人關係密切的小說，而不是像羅貫中、施耐庵、吳承恩之浙江作家群的語言風格。鄭智勇〈《後西遊記》與潮人〉，《韓山師專學報》，第1期，1993年3月，頁31-34。

詰問，針對「苦行」與「危機」的傳統詞彙，經由模仿與形塑，再一次使其異化與虛化。「人工化」的語境意味著某種「實錄化」的文體選擇。敘述的實錄化，即在能指轉化為所指的過程中，與文本語言符號直接對應的本體世界強化，而文本語言符號系統間接暗示的象徵世界弱化，這種實錄化小說類同於後代新聞體小說在文壇崛起之初，被指為非驢非馬的遭遇相彷彿。小說藝術努力給自己築起一道假定性的藝術防線，而新聞、散文、公文等類型文字不顧一切的要衝決這道防線。魯迅在判準《後西遊記》的作者時曾用吳承恩的詩文之「清綺」特質判別此書應不是吳作[10]，而魯迅的《故鄉》、《傷逝》等小說正是以「詩質」的特點為後人稱道，「詩質」的小說是現代小說往心靈（理）書寫取得極大成果與評價的一個流派，但是在現代小說許多的實驗性裡，對藝術加工的方式與加工程度的自覺，也是一種實驗精神的突顯，如散文體小說、新聞體小說、公文體小說[11]，雖有偏離純文學的詩性特質之弊病，但仍為「新」小說的實驗精神表徵之一。《後西遊記》以漫畫化的形象之「小字號人物」的「小鬧」，來顛覆偉大與激情的詩化情懷，雖然在以「象徵世界」為審美主導的神魔小說中相對的來說是變異的種類，但是它強化本體世界而弱化象徵世界的書寫策略，對於文類與語言符號系統的自覺選擇與自我節制，對故事群的「場式效應」[12]

---

[10] 《中國小說史略》，香港：三聯書店，1999年3月，一版二刷，頁173。

[11] 唐躍、譚學純《小說語言美學》，合肥：安徽教育出版社，1995年10月，頁218-238。

[12] 有關場式效應詳參蕭兵〈中國古典小說的典型群〉的提法，《明清小說研究》第

在實驗與自覺的藝術經驗上仍起了積極反撥與文化增殖的意義。

五、「天花」與「才子」——代結語

《後西遊記》的主角由「取經人」變爲「求解人」，由取經——護經——解經的角色變化，「人」與「經」的關係，即象徵著「人」與具象世界與抽象世界關係的變化，在這變化中，由於內省性的增強，民間趣味的諧謔性質減少，道德思辨的嚴肅性質增加了，使得小說涵納的「日用人倫」附著濃厚的理學色彩，無形中也回應著「文以載道」的文學目的論。

本書的作者署名「天花才子」目前尚無可考察，「天花」是佛經中有名的典故，小說作者使用這個名詞，也在第三十七回從東寺表演了一齣「天女散花」，林保淳特別以這一情節指出此書對語言文字的特殊立場，說：「一反一正，很巧妙的點明了真正的佛理不再逞辯口說，而在『不立文字』之上」。[13]但是本書可能的另一個弔詭應該是「才子」的提名，作者似有意以後者包裹，或者消解前者的命名方式提出代碼系統之間的關係。「才子世界」是明清小說用以自我定位的一種生存方式，作者對僧團與儒林的並置處理，實際上是放在「才子世界」來關照處理，這是傳統說部狀醜摹俗類小

一輯，北京：中國文聯出版公司，1985年8月，頁19-47。

[13] 同註 ❶，頁58。

說的又一典型。在《金瓶梅》以後，中國狀醜摹俗類小說的審美規範主要朝著諷刺、幽默的方向發展，尤其在藝術的運用上通常是以白描的方式，誇大的特寫某些人情世俗之情態，直至晚清更開展出「譴責」一脈。《後西遊記》的狀醜摹俗很巧妙的把漫畫的誇張與地方色彩之語言巧妙結合，運用各種語言現象顯示幽默感，小說將醜的寫得越醜，俗的寫得更俗，可笑的寫得越發可笑，無不指向當中的失調與扭曲，透過一連串的漫畫畫卷與語言機鋒，來消費並消解「西遊」系列對唐僧故事與《西遊記》原著正典化的另一種「才子」意見與風貌。

附錄：《後西遊記》的魔難與結構

（一）

回次	主角	主要事由	所遇人物	場景
1	小石猴	知來歷、有名字	通臂仙	花果山
2	孫履真（小石猴）	求仙	道童	西牛賀洲青龍山白虎洞參同觀 ＊註一
				定心堂 ＊註二
				養氣堂 ＊註三
			悟真祖師、黃婆、奼女	後園、後殿菩提閣 ＊註四
			孫悟空——心中真師	花果山後山無漏洞 ＊註五

＊註一：但見：

　　殿閣崢嶸，山門曲折。殿閣崢嶸，上下高低浮紫氣；山門曲折，東西左右繞青松。禍福昭昭，爐火常明東嶽殿；威靈赫赫，香煙不斷玉皇樓。三清上供太乙天尊，四將旁分溫關馬趙，不知靈明修煉如何？先見道貌威儀整肅。

　　……到了二山門，見貼著一副對道：

　　日月守丹灶，乾坤入藥爐。

　　心下想道：「口氣雖大，卻只是燒煉功夫。」

＊註二：小石猴見莊嚴華麗，不管好歹，竟將身鑽了進去。才鑽進去，道士早把門關了。小石猴進到內裡，指望有窗有戶，

見天見日。不期這堂中孔竅全無，黑暗暗不辨東西南北。四圍一摸，盡是牆壁。氣悶不過，欲待走了出來，卻又沒處尋門。

*註三：原來這養氣堂不在觀中，轉在山上，卻只是間屋兒，走將進去，也不知有幾多層數，委委曲曲，竟沒處尋入路。急回身看時，那道士已將大門緊緊閉上。惟門上面，左右兩個大孔，可以出入。小石猴已得了定心之妙，便安安靜靜坐在裡面，看那陰陽，就似穿梭一般的出出入入。到了子午卯酉四時，真覺陰陽往來中，上氣下降，下氣上升，津津有味。

*註四：觀後園中一個老婆子，引著幾個少年女子，在那裡看花耍子，個個穿紅著綠，打扮得嬝娜娉婷，十分俏麗。……小道童道：「修仙家要產嬰兒，少不得用黃婆、奼女。那一個老婆子，便是黃婆，那幾個後生女子，便是奼女。這就是祖師的鼎爐藥器。」

　　……從前殿屋上，直爬到後殿菩提閣邊。從窗眼裡往內一張，只見兩支紅燭點得雪亮，一個皮黃肌瘦的老道士，擁著三四個粉白黛綠的少年女子，在那裡飲酒作樂。又一個黃衣老婦，在中間插科打諢道：「老祖師少吃些酒，且請一碗人參肉桂湯壯壯陽，好產嬰兒。」

*註五：原來這無漏洞，正是花果山的靈竅，上面止一個小口，下面黑黝黝的，也不知有多深，從來沒一個人敢下去。……且說小石猴跳到底下，只說亂磚碎石，定是高低不平。誰想茸茸細草，就像鋪的錦茵繡褥一般，十分溫軟。小石猴

坐在上面，甚是快活。雖然黑暗，他卻不以為事，原照定心堂舊例，放下眾緣，存想了一周時，忽靈光透露，照得洞中雪亮。再存想幾日，只見靈光閃閃爍煉，若有形象。存想到七七四十九日，只見靈光中隱隱約約現出一個火眼金睛、尖嘴縮腮的老猴子，手提著根如意金箍棒，將口對著他耳朵邊默傳了許多仙機祕旨。真如甘露灑心，醍醐貫頂，霎時間早已超凡入聖。急欲再問時，那老猴子早逼近身，合而為一矣。小石猴大悟道：「原來自己心性中原有真師，特人不知求耳！」

（二）

回次	主角	主要事由	所遇人物	場景
3	孫履真	降龍伏虎	龍王、老黃虎	龍宮、西山
		究明生死善惡之理	十殿閻羅	地府＊註一

＊註一：遂走下殿來。忽見殿柱上貼著一副對聯道：

是是非非地，明明白白天。

孫小聖又微微笑道：「這等一座大殿，五字對聯，忒覺少了，我替你添上幾個字何如？」十王齊道：「最妙！」孫小聖將案上大筆提起，揾得墨濃，在「是是非非地」下添上六字，又在「明明白白天」下也添了六字，道：

是是非非地，畢竟誰是誰非；明明白白天，到底不明不白。

（三）

回次	主角	主要事由	所遇人物	場景
4	孫履真	鬧瑤池	王母、天兵、鬥戰勝佛	瑤池、永安宮
5-8	唐三藏、孫悟空、大顛法師	只以禍福果報、聚斂施財、莊嚴外像蠱惑眾生	生有法師 ＊註一	鳳翔法門寺 ＊註二 長安 ＊註三

＊註一：我這大法師諱無中，道號生有，就傳的是陳玄奘第六代衣缽，求來的三藏眞經無一不通。每每登壇說法，說得天花亂墜，地湧金蓮，五侯盡皆下拜，天子連連頭點。

……唐三藏將那法師上下一看，只見他生得：

流月爲容，孤雲成像。六根朗朗，未必無塵；雙耳垂垂，足徵有福。身穿八寶袈裟，色相莊嚴；手執九環錫杖，威儀端肅。頭頂上毗盧帽，四六方，方方光豔；頸項中菩提珠，百八顆，顆顆明圓。香花燈燭迎來，儼然尊者；寶蓋幢幡送上，果是法師。

＊註二：只見：山門雄壯，兩行松檜列龍虯；大殿巍峨，千尺奐輪張日月。仙壇法座，儼然白玉爲臺；丹陛雲墀，疑是黃金布地。鐘鼓樓高，殿角動春雷之響；浮屠塔峻，天際飄仙梵之音。佛案前祈求夾雜，男女之簪履相加；講堂中議論紛紜，賢愚之耳目共接。士夫之車馬喧闐，甚不清幽；僧眾之袈裟鮮麗，果然富貴。

……知客道：「這陳玄奘法師因功行洪深，證了佛果，後

　　來就坐化在我這法門寺。遺下佛骨佛牙，至今尚藏塔中，每三十年一開，開時則時和年豐，君民康泰。今又正當三十年之期，蒙今上憲宗皇帝要遣官迎至長安禁內觀看。旨已下了，只候擇日便要迎去。」唐三藏嘆息道：「這唐玄奘我認得他，何曾坐化？哪有佛骨佛牙在此塔中？是誰造此妄言，誣民惑世？」

＊註三：只見那些和尚倚著皇帝好佛，遂各各逞弄佛法，以誆騙民財。也有將香焚頂的，也有澆油燃指的，也有妄言斷臂的，也有虛說戀身的，也有誦經拜讖的，也有裝佛造像的。這一攢數十為群，那一簇幾百作隊，哄得那些男男女女、老老小小，這個散金錢，那個解簪珥，這個捨米麥，那個施布帛。全不顧父母飢寒，妻兒凍餒。滿肚皮以為今日施財，明日便可獲福。誰知都為這些裝僧口腹私囊之用，有何功德。

（四）

回次	主角	主要事由	所遇人物	場景
9	小行者	求龍馬	四海龍王	東海龍宮

（五）

回次	主角	致禍因由	所遇人物	場景
10	唐半偈、小行者	點石法師無經可講，各寺清冷，布施全無，不喜唐半偈往西天求真解，認為是唐半偈師徒弄妖術封經 **＊註一**	點石大法師 **＊註二**	哈泌天花寺 **＊註三**

＊註一：唐半偈大怒道：「我佛三藏眞經，乃靈文至寶，何妖僧幻
　　　　術之敢擅封。指佛爲妖，眞佛門之妖也。」

＊註二：唐半偈看那點石和尚怎生打扮：毗盧帽方方繡佛，錦褊衫
　　　　縫縫垂珠。容肥如滿月，大虧美食之功；身淨若高松，深
　　　　得安閒之力。頭圓頸直，外像宛然羅漢；性忍心貪，內才
　　　　實是魔王。

＊註三：定睛一看，果然好一座齊整寺宇。但見：
　　　　層層殿宇，一望去金碧輝煌，分不出誰樓誰閣；疊疊階
　　　　墀，細看來精光耀燦，又何知爲玉爲珠。鐘鼓相應，聞不
　　　　了仙梵經聲；土木雕鏤，瞻不盡莊容佛相。僧房曲折，何
　　　　止千間，眞是大叢林；初地周遭，足圍數里，可稱小佛
　　　　國。
　　　　唐半偈看見十分富麗，便不欲進去。

（六）

回次	主角	主要事由	所遇人物	場景
11	唐半偈、小行者	收降豬一戒	豬守拙	五行餘氣山佛化寺
12	小行者、豬一戒	尋找八戒九齒釘耙	自利和尚 **＊註一**	萬緣山下眾濟寺 **＊註二** 佛田 **＊註三**

＊註一：八戒道：「這佛田雖說廣大，其實只有方寸之地。若是
　　　　會種的，只消一瓜一豆，培植善根，長成善果，終身受用
　　　　不盡，連我這釘耙也用不著。不料這自利和尚志大心貪，
　　　　不肯在這方寸地上做工夫，卻思量天下去開墾。全仗利齒
　　　　動人，故借我釘耙去行事。莫說地方廣大難尋，就是尋見
　　　　他，他也不肯還你。」

＊註二：不多時，果見一座高山攔路，心中暗忖道：「這想是萬緣
　　　　山了。」因細細觀看，這座山雖然高大，卻上不貼天，下
　　　　不著地，只活潑潑虛懸在半空之中，周圍足有數千餘里。
　　　　再走到禪堂裡，兩邊雖鋪著許多禪床，卻並無一人安歇。
　　　　復走至兩廳及後院，只見處處有倉廩，倉廩中的米麥盡皆
　　　　堆滿。……二人團團走去，只見那一塊佛田隱隱在內，雖
　　　　不甚大，卻坦坦平平，無一痕偏曲。小行者道：「這佛田
　　　　果然膏腴，怎不見有一人在上面耕種？」二人復走近前觀
　　　　看。豬一戒道：「不但無人耕種，連稻苗也不見有一條，
　　　　稻種也不見有一粒，竟都荒廢了，卻是爲何？」小行者也

驚疑道：「若像這等荒蕪，這些米麥卻是哪裡來的？」因
復走回大殿要問人，忽見自利和尚引著許多人，載了無數
糧米回來。或是人挑，或是車載。或是驢馱，擁擠一階。
自利和尚叫管事僧或上倉，或入廩，都一一收拾停當，打
發了眾人。

*註三：自利和尚道：「你原來全然不曉得。我們做和尚的全靠
以佛田二字聳動天下，怎麼不種？如今荒蕪了，也是沒
法。」

……自利和尚道：「這佛田土地，最堅最厚地方，看來雖
不過方寸，肯種時，卻又無量無邊。且惡草蔓蔓，非有此
降妖伏怪的大釘耙來，如何種得？」

（七）

回次	主角	致禍因由	所遇妖怪	場景
13-14	唐半偈、小行者、豬一戒	缺陷大王以缺陷為天道當然，弄得世人鰥寡孤獨	缺陷大王 *註一	不滿山 *註二 無定嶺 *註三

*註一：只因葛、滕兩姓人多了，便生出許多不肖子孫來，他不
耕不種，弄得窮了。或是有夫無妻，或是有衣無食，活不
得。他不抱怨自家懶惰，看見人家夫妻完聚，衣食飽暖，
他就怨天恨地，只說天道不均，鬼神偏護。若是良善之
家，偶遭禍患，他便歡歡喜喜，以為快意。不期一傳兩，
兩傳三，這葛、滕兩姓倒有一大半俱是此類。又不期這一

片葛藤乖戾之氣，竟塞滿山川，忽化生出一個妖怪來，神通廣大，據住了正西上一座不滿山，自稱缺陷大王。……那大王最惱的是和尚，故我這葛、滕兩村，並無一個庵觀寺院。……他說和尚往往自家不長進，單會指稱佛菩薩，說大話騙人。

＊註二：細看那山雖然高大，卻凸凸凹凹七空八缺。

＊註三：昔日這葛、滕兩姓，牽纏是非不了，一種膠結之氣，遂在東南十里外無定嶺上長了無數葛藤，枝交葉接，纏綿數十里，再沒人走得過去。這葛藤老根下有一洞，洞中甚是深坳，這妖怪想是那裡面生身。因這無定嶺是葛、滕兩村的來脈，嶺上生了葛藤，破了兩村風水，故這妖怪走來村中，弄人的缺陷，受享豬羊祭賽。

（八）

回次	主角	致禍因由	所遇妖怪	場景
15-16	唐半偈、小行者、豬一戒、沙致和	媚陰和尚欲唐半偈純陽之血以生肉	媚陰和尚＊註一	流沙河旁小廟＊註二 竜岁庵＊註三

＊註一：當年沙羅漢未皈依時，日日在河中吃人，吃殘的骸骨，都沉水底，獨有九個骷髏頭再也不沉。沙羅漢將來穿作一串，像數珠一般，掛在項下。後來皈依佛教，蒙觀音菩薩叫他取下來，並一個葫蘆兒，結作法航，載旃檀功德佛西去。既載了過去，沙羅漢一心皈正，就將這九個骷髏頭遺

在水面上，不曾收拾。這九個骷髏頭沾了佛力，就能聚能
散，在河中修煉，如今竟成了人形，取名媚陰和尚。

*註二：只見那小廟：

不木不金，砌造全憑土石；蔽風蔽雨，周遭但有牆垣。不
供佛，不供仙，正中間並無神座；不開堂，不接眾，兩旁
邊卻少廊房。冷清清不見廚灶，直突突未有門窗。但見香
爐含佛意，方知古廟絕塵心。

……只見那河：

無邊無岸，直欲並包四海；有納有容，殆將吞吐五湖。往
來自成巨浪，不待風興；激硝便作狂瀾，何須氣鼓？汪洋
浩渺，疑為天一所生；澎湃崩騰，不似尾閭能泄。波面上
之龍作魚游，浪頭中之蛟如蝦戲。漫言漁父不敢望洋，縱
有長年也難利涉。

*註三：近有些時候，就在河底下，將那些拋棄的殘骸殘骨俱尋將
來，堆砌成一個庵兒，起個美名叫做窀穸庵，以為焚修之
處，常聞其中有鐘鼓之音，只是進去不得。……這庵既是
白骨蓋造，這和尚又是骷髏修成，一團陰氣，昏慘慘冷淒
淒，周遭旋繞。不獨魚龍水族不敢侵犯，就是小神，若走
近他邊界，便如冰雪布體，鐵石加身，任是熱心熱血，到
此亦僵如死灰矣。

（九）

回次	致禍因由	所遇妖怪	場景
16-18	一、解脫大王假竊解脫美名，私行殺盡天下眾生之惡念 二、唐半偈受魔綁縛 三、豬一戒被凡情纏擾，遭魔綁縛 四、沙彌被吃齋哄騙著魔	解脫大王 ＊註一 七十二塹妖精 ＊註二	解脫山 ＊註三

＊註一：我這解脫山，天生了一個解脫大王，曾對天發下洪誓大
　　　　願，要解脫盡天下眾生，方成佛道。故今守定此山，逢人
　　　　便殺。這等厲害，誰人敢走。……我這解脫大王，身長體
　　　　壯，兩臂有萬斤力氣，使一把無情寶刀，砍筋劈骨，如摧
　　　　枯之易。又據著三十六坑，七十二塹的天險，任是英雄好
　　　　漢，走到此山，也要骨軟筋酥，心昏意亂。
　　　　……為頭一個老怪生得：
　　　　大頭闊嘴，直眼連眉。頷下亂髭，半黃半赤；腮邊怪色，
　　　　又紫又藍。兩臂粗筋，纏藤作骨；一身橫肉，裹鐵為皮。
　　　　喊一聲山崩地裂，行過處日慘雲昏。手內大刀，殺盡世人
　　　　還道少；胸中惡念，沖翻天地不能平。假名解脫，曾解脫
　　　　何人；布滿塹坑，實塹坑自己。

＊註二：只見那些妖精雖然一陣，卻形象各別：
　　　　有幾個掩著嘴嬉嬉而笑，似笑我早已落他圈套。有幾個攢
　　　　著眉暗暗而愁，似愁他不能滅我威風。有幾個氣吽吽，揮
　　　　拳要打。有幾個惡狠狠，怒目相加。有幾個千禿驢，萬禿

狗，罵不住口。有幾個老師父，老菩薩，譽不絕聲。有幾個偎偎依依，曲致愛慕之情。有幾個指指櫟櫟，直逞驕矜之意。有幾個面赤如慚，頭低似悔。有幾個無言若恕，不語成迷。看將來意態多端，總不出七情六欲。

唐半偈看見眾妖圍繞，知是魔來。

*註三：這山叫做解脫山，周圍八百里，山上有三十六坑，山下有七十二塹，莫要凡人不敢走，便是神仙也飛不過去。

……這三十六坑：第一斬頭坑，第二瀝血坑，第三刖足坑，第四劓鼻坑，第五剝皮坑，第六剔骨坑，第七攣身坑，第八裂膚坑，第九剜眼坑，第十燒眉坑，第十一截腰坑，第十二斷臂坑，第十三刎頸坑，第十四吮腦坑，第十五吸髓坑，第十六刳心坑，第十七屠腸坑，第十八割肚坑，第十九剖腹坑，第二十刺喉坑，第二十一破膽坑，第二十二穴胸坑，第二十三折肋坑，第二十四犁舌坑，第二十五敲牙坑，第二十六噬臍坑，第二十七射影坑，第二十八抽筋坑，第二十九摳睛坑，第三十分屍坑，第三十一鉗口坑，第三十二鞭背坑，第三十三抉目坑，第三十四滅趾坑，第三十五剖肝坑，第三十六磔肉坑。

這三十六坑滿山皆是。若是墮入此坑，便萬劫也不得人身了。

……你道是哪七十二塹：

第一喜塹，第二怒塹，第三哀塹，第四樂塹，第五酒塹，第六色塹，第七財塹，第八氣塹，第九悲塹，第十痛塹，第十一傷塹，第十二嗟塹，第十三愛塹，第十四惜塹，第

十五嘆塹，第十六悔塹，第十七愁塹，第十八苦塹，第
十九怨塹，第二十恨塹，第二十一憐塹，第二十二念塹，
第二十三思塹，第二十四想塹，第二十五慚塹，第二十六
愧塹，第二十七笑塹，第二十八罵塹，第二十九詛塹，第
三十咒塹，第三十一仇塹，第三十二謗塹，第三十三疑
塹，第三十四慮塹，第三十五昏塹，第三十六迷塹，第
三十七貪塹，第三十八嗔塹，第三十九狂塹，第四十妄
塹，第四十一邪塹，第四十二淫塹，第四十三蠱塹，第
四十四惑塹，第四十五諂塹，第四十六佞塹，第四十七
媚塹，第四十八誕塹，第四十九暴塹，第五十虐塹，第
五十一殘塹，第五十二忍塹，第五十三騙塹，第五十四詐
塹，第五十五陷塹，第五十六害塹，第五十七驕塹，第
五十八傲塹，第五十九矜塹，第六十誇塹，第六十一驚
塹，第六十二慌塹，第六十三私塹，第六十四詭塹，第
六十五慘塹，第六十六刻塹，第六十七毀塹，第六十八
譽塹，第六十九酷塹，第七十惱塹，第七十一欲塹，第
七十二夢塹。

（十）

回次	致禍因由	所遇人物	場景
19	一、小行者倚著後天之強，不識 　　先天之妙 二、鎮元大仙動了無明之火	鎮元大仙	五莊觀火雲樓＊註一

*註一：只見那座樓：

炭爲梁柱，火作門窗。四壁牆垣皆烈焰，三層檐閣盡金
蛇。一脊蜿蜒遊紅龍，雙角聳蹲飛赤獸。畫棟雕甍，無非
列炬；珠簾玉幙，疑是燃燈。騰烘有如妖廟，連燒不滅咸
陽。撲之不滅，勢欲燎原，舉而愈揚，狀如烽燧。張南離
之威，擅丙丁之用。莫認做暴客無明，須識取仙家三昧。

（十一）

回次	致禍因由	所遇妖怪	場景
20-21	一、四人不能一心 二、黑風吹船駛 三、豬一戒貪食鬼食	大力鬼王 玉面娘娘 黑孩兒太子	羅剎鬼國 *註一 剎女行宮 *註二

*註一：遠遠早望見：

宮殿巍峨，御街寬敞。重門朱戶，儼然帝闕規模；碧瓦黃
牆，大有皇家氣象。漫言鬼國，卻無馬面牛頭；雖是冥
王，亦有龍驤虎衛。但曉色陰陰，仙掌乍開苦無紅日照；
曙光隱隱，旌旗初動不見彩雲生。御爐內，非香煙而氤氳
不散，疑乎別是一天；丹墀下，亦衣冠而濟楚如常，誰知
其爲九地。

*註二：但見：

一帶紅牆，圍繞著幾株松樹；三間丹陛，盡種著五色曇
花。當中惟巍峨正殿，並無外戶旁門；最後起輪奐高樓，
亦有雕欄曲檻。左鐘右鼓，知是焚修之地；前幢後幡，應

爲善信之場。山門前不列金剛，自非佛寺；大殿上竟無老子，豈是玄門。陰氣騰騰，顯現出魔王世界；祥雲靄靄，獨存此刹女行宮。

（十二）

回次	致禍因由	所遇妖怪、神仙	武器	場景
22-24	一、書生及百姓皆不肯化齋給和尚 二、文明天王認為和尚壞他文明之教	文明天王 ＊註一 魁星 ＊註二	文筆（春秋筆）＊註三	弦歌村 ＊註四 玉架山

＊註一：他生得方面大耳，當頭金錠，滿身金錢，宛然如舊，只手中多了一管文筆，故生下來就識字能文。又喜得這枝筆是個文武器，要長就似一杆槍。他又生得有些膂力，使開這杆槍，眞有萬夫不當之勇。又能將身上的金錢取下來，作金刨打人，遂自號文明天王，雄據著這座玉架山，大興文明之教。

……天聾、地啞又去查來，說道：「這枝筆是列國時大聖人孔仲尼著春秋之筆，因著到魯昭公十四年，西狩時，忽生出一個麒麟來，以爲孔仲尼著書之瑞。不期樵夫不識，以爲怪物，竟打死了。孔仲尼看見，大哭了一場，知道生不遇時，遂將這著春秋之筆只寫了『西狩獲麟』一句，就投在地下不著了。故至今傳以爲孔子春秋之絕筆。不料這麒麟死後，一靈不散，就託生爲文明天王，這枝春秋筆因

孔子投在地下，無人收拾，故他就竊去了，在西方玉架山
大興文明之教。」

*註二：只見那魁星生得：

頭不冠，亂堆著幾撮赤毛；腳不履，直露出兩條精腿。藍
面藍身，似從靛缸裡染過；黑筋黑骨，如在鐵窯裡燒成。
走將來只是跳，全沒些斯文體面；見了人不作揖，何曾有
詩禮規模。兩隻空手忽上忽下，好似打拳；一張破斗踢來
踢去，宛如賣米。今僥幸，列之天上，假名號威威風風，
自矜日星；倘失意，降到人間，看皮相醜醜陋陋，只好算
鬼。

*註三：只見那枝筆：

尖如錐，硬如鐵，柔健齊圓不可說。入手似能言，落紙如
有舌，不獨中書盡臣節。小而博得一時名，大而成就千秋
業。點處冷冷彩色飛，揮時豔豔霞光掣。一字千鈞不可
移，方知大聖春秋絕。

*註四：只見：

桃紅帶露，沿路呈佳人之貌；柳綠含煙，滿街垂美女之
腰。未觀其人，先見高峻門牆；才履其地，早識坦平道
路。東一條清風拂拂，盡道是賢人里；西一帶淑氣溫溫，
皆言是君子村。小橋流水，掩映著賣酒人家；曲徑斜陽，
回照著讀書門巷。歌韻悠揚，恍臨孔席；弦聲斷續，疑入
杏壇。

（十三）

回次	致禍因由	所遇妖怪	場景
25	採唐半偈元陽	麝妖	畫樓*註一

＊註一：只見那座樓畫棟雕梁，十分華麗。怎見得？但見：

金鋪文杏，玉裏香楠。房櫳前，掩映著扶疏花木，几案上，堆積著幽雅琴書。雕欄曲檻，左一轉，右一折，香宛留春；複道回廊，東幾層，西幾面，逶迤待月。奇峰怪石，拼拼補補，堆作假山；小沼流泉，鑿鑿穿穿，引成活水。帳底梅花，香一陣，冷一陣，清清伴我；檐前鸚鵡，高一聲，低一聲，悄悄呼人。明月來時，似曾相識，直窺繡戶；春風到處，許多軟款，護惜殘花。瑤階前，茸茸細草，如有意襯帖閑行；妝臺畔，曲曲屏風，恐無聊暫供倦倚。錦堂上，坐一坐，尚要銷魂；繡閣中，蕩一蕩，豈能逃死。

（十四）

回次	致禍因由	所遇妖怪	場景
26	十惡欲食唐半偈一行人之肉	十惡：篡惡大王、逆惡大王、反惡大王、叛惡大王、劫惡大王、殺惡大王、殘惡大王、忍惡大王、暴惡大王、虐惡大王	十惡山*註一

＊註一：怎見得那山凶惡，但見：

峰似狼牙，石如鬼臉。狼牙峰密匝匝高排，渾似虎豹蛟龍
張大口；鬼臉石亂叢叢堆列，猶如魑魅魍魎現真形。樹未
嘗不蒼，木未嘗不翠，只覺蒼翠中間橫戾氣；日未嘗不
溫，風未嘗不和，奈何溫和內裡帶陰光。半山中亂踪踪，
時突出一群怪獸；深林裡風颼颼，忽卷起幾陣狂風。濃霧
漫天，烏雲罩地，望將來昏慘慘真個怕人；險磴梯空，危
橋履澗，行入去滑塌塌直驚破膽。大一峰，小一巒，數一
數起有萬山；遠百尋，近百丈，量一量何止千里。大不
容小，細細流泉盡作江海奔騰之勢；惡能變善，嚶嚶小鳥
皆為鴟梟凶惡之鳴。相地居人，盡道是虎狼窟穴；以強欺
弱，竟做了妖怪窠巢。

……這座山，稟天地陰陽之氣，草木生之，禽獸居之，寶
藏興焉，未嘗無功於天地。只因得氣粗浮，生得古怪希
奇，弄成此惡形。故取名的只觀形不察理，就叫他做惡
山。山既負此個惡名，仙佛善人誰肯來住。仙佛善人不肯
來住，故來住的都是些惡妖惡怪。初時只不過一兩個，如
今以惡招惡，竟來了十個，故這山又添叫做十惡山。

（十五）

回次	致禍因由	所遇妖怪	場景
27	一、皇太后妄想成佛，懷待度之心 二、妖狐假變佛形，蠱惑攝去	妖狐	上善國 九尾山 ＊註一 千變佛洞 ＊註二

＊註一：但見：

　　虎踞半天，吞吐低昂，識其面而莫測其背；龍來萬里，迢
　　遙起伏，見其尾而不見其頭。自卑升高，下一峰，上一
　　峰，峰峰現奇峭之形；從遠至近，前一嶺，後一嶺，嶺嶺
　　作迂迴之勢。長松老幹，蟠結做夭矯之虯；喬木橫枝，搖
　　擺做飛騰之鳳。日照晴空，雷響山中瀑布；雲生陰洞，雨
　　噴石上流泉。秀氣所鍾，遍地靈芝瑞草；靈光不散，滿山
　　異獸珍禽。雲霞縹緲，模糊望去，但見一座高山，岩岫分
　　明，仔細看來，實是九條龍尾。

　　小行者到得山上，見那山形，盤一條，拖一條，曲一條，
　　直一條，橫一條，豎一條，倒一條，順一條，交一條，宛
　　然九尾，知是此山。

＊註二：原來這個洞最是深邃，只在夾山中。走了個三回九曲，
　　方才看見洞門。洞門上題著小小的八個古篆字是「九尾仙
　　山，千變佛洞。」初走進洞，黑魆魆竟摸不著徑路，左一
　　彎，右一轉，足有三五箭路，方才明亮。又走有一里多地
　　方，才看見廳堂樓閣，雖舉頭不見天日，卻百竅中射進光
　　來，就與看見天日一般。

（十六）

回次	致禍因由	所遇妖怪	武器	場景
28-30	一、小行者、豬一戒築通陰陽二氣山之竅脈 二、小行者之好勝心	陽大王、陰大王 ✱註一 造化小兒（小天公）✱註二	圈子 ✱註三	陰陽二氣山 ✱註四 造化山 ✱註五

✱註一：陽山上有個陽大王，爲人甚是春風和氣。陰山上有個陰大王，爲人最是冷落無情。他二人每和合一處，在天地間遊行。若遇著他喜時，便能生人。撞著他怒時，便能殺人。陽大王說天是他一家，陰大王說地是他一族，萬物皆是他生的子孫。

……這二氣山的陽大王，雖然好動，卻爲人慈善。陰大王雖爲人慘刻，卻是好靜，每日在洞中，只運神功，爲化爲育。

……你看陽大王怎生打扮，但見：

頭上紅雲包裹，腰間錦帶斜拖。絳袍金甲豔生波，三刃槍尖出火。烈烈威風難犯，蒸蒸熱氣誰何？生人不少殺人多，生殺之權惟我！

你看陰大王怎生打扮，但見：

槍擺梨花白雪，身凝冷鐵寒冰，烏雲鎧甲迸金星，頷下虯髯硬挺。吞噬心同餓虎，刁攫眼類飢鷹，青天白日現幽冥，撞著斷根絕命。

✱註二：山神道：「小兒又沒甚本事，只是他動一動念頭，要你生

就生，要你死就死，要你富就富，要你窮就窮，任你是蓋世英雄，也不能拗他一拗。」……山神道：「小天公專管著天下禍福，他說禍福無門，惟人自召。若先設一門，便有私了。」

*註三：我的圈兒雖只一個，分開了也有名色，叫做名圈、利圈、富圈、貴圈、貪圈、嗔圈、痴圈、愛圖、酒圈、色圈、財圈、氣圈，還有妄想圈、驕傲圈、好勝圈、昧心圈，種種圈兒，一時也說不了。」

但見：團團如一輪月鏡，剖作虛離；彎彎似兩座虹橋，合為太極。非金打就，光豔豔儼然一道金箍；豈竹編成，細鱗鱗宛似千層竹網。不密不稀，圍轉來疏而不漏；又寬又窄，鑽入去綽乎能容。當頭罩下，受悶氣不啻蒸籠；失足其中，被拘攣渾如鐵桶。非千仞高牆，孰敢逾而出走；僅一層薄壁，誰能鑿而偷光。雖木不囊頭，只覺頭上無路；縱纆非械足，也如畫地為牢。千古牢籠，不離此道；終身輪轉，未有他途。

*註四：東邊叫做陽山，西邊叫做陰山。合將來總名叫做陰陽二氣山。

……二人一同跳在半空中山頂上，細細觀看。只見那座山周圍旋轉，就像一幅太極圖兒。左邊一帶白，直從右邊勾入中心。右邊一帶黑，直從左邊勾入腹內。

二人復跳在空中，落到山頂上細細再看。只見正當中黑白交結之處，直立著一石碑，碑上寫著四句道：左山右澤，淤焉閉塞。億萬千年，陰陽各得。

＊註五：但見：

> 翠散千尋，活潑潑與大海同波；青浮萬丈，莽蒼蒼與長天共色。一層層，一片片，儼天工之造就；幾曲曲，幾彎彎，信鬼斧之鑿成。青紅赤白黑，五色石似拆天而落來；東西南北中，四圍山宛破地而湧出。明霞終日，昭天之上祥；靈雨及時，降人間之福。走獸是麒麟犀象，飛禽乃孔雀鳳凰。山中瀑布，直接天河；石上靈芝，實通地脈。五嶽雖尊，功業讓此峰之獨占；一山特立，造化遍天下而難齊。東扶桑，西暘谷，莫道小兒通日月；上碧落，下黃泉，果然天帝立乾坤。

（十七）

回次	致禍因由	所遇妖怪	場景
31	一、六賊盜得老太太趙氏的獨子，欲獻給三屍大王受用。小行者救回眾人 二、三屍大王欲報仇、食唐半偈肉	三屍大王：行屍大王、立屍大王、眠屍大王 六賊：看得明、聽得細、嗅得清、吮得出、立得住、想得到	皮囊山＊註一

＊註一：我們這地方叫做震村，離我這震村西去五百里，有一座山，只因山形包包裹裏像個皮囊，故俗名就叫做皮囊山。

（十八）

回次	致禍因由	所遇妖怪	場景
32-33	小行者金箍棒聞名	不老婆婆 *註一	大剝山 *註二

* 註一：山上有個老婆婆，也不知他有多少年紀。遠看見滿頭白
　　　　髮。若細觀時，卻肌膚潤如美玉，顏色豔似桃花。自稱是
　　　　長顏姐姐，不老婆婆。人看他只道他有年紀，必定老成，
　　　　誰知他瘋瘋耍耍，還是少年心性。
* 註二：有詩為證：
　　　　山山奇怪突還砑，獨有茲山麗且華。眉岫淡描才子墨，鬢
　　　　峰高插美人花。明霞半嶺拖紅袖，青靄千岩列翠紗。慢道
　　　　五陰終日剝，一陽不盡玉無瑕。

（十九）

回次	致禍因由	所遇妖怪	場景
34	蜃妖結城池，吞吸唐半偈、豬一戒、沙彌	蜃妖	蜃妖吐氣結成城池 *註一

* 註一：進得城門，先是一座長橋，過了長橋，才看見城圈。師
　　　　徒們到了城圈邊往裡一張，只見內中黑洞洞，也不知有
　　　　許多深遠。……不期才走進去不三五步，忽颼颼的一股腥
　　　　氣，就是三十三天上的罡風一般，往內一吹，將他師徒三
　　　　人並龍馬竟吸了進去。一霎時身不由己，就吸去有數十里

之遙。因撞著一間房屋，方才擋住。……豬一戒聽見連忙爬將起來，東張西望，方看見擋住他的那間房屋卻不是房屋，乃是一座小廟兒。……又走近一步，定睛細看，方看見匾上寫的是「五臟之神」四個金字。

（二十）

回次	致禍因由	所遇人物	場景
35	豬一戒貪嗔生掛礙	大辨才菩薩	中分嶺掛礙關 *註一

＊註一：忽嶺頭西邊，突然現出一座關來，十分高峻雄壯。……不期關門外沙塵滾滾，雪霰霏霏，一條路高低曲折，兩旁樹延蔓牽纏，十分崎嶇難走。

（二十一）

回次	致禍因由	所遇人物	場景
36-37	冥報和尚嫌西方寂寞，興從東之教，欲斷除唐半偈一行人的西行求解	冥報和尚 *註一	蓮化東村 *註二 蓮化西村 *註三

＊註一：果望見大殿前月臺上，一個形容古怪的和尚，據著張高座，在那裡點頭合腦的講說。

只見：

雙眉分掃，一鼻垂鉤。兩隻眼光突突白多黑少，一頷髯短簇簇黃猛紅稀。色相莊嚴，不知者定以為活佛；行藏古

怪，有識者方認出妖僧。以殺爲生，持毒咒是其慈悲；無
人有我，報冤仇以彰道法。

＊註二：只見那村坊：

街坊潔淨，道路修齊。鱗鱗瓦屋，全無傾敧之象；寂寂門
牆，殊多安輯之風。分明村落，卻不見有雞豕牛羊出入；
宛然田野，實全無禾苗菽麥生成。四境不聞誦讀聲，敦是
求名之客；百逵了無奔走跡，誰爲覓利之人。衣冠古樸，
不披剃而了不異於高僧；視履端詳，縱蠢愚而亦知其爲善
士。家家清淨，登其堂疑入叢林；處處清閑，履其域儼然
佛國。靜忽聞香，任鼻端受用，卻不見人焚；空常現色，
使眼界光明，始知乃天設。觀草木而祇樹成林，優婆待
坐；問山水而峰懸靈鷲，波滴曹溪。悟佛道之至精，睹人
間所未有。進而觀境，總是無塵；虛以問心，大都不染。

＊註三：忽到了一個鄉村，細看那風土景物，雖也與蓮化村相去不
遠，但只覺來往的人民熙熙攘攘，不像蓮化村的安靜，師
徒們知是西鄉。

（二十二）

回次	致禍因由	所遇人物	場景
38	腎（聖）水枯（水）、肺氣弱（地）、肝火動（火）、脾風發（風）	牧童	雲渡山＊註一

＊註一：這座山叫做雲渡山。周圍像羊腸一般，左一彎，右一曲，

盤盤旋旋，足有千里。若是識得路，一直去，也只有百里之遙。

……這座山雖看去腌腌臢臢，齷齷齪齪，內中確實乾乾淨淨，倒是個成佛作祖的關頭。任是仙佛菩薩，少不得要往此中經過。此中卻有兩條路，有一等沒用的，安分守己，不敢弄玄虛，又怕傷天理，只得在山腳下一步一步挨了過去。雖磨腳皮，勞腿膀，也有走得到，也有走不到，卻未嘗跌倒。就是跌倒，也還爬得起來。後來，又有一等有本事有手段的能人，因看見這條路走得辛苦，不肯去下功夫，又訪知山頂上有三點點小峰頭，緊緊與靈山相對，去來不過方寸，每每仙佛往來。這些人不揣自家根基淺薄，也思量要學仙佛過去。卻不知這方寸中雖然不近不遠，另有實地可行，只管在那隔別中思量尋渡。你想山頂上又沒水，如何容得渡船。不意這班人，左思右想，機巧百出，遂將天下金銀之氣聚斂了來，煉成一片五色彩雲，繫在兩山，渡來渡去。所以流傳下來叫做個雲渡山。

（二十三）

回次	致禍因由	所遇人物	場景
39-40			靈山 ＊註一

＊註一：不期到了二山門下，竟不見金剛守護。又到了三山門下，也不見金剛守護，一發驚訝。……不期走到大雄寶殿上，

也是靜悄悄，不見一人。

又不是山，又不是水，又不是寺，又不是院。也有樹木，也有禽魚，也有樓閣，也有煙霞。遠遠望去，但見一道白光罩定。

第六章

情欲之夢

《西遊補》的空間與細節的意涵

摘　要

　　本章將《西遊補》放在小說的魔境設計，由時空的模糊與部分細節的繁複以達到轉移感知的方向來觀察。《西遊補》僅十五回，由《西遊記》中孫悟空的「齊天」、「鬧天」發展出「補天」、「求放心」及「驅山」；在空間不斷變化中，孫悟空快速轉換身分，出夢之際引《易》困卦、節卦、睽卦，充滿了細膩的心理分析與調和之路。此外，時空的意識流狀態是本書的主要結構方式，也是此書以一部巨著作爲互文性之共構體，卻又試圖以這種言說來達到解構目的之創作策略。《西遊記》一名《過欲傳》，由「欲」的角度來看魔難是此書成爲百回本的狀態後一種非常主流的意見。《西遊補》從此種接受狀態產生「情欲」（鯖魚）的設計，一方面與《西遊記》形成內在的連繫，一方面又發展出「婉孌近人」的情妖造型，在時空的模糊迷茫糾纏與看似無關宏旨的細節大篇幅的停滯中，藉由細節的書寫使小說情節停頓在大量的物質世界，經由停頓的延緩效果，使描寫部分產生與敘述部分、議論部分抗衡的效果。再者，本書藉著踽踽獨行的「孫行者」作爲一個旅行者，在過程中產生變化：主人翁經由內省，從而產生智慧或仍然茫然無解。當主角再次回到原先自身的出發點——火焰山，一切的意外之旅（鯖魚之腹），其出格的演出恰爲一個迷宮，一種不安全，以及一種幽閉，這個「行動著的地點」（acting place），其過渡性恐是晚明這一敏感時期的一種特有的感知與存在方式。孫悟空在《西遊補》的入幻，它的時空處理應是一種抽象的「處境」而不是具象的

「環境」，誠如夾批、眉批不斷指出這些「異言異服」所烘托出來的異代之感。相較於《西遊記》原書，《西遊補》雖然以「補」的矮化書寫狀態自我命名，其與《西遊記》似續實斷的關係，並以「情欲」（鯖魚）來命名，乃有意藉一樁神聖的取經故事來演出一場另類的顛覆。

關鍵詞：續書、情欲、時空、細節、晚明

一、前言

　　明末清初，董說的小說《西遊補》命名爲「補」者，雖有它相對自足的封閉體系，卻也弔詭的依附於《西遊記》這原典的大架構；這是一部有對應系統的文本，此點由該書以「補」命篇，卻又以短短的十六回作收，完全沒有章回小說常見的百回結構可見一斑。《西遊補》作爲一部偉大作品的後裔，在一個典範轉移以及典範解釋模式與解釋權被認眞檢討、處理的明清之際[1]，若將兩書合併檢視，我們或可對明清的典範操作，有一側面了解；從另一角度而言，將唐三藏這一位高僧的故事不斷的俗文學化，而又以取經這一事件縮合政治、哲學等大論述，在續書的系統中產生若干值得探究的議題。

　　《西遊記》的續書據目錄所載，有《續西遊記》、《西遊補》、《後西遊記》三種，林保淳認爲它們都順著原著「證道」的

---

[1] 陳少明、單世聯、張永義著《被解釋的傳統 —— 近代思想史新論》中所言，經學是傳統意識型態的母題或主幹，作爲傳統政治的合法性依據，其重大變遷與社會政治的變化密切相關，明末清季經學不只是經典之學，同時是經世之學，而後經世路絕反倒促成問學途通，顧炎武反心性玄談的主張，標誌著「尊德性」轉入「道問學」，是一般思想史所謂「回向原典」（return to sources），是一種反智主義向智識主義發展，以復古爲解放的一次調解。凡此無不指向一個思考：經是形式上的權威，但經義卻因人而別、因權而易，關鍵在於它面對什麼問題及誰擁有解釋權。廣州：中山大學出版社，1955年，第一章。

主題而發展[2]，但是這三本續書雖在一定程度上繼承原著的總體精神，卻分別在某些問題上有所突破，如《續西遊記》闡述西天取經後的五聖，在回程中面臨妖魔奪經的威脅，五聖在武器配備不足的情況下，其性格轉變所引發的「心學」討論；《後西遊記》則處理經典闡釋的問題；而《西遊補》讓孫行者在「火焰山」之後岔入「鯖魚（情欲）」的肚子，在一個非常私密而迷濛的夢境中辯證公私領域的問題，凡此「似乎命定是專給那些具有一定的歷史知識和政治閱歷的人看的」。[3]

　　《西遊補》或者被評為「過於空靈」，或者被冠上「荒誕」的美學評價[4]，一方面固然與它所闡釋的主題傾向知識分子的內部對話——「心學」的艱澀內涵有關；一方面或者與那一個「歷落乾坤無寸土」[5]的不確定時代也有關係吧！

---

[2] 見林保淳〈後西遊記略論〉，《中外文學》第14卷第5期，1985年，頁49-67。

[3] 石麟認為：「《續西遊記》『匠』氣太深，《西遊補》過於空靈，《後西遊記》則太理性化了。」但是這種評語並沒有注意到它們圍繞著「經」的不同面向所開發的闡釋意趣；「經」只是一個假設性的客觀完善，「西遊」系列的書由取經、護經到解經圍繞的一連串的聖俗、心物等討論，這些充滿「語錄式」的道學氣著作，當時學者（毛奇齡）以為驚羨，小說審美的品味由此可見。見氏著〈略論《西遊記》續書三種——《續西遊記》、《西遊補》、《後西遊記》考略〉，《明清小說研究》，1990年（總16期），頁158。

[4] 見陳冬季〈變形、荒誕與象徵——論「荒誕」小說《西遊補》的美學特徵〉，《明清小說研究》，1989年第12期，頁144-155。

[5] 董說《禪樂府・禾山鼓》語，詳參顧廷龍等編《續修四庫全書》集部，別集類，上海：上海古籍出版社，2002年初版，據北京圖書館藏清康熙十五年吳興祚刻本，冊1404，頁76。

　　此書成於明末清初，與吳承恩（1504～1582？）寫作《西遊記》的年代相去不滿一世紀，在時間上正是明中葉正德、嘉靖走向末葉，正當知識分子對內聖之學熱切探索，禮教一路漸漸失去駕馭力的歷史進程，經典小說的抒寫與續作，在某種程度上，似乎也應證了「以文證史」的可行性。

二、由「齊天」、「鬧天」到「補天」與「求放心」

　　《西遊補》第一回到三回繞著「補天」與「求放心」的兩個目的進行。悟空入幻後旋即發現唐僧化為「殺青（情）將軍」，因被青青世界的天王「小月王」纏住了，由於唐僧想要急急擺脫小月王逕上西天，就令「踏空兒」將天鑿開來抄捷徑，以致於靈霄寶殿滾下來不見了。而行者從正在鑿天的「踏空兒」口中得知，因為天破了，所以有一個「大慈國王」鑄了通天青銅壁夾斷西天大路，又布了一張六萬里長的相思網，截斷東天西天，他自己並且遭誣陷為偷天賊，因此欲請女媧來補天，由這線索我們看到悟空西行的目的巧妙地被挪移，也探觸到取經聖化的生命目的被一個外來事件所更動。

（一）補天意涵的轉化

　　「女媧補天」向是中國文學的重要神話原型，十八世紀小說傑

作《紅樓夢》的鴻蒙世界裡，也以女媧煉石補天起始，賈寶玉即為補天所餘的五色石吸收日月光華幻化而成人形。曹雪芹塑造了中國版本的伊甸園，亞當和夏娃（即賈寶玉與林黛玉）的最初遭逢，是由灌溉、照料生命互動開始，他們以年輕易感的情致來「補」僵固老化的文化設計，卻得到一死一出走的結局。「通靈寶玉」──為人間僅存的一點靈性，即是作者以為老舊的中國文化的唯一出口，生命的至寶。這一「補天」的任務，在《紅樓夢》是一個重要的關目，他引出「玉（欲）」對文化的參與、衝決與對話。

「女媧補天」的神話原型在《西遊補》第二回被使用與轉化，孫行者發現天不見了，天門緊閉，連玉帝的靈霄寶殿也被偷走，「無天可上」，更糟糕的是，行者遭誣陷為偷天賊。因此，在第五回的古人世界裡，他打算請女媧幫忙補天，並待來日再雪冤屈。《西遊補》的補天意識，暫時取代了取經的原先目的，甚至高於以個人利害為考量的申冤。這種個體與群體優先順序的顛倒類似成復旺在《中國古代的人學與美學》對晚明面對異族威脅的民族矛盾中「救亡壓倒了啟蒙」[6]的觀察。《西遊補》第一回到三回行者所面對的天之遺失，不像原始神話中女媧所面對的，是一場戰爭後的殘局。《西遊補》的天之遺失，是一群鑿空兒所為，這是多麼有趣的一種「遺失」！純粹奉命行事的鑿空兒，不僅一點一點的失去了天，也沒有踩著地，而悟空面對正在鑿天的現行犯──那「無天無地」的鑿空兒，亦無可如何。

《西遊記》孫悟空大鬧天宮，宣告「皇帝輪流做，明年到我

---

6 北京：中國人民大學出版社，1992年，頁355。

家」的反威權姿態，以及在花果山飄揚的「齊天大聖」的旗幟令人印象深刻。不管是自我命名「齊天」，或對外的「鬧天」行徑，都充滿了鮮明的反威權色彩。因此，在《西遊補》的孫悟空蒙受冤屈，思而補天的行徑，隨著文化的脈動呼吸，晚明的歷史處境，隨著王陽明心學一路啓蒙的個人主體意識，明顯的反映其時終於要面對「救亡」的歷史掙扎，中間的歷程千頭萬緒。

　　《西遊補》在行者的上天下地，訪古探勝中，異想補天，卻始終沒有找到答案，也沒有解決問題。從「補天」這一神話原型思考文化的價值指向，若以一個世紀後的《紅樓夢》參較，二書的「補天」饒有曲折：（一）《紅樓夢》的「補天」場景強調石頭自嘲「無才」的對立與文化禁梏心靈的孤寂和精神苦刑；《西遊補》的「補天」，則側重行者求告無門的屈辱與焦慮。（二）《紅樓夢》回答「補天」的歷史需要是：「無才」，由「才」而來，對生命的種種定義，被「新人」形象不斷挑戰，哺育中國心靈的歷史文化因爲不斷的回應著「補天」的課題，而產生價值型態的轉移，劉小楓認爲在這一「補天」的課題中人與傳統價值型態的本質性關聯出現了斷裂，隨之而來的「新人形象」必然是群魔亂舞。[7] 從它們在自然人（非文化－非歷史－非社會存在）與社會人的反向拉鋸中，所設定的形象，其符號意義不斷的衝決傳統形象的精神有效性；我們若從《西遊補》一書中對孫悟空及唐三藏的稱謂，去掉了佛教教義色彩較濃厚的「悟空」、「三藏」，屢屢稱爲「行者」、「長老」等名詞，其形象的符號功能，已抽離宗教形象的神聖呼喚，在描繪

[7] 《逍遙與拯救》，臺北：風雲時代出版社，1990年，頁52-53。

「新人」形象的明確意義及其實質內涵上，有著更接近肉身凡人的角色意味。

（二）「求放心」──私欲的天與私欲的心

我們仍先回到「天」的討論，再漸次詮釋「人」與「魔」的形象設計。究竟「天」有何指涉？

《西遊補》以「女媧補天」的神話開場，但是「補天者」的缺席卻是此書空間開展的重要線索，小說第五回行者好不容易在「古人世界」走到女媧門前，「只見兩扇黑漆門緊閉，門上貼一紙頭寫著：『二十日到軒轅家閒話，十日乃歸，有慢尊客，先此布罪。』」所以書前靜嘯齋主人的〈西遊補答問〉（後引簡稱〈答問〉）中說：

> 問：天可鑿乎？曰：此作者大主意，大聖不遇鑿天人，決不走入情魔。

《西遊補》以「補天」與「求放心」為軸線，小說透過行者對「天」的思索展現其內涵，說：

> 不知是天生癢疥要人搔背呢？不知是天多骨，請個外科先生在此刮洗哩？不知是嫌天舊了，鑿去舊天要換新天？還是天生帷障，鑿去假天要換真天？不知是天河壅涎，在此下瀉呢？不知是重修靈霄殿，今日是黃道吉日，在此動土哩？不知是天喜風流，教人千雕

萬刻，鑿成錦繡畫圖？不知是玉帝思凡，鑿開一條御路，要常常下來？不知天血是紅的？是白的？不知天皮是一層的？兩層的？不知鑿開天胸，見天有心？天無心？不知天心是偏的？是正的？不知是嫩天？是老天呢？不知是雄天？是雌天呢？不知是要鑿成倒掛天山賽過地山哩？不知是鑿開天口吞盡閻浮世界哩？（第三回）

　　這一段奇異的「天問」完全抽離了形而上的思維，「天」的屬性充滿了形而下的氣質，而且「天／心」並舉，是當時討論形上基礎的一種提法，「天本體」在小說中似乎更極致的有了許多人的屬性及位格，以至於與「心本體」有了一種巧妙地融合，在「私欲之心」中二者逐漸滲融，只是誠如第三回的這一段文字，對這種融合仍然充滿了問號：形而上的本體基礎如何處理並容納形而下的物質？如何落實在形而下的世界？如何實踐、運作？作者似乎對這一連串的問題無能為力，或者其姿態恰如栖栖惶惶的「孫行者」一樣──無暇處理，「天」為一種「空洞能指」。

　　《西遊補》以「補天」與「求放心」並舉，「天」既有了一種本質上的轉變，無法可補，那麼另一重要任務「求放心」呢？

　　〈答問〉中說：「補西遊而鯖魚獨迷大聖，何也？曰：孟子曰：學問之道無他，求其放心而已矣。」第十回行者在「未來世界」審秦檜後，要出萬鏡樓，卻被情思所纏，書中寫道：

　　明明是個水文欄杆，忽然變作幾百條紅線，把行者團團圍住，半些兒也動不得，行者慌了，變作一顆珠子，紅線便是珠網，行者滾不出時，登時變做一把青鋒劍，紅劍便是劍匣，行者無奈仍現原身。

後來靠著自己眞神所化成的老人來自救，方才脫困。回末總評說：「救心知心，心外心也，心外有心，正是妄心，如何救得眞心？蓋行者迷惑情魔，心已妄矣，眞心卻自明白，救妄心者，正是眞心。」十一回中行者以身上毫毛化成許多自己在「節卦宮」四處打探，後來收回無數毫毛行者，回末曰：「收放心一部大主意，卻露在此處。」

「心」的內涵在過去、現在、未來以及朦朧世界裡，不斷的藉由孫行者的困境呈現其空間感與形象性，《西遊補》以斬不斷的情思和紛紛繁繁的毫毛行者來描繪「心」的牽纏與多向度，總括「心」的追尋與掌控，此書強調「自救」，不管是斬情絲或收毫毛，都操之在己。正如王陽明針對朱熹將道心與人心歸結爲對立的二極，對人心來說，道心完全表現爲一種異己的主宰。王陽明在其《傳習錄》中頗不以爲然的指出：「今日道心爲主而人心聽命，是二心焉。」在王陽明的論述裡，他認爲以道心（普遍之理）禁絕人心，意味著分裂主體意識，因此王陽明所說的「心即理」，是指普遍的道德規範與主體的情感、意向、信念等相融合的過程，通過這種融合，道德才獲得內在的力量。[8]

我們知道，宋明儒學程朱、陸王二系，其內聖之學同要尊奉一個道德原理，同要建構一個倫理主體，究竟該以「天」還是以「心」來作爲道德形上學的最後依據，遂成爲「天本體」與「心本體」的矛盾，「陽明心學」將內聖之學發揮到極致，通過「致良

---

[8] 詳參楊國榮《王學通論：從王陽明到熊十力》，臺北：五南圖書公司，1997年，頁36-43。

知」之學，澈底建構了一個「心本體」，消解了「天」與「心」兩個道德本體的矛盾。爾後，泰州學派發展到李贄的「心學異端」，更將心學的核心範疇「心」闡釋爲「私欲之心」。終宋明儒學之發展，「天」與「心」的辨析是非常重要的內核。

二程、朱熹對人心、道心的嚴格區分，以至於將人心這個個體意識與「私」之間畫上等號，從而在實質上賦予它以惡的屬性；陸九淵主張「專求本心」，將普遍之理與主體意識抽象合一。王陽明爲了糾正朱、陸之失，將普遍的道德律（理）融入於主體意識（心），通過心與理的融合，主體意識（心）則獲得了雙重規定，一方面它以理爲內容，因而具有普遍性的品格；另一方面它又帶有自心（此心）這種個體的形式，所以王氏強調心外無理的同時亦肯定理外無心。[9] 他強調心即理，旨在肯定通過天賦之理與吾心事親事君過程中的融合，普遍之理與個體的道德意識之統一，用意在使人們自覺的遵從社會的道德規範。[10] 王陽明對主體意識的理解，從理學發展的歷史來看，帶有唯心主義思辨的性質，而其變化更牽引著知識界乃至於市民的價值體系與生活態度。

至於孟子「求放心」的養心之說，發展到宋代有朱陸之辯；流衍爲明代，啓始或「兼採朱陸」，或漸次演變爲「以陸變朱」的學術氛圍，明儒提出諸如：「以求放心爲居敬之本」（婁諒），「以求放心爲要」（胡居仁），「反求吾心」（陳獻章）等等的本體

---

[9] 明·王陽明〈書諸陽卷〉：「心之體，性也，性即理也。天下寧有心外之性乎？寧有心外之理乎？寧有理外之心乎？」（1985年）。

[10] 同註[7]，頁52-53。

論，逐漸由「外王」轉向「內聖」的趨勢，這個轉向使明代心學又逐漸由對心的探討，推演出將人歸結爲「理念」的精神實體來看，更進而肯定人的自然屬性，將人視爲一個具體的物質實體，於是衍生了「情眞說」（馮夢龍）、「童心說」（李贄）等對名教、禮教、情教的次序重整。

　　《西遊補》以「補天」與「求放心」爲軸線，小說透過行者對「天」的思索展現其內涵，「補天者」（女媧）缺席了，行者入萬鏡樓，被情思所纏，靠著自己眞神所化成的老人來自救，方才從情障脫困。這多少反映了當時對天的思維、討論中，彷若忘記了最重要的討論對象——天，與討論者——補天者，同時都不見了，所以芸芸眾生極欲追求的，除了補天者，更是「天」的遺失。明清之際，《西遊補》回應心體二重性的考察，讓孫行者落入鯖魚之腹，以「情欲的肚子」來裝歷史（孫行者化爲閻王代班者重審秦檜）、政治（孫行者化爲虞美人聽項羽重述歷史牢騷，以及朝代不明的「新唐」）、知識（心學、易學議題）、感情（孫行者「好不焦躁」的東奔西跑）等等，這種藝術象徵，是經過宋元明儒者對「情理」一番討論的歷史造像，新世界與新人以「天」的秩序爲依據，來安置理的秩序和歷史秩序，並反映個體生命活活潑潑的生機如何能跳出巨大的塵網之迷思？其實對天的討論，其內涵隨著時代的體會，有不同的針對性，有時「天」指涉一種意志的天；有時指涉一種生態自然化育的規律；有時又指向與人世對立的不可抗拒的命運；以及一種人類運作的社會模式等亦名之爲天。如：劉小楓在《逍遙與拯救》一書曾分析「補天」意涵說：

曹雪芹要補的「天」是自然形態之「天」，而不是社會歷史形態之「天」，是道家的「天」，而不是儒家的「天」，他要確立的「情」，並非要在這個劫難之世界中，而是要在逍遙的淡泊之境中。[11]

所以曹雪芹苦澀自嘲的「無才可去補蒼天，枉入紅塵若許年」之告白，透露的是一種道家情懷的不拘禮教，不通時務，偏僻乖張的名士之風。曹雪芹創造賈寶玉這一「新人」來詆毀儒家的信念[12]；反觀董說《西遊補》的孫行者借魔幻以寫情欲，將魔幻與現實結合的創作方法，突顯出「情理」的「非理性」色彩[13]，但是，對於儒家典範的檢討卻又相當的依附於原典的基礎，這點可以由《西遊補》全書的結構以一篇〈西遊補答問〉置於小說之前的說明可見：其形式既具有語錄體架構，又有純文學的小說基本形式，使得此書兼具了哲學與文學的雙重性質，而在這兩個知識領域的內在經驗又給予互文性的關係，這與賈寶玉以道家價值來非議儒家價值[14]是不同的。如果說，曹雪芹「與儒家實用道德形上學展開一場爭辯」，「曹雪芹的『偉大』，首先在於他第一次把『情根』、

---

[11] 同註[7]，頁79。

[12] 同註[7]，頁61。

[13] 魔幻現實主義的特徵是把現實與虛幻融為一體的創作方法，一方面吸收了古印地安傳統文化中的神話傳說，具備了虛幻的內容；一方面又受到歐美現代派文學的影響，突顯出「非理性」色彩。參閱柳鳴九《魔幻現實主義、未來主義、超現實主義》，臺北：淑馨出版社，1990年，頁367-381。

[14] 同註[7]，頁79。

『情性』提高到形上學的水平」[15]，但在曹雪芹的時代並沒有能力將問題推到盡頭[16]；那麼董說《西遊補》的孫行者借魔幻以寫情欲的「新世界」及「新人」面臨生活世界的混亂和失序，以及價值世界的重整與建構，其整體包裹在「情欲」的一個模糊概念裡。董說雖突顯問題，但並未解答，他對於個人的處境與思想史上的爭辯缺乏深刻的理解與明確的立場，是他將《西遊記》的若干符號（諸如：天、魔等等）操作出不同的「能指」，而又試圖在這些「能指」的符號系統中意圖建構出不言而喻的多向度意義。

三、心與魔的關係

順著儒家這種銷融主客觀之差異的思索，強調唯心的、主體性的想法，董說面對亡國的危機所呈現的客觀困境到底做何解釋？《西遊補》中當孫行者極力尋求解圍脫困之際，卻無法擺脫那身陷魚腹的幽暗與迷惘，本書設計的災難和《西遊記》最大的不同不在五聖如何去打探妖魔來歷，如何降妖伏魔，而是那從頭到尾都沒有現身的妖魔根本無法察覺，這種「身陷其中」的魔境，除了亡國那樣的巨大災難，使得性別、角色、歷史的變形扭曲的理解外很難予以詮釋。由妖魔、困境的對立面來照鑑自己存在感與危機意識，是與《西遊記》充滿「英雄感」有很大差距的。

---

[15] 同註 [7]，頁63。

[16] 同註 [7]，頁60。

（一）妖魔行狀：「婉變近人」──神性的取消與人性的內化

　　《西遊補》十五回所記鯖魚模樣婉變近人，何也？曰：此四字正是萬古以來第一妖魔行狀。（〈答問〉）

　　《西遊記》結構當中的八十一難，揭露了形形色色妖魔鬼怪危害人間的異質性，而他們的存在不是直接指向人間國度的統治者──國王，就是神佛集團。有些研究者更指出吳承恩在詩文中，對當時社會上的「五鬼」、「四凶」是實有所指。[17]《西遊補》對妖魔的描摹，以其「婉變近人」爲特色，二書「妖魔」的差異究竟是在哪裡？變化由何而來？

　　所謂妖魔，是障礙、是阻力，《西遊記》的除妖是對社會、對制度等集體意識所建構的大機制的一種斬截，五聖取經，期望達到團隊的「功完行滿，非指個人行善的獎賞」[18]，但一方面五聖個人面臨自己內在的龐大黑暗，除妖魔，也意味著檢視自己內在的黑暗。[19]而《西遊補》的行者誤入鯖魚的腹中，純粹個人行爲，《西遊記》的三種續書中唯有此書是「行者」一人獨闖，不僅佛祖、玉帝、觀世音、土地公、值日功曹不在，豬八戒、沙悟淨出場極少，

---

[17] 詳參谷應泰《明史紀事本末》，臺北：三民書局，1956年。

[18] 詳參浦安迪〈西遊記、紅樓夢的寓意探討〉，《中外文學》，第8卷第2期，頁48。

[19] 此即論者所謂天路歷程之所以亦爲心路歷程，如吳達芸〈天地不全──西遊記主題試探〉，《中外文學》，第10卷第11期，1982年，頁80-109。

連化身爲「殺青將軍」的唐三藏也略筆帶過，與行者甚少互動關係。

　　《西遊補》的魔障以一「鯖魚」概括，並讓悟空誤入其腹中，就在先決條件上限定了「心」和「魔」的關係──情欲，此處的悟空取消了神性的問題，妖魔「婉變近人」，就一語規定了問題的面向──人與其內在的情欲問題，因此可以說：神性的取消與人性的內化同時進行著。在十四回化爲「殺青將軍」的唐三藏，驅逐了悟能及悟淨，離開「青青世界」，作者突發奇想的讓唐僧寫了離書，正因爲八戒被視爲「欲根」，在離書中就指出：「吾不窩賊賊吾宅，賊不戀吾吾自潔」；驅離沙僧的信上則寫道：「沙和尙妖精，容貌深沉，雜識未斷」，又把夫妻之倫等同於師徒之倫[20]，大大的擴充了「情欲」的涵蓋範圍，作者並且意有所指的借唐僧之口諷刺時人道：「如今做師徒夫婦的多哩」（十四回）。

　　明代中葉在王陽明心學影響下，小說戲曲美學突出「反理學」、「重眞情」的傾向。到了晚明，關於情的思想在這些藝術家的筆下出現了歧異，如：王思任（1574～1646）以《易經》「咸卦」、「恆卦」來解釋杜麗娘的愛情帶有感應相與（感去心爲咸）

───────────────

[20] 十四回唐僧逐悟能、悟淨，說：「你若不走，等我寫張離書，打發你去。」沙僧道：「……丈夫離妻子要寫離書，師父離徒弟，不消寫得離書。」八戒道：「這個不妨，如今做師徒夫婦的多哩！」三人的對話裡，將這兩倫類比，戲謔中意有所指。《西遊補》一書中五聖難得同時出現，這裡的情節，在取經路上對性別、角色的顛倒、錯亂的討論，頗爲幽微的反射出晚明在情的人倫範疇的擴大及混淆。

以及從一而終（恆）的特點，他說：「若是以為情不可以論理，死不足以盡情，百千情事，一死而止，則情未有深於阿麗者矣。況其感應相與，得《易》之咸；從一而終，得《易》之恆」（〈批點玉茗堂牡丹亭敘〉）；孟稱舜（1600～1684）把「貞」說成是人的真情至性，他明確的宣稱自己的戲曲作品是「言道之書」或「言性之書」，他說：「余故取二胥是譜而歌之，以見誠之為至，細之見於兒女幄房之際，而鉅之形于上下天地之間……皆所以言道焉」（〈二胥記題辭〉）；又說：「此書（按：即《貞文記》）又即所為言性之書也」（〈貞文記題辭〉）；祁彪佳（1602～1645）指出曲的言情特徵是以禮樂傳統為出發點，以盡善盡美為終極標準，如：「以先生之五曲（按：即孟稱舜之《嬌紅記》、《二胥記》、《二喬記》、《鴛鴦冢》、《鸚鵡墓》）作五經讀亦無不可也」（〈孟子塞五種曲序〉）；卓人月（1606～1636）用情與時相連繫的觀點去分析孟稱舜等人的作品，他說：「夫人生于情，乃其忽焉而壯，忽焉而老，忽焉而盡，忽焉而又生，罔不受變於時。當其變，似乎非情之所能主，不知時也者，亦情之為也」（《盛明雜劇二集序》）。戲曲美學關於情的觀念，在當時的哲學氛圍中，不斷地增加了理學的成分，到了清初，即形成了一種由情向理的反復。[21]

此外，若檢證《西遊補》中孫行者的閱歷，可發現作者的內化並非只是肉體物質面的「情欲」，十六回的青青世界，「蓋在火焰芭蕉之後，洗心歸塔之先也」（〈答問〉），它的內容就是「三界六夢」。所謂「三界」，是指包括現在的「青青世界」，以及「古

---

[21] 吳毓華〈情的觀念在晚明的異變〉，《戲劇藝術》，1993年第4期，頁94-98。

人世界」和「未來世界」，就是整個時間。周遭還籠罩著秦皇所居
之「朦朧世界」，那是意識界的象徵。「六夢」根據嶷如居士在
《西遊補》所撰的〈序〉說：

孫行者牡丹花下撲殺一千男女，從春駒野火中忽入新唐，聽
見驪山圖便想借用著「驅山鐸」，亦似芭蕉扇影子未散；是爲「思
夢」。

一墮「青青世界」，必至萬鏡皆迷，踏空鑿天皆緣陳玄奘做殺
青大將軍一念驚悸而生；是爲「霸夢」。

欲見秦始皇，瞥面撞著西楚，甫入古人鏡相尋，又是未來；勘
問宋丞相秦檜一案，斧鉞精嚴，銷數百年來青史內不平怨氣；是爲
「正夢」。

困葛蘲宮，散愁峰頂，演戲、彈詞，凡所閱歷，至險至阻，所
云洪波白浪，正好著力，無處著力；是爲「懼夢」。

千古情根，最難打破一「色」字。虞美人、西施、絲絲、綠
珠、翠繩娘、蘋香，空閨諧謔，婉孌近人，豔語飛颺，自招本色；
似與「喜夢」相鄰。

到得蜜王認行者爲父，星稀月朗，大夢將殘，五旗色亂，便欲
出魔；可是「寤夢」。

這些私生活與公共領域，日常生活與理念世界，涵蓋生命的大
部分內容。因此，火焰山之後，「心猿」掉到鯖魚的腹中，面對的
是歷史、記憶、時間、身分、人倫、自我、情感、欲望等全面解構
的問題，所謂「婉孌近人」，正告示著人類問題的全面內化進程，

《西遊補》心的內涵與魔的內涵同時演化。《西遊記》十七回烏巢禪師將心經授予唐僧時說：「若遇魔障之處，但念此經，自無傷害。」唐僧「耳聞一遍⋯⋯即能記憶」，但爾後，在他聚神覆誦經文時，妖魔反纏擾他心神安寧（如：四十三、七十九、八十回），足證知識的理解到實際的經歷之差距，作者還故意嘲諷他唸的是「多心」經，七十九回悟空在比丘國君面前變作唐僧，剖開胸膛滾出一大堆心來，正寓意著唐僧內在的駁雜。「心」的概念，由經典、妖魔、唐僧去定義，一方面也就藉由「心猿」的行徑而呈現。

關於「心猿」的研究，成果浩繁，從源流、哲理、社會政治、小說美學各角度切入，都可以看出悟空形象之飽滿、豐富，但悟空在神魔之間的面向，造成他作為一個妖魔變節者，或叛逆意志昇華者的不同解讀。[22]在五聖中得到「取經人」身分前唯一帶有魔性的

---

[22] 對於「心猿」的關注，早在世德堂本《西遊記》的序中，陳元之就引無名氏舊序寫道：「其敘以猻，猻也；以為心之神」，標明了當時讀者已經注意到此一概念的含攝。李卓吾評本更以「心生種種魔生，心滅種種魔滅」作為《西遊記》宗旨，認為整本《西遊記》講的都是「修心」之事。謝肇淛甚至從儒家出發，提出《西遊記》是「求放心之喻」。直至清朝汪象旭、黃太鴻的《西遊證道書》，從「證道」的角度切入，將《西遊記》看成講仙佛同源的修心之書。民國以後，魯迅認為《西遊記》不過是出於作者的遊戲，若要勉求大旨，則大致認同謝肇淛的說法。此外，夏志清則點出《心經》對《西遊記》詮釋的重要性，大大影響往後學者針對此論點的研究。稍後黃慶萱從精神分析學的角度，另闢蹊徑，融佛洛伊德區分心靈為三領域的概念，將孫悟空（自我）、豬八戒（本我）看成唐僧（超我）的化身。張靜二則站在「心」與「悟空」、《心經》的關係上，開出心之「悟」則是達至「空」的過程。隨即吳壁雍在《西遊記研究》中提出孫悟空以「非神族」的「心猿」角色成為取經隊伍的領導者，除了象徵魔障由外轉內，更

是悟空，也因此「婉變近人」的魔性就更有原始本性的意味，《西遊補》作者當是回應《西遊記》對神聖感的戲仿與重估，並推而對罪疚意識及魔性的重構與深化。

（二）崇高感的失落與妖魔威脅感的泯除

心的概念改變了，魔的內涵也會有所不同，所謂「……西遊舊本，妖魔百萬，不過欲剖唐僧而俎其肉。」（〈答問〉）指的是考驗的威脅感。張書紳引用「物欲」的儒家概念來評注「六賊」（十四回）、「六耳獼猴」（五十八回）、「九頭駙馬」（六十二回）等心猿形象，說「《西遊記》當名遏欲傳」。[23]如果說《西遊記》「心的概念」就某種程度而言是「欲的概念」，其概念的具象化由五聖分頭詮釋，除了取經的正面力量，也包括了他們的犯錯與贖罪過程中所呈現的性格弱點，誠如余國藩所說：「所以西行目標

指出宿命歸路上有一個更超越的途徑。而鄭明娳則綜合前人之說，提出以「心靈的修持」達到「空」的終極境界的說法。另外，大陸學者在很長的一段時間大多注意孫悟空的「反抗」精神，進而致力於強調「反抗精神」所造成的小說前後主旨矛盾的解決，其中以劉遠達將孫悟空視為作者為「犯上作亂」的起義農民所樹立的「修心」形象為代表，推出《西遊記》是「破除心中賊」的「政治」小說，引起極大的迴響與辯論。綜合觀察，孫悟空所代表的「心猿」，歷來研究環繞著儒釋道乃至易經、理學對於「心」的詮釋，上溯至中國民間傳說將猿猴與「性」、「荒淫」、「生命力」意象的連結，下至西方精神分析學說透過「心猿」的角度，將五聖關係從中國的五行說中做另一種詮釋，範圍之廣，可謂包羅萬象。

[23] 《西遊記資料匯編》，劉蔭柏編，上海：上海古籍出版社，1990年，頁224、226。

並不在於得到道路盡頭的可疑經卷，而在於漫漫長路本身。」[24]準此，〈答問〉解釋「魔」的概念即由《西遊記》出發：

> 問：古本西遊，先說出某妖某怪；此敘情妖，不先曉其爲情妖，何也？
>
> 曰：此正是補西遊大關鍵處。情之魔人，無形無聲，不識不知，或從悲慘而入，或從逸樂而入，或一念疑搖而入，或從所見聞而入。若不可改，若不可忽，若一入而決不可出。知情是魔，便是出頭地步。故大聖在鯖魚肚中，不知鯖魚，跳出鯖魚之外，而知鯖魚也。且跳出鯖魚不知，頃刻而殺鯖魚者，仍是大聖，迷人悟人，非有兩人也。

這一段解釋「妖魔」的概念，可看做對抽象「情」的哲思的具象描繪。「不知」是我們對魔障的蒙昧狀況，表明了「情」難以掌握的現象，相對於《西遊記》之「說出某妖」，《西遊補》強調其「無法命名」；而「情」對人的內在產生影響，可從感性（悲慘、逸樂）或理性（疑念、見聞）的途徑而來，且人之於「情」充滿了被動性。相較於《西遊記》中妖魔動輒欲吃「唐僧肉」的各種動機，《西遊補》中妖魔的吞食姿態，是以迷惑爲能事，其結果是「失心」，而孫行者若欲脫困，當由自覺開始，除妖之舉，也要靠

---

[24] 浦安迪《中國敘事學》，北京：北京大學出版社，1998年，頁173。書中浦氏並引用陳敦甫《西遊記釋義》，臺北：全真教出版社，1976年。將「經」解爲「徑」的概念。

自己，所謂「迷人悟人，非有兩人也。」妖魔由外在於取經人的陷構、威脅，轉向內在於己的困頓、迷惑，「婉變近人」遂描繪出晚明士人的人生態度、價值觀往各種邊緣人格傾斜，以及出現狂怪變化的心理傾向。[25]

　　在《西遊記》中，人神獸魔的界限本來就很模糊，四者的關係亦極糾葛；《西遊補》以悟空的重構來揭示對人的重構，乃把握了《西遊記》「破心中賊」這一根本性的問題進行演化，更由人的對立面（妖魔）改變起。《西遊補》以插曲的方式補入「情欲」，孫悟空記得要借「驅山鐸」為取經路上排除「火焰山」的災難為軸線，而其間卻身陷困頓惶惑之中，使得孫悟空不再那麼自信滿滿，專心一致的前行。〈問答〉的一段談到妖魔與人的關係為「婉變近人」的論述非常有意思，作者首先顛覆我們以外在形象辨識妖魔的習慣，所謂「婉變近人」，一方面說明妖魔形象的人化及內化，一方面排除其陷構、威脅的印象（婉變）。

　　《西遊補》先將原來的界限挪移，並且描繪一個不一樣的對立面，作為重構人類自我形象的預備，人類在這一次改變中，不是要去完成一種大無畏的使命，而是內心世界裡的探險之旅。在《西遊記》中唐三藏曾說：「心生，則種種魔生；心滅，則種種魔滅。」誠如鄧曉芒《人之鏡：中西文學形象的人格結構》一書所說：

---

[25] 見周明初《晚明士人心態及文學個案》，北京：東方出版社，1997年，頁164。是書指出晚明大量湧現名士、狂士、隱士和山人，這些人的文化身分或被抬高為「文化啟蒙者」，或被主流意識打壓，或者甘為「市場文化」代言人，隱身次文化中。

……唐僧的信仰只能是「唯我獨誠」的、自封的、排他的，……它最終導致「心生，則種種魔生；心滅，則種種魔滅」的極端唯我論，對一切界事物外、對他人和人之常情都失去了現實感。[26]

但是在《西遊補》中，那些高姿態和良好的自我崇高感皆一掃而空，孫悟空再也不是教訓人，掃妖魔的高手；更不是「道德高人」唐三藏的馬前卒，他墮入自己的內心世界。

明謝肇淛所言《西遊記》「以猿為心之神，以豬為意之弛，其始之放縱，上天下地，莫能禁制，而歸於緊箍一咒，能使心猿馴服，致死靡他，蓋亦求放心之喻」。[27]《西遊補》從「心猿」的墮入夢幻為始，以「悟空」的重返本然為結，正如〈答問〉中說的：「走入情內，見得世界情根之虛，然後走出情外，認得道根之實。」「情根」、「道根」、「虛」與「實」，都發生在「鯖魚世界」（「情欲世界」的諧音），這裡就是人物活動的主體空間，整體時空的渺茫、眩惑，無不傳達作者試圖縮合諸多議題的精神狀態。

---

[26] 詳參該書頁32，昆明：雲南人民出版社，1996年。

[27] 魯迅《中國小說史略》，香港：三聯書店（香港）有限公司，1996年3月，頁173。

四、魔境的設計

（一）空間的模糊與細節的書寫：由「環境」到「處境」的轉變

　　與《西遊記》的一段段贊賦架設出來的每一險山峻嶺的魔境，及其對人間國度的城池，物質空間的明確描繪相較，《西遊補》對空間的處理，一面雖然也予以命名，一面卻疏於具體寫實的描繪，也沒有成文習套的運用，可以說：《西遊補》空間的面目是很模糊的。這種模糊與忽略，意味著作者在空間的設計上，表達的不盡然是一種物質的空間。由時空的設計這一環節來看，作者是頗關切社會空間、心理空間的問題，所以入幻的場域，不像《西遊記》以重彩濃墨的贊賦來進行空間介紹，既有一種粉墨登場的非現實感，兼具遊戲色彩；《西遊補》的空間：新唐、古人世界、未來世界、朦朧世界、冥界，充滿了非理性、非人間性的抽象色彩。

　　孫悟空在《西遊補》的入幻，充滿荒誕顛倒，此書對於《西遊記》所關切的面向做了調整，他針對的是孤立的、迷失方向的個人，以及個人在此情況中的瞬間念頭；而《西遊記》關切的，卻是有組織的集體（國家、宗教等）的長期考慮以及秩序的建立。因此，依附在群體中的個人，由於時間與空間的暫時隔離，因而產生了另一場域的對話，孫悟空在《西遊補》的入幻，它的空間應是一種抽象的「處境」而不是具象的「環境」。

　　但弔詭的是，《西遊補》普遍忽略場景鋪墊的情況下，卻注重

事件發展中的某些較為細部的描繪，如：第一回行者初入幻，是在
綠春時節，看見紅牡丹，師父卻說：「牡丹不紅，徒弟心紅。」後
來城裡男女要搶三藏的百衲衣，孩子們要不到百衲衣，打算回家請
父母做一件：

　　青蘋色、斷腸色、綠楊色、比翼色、晚霞色、燕青色、醬色、
天玄色、桃紅色、玉色、蓮肉色、青蓮色、銀青色、魚肚白色、水
墨色、石藍色、蘆花色、綠色、五色錦色、荔枝色、珊瑚色、鴨頭
綠色、迴文錦色、相思錦色的百家衣。

　　在眾多顏色的鋪敘中，大段排列的顏色從庶民文化中的重彩濃
墨，投射了晚明物質、感官的發達現象。
　　第七回古人鏡虞美人的化妝盒也如百衲衣般的描寫方式：

　　（行者在古人世界化作虞美人，在天歌舍梳妝）只見一隻水磨
長書桌上，擺一個銀漆盒兒，合著一盒月殿奇香粉，盒右邊排著一
個碧玻璃盞兒，放一盞桃浪胭脂絮，左邊排一個紫花盂，盂內放一
個纏頭帶。又有一個細壺兒放一壺畫眉青黛。東邊排大油梳一個，
小油梳三個。西邊排著青玉油梳一套，次青玉油梳五斜，小青玉、
油梳五斜。西南排大九紋犀油梳四枚，小赤石梳四枚。東北方排冰
玉細瓶，瓶中一罐百香蜜水。又有一隻百乳雲紋爵，爵中注著六七
分潤指甲的酒漿。西北擺著方空玉印紋石盆，盆中放清水，水中放
著幾片奇石子，石子上橫放著一隻竹節柄小鬃刷。南方擺著玄軟刷
四柄，小玄軟刷十柄，人髮軟刷六柄。人髮軟刷邊又排一個水油半

面梳一斜，牙方梳二斜，又有金鉺子一把，玉鑲剪刀一把，潔面刀一把，清烈薔薇露一盞，洗手荞米粉一鍾，綠玉香油一盞。都擺在一面青銅古鏡邊。

　　此外，諸如第八回未來鏡閣王手下的小鬼，《西遊補》描述各種厲鬼、判官以及「節卦宮」的詳細帳目（第十一回）等，都顯得繁冗臃贅，在忽略與鉅細靡遺之間，作者藉由細節的書寫使小說情節停頓在大量的物質世界中，經由停頓的延緩效果，使描寫部分產生了與敘述部分、議論部分抗衡的效果。配合整部小說的時間處理，將先後關係由順序的變化、倒轉，變得無始無終；主題的呈現也因描寫重點的任意切換，變得無輕無重，作者似乎有意藉此透露世態塵俗的文化心理的轉向——晚明學風與士風的怪誕駁雜卻又生氣勃勃[28]，個體生命與永恆命題的對抗爭辯而又彼此融滲。

　　魯迅在《中國小說史略》中說《西遊補》：「實于譏彈明季世風之意多，于宗社之痛之跡少。」[29]歷來學者對此書的看法大多在細節與情節的描述中搜尋其對帝王、外族、士族等面向的概括描繪，對一系列具象徵意義的藝術形象而言（比如王室內部爭權奪利導致的頻仍易帝，科舉制導致士子的無知入仕，奸佞當道滿朝愚臣等），其傾向「宗社」的探討仍多於對「明季世風」的「譏彈」[30]

---

[28] 嵇文甫《晚明思想史論》，北京：東方出版社，1996年，頁179。在談晚明泰州學派的平民學者與狂禪運動的下層社會思想運動時之考察。

[29] 同註[27]，頁182。

[30] 同註[6]，頁153。

之思考。

（二）《周易》卦象的場景運用 —— 時空的主題化：
行動著的地點與行為的地點

　　《西遊記》中，孫悟空多次入妖魔內臟，達成由內部改造妖魔的目的，〈三調芭蕉扇〉入鐵扇公主腹中即其一例，《西遊補》中行者此番入鯖魚肚腹，則為自我改造。《西遊補》前面發生在「國」的概念之中（或者評王室、或者譏士風、或者審秦檜等），行者掉入一個「新唐」的迷思以及秦漢的追憶裡，而後面則漸漸轉入私領域的困惑。「審秦檜」（「歸穆王 —— 岳飛」）之後，對於心的覺醒過程，作者在空間及內涵運用了《周易》的智慧。《西遊補》出現的卦象依序是：困卦第四十七（第十回〈萬鏡臺行者重歸　葛藟宮悟空自救〉）、節卦第六十（第十一回〈節卦宮門看帳目　愁峰頂上抖毫毛〉）、睽卦第三十八（第十二回隔牆花彈詞「智猴占得睽爻五，負豕一塗拜老僧」）。

　　這幾個卦象形成的內容，都是結合了平庸日常生活的場景於抽象的《周易》世界中，看帳目、聽戲等舉動，是無聊、空虛、乏味的素材，它們被展開來詳細描述，使素材的時間量遠遠大於故事時間量[31]，米克·巴爾認為空間在故事中往往以兩種方式起作用，一方面它只是一個結構，一個行動的地點。但是在許多情況下，空

---

[31] 〔荷〕米克·巴爾（Mieke Bal）著，譚君強譯《敘述學：敘事理論導論》，北京：中國社會科學出版社，1995年，頁79。

間常被「主題化」，自身就成了描述對象的本身，這時空間就成爲
「行動著的地點」（acting place），而不是「行爲的地點」（the
place of action）。在小說中人物的運動可以構成從一個空間到另
一個空間的過渡，在許多旅行故事中，行動本身就是目的，旅行者
在看與被看之間可望產生變化、解脫、內省、智慧或知識，行動可
以是循環式的，人物再次回到原先自身的出發點，這樣，「空間就
被描述爲一個迷宮，一種不安全，一種幽閉」。[32]

　　我們從《西遊補》第十回至十二回的三個《周易》卦象空間來
看，這些符號將喚起許多精細的象徵意涵。第十回「困卦」：下坎
上兌，值得注意的是「六三」卦辭說：「困于石，據于蒺藜；入于
其宮，不見其妻，凶。」「上六」卦辭說：「困于葛藟，于臲卼；
曰動悔，有悔，征吉。」《西遊補》「困中之困葛藟宮」明顯取意
於此。困卦中六爻分別展示不同的處「困」情狀，但也深察處困之
道，行者入於此難，靠著自救──以眞心救妄心，方始脫困。

　　接下來十一回「節卦」：下兌上坎，其卦辭說：「節：亨；
苦節不可，貞。」六爻中無不說明適當的「節制」往往是事物順利
發展的重要因素，從第三爻開始分論了「不節、安節、甘節、苦
節」，馬伯通（1979）撰《周易費氏學》引左光斗說「甘節」：

　　《禮》「和爲貴」，而節在其中矣。凡人過心過形皆苦，去
　　其太甚則甘。知窮而通，惟此中正；節以制度，上下有分，名器有
　　當，民自不識不知而由之，節何等甘邪？

---

[32] 同上註，頁108-113。

又引高攀龍解「苦節」說：

雖凶而悔亡，雖苦而實節。

又引華學泉說解「苦節」說：

天下有時值其窮，不得不苦其節者，聖人著不可貞之義於象，
所以貴通人之節，設貞凶悔亡之教於象，所以明固窮之操。[33]

　　行者在這回演出「收放心」，這種心智力的發用，是歷史的
處境與歷史的語境融合的主觀境象，這空間類似於真實的世界，其
語彙頗有泰州學派開創者王艮「淮南格物說」中的「出處說」和
「安身說」的思想。晚明士人在「出」成為泡影，「處」又不容易
的情況下只好轉向「潛」，李贄、管志道、袁宏道等人的推崇「潛
龍」，或以「潛龍」之跡而行「見龍」之事。[34]《西遊補》在本回
中也以易學語言來言說，它們將哲學和文學思想結合，《西遊補》
以極為不對稱的聚焦方式（空間的模糊與細節的書寫），描寫一個
空間圖像，在這一個片斷中，人物與空間都被觀察的方式所決定，
《周易》的話語形式成為特殊感知的來源，生命和世界從那裡引出
意義，在這幽閉的空間，潛藏中國古老的、永恆的智慧，入卦與出

[33] 卷六，臺北：新文豐出版社，1979年，頁20-21。

[34] 方祖猷〈實學思潮與人文主義思潮——論晚明的虛實之辯〉，《中國哲學》十六
　　輯，頁92-95，北京：中國人民大學書報資料中心，1993年。

卦之間，「主題化」的空間在彖辭與象辭中動態的起著變化。

到了第十二回的「睽九五」爻辭是：「悔亡，厥宗噬膚，往何咎？」意思是：悔恨消亡，與其相應的宗親像吮噬柔脆的皮膚一樣的溫柔的期待遇合，迎上前去有何咎害呢？「睽」卦取名「乖背睽違」卦旨，卻在於揭示如何化「睽」為「合」。《西遊補》在本回中正如隔牆花的彈詞所言：「道釋不須頻鬥擊，敗血玄黃一樣空。」充滿了折衷調和的色彩，也吻合了三教合流的意識。對《西遊補》藝術符號的深層象徵意蘊，作為構成整體意義的有序組合，這是一組不容忽視的「零件」，也是歷來學者較忽略的地方。

這三個卦，除了節卦有較為鮮明的道德色彩，睽卦與困卦對人類的心理──睽違與猜疑，惡夢與苦戀，以及困窮壓抑，侵凌暗弱，都有很生動的分析，在彖辭與象辭動態的作用下，「鯖魚（情欲）之腹」真正成為「行動著的地點」（acting place），小說以此構思，想必對當時熱衷於易學的知識分子必不陌生。前面提及明代中葉在王陽明心學影響下，小說戲曲美學突出「反理學」、「重真情」的傾向，爾後晚明關於情的思想在這些藝術家的筆下出現了歧異，例如：王思任以《易經》「咸卦」、「恆卦」來解釋杜麗娘的愛情帶有感應相與（感去心為咸）及從一而終（恆）的特點；孟稱舜把「貞」說成是人的真情至性，他明確的宣稱自己的戲曲作品是「言道之書」或「言性之書」；祁彪佳指出曲的言情特徵是以禮樂傳統為出發點，以盡善盡美為終極目的。這些詮釋角度除了將《周易》哲理化的普世型知識作為理解小說戲曲美學的基礎，有些作品更直接將哲理化的卦象作為文學素材組織到作品中。

《西遊補》在「情欲」（鯖魚）之腹中包裹著「言道之書」、

「言性之書」、「言情之書」，將「情欲」（鯖魚）／卦象作為一種潛在的場景，除了將哲學議題文學化外，更將其主題化，以飲食男女、上天下地的鬧劇來進行家國與改朝異代的大書寫，《西遊記》正確的閱讀／有意的誤讀之間，對原有的符號之「能指」與「所指」空洞化，而又賦予「出處說」和「安身說」的潛在新意涵，其構思實在非常巧妙的綰合政治、文學及哲學的向度。董說就曾經在他的《豐草菴文集・自序》中說：「及留豐草理殘文，乃悟卦律之奇，而益自卑學道之未成也」[35]，將殘文與卦律綰合，在其文集自序中即顯見其知識的狀況。

五、情欲之夢——心學、救亡、贖罪的歷史反思

明刊袁幔亭序《李卓吾先生批評西遊記》中，李贄有句評語說道：「作西遊記者，不過借妖魔來畫個影子耳。」又說此書「思筆雙幻」，「奇矣幻矣」。在在說明此書通過雙幻的筆法，使得書中人鬼神魔的形象，模糊朦朧、面目不清，而且彼此滲透、你我難分。「影子」般的豐富想像空間，完全超乎了形似的描寫之對號寫實，經過小說家不斷的錘鍊，孫悟空這一藝術形象，所蘊含取經人的正果西天的宗教意涵，不斷被儒化為立德立功的時人心態，「情欲之夢」正可以在現實的功名場外，表述士人的深切情懷。宗教性的負罪待贖意識，原本作為取經人團結的精神紐帶和矢志西行

---

[35] 同註 5，冊403，頁668。

的內驅力，此番加入夢境尋「驅山鐸」中，求法自贖的靈光消解殆盡，一群報皇恩求正果的唐室忠臣，轉而獨遣悟空化爲女子、審判奸臣，動輒「心中焦躁」，這個悟空非常的情緒化[36]，角色變幻莫測。

　　佛洛伊德解析夢時將人的隱念化爲顯像的過程稱爲「夢的工作」，這些隱念會經過化妝變形，夢開始時是對無意識願望的滿足，當這願望達成的企圖過於激烈，則會受到稽查作用的抗拒，而將人喚醒，俗語說「好夢難圓」當即此理。好夢，凝聚著強烈的願望，一路追尋「放心」的歷程，是否也凝聚著對眾聲喧嘩的心學、救亡、贖罪的歷史進程的深切反思？

　　《西遊記》八十一難，若不是取經人面對自然，就是面對妖魔的衝突，火燄山則是兩者兼而有之；就《西遊記》全書的結構而言，火燄山的火可以遠溯到大鬧天宮時，蹬倒老君爐，落下磚塊的餘火──接近原始狀況、未經壓抑的難滅之火，後來又有紅孩兒的三昧真火──諸水難滅爲伏筆。「山」，原本並不是西天路上最大的障礙，山水境域中的險怪妖魔才是，牛魔王在五百年前與悟空結爲兄弟──「牛王本是心猿變」（六十一回），這些都使得火燄山

---

[36] 第一回面對春野男女纏葛，悟空即「心中焦躁」。第二回入「新唐」受毀謗爲「偷天賊」，他「又好笑又好惱，他是個心剛性急的人，哪受得無端搶白，越發拳打腳踢」。第三回聞說師父要作殺青將軍，「又驚又駭又愁又悶」。在古人鏡中化爲虞美人，也是悲愁滿腹，「正是愁人莫向愁人說，說與愁人轉更愁」。第七回正在團團轉，無法出古人世界時，無人世界勸他不必「憂煎」。可以說：「憂煎」是此書行者的情緒主要狀況，唯有在未來鏡中審秦檜才「心中暢快」，然而那是「未來」的事，畢竟，過去與現在都是「憂煎、焦躁」。

這個小故事能遙遙與前面承接，並暗藏著許多可發揮的「空白」[37]，我們從作品演化的角度來看，《西遊補》設計在火燄山之火已熄後，補入「鯖魚」一夢，將功贖罪的寫法，轉而為自我完善的追求，「外王」的關注與「內聖」的需求，在時代的天秤中再一次演化，標誌出「滅火」與「振聾」當取得平衡並且同時進行，如此看來，《西遊補》所補者，只不過是再一次地宣告：「靈山只在我心頭」。

《西遊記》中五聖的形象由宋元取經故事和《慈恩寺玄奘法師傳》一系列積累下來即不斷的朝士大夫的文化心態發展，他們那勇於捐軀報國恩的唐朝忠臣特質，在《西遊補》中更加入時人的情感哲學和入世思想的深層文化意象，在爭取「戰鬥勝佛」的西天正果路上，「悟空」不是限於一正義能臣的形象，他在晚明的心學思潮中，不禁也暫時擱淺在自我的重重迷障，遊走在時間的斷層與個人的挫敗感中，從事更細膩而幽微的「求放心」的工夫，由宗教命題所開發的求法之行，不斷的蛻變為中國式的、士大夫式的歷史命題，一路跋涉的眾多「行者」不斷的朝著「悟空」的境界邁步。「鯖魚（情欲）之腹」真正成為「行動著的地點」（acting place），也標誌出晚明之人的一種「存在方式」——迷宮、不安全、幽閉、焦躁。

---

[37] 周英雄〈文本的縫隙，兼論文字的政治意義〉引依瑟（Wolfgang Iser）的看法，認為文學作品在敘述觀點的操作下，產生了「空白」（blank），因此有多元的文本產生，讀者閱讀之際，當盡力填補空白。《小說、歷史、心理、人物》，臺北：東大圖書公司，1989年，頁217-219。

六、結語──霹靂弦開天地變，梵語唐言穿一線

　　在本文起首筆者即表示試圖跳脫以往學者對《西遊補》一書的小說審美與解讀，透過一系列小說文化的考察，考掘此書除了以夢境呈現一種意識流型態的超時代性美學之外，在細部的刻意著墨與變幻不居的空間設計（卦象化等等）中，作者有意結合當時諸多命題進行對話。

　　此外，在小說與前面的一篇〈問答〉中，除了對當時的心性議題藉聖／魔的合一（婉變近人）予以定位，並在角色上由悟空隻身入幻，對歷史事件（審秦檜、項王虞姬之情等）、神話傳說（女媧補天）、小說文本（《西遊記》「火焰山三調芭蕉扇」）等環節來抒發非常清晰的「不易言說」的失落與混亂心緒。透過這樣的檢視，發現小說在董說的手中，藉「情欲」、「夢」這種內化、非理性方式，其實是表達一種極理性的關懷──家國之思。誠如董說《禪樂府·吹布毛》一詩所說：「霹靂弦開天地變，梵語唐言穿一線」[38]，《西遊補》試圖將小說的文類位置擴散與文類界線模糊，在當時的書寫中，是採用當時知識分子熟悉的多種言說方式的綜合，透過這種組織、書寫，成為特殊的感知方式，也是一種自我表述與存在的方式。

---

[38] 同註 5，頁78。

第七章

魔法無法

《續西遊記》的魔境重遊

摘　要

　　本章由小說發展的歷史及小說敘述模式的變化來探討經典與續書之間的演化。五聖取經的故事由主觀願望與客觀現實之間的衝突，展示懷有願望的主體對願望客體的永恆追求，經由一系列障礙、假象、破壞、不幸等中間環節，劃定疆界、距離、過程，使事件由不平衡狀態達到平衡。經由《西遊記》流傳過程所留下的許多「空白」，正是眾多續書著力之處。

　　《續西遊記》以靈山為起點，回首來時路，本文提出三項觀察：一、「遇仙」模式的轉化，作為演練抵抗與希望的信仰之旅，並使之成為「終極真際」的它性與差異的趨進，《續西遊記》將「遇仙」模式轉為「遇見自己」。二、「遇見自己」是一種自我示現、分化的過程，所以書中的主要難題「機變心」乃由行者、靈虛子分頭演繹，二者一而二，二而一。而「到彼」一角也重新勘定此岸與彼岸的距離和關係。「遇見自己」的另一模式則是魔境與妖魔合而為一，魔境即是心境，降妖伏魔演練了自我否定與自我棄絕，以朝向自我認知與自我提升，此即為「天路之旅」。三、「天路」與「魔境」的逆向操作，與明清之際「回向原典」所經歷的典範轉移、詮釋模式認真檢討的時代氛圍而提出的一種反智主義向智識主義發展，以復古為解放的一次調解異調，此書提出去「機變心」復歸「平等心」，與《西遊記》一路將五聖由「道德型」往「智慧型」發展，又將五聖的形象內涵回復道德高於智慧的走向。

　　明末清初幾部小說續書有理念先行及組接道德教訓與小說審

美的類型混錯現象，造成文學與哲思的融滲，以「寫此注彼」的書寫策略，形成模糊性和聚焦性的調度手法，在《續西遊記》中「心」、「魔」、「境」的名色為空間布局的方式，其本身就蘊含文化深意，它不僅就「心學」議題而言，抑或針對「西學」經驗中「用夷變夏」及「機巧」之夷技的懷疑與焦慮而發。《續西遊記》提出去「機變心」復歸「平等心」與「西學」的關係尚待作者資料的釐清再作進一步的推論，本章就文本討論所得僅提出此質疑。

關鍵詞：遊、空間、續書、心學、明末清初

一、前言

　　《續西遊記》作為一個文學個案，無論放在小說史的脈絡中或者放在明清學術思潮下來審察，都有值得細加詮釋的地方。作為一部偉大作品的的後裔，在一個典範轉移以及典範解釋模式與解釋權被認真檢討、處理的明清之際，仍有許多問題待解。**❶**

　　《續西遊記》原書未署作者名，崇禎年間刊行的《西遊補》已提到此書。今人對此書作者為何人有兩說：(1)清‧袁文典《滇南詩略》以為是明人蘭茂；(2)清‧毛奇齡《西河文集》認為是季跪。但蘭茂生於洪武三十年（1397），卒於成化十二年丙申（1476），享年八十，早於一般傳為《西遊記》作者吳承恩（1500？～1582？），似不可能，《續西遊記》作者當以毛奇齡（1623～1716）座中見過的季跪，正當明末清初的可能性較大。**❷**

---

❶ 陳少明、單世聯、張永義著《被解釋的傳統——近代思想史新論》一書中所言，經學是傳統意識形態的母題或主幹，作為傳統政治的合法性依據，其重大變遷與社會政治的變化密切相關，明末、清季經學不只是經典之學，同時是經世之學。後來經世路絕，促成問學途通，顧炎武反心性玄談的主張，標誌著「尊德性」轉入「道問學」，是一般思想史所謂「回向原典」（return to sources），是一種反智主義向智識主義發展，以復古為解放的一次調解。凡此，無不指向一個思考：經是形上的權威，但經義卻因人而別，因權而易，關鍵在於它面對什麼問題及誰擁有解釋權。廣州：中山大學出版社，1995年5月，頁15-32。

❷ 但季跪之詳細生平，尚待考察。以上論述詳參建宏出版社《續西遊記》鍾夫之前言，引毛奇齡《西河文集》一篇題為〈季跪小品制文引〉的話：「文之有大小，

　　《西遊記》的續書據目錄所載，有《續西遊記》、《西遊補》、《後西遊記》三種，它們都順著原著「證道」的主題而發展[3]，但是這三本續書雖在一定程度上繼承原著的總體精神，卻分別在某些問題上有所突破，其中有些「似乎命定是專給那些具有一定的歷史知識和政治閱歷的人看的」[4]，《續西遊記》就時間而言，乃明中葉正德、嘉靖走向末葉，正當知識分子對內聖之學熱切探索的歷史進程，經典小說的抒寫及續作，在某種程度上也回應了這一歷史動向。

二、「遊」的文化母題（motif）及取經系統的發展

　　作爲一種「遊」的文化母題（motif），由〈離騷〉的神遊、〈遠遊〉的魂遊到《四遊記》的各類型之遊，在時空的架構中，我們看見文學家經由每一次的追求、遨遊、探索，來碰觸生命中的個

亦猶心之有敏鈍也。季跪為大文，久已行世，而間亦降為小品，嘗見其座中談義鋒發，齊諧多變，私嘆為莊生、淳于滑稽之雄。及進而窺其所著，則一往譎詭，至今讀《西遊續記》，猶舌撟然不下也。技之小者，非大匠勿任；文之小者，非巨才勿精。」

[3] 參閱林保淳〈後西遊記略論〉前言，《中外文學》，第14卷第5期，頁49。

[4] 石麟〈略論《西遊記》續書三種——《續西遊記》、《西遊補》、《後西遊記》考略〉，《明清小說研究》，1990年（總16期），頁150-180。

體意識、群體意識或集體無意識的分化、對話並重整人們的存在認同，延伸人類的意識界線⑤，透過樂園或幻境的追求與探索，產生對濁惡世界的一種否定、斥責與譏諷，並經由靈魂的煎熬與探索，企圖建構「烏托邦」以自我批判、自我排遣、自我安慰，在每一次「神遊」、「魂遊」或「遊歷」的幻滅與死亡中，其目的是指向「真善美的社會政治美學理想」（同註⑤蕭兵語），或在正邪同體及化身系統中充滿「歸正情節」（同註⑤黃豔梅語）。可以說，文學作品中所謂「樂園－追求型」的寓意文學，提供了一個同時容納理想世界及濁惡世界的張力場，在這個既抽象又具象的虛擬世界裡，諸時空神魔有時成為正面價值的體現，卻也提供了異端精神的出場機會，在「正／邪」不斷辯證的持續中，進行「常」與「非常」的互滲、演化及置換。

　　蔡鐵鷹在梳理取經故事系統的流向和影響時，採取了一個「地域」判定的角度，而突出「猴行者故事與西北文化氣氛的特殊關

---

⑤ 如李豐楙指出〈離騷〉之神遊為「追求型」的文學，或所謂「歷程的託意文學」，其基礎於而又超越著巫術經驗，表現出個人人格完美與達成高遠理想之不倦追求，參見〈服飾、服食與巫術傳統〉，《楚辭研究論文集》，臺北：學海出版社，1985年，頁530。又如：蕭兵指出〈離騷〉的「求索」既是個人的探索、幻想、苦戀，也是群體意識、集體無意識的基礎和時代的思考（參閱氏著《楚辭的文化破譯》，武漢：湖北人民出版社，1991年，頁126）。而黃豔梅〈邪神的碑傳——從民間信仰看《南遊記》、《北遊記》〉一文指出：《南遊記》、《北遊記》二書中之神祇藉由多重化身、層迭化身系統來表現自我分離和自我衝突，一方面標榜正統身分，一方面得以完成邪神行徑。《明清小說研究》，1998年第4期，頁56。

係」[6]，此外，中原故事系統則以玄奘本事流傳爲主，「到元代爲止中原取經故事除了啓發《取經詩話》（按：即《大唐三藏取經詩話》）以外，實際上未和孫悟空發生任何關係」。[7]

蔡氏提出《大唐三藏取經詩話》成書之前亦即唐宋之際，西北（指敦煌爲中心的一帶區域）和中原（指宋代的文化中心）各存在著一個取經故事系統的問題[8]，在爬梳孫悟空形象來源的同時，提供我們一個思考的面向，即：在《西遊記》故事的早期源流中，與孫悟空相關的發展，如師陀國、寶象國、車遲國、火燄山、女兒國、貪婆國等，在中原故事中一般很少出現，可能是西域地名的意譯或音譯；有些人物如胡玉宮主、西番大使、小羅女等，也明顯帶有西域色彩。而另一中原系統的記述則遵循了一個源自《大唐西域記》、《大慈恩寺三藏法師傳》的基本傳統，以玄奘爲主角，比較貼近史實而略帶傳奇色彩，「這一流向與傳統文化『子不語怪力亂神』的正統觀念是一致的」。[9]然而，具西域色彩的猴行者，與具中原色彩的唐三藏，在世本等百回定本後，前七回以悟空先登場，這一小部分的悟空出世、學藝、受鎮壓，作者即在第七回結束時的詩中說明：「若得英雄重展掙，他年奉佛上西方。」大大調整了

---

[6] 參閱氏著〈《取經詩話》的成書及故事系統——孫悟空形象探源〉，《明清小說研究》，1989年第5期，頁66。

[7] 參閱氏著〈元明之際取經故事系統的流向和影響——孫悟空形象探源之三〉，《明清小說研究》，1991年第1期，頁60。

[8] 同註[7]，頁47。

[9] 同註[7]，頁55、60。

「五聖取經」的重點與角色，孫悟空在取經路上的挪移變化，及吃重演出，除了突顯異域色彩，也加重文學脫離經學哲思另闢想像視域的純文學園地。五聖形象的內涵向來是為《西遊記》的研究者津津樂道的，而對唐僧的精神及價值取向與對孫悟空的精神及價值取向又是其中的核心觀念。《西游記》的母題是「唐僧取經」，其基本的情節構架是唐僧師徒在取經途中歷經磨難，終於不辱使命的苦難歷程。在《西遊記》第八回「我佛造經傳極樂」中，對整個取經事件的楔子，作者即透過如來的眼中看到一個世界的大概景況及救贖之路：

　　如來講罷，對眾言曰：「我觀四大部洲，眾生善惡，各方不一：東勝神洲，敬天敬地，心爽氣平；北俱盧洲，雖好殺生，祇因糊口，性拙情疏，無多作踐；我西牛賀洲，不貪不殺，養氣潛靈，雖無上真，人人固壽；但那南贍部洲，貪淫樂禍，多殺多爭，正所謂口舌凶場，是非惡海。我今有三藏真經，可以勸人為善。」諸菩薩聞言，合掌問曰：「如來有那三藏真經？」如來曰：「我有《法》一藏，談天；《論》一藏，說地；《經》一藏，度鬼。三藏共計二十五部，該一萬五千一百四十四卷，乃是修真之經，正善之門。我待要送上東土，叵耐那方眾生愚蠢，毀謗真言，不識我法門之要旨，怠慢了瑜迦之正宗。怎麼得一個有法力的，去東土尋一個善信，教他苦歷千山，遠經萬水，到我處求取真經，永傳東土，勸化眾生，卻是個山大的福緣，海深的善慶。誰肯去走一遭來？」

　　如來不願「送經」，而必欲尋一「善信」來「取經」，指出了

兩個重要的關鍵點：其一是「善信」是唐僧精神的核心，也是取經路上重要的基礎；其二為「送經」本是舉手之勞，但這種高高在上的神賜無法激發人類的感恩與崇拜，所以「苦歷千山，遠經萬水」乃得識「法門之要旨」，苦難潛藏著生命的艱韌和精神的強大。由唐僧的這一線索引發的取經態度，是「人」具備某種被呼召的特質來參與神聖的使命。

　　而孫悟空的形象，就西天取經的具體過程來說，也涵蓋了非常豐富的思想和文化意蘊。他憑著滿腔疾惡如仇的胸懷，一雙善識妖魔的火眼金睛，一杆千變萬化、威力無窮的如意金箍棒，極富「心」的色彩的設計[10]，更是取經事業重要的執行者。

　　明謝肇淛所說《西遊記》「以猿為心之神，以豬為意之弛，其始之放縱，上天下地，莫能禁制，而歸於緊箍一咒，能使心猿馴服，至死靡他，蓋亦求放心之喻。」[11]可以說，《西遊記》在較具異域色彩的西北取經系統中，以孫行者為主角的故事，其想像力豐富，不受中原傳統文化羈絆的原型中，預留了一個十分寬廣的創造空間，這種空間既是地理的（西域），也是心理的（心猿求放心）。在它結合了以唐僧為主的中原取經系列的神聖性時，二者既

---

[10] 《西遊記》將孫悟空比喻為「心」，除一再稱其為「心猿」之外，並安排有六耳獼猴與孫悟空「形容如一，神通無二」，他打唐僧，搶行李，所謂〈二心擾亂大乾坤〉，最後，在如來佛祖「佛法無邊」，識破了「假心」，並一舉剪除，鑑別出悟空這個「真心」之後，孫悟空才「剪斷二心，鎖攏猿馬，同心戮力，趕奔西天」（五十九回）。

[11] 《魯迅全集》第九卷《中國小說史略》引，香港：三聯書店（香港）有限公司，1996年。

留下內省的視域，也開創了人間的理想圖程。然而究竟「東土」與「西方」的一去一來之間，小說的上游（百回本之前）、中游（百回本系列）以及下游（續作）如何去演歷空間與人的關係，實在是一個值得玩味現象。《西遊記》雖然不是嚴謹的宗教經典，作為一個文學個案，其發展演變，形成一種解讀不盡的文學及文化現象，《西遊記》的「戰鬥勝佛」孫悟空與五聖（五行）群體，及其與神、魔集團的關係中，既有一種與「它性」對話的自我疏離過程，也在「抵抗（百戰百勝？）」的冒險和不確定中，不斷追問「希望」。我們由故事源頭，不僅一窺此書上承文化母題「遊」的魂路歷程，也在這一歷史脈絡中尋索異域色彩與中原色彩的混融，希望經由這樣的尋索，試圖了解民間接受與知識分子闡釋的複雜面貌。

三、《西遊記》的仙界、魔境與人間

　　唐僧取經是一個真實的歷史事件，是中西文化交流史上一座光輝的里程碑，由於它在歷史上的殊異性，加上唐朝大帝國的豐偉形象，貞觀之治的輝煌成就，使得這一「神魔小說」（魯迅語）別有一種「文明神話」的意味。[12]取經故事這一個時空作背景，突顯了

---

[12] 楊俊在〈人類未來的預見者──《西遊記》理性思維新論〉一文以未來學的角度提出《西遊記》的思維特質有：多元性、意識超前性、理性核心性、智慧超群性，而將這種創作視為「……是人類神話由蒙昧走向文明發展階段的一種新形式，對傳統神話意識進行了拓展，姑且稱之為新神話──『現代神話、文明神

人間國度向外及向內展衍的向度與力度。

　　前面說過，《西遊記》是以如來佛在極樂世界「造經」之後，對世界有個整體評估和計畫爲小說「楔子」，這一個結合靈山視域與世界關係的意旨，就涵蓋了無限廣闊的世界，在「西遊世界」的系統中，關於世界的主宰，作者爲我們展示的是一個多元系統。天上（玉皇大帝），三十三天（太上老君），西天（如來大佛），屬於超陽間；地上、人間（皇帝），屬於陽間；地下、地府（十代閻王）屬於陰間；水裡、龍宮（四大龍王）屬於超陰間。三者形成「心－物－心」的格局，楊俊將之圖示如下[13]：

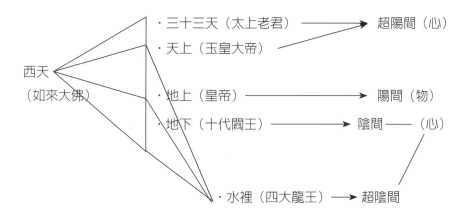

　　在這一個紛繁龐雜的系統中，我們看到每一層級及序階，及

話』，以有別於原始時代的古神話。」《明清小說研究》，1991年第1期，頁62-74。

⑬ 同註⑫，頁62-63。

其井然有序，相互支持、奧援的狀況。[14]但在經歷了如此遼闊無邊
的歷程之後，我們在《西遊記》尾聲中，卻聽到「中華大國」的頌
讚，與「不全」的經文同時並呈的結局（九十九回、一百回）。當
五聖取經「回國」，繞著太宗與唐僧的話題除了「經」的問題之
外，即是時間與空間的問題，如：唐太宗在朝廷第一次看見唐僧以
外的三人，問唐僧道：「高徒果外國人耶？」後經唐僧一一介紹，
接著太宗又問：「遠涉西方，端的路程多少？」唐僧答道：

　　總記菩薩之言，有十萬八千里之遠，途中未曾記數，只知經過
了一十四遍寒暑。日日山，日日嶺。遇林不小，遇水寬洪。還經幾
座王國，俱有照驗的印信。

　　太宗接著覽驗牒文：

---

[14] 如《西遊記》開場不久，即由萬物之靈的孫悟空「大鬧三界」，向閻王勾生死
簿，對玉帝高唱「皇帝輪流做，明年到我家」，與太上老君抗衡入八卦爐，與如
來比試身陷五行山，在各個空間裡，我們看到神佛世界和諧的關係及彼此奧援
的「實況」。比如：如來佛在與悟空鬥法前，面對氣燄囂張的孫悟空指控玉皇大
帝「久占」帝位，如來說：「他自幼修持，苦歷過一千七百五十劫，每劫該十二
萬九千六百年。你算，他該多少年數，方能享受此無極大道？你那個初世為人的
畜生，如何出此大言！」（第七回）而鎮壓了悟空之後，回到靈山，向「三千諸
佛，五百羅漢，八金剛，四菩薩」報告整個過程，並說：「玉帝大開金闕瑤宮，
請我坐了首席，立『安天大會』謝我，卻方辭駕而回。」而「大眾聽言喜悅，極
口稱揚。謝罷，各分班而退，各執乃事，共樂天真」（第八回）。神佛集團彼此
相通、欣賞、各執其司，可見一斑。

　　牒文上有寶象國印，烏雞國印，車遲國印，西梁女國印，祭賽國印，朱紫國印，比丘國印，滅法國印；又有鳳仙郡印，玉華州印，金平府印。

　　而通關文牒的時間是「貞觀一十三年九月望前三日」，「今已貞觀二十七年」。

　　這些時空的總結，人物的回顧，又將神魔的世界拉回到人間，而當所有人在光祿寺東閣慶筵的時候，作者又以眾人的眼光再次凝視所謂「中華大國」並歸結其與「西夷」大不同；其文字為：

　　門懸綵繡，地襯紅氈。異香馥郁，奇品新鮮。琥珀杯，琉璃盞，鑲金點翠；黃金盤，白玉碗，嵌錦花纏。爛煮蔓菁，糖澆香芋。蘑菇甜美，海菜清奇。幾次添來薑辣筍，數番辦上蜜調葵。麵觔椿樹葉，木耳豆腐皮。石花仙菜，蕨粉乾薇。花椒煮萊菔，芥茉拌瓜絲。幾盤素品還猶可，數種奇稀果奪魁。核桃柿餅，龍眼荔枝。宣州繭栗山東棗，江南銀杏兔頭梨。榛松蓮肉葡萄大，榧子瓜仁菱米齊。橄欖林檎，蘋婆沙果。慈菰嫩藕，脆李楊梅。無般不備，無件不齊。還有些蒸酥蜜食兼嘉饌；更有那美酒香茶與異奇。說不盡百味珍饈皆上品，果然是中華大國異西夷。（以上引文俱為一百回）

　　這一段文字與後面〈聖教序〉並列為迎嘉賓、慶功的盛筵鋪陳，帶著極為有趣的對比。《西遊記》中五聖取經一路調動「三界」的力量，亦即「心-物-心」的「西遊世界」，當他們回到

「東土」時，作者以一篇富足的「中華大國」和〈聖教序〉的文字作爲尾聲，物質具象的細節書寫縕合著性靈聖化的教誨文字，而這兩段文字又具有一種重彩濃墨的稚拙的賦化筆調，將華／夷、聖／俗並陳在功德圓滿之時，遂產生一種戲劇性的感覺。

在世本《西遊記》中地上的皇帝是取經的發起人，目的乃爲「保江山永固」[15]，可見，中心支點在「中土」而非「西方」，由出遊到回歸，再確定「此岸性」的終極意義，在這一條面向他者與回歸自我的路上，含攝著「遊的精神」與「遊的實質」的變化，亦即主人翁的「認知格局」（schema）及「常態範式」經歷了一番轉變，「遊」的文學由原始性、偶然性、盲目性、純生理性、無意識性趨向自覺性、成熟性、目的性，這種種反思性的加強標誌著一種文明性格的趨進。《西遊記》以眞眞假假的五聖越出本土的囿限，「遊」，是一種遭遇，一種眼光與陌生現實的遭遇，經由空間的轉移，不斷有地理形態的變化，而且有人文環境、心靈體驗的反差，因此，作爲「境」的主要圖程帶著更多「心」的感受，這種抽象的空間比作爲「國度山水」的主要圖像，具象空間的「物」的鋪陳，是更爲重要的意象，所以「心」的歷程的動態變化仍是《西遊記》鋪演的主軸。

---

[15] 張錦池在〈宗教光環下的塵俗治平求索——論世本《西遊記》的文化特徵〉一文指出玄奘求法取經，由《慈恩寺三藏法師傳》到《取經詩話》到世本《西遊記》是走過「抗旨」→「奉旨」→「請旨」的蛻變過程，因此，世本《西遊記》已將「玄奘求法天竺的哲學的宗教目的論演化爲唐僧朝聖靈山的民俗宗教目的論」。《文學評論》，1996年第6期，頁132-133。

　　在「心－物－心」的多元系統下，神佛集團與妖魔集團的關係向來是《西遊記》研究者爭議的重要主題之一。有認為其關係是二元對立的，有認為神佛與妖魔並不能以「正」、「邪」來歸位，因為他們是依據「正」、「邪」的抽象概念來塑造形象，「而是混而又析之」的。[16]這種聖、俗、魔混融含糊的狀態，很適合繁衍一個時代心靈史的課題。[17]在《西遊記》，心與魔的辯證關係中，展現在魔境的結構設計為「八十一難」，吳承恩筆下的妖魔荼毒生靈，多數與神佛的縱容、指使有關，妖魔或為神佛的家屬（如：第三十二回至三十五回的金角、銀角大王是太上老君的「家屬」，第三十六回至三十九回的獅猁王，海龍王與他有親，十代閻羅是他的異兄弟等），或部下、門徒（如：第十六回至十七回的熊羆怪與妖道結黨，侍奉觀音香火，第四十七回至四十九回的靈顯大王是觀音的子弟，第五十回至五十二回獨角兕大王是太上老君的坐騎，第五十四回至五十五回的蠍子精是如來佛的徒弟，第六十五回至六十六回的黃眉大王是彌勒佛前司磬的童兒，第八十回至八十三回的白毛老鼠精是托塔天王恩愛女，哪吒太子認同胞等），只有少數妖魔沒有來歷，或由樹木成精（如：荊棘嶺五樹精），或由凶獸變成（如：兩界山的老虎、七

---

[16] 前者如陳澈的意見，詳參〈論《西遊記》中神佛與妖魔的對立〉，《求是學刊》，1980年第2期，頁60，後者如趙明政的看法，詳參〈也談《西遊記》中神佛與妖魔的關係——兼答陳澈同志〉，《文史哲》，1982年第5期，頁59-64。

[17] 世本《西遊記》以「心猿」為開場，一反過去以唐僧為開場的設計。誠如謝肇淛所言，一部西遊故事，乃為「求放心」的演歷。（同註[10]）

絕山的紅鱗大蟒、隱霧山的豹子精等）。學者指出：吳承恩對神佛與妖魔的微妙關係的描寫，對孫悟空降妖伏怪過程的處理，除了達到詼諧幽默的藝術效果外，乃是有意的反映「當時世態」[18]，在取經的架構上，讀者隨著五聖的腳步，我們看到作者有意的對「取經」這一歷史事件予以翻案挪移，其中透過降魔伏妖的主力──孫悟空的上天下地，騰挪變化，悟空不但學習團隊精神的群性（五聖），也在與妖群互動的過程中不斷自我發現、自我理解[19]，這樣一部經典之作，暗藏許多可發揮的「空白」（blanks）[20]，我們從作品演化的角度來看，「心猿」的歷程，毋寧是明初與明代中後期不同的關注點的微妙變化。

---

[18] 同註[16]陳澉的意見，頁60-61。

[19] 張靜二先生即將悟空的取經過程當作一部「人格塑造小說」來了解悟空人格發展的過程，而謂其由童年、少年、成年等歷程，「除了從團體生活學習相處之道，從蒙師獲得教誨外，悟空更在西行路上，從體察世情中，增加對自己的了解。」《中外文學》，第10卷第11期，頁35。

[20] 周英雄〈文本的縫隙，兼論文字的政治意義〉引依瑟（Wolfgang Iser）的看法，認為文學作品在敘述觀點的操作下，產生了「空白」（blanks），因此有多元的文本產生，讀者閱讀之際，當盡力填補空白。《小說‧歷史‧心理‧人物》，臺北：東大圖書，1989年，頁217-219。

四、《續西遊記》的魔境

（一）從謫仙遇仙到遇見自己：行者、靈虛與到彼的「機變心」

　　相較於《西遊記》中「仙界」與「魔境」的糾葛、混析狀態，《續西遊記》對人、神、魔關係的處理有了一些微妙的轉變，那就是在「心-物-心」的格局中，代表上層的心（超陽間的三十三天及天上）系統，與代表下層的心（陰間、超陰間）的色彩簡化到只剩西天如來所派遣的靈虛子與到彼二人的保護，神佛集團與妖魔集團的複雜關係被擱置，作為上界的代表——靈虛子與到彼，既是主要釋厄者也是傳信者。

　　《西遊記》裡，雖然孫悟空是唯一吸收日精月華，石頭蹦出的自然人，但其他四聖則為天族遭貶的謫仙，各自帶著罪疚意識，「一面把『正果金身』作為取經人矢志西行求法的自身奮鬥目標，一面又將世俗性的將功折罪替代了宗教性的道德自我完善。」[21] 在《西遊記》的「釋厄」過程中，孫悟空討救兵的方式頗有明清小說慣用的「遇仙」模式的轉化，這種遇仙模式藉著一種異己的力量，來達到對現實世界無法負荷的苦難時的一種鎮痛方式與溫暖慰藉。[22]

---

[21] 同註 [15]，頁136。

[22] 此處借用劉敬圻分析《聊齋志異》宗教現象的觀察，劉氏認為《聊齋》有遇仙模

　　《續西遊記》裡雖然也是由如來佛祖起意的，但在保護真經回歸東土的路上，理當不煩神佛插手，佛祖卻特遣「到彼」與「靈虛子」一路護持，這個「遇仙」的模式就在特定的角色中賦予了新意。《續西遊記》第一、二回以靈虛子、到彼僧首先登場，第一回回末在靈虛子與到彼僧鬥賭變化之後，總批說：

　　　　靈虛即心猿之別名也。萬化因與須菩提作用。彼從修入，此從法入。自等正覺視之，均一有漏之果。

　　從這裡我們可以看到，「行者」在《續西遊記》中已經一分為三，他既是送經人，也是超然的保護者，三者都帶著可以「千變萬化」的「機變心」在走這一條回程；可以說，靈虛子和到彼僧開場的鬥賭變化到第三回「孫行者機變」，回歸東土，都環繞著這一主題，三個角色進行。㉓
　　在回歸東土的路上，靈虛子、到彼與悟空是真正設法渡厄的角色，如在第四十六回到四十八回，靈虛動了「靈心」，到彼動了「捨身割肉之心」，靈虛、到彼又動了「詐心」（參附錄頁

　　式及果報模式，後者側重於使人感受無情世界的公道，前者則側重讓人領略無情世界的溫馨。但「遇仙模式中幻想翅膀仍有濃豔媚俗之嫌。」參閱氏著〈《聊齋志異》宗教現象讀解〉，《文學評論》，1997年第5期，頁54-65。

㉓　當然，唐僧的「志誠心」、八戒的「老實心」、沙僧的「恭敬心」在大部分時候，也在回程中有所變異，而衍生許多災難，但作為「機變心」的參照面，它們仍是背景的效果，取經團隊自我救助的另一支力量的象徵，而大部分拈妖惹魔，都仍以「機變」生怪為主。

214），第五十七回到六十三回靈虛、到彼動「機變心」、「邪妄心」（參附錄頁216），第七十四回到八十二回靈虛、到彼也是動「機變心」（參附錄頁219）。「機變心」的討論是此書一個主軸，分由聖俗三角來詮釋演義，「謫仙」的內涵有一種內化的轉變，與其說幫助來自他力，不如說由自力的聲析與整合爲送經回東土最大的驅力和扭力，這一點在悟空於靈山繳回「金箍棒」八戒繳回「釘鈀」也可以說明外力繳械的狀況。

（二）遇見自己的心靈圖程（一）——「此岸／彼岸」的轉化：「機變心」與諸名色

1.「機變心」的分化：行者、靈虛的「聖／俗」兩面性

《西遊記》第十四回開頭就有一首詩：

> 佛即心兮心即佛，心佛從來皆要物。若知無物又無心，便是眞如法身佛。法身佛，沒模樣，一顆圓光涵萬象。無體之體即眞體，無相之相即實相。非色非空非不空，不來不向不回向。無異無同無有異，難捨難取難聽望。內外靈光到處同，一佛國在一沙中。一粒沙含大千界，一個身心萬法同。知之須會無心決，不染不滯爲淨業。善惡千端無所爲，便是南無釋迦葉。

這是貫穿整部作品的核心思想之一，其心佛一體到「一佛國在一沙中」，以至「一個身心萬法同」，結合「魔由心生」、「佛在心中」，可見整部作品的一大形象是多位一體的形象，其中的千魔

百怪，不過是人們虛妄之念、邪惡之思的化身罷了。在《西遊記》裡，孫悟空雖然面對這樣或那樣的神魔特徵，但是他所面臨的神祇、妖魔與自身的關係，多根據他所理解的敵、我、友的關係去認識和處理，但無可否認的，「極樂淨土」的「彼岸性」仍使得取經人不斷的經歷陌生感與危機感的窘困。

前面說過，《續西遊記》將謫仙遇仙的模式轉化爲自我力量的分化與辨析，那麼，在整部《續西遊記》裡的大形象又有什麼轉變呢？《續西遊記》在寫作的策略上，是繞著一系列的名色進行，它們有：「心的名色」、「魔的名色」與「境的名色」[24]，統攝在三組價值序列當中。

《續西遊記》是以「心」的動念消解爲主要軸線，因此作者對每一動念都予以命名，在小說第三回作者就標出了整個心靈圖像的四個主要面向：三藏「志誠心」、悟空「機變心」、八戒「老實心」、沙僧「恭敬心」。當五聖千辛萬苦到達雷音寺時，對如來佛自剖得經的依據是這四種心靈狀態，而在如來佛的給經過程中，就一面付予他們評價：

志誠心──「祝延聖壽，正與吾經理合，經文應當給汝。」

---

[24] 《續西遊記》在第十一回的總批當中，對「名色」一詞頗有感觸的說：「八戒真老實，見了一個『齋』字，便思量化齋。落得吃了許多石饅饅，畢竟受了妖怪齋也。如今人見秀才便求文章，見和尚便叩內典。其實，肚裡空空，求一塊石頭不可得矣。以名色求人者，不可不知。」書中作者一面不斷的給予心靈、場景許多「名色」，一面又對「名色」的虛幻性（肚裡空空）有著反省與消蝕的意味。

機變心──「機心萬種傾危，變幻無窮詭詐，如何取得？」
老實心──如來點頭
恭敬心────────────────「你二人俱從正念，取得取
　　　　　　　　　　　　　　　得。獨有悟空卻難取去。」
後來悟空辯稱自己只有「機變心」：

……就是機變，也不過臨機應變，又不是姦心、盜心、邪心、
淫心、詐心、僞心、詭心、欺心、忍心、逆心、亂心、歹心、誑
心、騙心、貪心、嗔心、惡心、瞞心、昧心、誇心、逞心、凶心、
暴心、偏心、疑心、奸心、險心、狠心、殺心、痴心、恨心、爭
心、競心、驕心、媚心、諂心、惰心、慢心、妒心、嫉心、賊心、
讒心、怨心、私心、忿心、恚心、殘心、獸心。

後來豬八戒又補充：

正是我師兄又不是狼心、虎心、狗心、牛心、蛇蝎毒蟲心。

比丘僧乃禁止他再命名這些「異類心」。（以上俱見第三回）
　　異於《西遊記》降妖伏魔的焦點擺在取經與反取經的衝突，
上界對下界的收伏與處分的距離，《續西遊記》作爲開場人物是孫
悟空的另一化身──靈虛子，再引出行者自誇機變心（第三回）。
它們和參照譜系的唐僧（志誠心）、八戒（老實心）、沙僧（恭敬
心）先後提出，有一種明清小說創作「理念先行與主題提前定位」

和「『氣質之性』與人物形象類型」的慣性外[25]，《續西遊記》將開場列出正價值（志誠、老實、恭敬）、負價值（機變）與中介價值（機變的超然──靈虛、終極真際──到彼）作為系列開展的基點，既具有張載以來開展的「氣質之性」討論的哲學命題，將人所稟賦的「天命之性」──仁、義、禮、智的品性，受「氣」（陰陽二氣）、「質」（金、木、水、火、土五行）的影響，在「性」產生了很大變化[26]，其文學創作對應出許多「名色」（類型符號），而內核是通過討論與辯證，經歷一種不斷「自性（the self）轉化」的過程，達到「彼岸」或「靈虛」之境。這種類似於宗教理解的方式，如特雷西指出的：需要有一種自性（the self）之轉變，即從自我中心轉為以真際為中心，藉由與終極真際的這種新關係，使人的中心偏離所謂的自我（ego），只有如此，自性才能不再是自我，才能通過與自然、歷史、他人，甚至經過轉變的自性的關聯，找到

---

[25] 朱恆夫在〈宋明理學與小說表現手法〉一文中指出理學的哲學命題、思維方式在很大程度上影響了古典小說的藝術表現手法，其中「理念先行與主題提前定位」，如：《大宋宣和遺事》的總結歷史、《紅樓夢》的「色空」觀念、「興衰」論述等。而另一現象為「『氣質之性』與人物形象類型」則如：劉、關、張、諸葛亮、曹操、西門慶、金、瓶、梅等人的「類型符號」，乃將張載、二程、朱熹一系列下來的「氣質之性」論述、塑造人物形象的「簡單化」、「類型化」結果。《江海學刊》，1999年第6期，頁162-169。當然，用現代心理學超我、自我、本我來稱呼到彼、靈虛與悟空仍有其爭議性，但其基本傾向，應可如此歸類。

[26] 同註[25]，頁165。

某些真正可靠的自由。[27]

《續西遊記》一百回的總批說：

> 除了兩個老和尚，都是妖魔（按：孫悟空的話），此語大可尋
> 味。究竟兩個老和尚亦是妖魔也。請問那個不是妖魔？曰亦派妖魔
> 乎。

一部書的總結論是：全部都是「妖魔」。《西遊補》在設計妖
魔時，曾在書前靜嘯齋主人的〈西遊補答問〉提問：

> 西遊補十五回所記鯖魚模樣婉變近人，何也？曰：此四字正是
> 萬古以來第一妖魔行狀。

「婉變近人」一語規定了問題的面向——人與其內在情欲（鯖
魚）的問題，可以說：神性的取消與人性的內化同時進行著。[28]

《續西遊記》更進一步，不是誤入妖精肚腹，不是「婉變近
人」而已，作者更指出「魔性」乃作為「人性」、「神性」的必然
共構體，降妖除魔，意味著檢視自己內在的黑暗、汙穢，也開啟自

---

[27] 詳參特雷西著，馮川譯《詮釋學、宗教、希望——多元性與含混性》，香港卓
越書樓，1995年，原著 *Plurality and Ambiguity – Hermeneutics, Religion, Hope.* by
David Tracy,1987, pp. 152-153.

[28] 本書第六章〈情欲之夢：《西遊補》的空間與細節的意涵〉。

己意識的蒙昧。[29]

因此，在《續西遊記》最有意味的心靈圖程設計不是神佛集團、妖魔集團（或人間國境）以及五聖集團的對應關係，而是五聖內部的分化（機變／恭敬、老實、志誠）、五聖自我的分化（吟詠心、嗔心、歡喜心……）、孫悟空的自我分化（行者、靈虛、到彼）。明代王學強調「人人心有仲尼」、「人人有個作聖之路」[30]，心學終極目標提出的對象「人人」，一方面擴大了神聖靈光的普及，卻弔詭的使神聖的靈光消融在追尋之旅程中。對於晚明「心學」與其時「都市化運動」所帶動的市民文化（諸如好色、好貨、私欲、私心的討論），這股新鮮的力量究竟帶來多大效應，歷來學者評價不一[31]，但其反主流文化的抵抗姿態，與後來被冠上「空疏學風」的歷史印象，乃至於「把人的主體能動精神膨脹成為代替一切知識」[32]，頗有伯曼（Marshall Berman）論「現代性」時的一種

---

[29] 如：火燄山熄滅後，《續西遊記》描述回程的「黯黮林」（三十二回）、「臭穢林」（四十九回）、「迷識林」（五十四回）等，都是分列八百里火燄山熄滅後的「八林」之第一、第二災難。

[30] 清·黃宗羲：《明儒學案·姚江學案敘錄》，臺北：正中書局，1959年，頁81-82。

[31] 如沈鐵《李卓吾傳》說他「驚世駭俗之論」，一時可以「傾動大江南北」（廈門大學歷史系編《李贄研究參考資料》）有些學者卻認為它們「並沒有也不可能超出傳統樊籬」，也「沒有一個超出封建範疇的新理論」。俱轉引自陳愛娟〈明代中後期市民文化初探〉，《安徽大學學報》（哲學社會科學版），第23卷第5期，1999年9月，頁79-84。

[32] 陳愛娟對所謂「空疏學風」有一段解釋，認為這是以綱常名教為中心的倫理本位

內外俱變的現象。[33]「遊」的空間審視必然看見改變的事實，改變導致距離，包括物理上距離和心理上的距離，距離使許多被遮蔽的深層事物顯著出來，在晚明尤指傳統語境的「心」。蕭兵在解釋《楚辭》：「吾令帝閽開關兮，倚閶闔而望予。」時認為《楚辭》、《遠遊》諸神多有稱號，唯帝閽、天閽未斥其名，可能意味著屈原無法參透天宮祕密而陷入孤寂、痛苦，而命名這一動作本身，是對名稱的一種掌握，「名稱代表著、顯示著一種專門的神祕的魔力」。[34]從《西遊記》到《續西遊記》的神魔名色與「心」的名色，姑且不論其價值指涉，《續西遊記》的名稱其實減褪了原始神祕性，卻大大增加了文明的反思性，《續西遊記》對命名的津津樂道，是一種審視的趣味與參與的主動，一種充滿活力的對空間與時間，自我和他者，生活的可能性和危險體驗的類「現代性」感悟。

主義，是以對歷史經驗的反爭代替對未來的憧憬，對儒家經典的咀嚼視為最大的學問。明代心學代替程朱理學，把人的主體能動精神膨脹成為代替一切知識，倫理本位主義價值觀念的兌現，僅以人的主觀情操、善良意志為條件，這當然助長業已存在的空疏學風。同註 [31]，頁82。

[33] 伯曼把現代性界定為一種對世界急劇變化的感悟，一種對在改變世界的同時改變自己的過程及其體驗。亦即：「將男男女女成為現代化的主體同時也成為其對象，使他們在改變世界的同時也改變他們自己，為他們開闢了穿越這場混亂之路時又促使他們推波助瀾。」Marshall Berman, *All That Is Solid Melt Into Air: The Experience of Modernity, New York*: Penguin, 1982, pp.15-16.

[34] 同註 [5]，蕭兵一書，頁145-147。

2.「到彼」的「彼岸性」與「此岸性」

五聖取經「到彼」之後呢？「取經」之後呢？當「回歸」成為生命的必經之路時，怎麼走？會經歷什麼事物？續作者不斷的往下，往裡發問。

由宋至明的思想史在經過長時間對天理、人欲等命題的討論之後，即令被目為異端之尤的李贄，在《心經提綱》中仍歸心於菩薩，以求「達到彼岸，共成無上正等正覺」、「出離生死苦海，度脫一切苦厄」[35]的無力感，在面臨現實的無能為力，想要追求又找不到出路的困惑，「彼岸」與「此岸」的關係實為人們思考的一組座標，但作為「彼岸」的局外點，卻又常常忍不住參與此岸的種種作為，表現為思想界的李贄如此，表現為文學創作的《續西遊記》也是如此。

《西遊記》第十七回觀音化身妖道靈虛子──

行者看道：「妙啊！妙啊！還是妖精菩薩？還是菩薩妖精？」菩薩笑道：「悟空，菩薩，妖精，總是一念，若論本來，皆屬無有！」行者心下頓悟……

在《西遊記》中的神佛參與取經，不只是一種簡單的遇仙模式，五聖本身的力量，加上神佛異己的力量，終於達至「西天正果」，但其具有接近儒釋道混融的、緣於生活經驗的宗教情緒，遠

---

[35] 明·李贄：《焚書》卷三《心經提綱》，出自《李贄全集》第一卷，北京：社會科學文獻出版社，2000年，頁93-94。

較於演說正統神學觀念的宗教故事爲甚，這種準宗教的民俗色彩，
與集錦形式的《聊齋志異》頗爲相近，是一種對於異己力量的渴望
與辯證。

　　《續西遊記》縮合了行者、靈虛、到彼三個面向闡釋心性的
問題，走向此岸的意志與自我理解的批判，在時代的問題意識中達
到相當程度的凝融。「到彼」和「靈虛子」由彼岸的世界走入此岸
的回歸路程中，表現爲一種既參與又不便現身的姿態，在一批流動
的擬化、隱喻、換喻的意符和意旨間，構成了經典生產與接受的情
景，《續西遊記》再現的世界，提醒人們認識到：我們並沒有眞正
認識到眞理。在明清的歷史脈動中萌生的「市民個體精神」、「私
人文化」、「內在性」、「唯心論」等現代性的特質[36]，《續西遊
記》中都有一些觸及，如：五聖回程個人有自己的「經擔」，責任
分區相當清楚；五聖繞著化齋的貨利衣食的討論等等[37]，很弔詭的

---

[36] 劉小楓在分析德國啓蒙思想與法國之不同時所說：「德國啓蒙思想在一開始就帶
　　有的內在性和私人宗教 —— 倫理趨向，影響了德國的政治 —— 社會狀況：對政治
　　改革和發展國民經濟的冷漠，追求市民個體的精神貴族式的私人文化。這解釋了
　　爲什麼德國啓蒙時代發生的更多是思想文化層面的變動，而非政治 —— 社會層面
　　的變動，也解釋了德國唯心論的出現。」英國啓蒙運動導致了一個工業 —— 貿易
　　國家，法國啓蒙運動導致了平權市民的法權國家，德國啓蒙卻是「唯心論」，這
　　唯心論提出了宗教性的審美人性理念。劉氏點出的「市民個體精神」、「私人文
　　化」、「內在性」、「唯心論」雖然有西方哲學脈絡的背景，但作爲「現代性」
　　的一種表達，提供我們理解自己歷史文化許多的參考面向。參閱氏著《現代性社
　　會理論緒論 —— 現代性與現代中國》，上海：三聯書店，1998年，頁182-183。
[37] 如：三十五回〈日月寶光開黯黮　莊嚴相貌動真誠〉繞著是否爲了化齋可以轉

將「此岸」與「彼岸」置於一種既調和又衝突的張力場。晚明士人普遍具有「非名教所能羈絡」的異端色彩，在「縱欲」與「禮佛」的兩端進行表述和調節，就如《續西遊記》五聖一路感受的飢餓感（不斷的化齋）以及疲憊感（八戒挑經擔的肩膀酸痛、衣服破蔽）始終與保護眞經連繫在一起，那極神聖的事業是建立在極沉重的肉體負擔之下，這與《西遊記》的「四聖試禪心」和「人蔘果」、「女兒泉」等食色關卡有迥然不同的意趣，《續西遊記》把屬靈的和物質的交織在一起，在兩界之間界線已經更爲模糊，五聖在遊歷中一路體驗聖俗的融化，「回歸」體驗著界線的消失，這正預告出「保護眞經」的結局是「未有經」。

（三）遇見自己的心靈圖程（二）——「天路」與「魔境」：抵抗與希望的行動演練

　　《續西遊記》在處理回程時，有兩個關係到時／空展衍的安排，作爲敘述視角與敘述功力的要素[38]：一、透過「魔境」的凝視

　　彎的問題，三奘反對「貪齋逆道」，這裡的「道」很有意思的一語雙關，既指「路」也是指「經擔」。

[38] 《續西遊記》對「魔境」與「魔性」的鋪陳，有類《金瓶梅》對「性描寫」的無法割除，因此對於這些「惡劣的欲望」如何處理與接受，往往形成小說接受者很大的挑戰，及批評家在定位其價值時棘手的問題。王彪先生在面對《金瓶梅》的「性描寫」時的角度，就頗值得吾人借鏡。王氏將這些看起來「多餘而醜陋的累贅」，以一種「解剖病理意圖的『性視角』」及對性情趣「詩意的眼光」看出其「隱祕衝動」，而開發這些為民間樂於接受的「惡趣」具有一定「能量」的結構

與「心境」的變化，達到世路、心路與天路的描寫。二、在回首來時路時，記憶與現在的模糊性／凝聚性，掠影式／特寫式的敘述，點出心靈圖像的主觀示現。

1.「路」的展衍

　　道路原型作爲許多文化原型的模式，通常成爲一種自覺的儀式，命運之路成爲救贖之路，通過發展的內在之路，由「方向」和「迷失方向」伴生象徵意涵，這一原型模式指向人類追求神聖目標、永恆存在的生命主題。[39]

　　《續西遊記》有許多沿途不斷尋路、問路、選擇道路的段落；衍生出《西遊記》所未曾提出的新問題：

　　（1）不走回頭路：

　　如：四十回的「狂風林」，狐妖變行者，欲哄騙八戒經擔，因風很大，

　　假行者説：轉個彎路，尋草屋去躲。

　　八戒道：我們挑著眞經，<u>原不走回頭路、轉彎兒</u>。師兄，你怎忘了？

　　假行者道：是我忘了，你且耐著性兒，再走幾里，那邊林子裏去避。（頁228）

單元。參閱氏著〈作爲敘述視角與敘述動力的性描寫——《金瓶梅》性描寫的敘事功能及審美價值〉，《社會科學戰線》，1994年第2期，頁212-219。

㊴ 〔德〕埃利希・諾伊曼著，李以洪譯《大母神——原型分析》，北京：東方出版社，1998年，頁8-9。

三十五回在「餓鬼林」，八戒化不到齋，三藏欲親自去，沙僧建議不如大家一起去。

三藏道：若是<u>東行順路</u>，便一齊去吧。

八戒道：略轉過彎兒。

三藏道：<u>轉彎便是貪齋逆道</u>，……。（頁245-246）

五十七回在「空寂山」，烏金老怪攝女子陳寶珍，打算將她攝往西邊幾處深林藏著，因為：料這<u>和尚不走回頭路</u>，女子斷然歸我。（頁400）

（2）否定問路、岔路與小路：

諸如十九回，在選擇道路上，五聖經常碰到抉擇的困境，平坦的大路有妖，險峻的小路卻無法負擔經櫃的沉重，而後，就促發孫行者降妖的機變心。（頁132-133）

二十二回「莫耐山」，到彼與靈虛知道險峻，只為防範唐僧們恐他<u>抄循小路</u>過此，<u>有礙經文</u>。（頁153）

七十五回「桃柳村」：「優婆塞糾正路頭」，唯恐五聖走了<u>岔路</u>。（頁517）後來當三藏師徒走錯了路頭，到彼、靈虛問他們：走過的<u>熟路</u>，如何今日把船向桃柳村撐？

三藏答道：路既不順，怎敢<u>逆行</u>？（頁519）

八十回在「福緣洞」與「美蔚洞」時，三藏向到彼與靈虛化身

的樵子問路，二人道：師父，你是出家人，隨著路頭走吧，何必問前顧後？你想這問路的心腸，七情妖魔，便從此出。（頁559）

（3）新路與熟路的印象：

如：二十六回「唐長老不入邪蹤」，一段三藏與到彼化身的老僧對話：

> 三藏道：「老師你從何處來，欲往何處去？」
> 老僧道：「我從後山腳下來，欲往前山施主家去。」
> 三藏道：「老師，此處妖魔甚多，你如何獨自行來？」
> 老僧笑道：「家常熟路，妖魔只欺的是生人。」……
> 老僧道：「師父，路本無妖，都是你們心生邪怪。」（頁179）

三十二回「黯黯林」，悟空隨謅個名號，果然生了個「黯黯林大王」，八戒對他的「無心之言」不以為然，說：猴頭，甚麼無心之語，分明是你來來往往打筋斗熟遊之路，聽人說得在心。（頁224）

六十二回眾人來到「水黿之第」，行者呵呵笑道：我說此路曾走過，眼甚熟識。（頁429）

七十回在「車遲國」新開一條河路，唐僧師徒不想進城路遙繞道，於是「靈虛子助登彼岸」（頁488）

《續西遊記》二十二回，回首有一段贊詩說：

經問心兮心問經，兩相辨問在冥冥。

心居五蘊原無相，經本三皈孰有形。

妖怪盡從心裏變，老僧確守個中惺。

任他道路崎嶇遠，試在真經到處靈。（頁150）

　　而在第三十八回過了黯黮林以後，到彼與靈虛「游游蕩蕩，嘆一回，說一回。嘆的是世路險巇，都從人心奸狡；說的是人情安靜，盡是意念和平。」（頁263）

　　由這些天路、心路與世路的描繪與展演，我們在「路」的動態進程中，看見《續西遊記》選擇以唐僧師徒「參與性敘述視角」加上靈山集團的「全知性敘述視角」，造成一種「主觀鏡頭」、「幻想鏡頭」與「回憶鏡頭」不斷上映的動態效果，並藉著「心理型形象」與「思辨型形象」的內向心理剖析與抽象具象相互依存，層疊遞進的效果，使得小說既有一種零散、片面性的撲朔迷離的感覺，又有邏輯辯證的理性框架[40]，所以當我們在閱讀《續西遊記》時，作者不斷提出回首來時路時，那種既熟悉又陌生，既坦然，又不得不然的選擇困境，「經」是取回來了，可是回家的路充滿了飢餓、疲憊[41]、不確定性及愈來愈濃的鄉關之思，其實，回歸的路，

---

[40] 此處援用曹明海《文學解讀學導論》，第七章小說解讀論提到「形象的構成與形象體系」、「敘述視角與表現功能」的分類及觀點。北京：人民文學出版社，1997年，頁275-314。

[41] 幾乎每一難的起因，心理上是「動心起念」所生妖魔，但實質上發生在師徒的日常需要上，總是繞著「化齋」的問題引生。而八戒除了腹飢，也常抱怨肩疼，挑

除了有部分情節的淡化、模糊化（如路之遠近、關文之可驗可不驗等）之外，對某些世俗化的細節卻又刻意聚焦（如：化齋、貪食、貪衣、貪利等）。[42]而且由於部分空間贊文的減少及論道部分的增加，產生物理空間的掠影式表達傾向及心理空間特寫式敘述的審美轉變。

與《續西遊記》差不多同時的《西遊補》、《續金瓶梅》也有類似的寫作調度。本人於分析《西遊補》時也曾觀察到該書對空間的處理，一面予以命名，一面卻疏於具體寫實的描繪，也沒有成文習套的運用，這種模糊與忽略，似乎意味著作者在空間的意符裡，更貼近社會空間與心理空間，所以孫悟空入鯖魚肚子，其入幻場域，完全沒有粉墨登場，充滿遊戲色彩的贊文，《西遊補》的空間：新唐、古人世界、未來世界、朦朧世界、冥界，充滿了抽象色彩，彷彿將孫悟空從集體秩序中的社會、國家、團隊抽離，拋擲到一個充滿「顏色與數字」的怪異世界中。[43]而《續金瓶梅》將金兵

擔的重量較去時重了許多，這種身心疲憊的描寫，和《西遊記》有個十分值得推敲的區別。

[42] 如七十二回的龜精強占車遲國智淵寺，乃因此山和尚開山獲利，貪圖產業，開墾田畝，砍伐樹林，惹怒妖魔，平定這當時為虎力、鹿力、羊力三魔的車遲國之禍，乃為泯除「今人求田問宅」之心。（頁499-503）而八戒「往日被吃飯著魔，今日又為穿衣著魔，想出家作和尚只有這兩件要緊。」（九十一回總批，頁635）九十五回「貪錢鈔暗惹邪謀」，放在「動喜心妄入歡境」，在幽黯的災難過後，歡喜與塵俗之念也是本書所關注的。

[43] 《西遊補》第一回寫了許多百衲衣的顏色，第七回不憚其煩的描寫虞美人的「化妝盒」，第八回為閻王手下的小鬼做了許多命名，第十一回又在節卦宮羅列了洋

入侵，吳月娘母子坎坷遭遇，金桂、銀瓶、梅玉、金哥、劉瘸子等人生活經歷及一些亂臣賊子、賣國小人、跳梁小丑作為掠影式描寫，而採「注此寫彼」的策略，將接受者的注意焦點導向言象之外的寄託──「無」[44]，其凝聚與模糊的策略，都一再顯示出小說作者，在與原著對話及延伸之際，其寫作策略的轉化傾向。

《續西遊記》對「道路」這一原型的處理，採用了「護經」與「探路」的雙重焦慮中，悟空、八戒繳回武器，又不可使「機心」的層層限制，這一條回程，似乎也披露了：去掉層層蔽障的心靈世界，人真的更堅強嗎？還是益形慌張、失措與幽黯？[45]「路」的意象，是幽獨的自我面對那不可逆的西來經典一種既渴慕又驚慌失措、既呵護又沉重的心理寫照。

2.「境」的鋪陳

作為結構的「魔境」在表現為妖魔的附著處，《續西遊記》的名色顯得暗沉而舉止失措。由雷音寺出發一路東歸，三藏帶著愉悅的心情，首先在美麗的春天動了「吟詠之心」，引來蠹妖，接著麋、鶴、龜、蛇，也還朗亮，而這些妖精無非是要搶經擔，沾靈氣。從十九回以後的「莫耐山」、「赤炎嶺」，到八百里火燄山被熄後化成的八林（三十二～五十六回），一熱一冷，尤其火燄山化

洋灑灑的帳單，是一種變形與誇張的夢遊世界。（同註[28]）

[44] 羅德榮〈別一種審美意趣的追求──《續金瓶梅》審美價值探究〉，《南開學報》，1997年第6期，頁36-42。

[45] 在八百里火焰山化為幽暗的八林之後，小說最後的慌張魔等等，其由暗而明的情緒非常有意味。

成的八林之幽黯陰鬱，精神的懲治，更是有深意。越接近中土，就越多的人間國度、村落山莊，尤其在漫長的回程中，作者不斷藉三藏師徒的眼中看見西域諸景「雖然外國風景，卻也與中國一般」（頁131）。

　　審視整個往東土回歸的路上，出現最久，最隱晦險巇的段落，應以「八林」——黯黲林、餓鬼林、狂風林、霪雨林、蒸僧林、臭穢林、迷識林、三魔（消陽、爍陰、耗氣）林為最具心靈寫實（詳參附錄），也是既照應《西遊記》，又開設新局的一種寫法，如果說，《西遊記》採用的是一種以贊文構境的「觀察性敘述視角」加「全知性敘述視角」的上天下地組接式鏡頭；《西遊補》採用內視鏡，讓悟空入情妖肚腹，予以剖析透視；《續西遊記》則採用「參與性敘述視角」加「全知性敘述視角」的顯微鏡，去挖掘那潛藏在已然除妖滅魔的西天之路殘存的「小妖」[46]，透過這些類型化的環境與類型化的妖魔造型，經由不斷的遭遇與消解，來達到大宇宙與小宇宙的和諧（九十九回「滅機心還復平等」）。[47]

---

[46] 敘述視角與敘述動力，詳參註[38]、註[40]。

[47] 〔德〕馬克斯‧韋伯認為中國的原始色彩的「巫術理性」中，將「元素、季節、味覺與氣候的種類，都與人的五臟拉上關係，也就是大宇宙與小宇宙連繫起來。」而「以五為神聖數字的有關宇宙起源的思辨，諸如五星、五行、五臟等等，反映了大宇宙與小宇宙的對應關係。……中國這種『普遍主義的』（天人合一的）哲學與宇宙起源說，將世界轉變成一個魔法乖張的園地。每一個中國的童話都反映了非理性巫術的大眾性。」詳參氏著，洪天富譯《儒教與道教》，江蘇人民出版社，1993年，頁222-226。五聖取經、送經的化齋、飢餓問題，很有趣的將靈修與吃飯之基本生理需求牽合在一起，兼具靈與肉（在《續西遊記》是

在《續西遊記》中，妖魔有些沒有來歷，有些來歷不明，有些是《西遊記》唐僧取經時降妖除魔後的遺孽，他們或修行不深，或積怨未了，有為渴慕「經」的淨化自身，有為「貪經」而來（經可以為「貪」的對象，不啻是一種趣談！），這些妖魔似仍有向道之心。至於那些懷怨未報者，則多與他妖牽連不斷，無法單獨成氣候，也是「機心」的一種樣態。「機心」又分三方面呈現：孫行者、靈虛、部分妖精，到最後「滅機心」，還復「平等」以後，《續西遊記》提供一個對「機變心」的歷時性視域：

> 聖僧努力取經編，往返辛勤廿八年。
> 去日道徒遭怪難，回時經擔受磨煎。
> 妖魔總是機心惹，功德還從種福田。
> 三藏經文多利益，傳流無量永無邊。（頁696）

三藏取經我們都知道共歷時「十四年」，此處卻說「廿八年」，作者將回程與去程等同看待（時間上），而受磨煎的主角不只是取經人，更是「經擔」，因此，「魔境」有一種質的改變，對於空間秩序及名色分類，作者透過再次「遊歷」的方式，在道途上轉化「自我」（取經人）與「終極真際」（經）的關係，最後宣告「平等」的終極價值，來消解過程的緊張性。

特雷西（David Tracy）在《詮釋學、宗教、希望──多元性

「食」，在《西遊補》是「色」）的相關辯證，只是《續西遊記》更接近「日用飲食」的呈現與道學機鋒的怪誕組合。

與含混性》一書曾指出，在比較神學分析的宗教學者從宗教的角度指出，人類的信仰活動都是對現況進行抵抗的行動方式，而行動的希望來自於「眞際」，無論這被稱爲「空」（emptiness）、「太一」（the one）、「如是性」（suchness），還是被稱爲「上帝」，作爲那終極的，它都必是有澈底的它性與差異。而透過修煉或瑜珈等技巧，是抵抗行動的演練，它用一套非同尋常的技巧來訓練人的身心，使人能看見現實所不是的樣子（「無言而化」）和現實最終的樣子（「性」、「空」），因此，無論被視爲烏托邦式的幻影還是被信仰爲終極實在的啓示，宗教始終顯示出人類自由的種種可能，並經由「終極眞際」顯現之路，宣稱一條爲所有人準備的解放之路，特雷西並借用布洛克（E. Bloch）對「烏托邦憧憬」和「末世論（eschatological）憧憬」所作的解釋提出：「宗教經典同樣能夠向非宗教信徒的闡釋者見證抵抗和希望。」[48]

　　我們借用西哲神學的省思，試圖說明《續西遊記》在「天路」與「返鄉的路」，「魔境」的設計裡，作爲「行動的演練」，其動態與靜態的空間布局，透過虛構意識與理論意圖的編織，形形色色妖魔的設計，相較於《西遊記》五行生剋的象徵性顏色和方位的定位方式，《續西遊記》的總體圖案並非嚴謹的五行屬性，其宏觀的

---

[48] 同註 [27]，特雷西認為宗教乃以抵抗為生，神學詮釋也如所有其他詮釋一樣，始終是一種高度冒險和不確定的追問方式，因此，如果宗教進入這一衝突場景，就會抵制了純粹自主性和舒適連貫性的幻覺模式，所以「宗教能夠抵抗自我拒絕面對和正視終極實在始終向我們逼來的力量。」詳參該書第五章〈抵抗與希望：宗教問題〉，頁142-188。

空間圖案以一條逆向的異域圖案組接，掃蕩的妖氛與妖魔有著層層遞進與他界屬性的雙重指涉，而其作爲心靈次序的「針線綿密」較《西遊記》綴段式的結構有一種不同的「地理式」的章法[49]，五聖與妖魔在空間的互相設定中完成時間的過渡，彼此相斥而又相互驗證，迴環相扣而又一一銷解，最後證成「機變心」的失效及「平等心」的終極性。《續西遊記》的意識流色彩雖不若《西遊補》明顯，但其道學機鋒的跳躍性與簡潔性，又使它在收妖時往往以金甲天神現身，妖魔變作一道氣遠化作收，大大削減「降魔」的趣味。

石麟認爲：「《續西遊記》匠氣太深，《西遊補》過於空靈，《後西遊記》則太理性化了。」[50]如果從明末清初的幾部續書來看當時作家存在的一種小說審美心態，我們發現這些「續書」往往結合說教、公案式機鋒對話等類型作爲小說創作的進行機制，造成小說「有失演義正體」、「道學不成道學，稗官不成稗官」（劉廷璣《在園雜志》評《續金瓶梅》）的情形，寧宗一將之稱爲「類型性錯誤」，羅德榮則由此角度開發這類作品的欣賞角度，並指出上面的那種批評爲「審美追求的一種誤解」[51]，問題是：爲什麼純粹藝術審美的小說，會濃重的染上「學」味？如果從當時的語境與

---

[49] 浦安迪論〈奇書體的結構諸型〉，以「地理縱橫法」來解釋《三國演義》的結構，本書亦有一種地理結構法的型態。詳參《中國敘事學》，北京：北京大學出版社，1998年，頁81-87。

[50] 同註[4]，頁158。

[51] 同註[44]，羅德榮認爲：在敘述的基礎上融入議論成分，雖然顯得過於繁瑣冗長，但像《續金瓶梅》這類的書寫，有著暗示與導向作用，頁42。所謂「類型性錯誤」在《續西遊記》中也有將小說作心學材料的傾向。

創作慣性來看，那些充滿了理念色彩的《太上感應篇》、《無字眞經》、「三藏」眞經等「經」書，即充滿了神祕的彼岸與此岸的藍圖，作者對文本與文體的選擇本身，或許就意味著一種叛變、抵抗與失衡的展示，其「形散而神不散」的結構方法組織材料，將「機變心」作爲一條貫穿全書的暗線，將「五聖」、「到彼／靈虛」、「妖魔」三組人馬連結爲一個統一的整體，最後復歸於「平等心」，這種「散點透視」的方法，藉由模糊性使讀者擁有更廣闊的想像空間，一方面借由細部的凝聚性引導讀者去捕捉言象之外的豐富意蘊[52]，在「天路」與「魔境」諸名色中，其空間布局本身就有深意存焉。

五、餘論

　　走過了五〇年代前後小說研究作爲政治詮釋工具的模式，《西遊記》「神」、「魔」問題的討論，由「集團對立」、「二元對立」走向「主題的轉化」[53]，也不能解決孫悟空作爲一個「妖魔變節者」的「奴性」的猴子，還是史詩英雄的代表的紛爭[54]，七〇、

---

[52] 同註[44]，頁41-42。

[53] 李希凡〈西遊記的主題和孫悟空的形象〉，《論中國小說的藝術形象》，上海：上海文藝出版社，1962年修訂本。

[54] 胡念貽〈談西遊記中的神魔問題〉，《文學研究集刊》第三冊，北京：人民文學出版社，1956年。

八〇年代至今，有些學者則努力由溯源著手⁵⁵，試圖釐清《西遊記》本身存在的大雜燴拼裝過程中看似矛盾的現象。

作為續作的時間點及自主性，使得研究這類作品的問題似乎可以躲過源頭的紛繁線索而自成封閉體系，但是在詮釋的過程當中，卻發現原著與續作之間存在著不可切割的對話狀態，作為一條文化有機河流的上游（傳說的、口述的、史傳的……）、中游（定本、刊本……）及下游（補西遊、後西遊、續西遊），一批又一批的作家仍在議題上不斷找切入點、覓新視野，回溯，自所難免，傳統的開放性，也就在於此。

《續西遊記》在流傳的過程中，「孫行者」的角色不斷加重，他的多樣性也不斷增生。不管由民間傳說、戲劇、話本、章回小說等，由於具備民間準宗教情緒的豐富性，使得在演義「正／邪」、「淨／不淨」、「聖／俗」時，留下了許多閱讀與再創作的「空白」。

明末的另一部「西遊」續書《西遊補》虛構出一個「新唐」天下，卻借孫行者的口，說它是：「假，假，假，假，假」，一連用了五個「假」字。後來《紅樓夢》裡更有「假作真時真亦假，無為有處有還無」和「假語村言」的「虛構」世界，但小說作者仍然

---

⁵⁵ 張錦池先生一系列對五聖形象的演化探討，《文學遺產》，1996年第3期等。侯會〈從「烏雞國」的增插看《西遊記》早期刊本的演變〉，《文學遺產》，1996年第4期。程毅中、程有慶〈《西遊記》版本探索〉，《文學遺產》，1997年第3期。鄭明娳《西遊記探源》，1981年，師大國文所博士論文。及蔡鐵鷹的一系列探源（同註 ⑤、⑥）。蔡先生並特別強調「地域的判定非常重要」。

興味盎然的構築一個又一個的大觀世界及仙鄉夢土。這在後現代神學由「解釋」與「拯救」討論宗教多元哲學時提出的「過程神學」有著異曲同工之妙。「過程神學」指出宗教的許多精神圖景，企圖表達人類思想所不能表達的東西；印度宗教將個體消融於梵，這過程就如一滴水融入大海，閃族宗教則描繪天堂和上帝國的終極狀態圖景。約翰・希克認為：末世論圖景和副末世論圖景都需要棄絕自我，在印度傳統是打破自我束縛，閃族傳統是自我完善，「東西方的道路構成了人類回應實在而超越自我的不同形式，它們不同的末世論神話起到的是相同的救贖論功效。」人類以血肉之軀去完成天國事業，在教義和宗教圖景上都需要經歷真理上的轉化過程，所以希克提出「宗教是法門」的看法。[56]「法門」的注視與再現，儼然成為踏上「靈山」的不二之途。

　　明清經過一個典範轉移的過程，心學的一路發展，到明末的「西學」接觸經驗，使中國知識分子對工具理性與本體論的反應產生了解釋、調和、拒斥和批判的諸多態度，明末，許大受《聖朝佐辟》的「夷技不足尚，夷貨不足貪，夷占不足信」、「縱巧何益於心身」的聲音，林啓陸、黃貞等儒者對「用夷變夏」的焦慮[57]，都顯示出這個時代對許多議題的複雜狀況。《續西遊記》對「機變心」的一再闡釋，將它作為人生阻難的動因，可能仍有更多文

---

[56] 王志成著《解釋與拯救——宗教多元哲學論》，上海：學林出版社，1996年，頁248-251。

[57] 孫尚揚著《明末天主教與儒學的交流和衝突》，臺北：文津出版社，1992年，頁219-251。

化深層的內涵尚待挖掘。尤其是與「西行」同等時間（十四年變廿八年，也許去程與回程不等長），取經回「東土」，經擔上封條堅固，重頭至尾卻只爲證明擔包裡其實「未有經」、「我就是經」（頁479）的結局，《續西遊記》再一次宣告「靈山只在我心頭」，但這顆心在回程中又經歷了一次自我否定、自我轉化與求法自贖的另類歷程。所有魔境與妖魔造型的時空布局作爲文學的意符，傾向作者對「心學」、泰州學派、市民心態及「西學」經驗中縮合的一種「文明神話」的藝術造像。

　　※本文所引《續西遊記》頁碼，根據臺北：建宏出版社，1995年7月一刷。

附錄：《續西遊記》名色表格

（一）

回目別	事由	心的名色	魔的名色	境的名色	備註
1	靈虛子學幻術。			靈山雷音寺。 村坊熱鬧市上。 靈虛子家中。	未有魔，但有賣法術之人——萬化因。
2	靈虛子於如來面前變法。		無	靈山如來座前。 靈虛子家中。	
3-4		三藏「志誠心」。 悟空「機變心」。 八戒「老實心」 沙僧「恭敬心」。	無	靈山雷音寺。*註一 藏經閣*。 *註二	

*註一：遙望靈山腳下，樹木森森；鷲嶺峰頭，雲霞燦燦。漸次行
　　　來，見鶴鹿之蹤滿道，鸞鳳之韻飛空。舉目觀看雷音寺，
　　　但見：
　　　梵宮高出碧雲天，朱戶金釘星斗聯。
　　　七級浮屠霄漢裡，三層寶殿鷲峰前。

鐘聲接續揚清響，鼓韻鏗鏘次第宣。

果是靈山眞勝境，祥光擁護大羅仙。

*註二：見那閣上：霞光萬道，瑞氣千尋。彤雲裡顯出碧琉璃，綠
樹頭映著朱窗戶。獸角飛空，眞迺拂雲霄漢；雀簷傍牖，
果然繞樹陰深。正是一座凌煙從地起，綺雲承露自天排。

（二）

回目別	事由	心的名色	魔的名色	境的名色
4-8		唐僧動了「吟詠之心」。	蠱妖。 蛙怪。	銅臺府地靈縣。 寇員外之子看書之屋。 九龍山石室。 玄陰池。*註一
8-12		唐僧動了志誠，惻隱徒弟勞苦擔經，思代力的，遂有這鹿妖替他扛抬遠路，只是八戒「驕驁邪心」，便惹動了這拐經麋怪。 行者動了「誇獎機心」。	老麋妖。 古柏老。 靈龜老。 峰五老。 玄鶴老。	大樹崗。*註二 幽谷洞。

*註一：但見得玄陰池：一灣綠水，數畝方塘。遠觀似一鑑宏開，
近玩有源頭活潑。碧澄澄清光相映，知是月到天心；文皺
皺波浪平紋，不覺風來水面。傍依山勢，縈繞長堤。樹影
倒垂，鳥鳴幽喚。有時魚游春水，忽地蛙鼓夕陽。正是無
人飲馬濤方靜，有客攜壺景方幽。

*註二：靈山演派，天竺分形。山巒凸凹，石徑盤旋。山巒凸凹，

幾株古木接天連：石徑盤旋，無數喬松叢路繞。走受跡偏多，飛鳥聲相亂。背陰深處積水凝，崎嶇險道行人斷。峰嶺拂雲高，狼蟲當路攔。伐木樵子每心驚，打獵行人多膽顫。

（三）

回目別	事由	心的名色	魔的名色	境的名色
12-14	靈龜老為報仇，來赤炎嶺找赤蛇精，共同對付三藏師徒。		靈龜老。 赤花蛇。	赤炎嶺。＊註一
14-19	蚖蛇為報赤炎嶺之仇，找結義之蝮妖、蝎妖奪經。	八戒動了「狐疑心」。 行者動了「機變心」。	蚖蛇。 蝮妖。 蝎妖。 狐妖。	黑松林。＊註二 鎮海寺。 如意庵。
19-28	1.狐妖跟這二魔乃結拜兄弟，這一日便來尋他們，說出八戒要打經擔被騙等事，魔王聽了，大怒起來，便要與狐妖報仇。 2.女色入眼來，犯了眼觀之過。 3.路本無妖，都是「心生邪怪」。		狐妖。 虎威魔王。 獅吼魔王。 鳳管女妖。 鸞簫女妖。	莫耐山。＊註三

＊註一：離了天竺國正東有座高山，山間有個「赤炎嶺」。這嶺多夏多暖，行人走道不可說熱，但閉口不言。行過十餘里，方清涼。若是說了一個熱字，便暖氣吹來，有如炎火。……三藏見這嶺：

狹隘彎彎曲曲，凸凹峻峻低低。兩壁樹林密匝，一條石徑
東西。鳥雀不聞聲喚，峰巒只有煙迷。草屋茅檐何處，行
人難免悲淒。

＊註二：出了深林，過了小澗，一座石山，山中微微一洞，但見：
亂石參差，懸崖險峻。青苔點點藏深雪，綠蘚茸茸耐歲
寒。洞外有曲徑幽芳，洞裡有山泉滴瀝。薜蘿深處，不聞
鳥雀飛鳴，溪壑叢中，時見虺蛇來往。

＊註三：此山徑過有八百里，且是險峻難行，高高低低，沒有三里
平坦路徑。

（四）

回目別	事由	心的名色	魔的名色	境的名色
28-32			三屍魔王。 （七情大王）。 （六慾大王）。	蟒蛇祠。 石室。 石橋。＊註一
32-35	三屍魔王為行者打滅的蟒精遺種。	這林原來明朗，只為「人心暗昧」，故有此種種幽暗。 悟空動了「好勝心」。 八戒動了「嗔心」。 沙僧動了「不恭不敬心」。	陰沉魔王。	黯黮林。＊註二
35-39		行者動了點「方便心」。 八戒因動了「飢餓求飽之心」，惹了餓鬼奪食之報。	曹操。 獨角魔王。	餓鬼林。 首陽山。＊註三 荒沙漠地。 高臺。＊註四

＊註一：唐僧過了嶺，到一座石橋處，唐僧見那石橋：

　　流水西來東向，縈回斜繞悠長。橫拖石版作浮梁，行道打
　　從其上。

＊註二：過了此嶺向東，先年是八百里火燄山，無春無夏，四季
　　　　皆熱，寸草不生。後被人熄滅，得轉清涼。只不該熄滅太
　　　　過，風雨經年，山徑都長出松柏，樹木成陰，黑暗暗的地
　　　　方，改叫做黯黮林。

＊註三：曹操肚餓，到一山：
　　　　削壁奇峰果異常，丹巖怪石接天蒼。
　　　　清風隱隱松深處，鶴唳猿啼見首陽。

＊註四：又到一高臺：
　　　　巍峨四起在要荒，凜凜高風對日光。
　　　　那是黃金銅雀類，孤忠沙漠望家鄉。

（五）

回目別	事由	心的名色	魔的名色	境的名色
39-42		八戒說當年敵鐵扇公主，得定風丹的事，引動行者昔年騙扇求丹舊事，便生出一種「機心」。	嘯風魔王。 兔妖。 獐妖。 狐妖。	狂風林。
42-46		行者「機變心」甚深，偏惹得妖魔阻攔。八戒「老實心」卻也被妖怪所騙。	興雲大王。 狐妖。	霑雨林。 ＊註一

回目別	事由	心的名色	魔的名色	境的名色
		沙僧因「嗟嘆抱怨之心」，把個光明一時蔽了，就真假莫辨。		
46-48		靈虛動了一種「靈心」。到彼動了「捨身割肉之心」。靈虛子、到彼騙二狐之「詐心」。	六耳魔王。狐妖。狐婆。	蒸僧林。＊註二
48-50	二狐想歸根就底，都是孫行者、豬八戒捆打之仇，必要找他們報了仇，此恨方息。		妖魔小妖變的小孩。狐妖。狐婆。	臭穢林。＊註三

＊註一：那林深黑洞洞的，只聽得雨聲滴鐸的響。

＊註二：看這深林，雲氣騰騰，非煙火，鳥雀也不見一個高飛，必定又是有什麼妖魔在內。

＊註三：當年火焰焚山有幾條千尺大蟒，焚死未盡，被孫行者把火焰消除，這蟒骸遺穢，積臭在林，便起了這名色。

行者跳在半空向前一望，只見：

密樹陰陰一望高，遙遙風擺似波濤。

若得妖怪巢林下，怎得吹來這陣臊。

（六）

回目別	事由	心的名色	魔的名色	境的名色
50-56		行者有「驕傲心」。 八戒有「競能心」。 沙僧動了「嗔心」。	迷識魔王。 消陽魔。 爍陰魔。 耗氣魔。	迷識林。 ✱註一 三魔林。

＊註一：行者來到迷識林，回頭一看：陰沉沉樹木深深，靜悄悄人
　　　　煙寂寂；雖然也覺忘記前來事因，卻還不曾與妖魔會面，
　　　　尚記得出來打探信息這一種知識。

（七）

回目別	事由	心的名色	魔的名色	境的名色
56-57	陳寶珍說他燒夜香，保佑爺娘，忽然風生雲至，被這怪物揹來了，只等將我養強壯，就跟我結成夫妻。		烏金老妖。	平妖里。 寂空山。 ✱註一

＊註一：行者跳在半空，只見：
　　　　高的是山峰，連來數十重。
　　　　長的是溪澗，迂迴水向東。
　　　　晚煙迷四野，皓月滿長空。

（八）

回目別	事由	心的名色	魔的名色	境的名色
57-63		靈虛子、到彼使「機變心」（行者說，機變若邪，便是不正；若是不邪，便是至正）。 靈虛子、到彼哄詐賊人，生出一種「邪妄心」。	女古怪 （水賊：孫員外之三子）。 （山賊：孫員外之三子）。 巫人。 （通天河上之三豪傑：孫員外之三子）。 老黿、二黿。	西梁國外之山。＊註一 百子河。＊註二 山路。＊註三 通天河。＊註四

＊註一：師徒走了三四十里，見一高山：

　　　　崔巍接雲漢，廣闊壓東南。

　　　　雁雀難飛越，行人都道難。

　　　　樹密風聲吼，林深石徑彎。

　　　　豺狼時出沒，莫作等閒看。

＊註二：師徒到了河邊，只見那河：

　　　　闊岸平分，長流直達，深淺不知。但見風生波滾，源頭何自？只看水勢東奔，彎彎曲曲快魚游，湧湧洶洶潮汐發。四顧不見漁舟，只有那鷺鷗浪裡翩翩；一望何處渡頭，盡都是水泥崖前繞雜。這正是流澌阻隔人何渡，地限東西客怎行。

＊註三：前途又是一派山路，雪花飄落，但見：

　　　　起初漫漫飛柳絮，漸來密密散鵝毛。

　　　　高山峻嶺銀補頂，古木殘枝玉林梢。

梨花落，蝶翅飄，道路迷漫溪岸高。

莫道豐年人不喜，山人閉戶煮香醪。

＊註四：靈虛子把身一縱，起在半空，看那山，高低凸凹猶還可，
　　　　只是密菁藤蘿礙路程；再把眼四下裏一望，三面山阻，只
　　　　有一面無崖無際的大河。

（九）

回目別	事由	心的名色	魔的名色	境的名色
63-65	朝元村人不自知，失了元陽正氣，自作妖邪，卻說五行之氣是妖怪。		金木水火土，五行之氣。	朝元村。
65-69	蜂妖奪了孝女之靈，公子怒蜂蝶殘花，把衣袖招了女子之靈。到彼為留唐僧，假說山崗妖精厲害，卻動了虛假之魔，真惹得山崗妖精無數。		妖蜂。妖鵲。	元會縣衙門。山崗。

（十）

回目別	事由	心的名色	魔的名色	境的名色
69-74		龜精唯恐行者從水路登山，破他行徑，只要行者進城來。哪知行者聽新開河路有妖魔，越動了他「拿妖捉怪之心」。八戒動了「詛咒心」。	龜精。	車遲國智淵寺。＊註一山崗。＊註二

回目別	事由	心的名色	魔的名色	境的名色
		行者動了點「真不忍心」。 行者一時動了「機變心腸」。 三藏行「方便心」。 三藏動了怒容，惹了「嗔心」，使得龜妖心腸又變。 行者機變心生，未免道路多逢妖魔梗犯，因而保護諸弟子也動了「滅妖降怪之心」。		
74-77		住持立了「妄想心」。 靈虛子、到彼遇有妖魔，為保護真經，不得已，不得不生出一種機變。 唐僧師徒「喜怒動心」，走錯了路頭。 行者機變心腸寸步未忘。 桃柳村眾動了「搶心」。	精靈邪怪（只要和尚留經）。	大光禪林古寺。＊註三 三岔口。＊註四

*註一：行者直打到智淵寺山門，觀看那：梵宮原是舊，紺殿未更新。獨有碑亭倒，惟存負重身。

*註二：好一座山，但見：怪石留雲，峰巒接漢。菁蔥綠樹，遠遠似白鶴棲遲；縹緲青煙，慢慢把碧天遮蕩。遙觀嶺頭，雲霧飛來飛去，隨風變作奇形；近聽腳下，溪流聲高聲低，帶雨敲成雅韻。橫遮路徑，舉頭盡是松蔭；直斷雲根，入眼許多怪石。靜悄悄行人跡少，鬧轟轟飛鳥聲多。休言狐魅潛，只恐山精出沒。

＊註三：眾優婆停雲而下，上前觀看，好座古寺。但見：

　　　　紺宮高聳碧琉璃，七級浮屠天樣齊。

　　　　樓分鐘鼓聲相遞，閣列廊廂彩各奇。

　　　　日照珠簾通寶殿，風吹香氣滿丹墀。

　　　　禪堂大眾如雲集，班首需知是住持。

＊註四：三藏看那三岔口：

　　　　河水流漸一樣排，堤崖轉角兩條來。

　　　　船行那道從東路，夾脊雙關莫亂猜。

（十一）

回目別	事由	心的名色	魔的名色	境的名色
77-82		八戒動了「貪心」。 沙僧動了「瞋心」。 行者動了「機變心」。 八戒、沙僧有「報仇之心」。 到彼、靈虛子遇有妖魔，也未免動了法力，「變化機心」。	福緣君 （彌猴精）。 善慶君 （鶴妖）。 美蔚君 （猩猩魔）。 長溪魔王。 慌張魔王。	高山。＊註一 福緣洞。 美蔚洞。
82-88		八戒「貪心」，只因貪那麵飯，老實做了懵懂。 三個妖怪行「騙心」。 行者使「機變心」，反迷了他三怪的「酒色財氣心」。 三藏動了個「畏懼之心」。 三藏不覺動了「慈心」。	善慶君（鶴妖）。 慌張魔王（獐妖）。 孟浪魔王（白鰻妖）。 六鯤魔王（司視魔、司聽魔、逐香魔、逐味魔、具體魔、馳神魔）。	慌張洞。＊註二 長溪。 酒店。＊註三 賽巫山、十二峰。 六道回瀾。 獨木橋。＊註四

＊註一：1.到彼、靈虛子來到一座高山，他看這山景致真不同：

嵯峨山頂接雲霄，俯仰林深雜樹梢。

翠綠蔭中觀鶴舞，崎嶇嶺上聽猿號。

成群獐鹿穿崖谷，結黨豺狼動吼哮。

不是真經神保護，怎能攀陟路岩嶢。

2.靈虛子道：「我看此山，四周險峻，八面崔巍，亂石有妖魔之態，喬松多邪怪之形。寒氣逼人，冷風透骨，定是精靈內藏。」

「你看遠遠山松，頂上氣氳錯亂，非雲非霧，必是妖氣飛揚。」

＊註二：到彼二人走到洞前，聞得洞內香煙噴出，真是不同。

但見：一道香煙似彩雲，浮空忽變作妖氣。

彩雲靄靄香噴鼻，妖氣騰騰臭味薰。

＊註三：比丘向靈虛子道：「師兄，我看此酒肆氣焰上騰，分明是一種妖魔變化。」

＊註四：比丘僧見那橋：

一水作津樑，溪流闊且長。

看來枯爛久，更帶早晨霜。

（十二）

回目別	事由	心的名色	魔的名色	境的名色
88-92		獅魔假變唐僧師徒，使村市男女都「改了信心」，世情俗眼，只因一疑，便生不信。 悟空一遇妖，「機變心」便生。 行者設了個機變，以釋司端甫「忿恨心」。 八戒背了三藏「辭布施之心」，惹了妖魔。 行者「機心」使變，拔毫毛變個八戒弄假。 三藏「繫心」半夜。行者說莫說，不然又有「繫心妖魔」作弄。	獅魔。	烏雞國。 普靜禪林。 寶林寺。

（十三）

回目別	事由	心的名色	魔的名色	境的名色	備註
92-94		唐僧心膽怯。心益慌。 八戒「老實心」。 沙僧「恭敬心」。 三藏叫行者使「機心」。 眾獵戶見了兔子，除了「疑心」。 八戒、沙僧說莫要又說勞倦歇息，動了這「懶惰之心」。 行者有個「報復心」。 三藏說行者每每動了「凶心」。 三藏說，悟能你一個性急心腸，怕動妖魔，卻又提起釘鈀，動了那傷生無名之念，只恐又要有些怪氣。		一處地界。 高山。＊註一 尼姑庵。	未遇妖魔，但有獵戶和地方強梁惡少等強人。

＊註一：三藏但見高山：崔嵬上接九天，峻峭遙瞻四野。朝見雲
　　　　封山阜，夕觀日掛顛巒。丹崖怪石傍星宸，奇峰削壁衝霄
　　　　漢。紅塵不上雁難過，白霧橫空人跡罕。

（十四）

回目別	事由	心的名色	魔的名色	境的名色
95-100		比丘僧、靈虛子動了「方便慈心」。 地方家家都有病因，如不忠不孝、奸盜邪淫、大秤小斗、怨恨天地，造出種種惡因，以致疾病災害。 八戒「貪嗔邪心」一起，妖孽旋生。 唐僧動七情之「喜心」。 八戒貪錢鈔於心未忘。 八戒掄禪杖，又動了「嗔心」。 行者遇妖使「機變心」。 悟空存「欺心」。 行者「一心認道不疑邪，能使妖魔從正路」。 行者說，一路愈起機心，愈逢妖怪；如今中華將近，一則妖魔不生，一則徒弟篤信真經，改了機心，作為平等，自是妖魔蕩滅也不勞心力。	病魔。 兩隻鼉精。 三隻蝠妖。	更樓。 瓜園。 寶象國境。 客店。 蕩魔道院。 石塔寺。 五蘊廟。　＊註一 劉員外家。 洪福寺。 大唐皇殿。 靈山雷音寺。

＊註一：到彼二人走近前來，乃是一座廟堂，甚整齊。但見：
　　　　山門高聳不尋常，殿宇崇隆接廡廊。
　　　　匾上明懸三大字，廟名五蘊眾僧堂。

第八章

類型錯誤／理念先行？

由明末《西遊記》三本續書的「神魔」談起

摘　要

　　本章關切的是：在敘事的傳統下，作爲章回體的「神魔小說」如何從神話、志怪、傳奇的敘事操作中發展其文體意識？而在這一敘事自覺（或不自覺）的流播中，「小說類型」與「知識類型」是什麼對應狀況？「類型錯誤」是某些明清小說研究者對《西遊記》，尤其是續書群的「道學氣」的一種批評。但是，爲何大量明清小說作家無視於（甚或有意利用）「類型」的距離，創造這麼多「道學氣」的作品？又企圖使「巫術理性」、「知識理性」以及「常識理性」都放在通俗文類的小說中作爲審美的對象？「理念先行」的創作中，「理念」的狀態如何被具象化？「理念先行」與「類型意識」在神魔的關係中就小說學的角度該如何看待？

　　透過文本操作、文化場域及作家文化身分的考察，提出「小說」這一文類既屬於知識分子內部對話的範疇，又屬於廣大社會輿論收納的範疇，《西遊記》及其敘事群所展示的，正反映出這些知名度不高、甚至不知名的作家，不斷的借用「遊」的主題，在異國他鄉，對五聖／妖魔的展演與除滅來揭露「他性」，這類文學文本不再只是宗教文本；也不再只是生活文本及任何種類的任何文本。所謂「類型錯誤」或「理念先行」的提法，是朝向支持某種單向度的、有預設順序的理解方式，但是在知識生產線上的考察，卻可以清晰的發現，「神魔」及「志怪」類型的小說，都毫不含糊的支持我們任何一種方式的理解。

關鍵詞：續書、神魔、志怪、類型、理念、遊

一、前言

　　（德）馬克斯・韋伯（Max Weber, 1864～1920）認爲中國的原始色彩的「巫術理性」將「元素、季節、味覺與氣候的種類，都與人的五臟拉上關係，也就是大宇宙與小宇宙連繫起來。……以五爲神聖數字的有關宇宙起源的思辨，諸如五星、五行、五臟等等，反映了大宇宙與小宇宙的對應關係。……中國這種『普遍主義的』（天人合一的）哲學與宇宙起源說，將世界轉變成一個魔法乖張的園地。每一個中國的童話都反映了非理性巫術的大眾性。」[1]作爲一部充滿諧謔性質以及童趣的小說，《西遊記》及其續書群對這「巫術的世界圖像」的演義[2]，不管在敘事的形式結構上，或是內

---

[1] 詳參氏著，洪天富譯《儒教與道教》，江蘇：江蘇人民出版社，1993年一版，頁222-226。有關韋伯此書的譯本有多種，本文選擇洪天富譯本，乃著重其翻譯中的「大眾性」一詞的提法。同一書在臺北出版的簡惠美譯《中國的宗教：儒教與道教》，臺北：遠流出版社，2002年1月，二版四刷，頁295，在「巫術之合理的體系化」一段譯爲「巫術的世界圖像」，此外，在頁311，韋伯也提及「教育階層在極大程度上，以否定的方式，決定性的影響了庶民大眾的生活樣式。」對巫術的世界圖像、庶民大眾二詞是本文開端所試圖聚焦的重點，此譯文亦值得參酌。

[2] 清・劉廷璣《在園雜志》說：「近來詞客裨（稗）官家，每見前人有書盛行於世，即襲其名爲後書副之。取其易行，竟成襲套。有後以續前者，有後以證前者，甚有後與前絕不相類者，亦有狗尾續貂者。……演義，小說之別名，非出正道。」（卷三，收在沈雲龍主編：《近代中國史料叢刊》第三十八輯，臺北：文海出版社，1969年，頁146-148。）我在此處借用中國歷史小說的「演義」說法，嘗試說明「口傳」、「戲劇演出」、「書寫」這些流播的方式，對《西遊記》

容的增刪創發上，這一敘事叢的文本世界是否也從某種角度透露其知識的容受層？神魔小說的「巫術理性」、「知識理性」以及「常識理性」滲透與融合過程中，文本的「大眾性」與「小眾性」彼此回饋、再造，又呈現什麼值得探究的面向？

　　這篇論文關切的是：在敘事的傳統下，作為章回體的「神魔小說」如何從神話、志怪、傳奇的敘事操作中發展其文體意識？而在這一敘事自覺（或不自覺）的流播中，「小說類型」與「知識類型」是什麼對應狀況？「類型錯誤」是某些明清小說研究者對《西遊記》，尤其是續書群的「道學氣」的一種批評。但是，為何大量明清小說作家無視於（甚或有意利用）「類型」的距離，創造這麼多「道學氣」的作品？又企圖使「巫術理性」、「知識理性」以及「常識理性」都放在通俗文類的小說中作為審美的對象？「理念先行」的創作中，「理念」的狀態如何被具象化？「理念先行」與「類型意識」在神魔的關係中就小說學的角度該如何看待？

二、《西遊記》及其續書群中神魔世界的演義

　　學者指出《西遊記》就收妖伏魔的角度來說是建立在觀音信仰上的[3]，明末《西遊記》續書中的觀音似乎在神佛集團中常常缺

　　這個「魔法世界」有著創造與改造的種種功能與結果；其實也針對小說創作時「說」與「故事」兩方面的演變。

[3] 日本學者磯部彰在考察明代正德到崇禎年間的西遊記接納與流傳，即由吳地方在

席，作者抽取掉這種累積信仰的地方性知識，代之以充滿學術型知識的抽象概念來處置危機，我們若從收妖伏魔的角度來考察，對於小說中這種抽象思維的表達，由人物形象變化乃是耐人尋味的設計：

《續西遊記》的改寫是從五聖到靈山取經後的回程，回首來時路，一群妖魔大多是原來路程中被收伏過的妖魔，此次在現身，多為搶奪「經擔」而來的，回歸路程，重點工作由「取經」改成「護經」。到達彼岸「靈山」之後的靈程乃取消對外界的追求與注意，轉而在內心世界的小宇宙中「收妖伏魔」，這一「收伏」之秩序化，是將人自己對象化，而不僅是外求的「求放心」之旅。《續西遊記》的妖魔與《西遊記》的妖魔最大的差異除了行動力不是那麼強之外，其面貌的模糊、五聖在回程中不斷陷入昔時去程記憶的召喚，都有很強烈的「內魔」色彩。

《後西遊記》中「取經人」變為「解經人」；由取經——護經——解經的角色變化，「人」與「經」的關係，即象徵著「人」與具象世界與抽象世界關係的變化，在這變化中，由於內省性的增強，民間趣味的諧謔性質減少，道德思辨的嚴肅性質增加了，使得

社祭的許多「會」中，「觀音會」、「關王會」、「松花會」、「猛將會」等的「觀音信仰」為根幹而發展的。參閱氏著〈《西遊記》的接納與流傳——以明代正德到崇禎年間為中心〉，臺北：《中國古典小說研究專集》第六集，聯經出版事業公司，1983年，頁148-149。此外，張靜二先生也留意到觀世音菩薩在西遊故事流傳上的變化，到百回本《西遊記》時，已演化為慈母形象。參閱氏著《西遊記人物研究》，第六章〈觀音〉，臺北：學生書局，1984年。

小說涵納的「日用人倫」附著濃厚的理學色彩，無形中也回應著「文以載道」的文學目的論。《後西遊記》求解而未解，保留了群魔的各類質疑，其對話的設計卻遠超過其他續書的比例，唐半偈的沉默與妖魔的詰問，形成重要的結構，而精確一點說，應該是「詰問」成為全書的結構，也是全書的精神所在。

《西遊補》中孫行者在「新唐、古人世界、未來世界、朦朧世界、冥界」等充滿抽象色彩的空間，以荒誕、顛倒的姿態入幻，由時間操作所形成的空間意象，應是一種個人抽象化了的「處境」，而不是具象的「環境」。在許多情況下，空間常被「主題化」，自身就成了描述對象的本身，這時，空間就成為「行動著的地點」（acting place），而不是「行為的地點」（the place of action）。演出「收放心」，這種心智力的發用，是歷史的處境與歷史的語境融合的主觀境象，《西遊補》透過時空的書寫，將悟空投擲於一個變動不居的處境，這處境被命名為「幻」，作者以虛假的形式來安頓「求放心」的旅程，在前提上就規定了追求的無效，亦即「出」成為泡影，「處」又不容易之下的「潛龍」姿態。

三、情節、名色、證道操作下的神魔內涵

西遊續書藉著「證道」之名朝向多方面進行，作為「異態存在」的「人間變異」與作為「常態存在」的「鑑戒」掛鉤在一起，續作者們掌握這一創作位置，將儒、釋、道理論作通俗性發揮，也

將民間素樸願望推向理論的高度（儘管有時不那麼成功）。早期的文學批評者特別強調《西遊記》的神祕寓意（如：《西遊眞詮》、《西遊正旨》、《西遊原旨》等）；在「神祕寓意」的解讀上，除了發揮佛教的般若心經「空」的理論外，它也包括了陰陽五行生剋的道理。明代世德堂刊本《西遊記》附有一篇陳元之的序說：

> 舊有序。……其序以爲孫，猻也，以爲心之神。馬，馳，以爲意之馬。八戒，其所戒八也，以爲肝氣之木。沙，流沙，以爲腎氣之水。三藏，藏聲、藏氣，以爲郛郭之主。魔，魔也，以爲口耳鼻舌身意恐怖顛倒幻想之障。故魔以心生，亦以心攝。是故攝心以攝魔，攝魔以還理，還理以歸之太初，即心無可攝，此其爲道之成耳！

這種把佛學和陰陽五行雜揉的特色，是明代神話小說批評常見的現象，而這些批評話語也多出自道士之口，這說明《西遊記》由最早期的佛教徒取經故事，經過《大唐三藏取經詩話》等說書人之表演，再到百回本《西遊記》的階段，已是諸多文士參與的結果了，因此其話語的駁雜可見一斑。

但是另一方面來看，《西遊記》續書群雖然相當程度上反映了明代普遍的神祕寓意解釋，卻也各自在自己的詮釋中另有省思：

《西遊記》續書系列的書寫，有一個明顯的總傾向，那就是對「名色」、「名物」的不斷把玩、命名、抵抗、消解。當我們在回答歷史的需要，解釋歷史中「新質」形象的意義及歷史根據時，文學創作中的形象設計，無形中就擔負了世界價值形態的各種轉換

形式。上古時代，人與冥冥中的神性溝通，往往藉著中介形象的傳達：或者是圖騰中的動物，或者是帶面具的人扮演假想的神性溝通。之後，儒家所給出的中介形象為先王、聖人；道家中介形象為生機盎然的大自然。由於中介形象的共同特徵是：既為現世世界之中的存在，又超越了現世形態，涉足到另一個世界，因而它使得被中介的雙方得以相互轉換及結合。因此，儒家的先王、聖人，給出的中介形象都是「英雄」、「天道」的體現或領有者，這個形象特徵，較為拒斥超世形態特質。道家給出的「大自然」，其精神指向「無」──一個不可言說，沒有任何規定的道體，劉小楓將之稱為「原生命的植物性存在」。❹

在《西遊記》續書的「五聖」、「神佛」與「妖魔」的形象設計中，所謂「妖魔」，是障礙，是阻力；所謂「神佛」，是救助，是出路，而「聖」，卻擺盪在二種力量之間費力前行。取經的天路歷程，所指出的，不僅是地理性的險山勝水，不僅是空間性的迷宮、幽閉（《西遊補》的鯖魚肚腹），也不僅是「行動著的地點」（acting place），它們更是一種傳記性和個人的，一種存在的方式，熟悉的路標的消失，即為一整套生活方式的崩解。如此說來，妖魔及魔境的種種「名色」和「名物」，也是另一種深刻的中介形象，標幟著人類存在的一種實況，「齊天」的願望，終究要先落在天路的諸魔試探中，才逐步達成。劉小楓指出，當人與傳統價值形態的本質關聯出現了斷裂，隨之而來的「新人形象」必然是群魔亂

---

❹ 以上觀點，借用劉氏《逍遙與拯救》一書中，對「新人」形象的界定與討論。詳參該書頁48-66。臺北：風雲時代出版社，1990年。

舞。[5]西遊系列續書神佛、五聖、妖魔的多面向改變，都各自擔負了文化新質與舊質的種種糾葛，其中孫悟空的「戲謔」就像一條有力的線索，以童稚的視野編派了不同陣營的位置，從事自我整合的過程。

《西遊記》將善於打鬥、諧謔的孫悟空，與歷史聖僧偉大原型「玄奘」的結合，照映在山山水水人境中的妖魔世界與神仙世界的願望，在異態存在與常態存在的路標、界線中，由孫悟空的實踐性為主軸的五聖取經路上，映照在儒、釋、道混融的時代思潮中，小說的創作有著「童心」與「道心」這兩個極端的組合，如《西遊記》第一回悟空拜師須菩提祖師，祖師問其「姓」，悟空答以無「姓（性）」，祖師遂賜以「孫」，並說：「正合嬰兒本論」，此後，悟空常對妖魔自稱「你外公」，這種「祖孫」對舉的諧謔，不無占便宜之嫌，其俳諧的氣氛則充滿童趣。[6]

日本學者溝口雄三在探析李贄「童心說」時，認為李氏之「童心」乃「斷然拒絕任何主張」，認為「他只有求道的足跡而已，那全是一時一時的到達點，都不是作為最終的定住之所。」所以，溝口雄三將明末社會的真實形態，童心我欲與真心清淨，以及赤子之心的孝、悌、慈都稱為「有欲之心」，在這些思想的相互汲取與相互滲透中，他將之命名為「未生的胎內的混沌狀態」。[7]明清

---

[5] 同上註，頁52-53。

[6] 基於孫悟空到處可見的這種諧謔色彩，胡適就拒絕將《西遊記》作宗教式的解讀，提出「遊戲說」的主題。

[7] 〔日〕溝口雄三著，陳耀文譯《中國前近代思想之曲折與展開》，上海：上海人

《西遊記》續書回應這一時期的文化思潮，所經歷的是另一種「旅程」，以拼貼的遊歷狀態妝點路上的「群魔」，使自己處在一個想像的異國他鄉（天路、靈山），並為現實所不容（斬妖除魔），通過衝突、矛盾的界定，不斷的指認「應然」與「實然」的傳統概念，這個「異國他鄉」——一個過渡區——一個充滿否定性的區域，創造了一系列文化連繫的狀態。五聖的遊歷隱含著一種特別的（儘管是魔術般的）解決辦法，它勾勒出中介形象的多重指稱——當妖魔向傳統的意義系統發起攻擊時，小說通過省略、聚焦的轉移等過程，把自我導向一種不穩定狀態，明清文人的文化認同、政治認同、信仰認同，在秩序的「認同危機」中，產生了特別不穩定的張力。在續書文化中，「西遊」系列以「證道」的面目出現，是這種張力賦予它僵化的特徵，那是一種受到抑制了的辯證關係——一種超過某一點就不可能再更新，實際上就會困於自己的歷史之中，禁錮在它自己無法緩和的二律（聖／魔或凡）背反之中。

　　所以，「遊歷」創造出「現在不在」（present absence）的黑洞，續作家們圍繞這個黑洞創作，「妖魔」或者「婉變近人」（《西遊補》）；或者猛烈質疑（《後西遊記》）；或者反而只是動靜念慮之間的一點渴慕（《續西遊記》），都是一種不確定性的提出。由明末這三本《西遊記》續書的出現，在世德堂刊本的一百回《西遊記》的版本之後，不久即以流行的「心學」學術型知識改寫其長期流傳的民間型知識與宗教型知識的小說文本，學術話語的操作使得「取經」的原始命題發展成：求放心（《西遊補》）、護

民出版社，1997年，頁186-187。

經（《續西遊記》）、求解（《後西遊記》），神魔的關係通過這種主題的轉化，經由新的書寫語境，取得新的文化身分。

四、神話何為？──「理念先行／類型意識」轉化下的書寫

明清「神魔小說」的「章回體」其實已標誌出與「志怪」、「搜神」、「拾遺」三種傳統體裁的不同[8]，脫離了早期搜神、博物的記錄性質、片段的簡淡風格，這一類章回小說，以其龐大敘事體來涵攝較為完整的宇宙觀、生命觀等內涵，在神性、魔性互

---

[8] 《搜神記》、《博物志》、《拾遺記》為三種不同類型的志怪代表作，分別從敘事手法與風格特徵上分析此三類型特殊之處，作為追溯唐人傳奇小說形成軌跡的線索。「搜神」體是志怪小說的主要形式，發源於《異聞記》與《列異傳》，而在干寶的《搜神記》後確立在志怪小說形式上的主導地位。從題材上來看，「搜神」體廣泛採集「古今神祇靈異人物變化」，又以仙、鬼、怪等形象為核心，和其餘二體有所區別。「博物」體源於先秦的地理學和博物學，《山海經》的標舉出「博物」體志怪的產生，其特徵是：外表還是記錄地理、物產，但卻充滿了荒誕的內容。「博物」體與「搜神」體不同之處便在於前者著重表達空間裡景象刻劃，後者則加強時間上情節延續。「拾遺」體可說是前二者與雜傳在辭賦之風濡染下結合而成的，主要內容是「地域遐方」的「珍奇異物及道術之人」。「拾遺」體以記「人」為框架，將「搜神」體的敘事手法與「博物」體的描寫技巧結合，對唐人傳奇的發展上影響最為深遠。詳參陳文新〈論志怪三體〉，廣西：《學術論壇》，1995年第6期，頁70-102。

相糾葛的敘事框架下，同時隱含了義理的框架，「神魔」合提，標誌出文化鍛接的痕跡[9]，同時也呈現了同一文化語境不同話語系統間的互文性。[10]由於《西遊記》帶著濃厚的民間說書色彩、宗教色彩以及心學（理學）的學術色彩，這個小說發展系統及其續書群的反秩序、反正統情緒[11]，及作為對立面的正統，正成為小說存

---

[9] 如徐元濟就將《西遊記》中「造反——招安——為奴」及「放心——皈依——收心」這兩組圍繞在孫悟空的矛盾現象，以「順結構」與「逆結構」來詮釋孫悟空形象在流傳過程中同時吸收了「護法神的猴行者」與「行妖作怪的猴猿精」的結果，於是小說中包括了「英雄尋寶」與「妖孽贖罪」兩個主題。詳參氏著〈從孫悟空的形象看民間文化對作家創作的影響〉，《中國民間文化》，1994年第4期（總第16期），頁230-243。

[10] 李春青借用格雷馬斯的「矩陣」作為人物形象的意義系統，指出孫悟空與諸神、唐僧、妖魔的關係，形成了四個文本意義的模式，而這四個意義模式分別隸屬於官方意識型態話語系統（如來佛、唐僧等）以及具有士人烏托邦精神的心學話語系統（孫悟空、妖魔等），當時的文化景觀亦即學術話語乃至文學藝術話語賴以建構的文化語境。詳參氏著〈在文本與歷史之間——重讀《西遊記》〉，《學習與探索》，1998年第6期（總第119期），頁97-102。

[11] 張天翼在〈《西遊記》札記〉一文指出：在六、七〇年代之前，中國大陸學者在解釋《西遊記》群魔的時候，許多學者傾向以統治階級與人民的矛盾鬥爭的政治解讀作為神與魔的關係之考察，因此，這種「反正統情緒」就被詮釋為「反對封建主義或是反對封建階級」的人民性，收在《西遊記研究論文集》，北京：作家出版社，1957年，頁7。但是學者往往也發現，作品裡有些地方作者的立足點是模糊或混亂的，如果我們將五聖作為神魔之間的重要樞紐來看，作者所置身的位置，就不會只是「群魔」的視點，而秩序的建立及重整者，也不會只是「群魔」的騷動與衝撞，它有時表現為神界的策動，有時實為人類意志的萌生、貫穿所至，這三個向度的互相影響，彼此完成，正是此一主題不斷衍生的重要關鍵。不

在的某些對立又辯證的互文；作為反抗與顛覆、超越與自由的精神載體，「非常性」的揭露，往往是「小說之教」的基要命題。[12]
但是，在《西遊記》及其續書這一敘事群中所呈現的書寫狀況其實是在中國敘事大傳統之下的一種神聖敘事的傳承。《西遊記》回目中「心猿」、「本性」、「二心」等字樣屢屢作為綱領式的點出「大旨」，如：〈外道迷真性　元神助本心〉（三十三回），〈群魔欺本性　一體拜真如〉（七十七回），最關鍵的一句話是：「心生種種魔生」，以及唐三藏的「多心經」（諧謔地斷章取義《波羅蜜多心經》）。學者指出，漢語的神話敘事曾在先秦諸子（包括陰陽五行學說）的符號系統中介下，由神話——巫術原型逐漸趨向自然——文化表象形塑，漢語文明神話的理性知識對於非理性知識袪魅的途徑之一是將神話中具體意象的敘事關係轉換為抽象程度不等的概念論理（邏輯）關係。如：治水傳說經過五行說的整合，洪水神話的敘事性反危機模式也就衍生成為「土克水」的論理性反危機模式。[13]值得關切的是：在這整合互滲的敘事中，「水」和「土」

同於早期神話中神、鬼、人的三分世界結構。參閱葉舒憲《中國神話哲學》第二章第三節，北京：中國社科院出版，1997年，明清小說對宇宙模式、世界結構、象徵系統有著很豐富的變形創作，尤其是學術型的知識（如：心學）加入民間傳播的西遊故事，更呈現出複雜的小說風貌。

[12] 李豐楙對明清小說中的「非常」性格，如鄧志謨道教小說、《紅樓夢》、《水滸傳》的謫仙模式等，在「常」與「非常」的大敘事模式，指出這是「小說之教」的重要命題。李豐楙《許遜與薩守堅——鄧志謨道教小說研究》，臺北：學生書局，1997年。

[13] 詳參呂微《神話何為——神聖敘事的傳承與闡釋》，北京：社會科學文獻出版

衍變為抽象的邏輯符號，而此話語模式一旦被固化，就會被普遍的運用於各種現實中與想像中的生活處境，也因此人們的知識表達往往同時跨越多種知識類型的疆界。

　　一系列西遊續書的文本世界裡在與《西遊記》的黏附與偏離之間，敘事的操作組合鍛接神話原型、地方性知識及學術型知識的各容受層，書寫，意味著另一層次的辯證關係。尤其像是《西遊補》之前的一篇〈西遊補答問〉，多了一篇正文以外的邊緣性文字，敘事者現身用自己的聲音評論小說以及小說在讀者的真實世界的作用，對小說起了種懸置的作用[14]，一方面也可見論理性知識的話語模式小說化的情形了。

五、一種理解方式的反思 —— 代結語

　　明清學者對「理」的初心之設定，為一種不易指稱，不容言詮的失落狀態[15]，故而在文本意義網絡與文化語境中的意義生成模式的同構關係中，透過文人、道士、娛樂圈（說書、戲劇）等想像

社，2001年一版，頁191-198。

[14] 〔美〕希利斯・米勒（J. Hillis Miller）認為註腳、序言、導論、結論這些邊緣性文字看來是打斷了小說的一貫性與連續性，這些插入製造了故事語言各式各樣的裂縫與變位，對小說賴以生存的逼真性幻覺進行懸置。詳參氏著，申丹譯《解讀敘事》（Reading Narrative），北京：北京大學出版社，2002年一版，頁105-120。

[15] 同註[7]。

與操作，「取經」及「經」的內涵與詮釋不斷被再製時，理智言說與荒誕情節交相指涉，適足以為典範的「經」之存在與否提出有趣的質疑態度。[16]由於文化場域調整重組，話語系統的重心轉移，在尚未具有現代小說觀念及其類型意識的創作狀態下[17]，對明清小說所謂「理念先行」的普遍現象，不能以一句「類型錯誤」予以定義。三藏取經的這一歷史事件，不論在題材與體裁上都適合於表達秩序／反秩序的文化過渡性，擬人化的妖魔加上擬人化的神佛彼此的勢力表態與消長，是另一種主導意識與顛覆潛能的交鋒。敘書群中的妖魔不吃唐僧肉，不傷取經人，轉而對「經」與「歷史」、「生活細節」的注目，應該由生產的角度來解讀它，而不只是接受的結果。

　　在中國長久以來「述而不作」的學術傳統氛圍之下，小說創作的各個環節的參與者得以在轉述傳統、重組傳統及對傳統的創發時，順利的以寄生的方式進行創作。這些積極的傳承人或消極的傳承人，透過小說創作或者扮演一種啟蒙者的文化身分[18]；或者是主／

---

[16] 事實上，「經」始終以一個道具式的角色出現，比較搶眼的是在《西遊記》最後一難，「經」的遭難印證「天地不全」早有學者指出（吳達芸〈天地不全──《西遊記》主題試探〉，《中外文學》，第10卷第11期，1982年4月），在續書中取回來的「經」往往又成為另一種燙手山芋。

[17] 當代以情節、人物、主題三元素論小說基本條件的文類意識，是五四以後的小說文類觀念。

[18] 如後代紅學所不斷揭發的《紅樓夢》的經典性高度，曹雪芹也因而被披上「啟蒙者」的色彩。而《西遊記》續書的諸多作品之中挾帶著對心學、佛學、理學、道學等知識的反省與嘲諷，雖然從某種意義上而言是站在民智所能理解的「搜神」、「封神」的民間「神譜」中，將神聖的知識與邪惡的現實進行辯證，然而

次流意識型態的發言人的文化身分[19]；又或者只是市場文化代言人，不斷的對前二者進行收編與招安。前面提及人們的知識表達在模式轉換中往往同時跨越多種知識類型的疆界，就知識生產的角度而言，「小說」這一文類既屬於知識分子內部對話的範疇，又屬於廣大社會輿論收納的範疇，《西遊記》及其敘事群所展示的，正反映出這些知名度不高、甚至不知名的作家，不斷的借用「遊」的主題，在異國他鄉，對五聖／妖魔的展演與除滅來揭露「他性」，這類文學文本不再只是宗教文本；也不再只是生活文本及任何種類的任何文本。所謂「類型錯誤」或「理念先行」的提法，是朝向支持某種單向度的、有預設順序的理解方式，但是在知識生產線上的考察，卻可以清晰的發現，「神魔」及「志怪」類型的小說，都毫不含糊的支持我們任何一種方式的理解。

將「聖」的知識民俗化，如《西遊記》般的神魔小說及其續書作者，其創作時的文化身分，當他們朝向庸眾時，儼然也有一種「啟蒙」的高度。

[19] 當我們以意識型態來提某些思想，意指其具有某些偏差，它們只是在人們對其無所察覺時，才能發揮作用。小說有時對這方面的體現是極為幽微的（如《紅樓夢》由賈政所代表父權的「庭誥精神」與賈寶玉所彰明子權的「追新思想」）；有時則極為明顯（如《水滸傳》的官方意識與綠林文化的衝突）。中國古典小說像這種對抗姿態無不同時指向對抗的兩造之間的偏執，悲劇的來源之一，就是這種偏執所致。

第九章

情欲變色

論丁耀亢《續金瓶梅》的德色問題

摘　要

　　《續金瓶梅》作爲世俗文化的載體，拼裝、組接了《太上感應篇》與《金瓶梅》的「德色」命題。本章透過「德／色」的視角分梳《續金瓶梅》創作的內涵，指出此書是兼具善書、淫書、妖書三重文化性質的文本，就文類和書名及書的回目形式來看，即已設定本書顛覆傳統文類的分法及其秩序。「德色」的歷史存在本就是一個複雜的文化現象，《續金瓶梅》以美學的方式進行言說，更易貼近那「未易立言」的個人及時代處境。此書意圖將各階層文化中繁衍的特質轉化爲小說描寫程式──「掘藏」致富成仙的市民夢想、「奔女情結」的豔典作爲男性性張力的平衡制閥、「逾越的性」作爲豔情的常態，並以病理呈現作爲審美挑戰等等，來「披露」社會整體的現象，以與正統理學家在修、悟兩條路上直面幽暗意識的講學論學活動相契。《續金瓶梅》對文化思維的接受及詮釋，就「善書」、「淫書」甚或「妖書」的組接對話，其曲意刻劃的民俗風情，是爲強調民族心靈不可磨滅的記憶，《續金瓶梅》將「善／淫」（德色）的幕後策動者予以組接、對話，作爲「註腳」的小說，推崇的教祖乃異端之尤的李贄，正是明末清初藉知識圖譜的構建來角力的洶湧暗潮的寫照。丁耀亢創作長篇雜文式的續書，並拿「李贄」當作宣傳，他不斷借小說的序、議論等寄生式文字召喚讀者做知音式的解讀，亦即：這一部敗德的穢史加上道德化的家庭史的眞正面貌是「野史」、「雜傳」，意在「褒貶」而非「勸懲」。

關鍵詞：續書、德色、善書、妖書、淫書

一、《續金瓶梅》的續書背景

　　丁耀亢（1599～1669），字西生，號野鶴，又號紫陽道人、木雞道人，山東諸城人。清順治五年（1648）入京師，由順天籍拔貢充當旗學教習。順治十年冬（1653），授容城教諭，《續金瓶梅》寫於任容城教諭期間。康熙四年（1665）八月，丁耀亢因《續金瓶梅》致禍下獄，至冬蒙赦獲釋，計一百二十天。

　　根據《續金瓶梅》一書前面所附〈太上感應篇陰陽無字解序〉，時間標明爲「時順治庚子孟秋」，亦即順治十七年（1660），當時作者在杭州。和《續金瓶梅》相近的作品是《楊椒山表忠蚺蛇膽》（經由傅雷總審易名《表忠記》），根據書前「保陽譾史郭棻芝仙」的序題於順治己亥，即十六年（1659），二書時間相近，皆與清朝作爲新興朝廷的文化策略有關。

　　《表忠記》受禮部尚書馮銓、戶部尚書傅雷之薦奉順治意旨而作，主要依據楊繼盛《自著年譜》，參照《鳴鳳記》，「專用忠愍爲正腳」塑造了一個「文死諫」的忠臣，閑雲野鶴〈《新編楊椒山表忠蚺蛇膽》序〉說：「茲刻一脫《鳴鳳記》枝蔓，專用忠愍爲正腳。起孤忠於地下，留正氣於人間。全摹《年譜》，不襲吳趨本。奉命進呈，未敢自炫。姑公之海內，以補忠經云爾。」[1]這一段話提出對自己創作的定位，是在創造「忠經」，將劇本這種通俗文學

---

[1] 清・丁耀亢著，李增波主編，張清吉校點《丁耀亢全集》上冊，鄭州：中州古籍出版社，1999年。

的寫作當成補「經」，而其創作手法爲「全摹《年譜》，不襲吳趨
本」，即是有「摹」、「襲」等概念爲先導，將文藝作品的道德
正確和政治正確作爲先決條件，被學者評爲是「沒有成效的表忠獻
策」[2]；而《續金瓶梅》也是一部拉著皇帝新衣遮身的作品，丁耀
亢在序裡指出：「《續金瓶梅》者，懲述者不達作者之意，**尊今上
聖明頒《太上感應篇》**，以《金瓶梅》爲之註腳。」[3]如此一來，
原來屬於我們理解中的世情小說《金瓶梅》就取得了一個全新的身
分──「註腳」，然後附著在「聖教」之內。由這兩部作品的創作
都標明了與「御頒」的相關資料結合，丁氏創作的清初通俗文學與
文化策略的有意縮合，連結了宗教、政治、社會、家庭以及人性裡
面很纖細的幾根神經，故事穿梭其間，使其指涉充滿了利用與反利
用的不確定因素。

　　在明清世情小說的發展中，我們觀察到，小說話語與歷史、
宗教話語系統有極爲複雜的互滲關係。小說情節展示的世界，是經
過變形與重新聚焦的世界，人物從具體的現實世界中剝離出來的結
果，是歷史大格局化爲背景，小人物在其中的遭遇成爲新的焦點。
所謂「天命」、「大運」、「歷史」等廣大背景及正史中具有歷史
高度的人物，有時褪爲布景，瑣碎生動的平民生活成爲新的焦點，
小說世界的焦點與思想重心的位移，充滿了探索精神與另類思維。

---

[2] 石玲〈丁耀亢劇作論〉，收在《丁耀亢研究——海峽兩岸丁耀亢研究學術研討會
論文集》，鄭州：中州古籍出版社，1998年，頁240。

[3] 西湖釣史〈《續金瓶梅集》序〉，清・丁耀亢著，李增坡主編，張清吉校點《丁
耀亢全集》中冊，鄭州：中州古籍出版社，1999年。

丁耀亢於《續金瓶梅》前面的一段具有相當濃厚的**計算意味**的序言，他一再表明自己的創作是對《金瓶梅》所虛擬的意義世界（淫債）的**再計算**。

《續金瓶梅》「以因果爲正論，借《金瓶梅》爲戲談」，雖然說是「續」原著，實際上是「借潘金蓮、春梅後身說法」。書中主要角色：吳月娘、玳安、金桂、蔣竹山等人及吳銀瓶、黎金桂、孔梅玉、鄭玉卿等人物，大多從家庭中被拆散出來，活動在戰場、山寨、旅途、荒野、禪林、寺廟、妓院、野店，因著活動空間的進一步虛擬化與邊緣化，使小說語境進一步從歷史話語、經典話語的正典性中釋放出來，小說人物形象的刻劃與家庭興衰的主軸，渙散成許許多多歷史的碎片與殘留，他們原來的平淡與平凡的生活，儼然成爲時代的另一種主調，在亂世中荒唐的再次登場上演。《金瓶梅》裡西門慶本來就是在那個時代一位融合了官商特質的「新人類」的典型[4]，《續金瓶梅》選擇此等角色再現，就某種程度而言，其與士人階層若即若離的關係，多面向的投射空間，作爲一種小說話語，丁耀亢創作《續金瓶梅》，其時代性與內涵不能說不是一種饒有意味的選擇。如果我們從小說正文之外的這些序跋、說明，以及大量游離在情節之外的議論、作爲故事框架意義的品第化回目來審視，《續金瓶梅》的書寫策略與《金瓶梅》的關係就不能

---

[4] 近人頗有以小說人物特質論其新舊意義者，如：尚友萍著《新人賈寶玉論》，石家莊：河北大學出版社，1994年。劉小楓著《逍遙與拯救》一書也論及賈寶玉的新人類特質。臺北：風雲時代出版社，1990年。西門慶的官商形象於明中葉以後亦是一「新人」的形象，研究者每以此觀點評論他。

只是去考察後者是否爲前者的「知音」了[5]，而是在「有意」的利用之下的另一種閱讀。

二、「德／色」的開展：財貨與淫欲

《金瓶梅》與《紅樓夢》借男女家庭瑣事「罵（說）盡諸色」：《金瓶梅》以西門慶爲主軸，環繞在他身邊的女性，雖然可能牽動他的情感[6]，但笑笑生在處理兩性互動，以龐大篇幅鋪陳酒、色、財、氣四毒對男女關係的影響，處在這樣的溫床當中，西門慶的生命裡一次次呈現的是不斷膨脹、失去控制的欲望，以及由此而來的精神墮落及生命耗損的悲劇。《紅樓夢》是「一篇至情文字」（《戚序本‧第六十六回總評》），「作者是欲天下人共來哭此情字」（《甲戌本‧第八回》）。具有總綱性質的第五回寫太虛幻境，宮門口的對聯是「厚地高天，堪嘆古今情不盡；痴男怨女，

---

[5] 大部分的續書研究者經常以「知音」的角度評鑑續書，如：王汝梅在〈丁耀亢的《續金瓶梅》創作及其小說觀念〉一文及指出：「丁耀亢用宿命因果報應思想解釋續書人物與前集《金瓶梅》物的連繫是牽強的，作者從『淫根』輕重觀點看待李瓶兒、潘金蓮、春梅等人物命運，也是很落後的。丁耀亢並不是《金瓶梅》作者的知音。」《丁耀亢研究——海峽兩岸丁耀亢研究學術研討會論文集》，鄭州：中州古籍出版社，1998年，頁160。

[6] 如：李瓶兒的死，論者多謂西門慶守喪哀哭，除了錢財之感念外，亦有情的成分；而西門慶對於吳月娘亦時有「尊重」之情。

可憐風月債難償」。《紅樓夢》以談情為主旨，把情放在極其重要的位置。但是此書所寫的情分為「風月之情」和「男女之情」兩種。小說第五回警幻仙子對寶玉說：

淫雖一理，意則有別。如世之好淫者，不過悅容貌，喜歌舞，調笑無厭，雲雨無時，恨不能天下之美女供我片時之趣興：此皆皮膚濫淫之蠢物耳。如爾則天分中生成一段痴情，吾輩推之為「意淫」。惟「意淫」二字，可心會而不可口傳，可神通而不能語達。汝今獨得此二字，在閨閣中雖可為良友，卻於世道中未免迂闊怪詭，百口嘲謗，萬目睚眥。

小說對「皮膚濫淫」，意即「風月之情」持揭露否定的態度，並從「情幻色空」的思想出發進行戒淫勸善的訓誡，這在〈王熙鳳毒設相思局　賈天祥正照風月鑑〉（十二回）這一回表現得最突出，賈瑞所喪命的風月之鑑，正是突顯「皮膚濫淫」的男女之情之危險性。而作為歌頌與愛惜的「男女之情」乃「寶（玉）黛（玉）之情」。寶黛之情與之前「才子佳人」型的一見傾心而有的「痴情」、「純情」的戀愛不同[7]，作者透過寶黛在大觀園生活的點點滴滴，編織那值得一哭的「情」，是男女之間日常生活一起濡染的思想觀念（如：葬花、賦詩、參禪等情節），小說歌頌與惋惜的愛情，緊緊結合了人物的思想性格，並深掘「情」的社會意義。寶黛

---

[7] 參閱雷勇〈明末清初社會思潮的演變與才子佳人小說的「情」〉，《甘肅社會科學》，1994年第2期，頁87-91。

的悲劇，不是「佳人才子」似的情欲無法滿足的「相思之苦」，也不僅是人類自然本能的情欲與封建禮教，家族利益相對抗（木石前盟／金玉良緣）的悲劇，其更深沉的痛苦是在「情」的世界中看見寶黛二人的個性被摧折，精神遭壓抑的痛苦。

《續金瓶梅》對「才、情、德、色」的處理，相較於《金瓶梅》到《紅樓夢》這一發展譜系來看，它既非《金瓶梅》的淺露、俗趣的市民道德取向，也不是《紅樓夢》的深掘人生哲理、探究人性底蘊的「封建」末世感懷。

《續金瓶梅》四十三回說：

> 一部《金瓶梅》說了個「色」字，一部《續金瓶梅》說了個「空」字。從色還空，即空是色，乃因果報轉入佛法，是做書的本意，不妨再三提醒。（頁412）

丁耀亢對自己的創作困境是相當自覺的[8]，但他創作時深感陷入困境的最大原因乃在於他對「德／色」這一組命題的認知及對應上所引發的，而「德／色」這一組命題正適於描繪明清之際文人的創作格局。

《續金瓶梅》故事發展主要分成三條線索，寫八十多人。第一條寫月娘和孝哥，母子二人因金兵入關而離散，月娘出家當了尼姑，孝哥當了和尚，母子團圓後，月娘八十九歲坐化升天，孝哥亦

---

[8] 胡曉真〈《續金瓶梅》——丁耀亢閱讀《金瓶梅》〉，《中外文學》，第23卷第10期，頁84-101。

涅槃成佛。第二條線寫金哥（西門慶再世）與袁常姐（李瓶兒再世）。金哥自幼雙目失明，與生母淪為乞丐後病死，又經三世輪迴成為一名閹割的太監。常姐十三歲被李師師看中，更名銀瓶，成為市井樂妓，痴心愛上鄭玉卿（花子虛轉世），與其私奔揚州，被轉賣給苗青，自縊而亡。第三條線寫黎金桂（潘金蓮再世）和孔梅玉（龐春梅再世）「雙美」的畸戀，黎金桂夜夢鬼交，她自幼許給一個又跛又麻又壞了陽物的劉瘸子（陳經濟再世），守著這種丈夫，生了血症成為石女，只得皈依佛門。孔梅玉嫁了金二官為妾，大娘子粘太太（孫雪娥轉世）奇妒，遭受百般折磨後頓悟出家。這三條線對「德／色」的問題開展，有著相當廣闊的文化思維。

（一）財物的取捨作為「成德」的辯證線索

1.一百零八顆胡珠與黃金的流向

　　談到《續金瓶梅》「德」的概念，一大部分是積澱在其描寫對象的，就如《金瓶梅》透過西門慶一妻五妾的家庭一樣；魯迅說《金瓶梅》是「著此一家，罵盡諸色」，即指出「一家」與社會總和的「諸色」的辨證關係。以社會為倫理的單位，和以家庭為倫理的單位，可以看到不一樣的人性內涵與倫常運作。大社會群體中的人被群化了，如《三國》、《水滸》、《西遊》中的人，他們指向忠孝節義，成為道德載體的超人。小家庭的人回歸為具體的凡人，「其事，為家父子，日用飲食，往來酬酢之細故，是謂之『小』；其辭，為一方一隅男女雜碎之閑談，是謂之『說』。」（羅浮居士〈蜃樓志序〉）所以描寫往往「隱精彩於瑣瑣之中」（張竹坡）。

　　《續金瓶梅》用以作為《太上感應篇》「無字註腳」的人物，可以說是吳月娘、孝哥、玳安這一系列的理學標本，他們在戰火的洗禮之下，走出家庭，斷若飄蓬；由吳月娘、孝哥、玳安、小玉這「一家」的遭遇來看，失散→團圓→出家（空），作為功德圓滿的結局，「德」附著在西門慶身後遺留的一批家人與家產的去向上，以充滿了傳奇色彩來演義這一歷史命題。

　　《續金瓶梅》最具代表性的道德全人首推「貞良婦」——吳月娘，小說以對死者的審判為經，以對生者的試煉為緯，吳月娘「捨珠」成為劫厄生還者一個重要的道德指標。第九回回首是一段七律：

　　　業心薪火日煎熬，浪死虛生自古然。
　　　貪性直教金接斗，名心何日浪回船？
　　　毒蟲射影能為禍，惡刺勾衣到處牽。
　　　但看盈虛知此理，龐公常欲散家緣。

　　這回是緊接著第三回〈吳月娘舍珠造佛〉的一段公案，在吳月娘這條線索上，一開始出現的兩個場景，都牽扯到「財」的問題，第三回逃難隨身攜帶的一百零八顆明珠是小說推展很重要的線索，月娘在那一次「捨珠」的心情轉折是：「本待要捨，因家業全無，還要與孝哥日後成人長大度日營家，如何捨得？正在遲疑，只見一百八顆明珠化為一百八顆首級，俱像西門慶生前面目，鮮血淋漓，滿地亂滾，嚇得月娘大叫一聲而醒，原來卻是一夢。」這一場象徵性的惡夢，使她第一次捨財（一串胡珠——約值五百金之

物）（頁25）。而第二卷第八回到十二回，吳月娘和玳安又爲了「三百兩黃金、一千兩銀子」而吃官司、坐牢，幸賴西門慶生前曾資助劉學官去山東上任的五十兩盤纏，而後劉學官爲其遺孀平冤、還錢，使得吳月娘這一宗冤獄得以平反。

　　丁耀亢在第二回〈欺主奴謀劫寡婦財　枉法贓貽累孤兒禍〉就將這兩宗財貨的來歷予以點破：一百零八顆胡珠「是西門慶得的花子虛家過世老公的，原在廣東欽差買珠得來的」（頁14）；三百兩黃金、一千兩銀子，「原來是西門慶受的苗青殺主劫財之贓」（頁16）；都是「來路不好」，「今日月娘取出來指望養身防後，天理豈有容的！」（頁17）。

　　因此，第一卷、第二卷對「德」、「色」兩組形象的設計，吳月娘「散家緣」的核心，鎖定西門慶生前累積的「不義」之財。在「錢財」上不僅寫吳月娘的德性塑造過程——捨財、賣宅、建舍利塔；在「錢財」的來龍去脈上也照鑑欺主奴（來安）／義僕（玳安），貪官（吳典恩）／清吏（劉學官）等人性光譜。

　　小說在第八回末贊詩道：

黃金索債，連累殺性命四條。
白手爭財，撮弄成冤家一處。

第九回末贊詩道：

遺金反連累良婦，餘禍還歸積惡家。

　　中國的小說以「財貨觀」作為「道心初具」的確認，在唐人小說中的《杜子春》即為有名例子，經歷長安老人三次資助，第三次杜子春能將錢財妥善處理，不再耗費殆盡時，他始可參與老人煉丹學仙的邀約。丁耀亢《續金瓶梅》選擇花子虛的一百零八顆胡珠，及苗清的一筆賄賂切入月娘的災難起始，除了還債的罪疚意識（月娘不知是否知道它們的來歷？），當有「捨（得）」珠的向道之心。贊詩將「遺金」與「餘禍」等同起來，正是全書重要關鍵，也是對明代李贄以來肯定「好財好貨」人性觀的一種反駁，捨棄財貨之心成為「道心」的重要鑑定指標。人作為財貨的擁有者及處置者，必須放棄其主權，才又恢復其所以為人的意義，這種「全人」的成德進程，是具有相當強烈的保守性。

　　隨著一百零八顆胡珠的結構線來看，小說接近尾聲再次密集出現：〈雪澗師破佛得珠〉（五十五回）、〈衣底珠尋舊主來〉（六十回）、〈龍海珠還兒見母〉（六十一回），沾著花子虛血跡、西門慶罪惡的胡珠，由「解脫（品）」而「妙悟（品）」而「證入（品）」，最後在六十三回由「忠義」之僕玳安（此時已頂了西門慶的缺，做了旗牌官，人稱「小西門大官人」）出面「開金藏」（也是西門慶二度託夢交代的前世之財），修一佛塔，「安放金針珠子，供養為舍利之塔」（頁645）。

　　《三言》故事〈蔣興哥重會珍珠衫〉中，「珍珠衫」本為蔣興哥傳家寶，卻教三巧兒送給情夫陳商，而又被蔣興哥在他鄉遇見，故事中的「珍珠衫」起了穿針引線及充滿象徵意涵的作用。本書以「一百單八顆胡珠」為結構線索，其光明背後隱藏的罪孽鎖鍊，象徵西門慶「貪財」罪債的消解過程。

　　隨著「捨珠棄金」的道心增長，這條線索牽出部分貪財的人來，但更重要的是，它見證一批「有道」之人：孝哥兒與錦屏的不著色心（五十一、五十七回），劉學官、翟雲峰等「天理人家」（頁643）屢屢相助，事實上西門「這一家」正逐步邁向「天理人家」，主母公子出家為僧，忠義僕人（玳安）成為道人，「一僧一道」（頁639）證入感應天、極樂地，共築舍利塔。

　　丁耀亢對「德」的絕對證成，是「不著色心」[9]，「了卻家緣」；正如《紅樓夢》最後以寶玉出家，為「一僧一道」相偕而去，「落得白茫茫，一片大地真乾淨」，《續金瓶梅》較《紅樓夢》稍早以「一僧一道」指出在充滿災劫和苦難的世界中「無立足境」的困境，中國的歷史在小說載體中，一再為我們指出，終極價值無所指歸的世界唯有兩條路——非僧即道。

2.掘藏／奇報：金錢與道德的辯證關係

　　《續金瓶梅》在處理西門慶遺產時，「開金藏」是一條饒富民俗意味的情節，和中國埋金藏銀及其掘藏民俗及民族心理有關。清初小說《清夜鐘》第六回曾敘述明清之際，官軍掘人家埋藏的事；《古今小說·滕大尹鬼斷家私》也是一宗爭奪家產而掘藏的故事。這種民俗與小說的結合，充滿了道德化與神祕化，金錢的定數觀念與金錢的顯現方式及處置結果，成為透視民族心靈的一個切面。《三言》、《二拍》中也有許多分家產及掘藏的故事，如：《醒世

---

[9] 就如玳安在逃亡過程久別重逢其妻小玉，亦分房而睡，毫無色心；而了空（孝哥兒法名）遭強盜擄掠逼婚，也不為所迫，演出〈鴛鴦帳新婦聽淫〉（五十七回）。

恆言》的〈施潤澤灘闕遇友〉的掘藏就描寫很典型的道德勸善意圖；《警世通言·桂員外途窮懺悔》也有埋銀覆米及掘藏致富的情節；這類故事一面是拾金不昧的美德，一面是急切的發跡變泰的願望，兩者結合構成新的市民意識，掘藏題材的勸善性質植基於古老的發財夢想。《太平廣記》卷八〈神仙傳〉上說劉安埋金地中即白日昇天，《古今小說·張道陵七試趙升》也描寫趙升砍柴發現一窖子金子，隨即掩覆，毫無貪念，遂順利越過成仙的關卡，小說最後讚其：「世人開口說神仙，眼見何人上九天，不是仙家盡虛妄，從來難得道心堅。」袁枚《子不語·掘冢奇報》（卷八）記杭州朱某發家起家遭奇報的故事；《聊齋志異·八大王》記敘一鱉精報恩的故事，鱉精爲報馮生放生之恩，「口吐小人，按入其膚」，從此馮生眼目明亮，「凡有珠寶處，黃泉下皆可見」，屢次掘藏的結果，富埒王公。掘藏的道德化與神祕化正好與小說講勸懲及重奇幻的傳統相吻合，因此成爲小說常見的情節類型。

丁耀亢以掘藏題材爲道德聖化的參考，由孝哥、月娘的胡珠縫在僧衣中，最後物歸原主，捨財修塔（第八回〈吳月娘捨珠造佛〉、第十一回〈一錠金連送四人命〉、第五十四回〈雪澗師破佛得珠〉、第六十回〈衣底珠尋舊主來〉、第六十一回〈龍海珠還兒見母〉）；以及玳安在西門慶鬼魂顯靈下開金掘銀，其掘藏的敬畏、不苟取態度成爲事後發跡的原因（第六十三回〈玳員外修塔開金藏〉），作者在這一題材的運用一步步揭示世態人情與人品德行。孝哥、月娘及玳安的喜劇收場，是一種民間掘藏致富的心理體現，也是通過考驗得道的道德觀念。

此外，《續金瓶梅·尢尤營鹽船酬藥》（十七回），也頗有

掘藏的味道，但書中蔣竹山因福得禍、貪心不足，則爲掘藏民俗中「奇報」負面教材的展現。錢財作爲考驗道德、考驗道心的題目，也是一種俗欲的典型代表。小說一再說明蔣竹山應將整船鹽袋裡的金子還給兀朮，對意外之財的貪念乃其致禍主因；其實金兀朮的鹽船也是掠奪的，無所謂正當性、合理性，丁耀亢寫他的致富榮華，和第八回〈賊殺賊來安喪命〉中的來安有頗多「奇報」的市民勸懲色彩。但是在明末清初的一批模仿功過格的修身冊簿以及日譜對金錢與道德修養的觀念已有一些改變，當時的觀念中金錢不再能換算成道德資本，而道德資本也不能折換成現世報[10]，但是在更爲平民性的《續金瓶梅》這一通俗小說中「掘藏／奇報」仍然具有相當重要的人性指標意義。

（二）「女色」的趨避與「淫苦」、「淫樂」

《續金瓶梅》在整體結構上多線進行，其中一條軸線是沿著黎金桂「淫女私奔，志士避色」開展的。在三十三回〈風雨夜淫女奔鄰　琉璃燈書生避色〉之後遙接〈傻公子枉受私關節　鬼門生親拜女房師〉（四十六回），這個後來高中「金朝狀元」的嚴秀才，在黎金桂隔牆窺伺的眼中「見他好似泥塑木雕的一個書生，並無邪視」，她用「紅紗香袋」、「睡鞋兒」去勾搭，「哪知道這讀書

---

[10] 根據王汎森的研究，從日譜的各種反省條目幾乎找不到由金錢的付出便可以稱為善行的條目，似乎顯示錢能通神的觀念之轉變。〈日譜與明末清初思想家——以顏李學派為主的討論〉，《中央研究院歷史語言研究所集刊》，第六十九本第二分，1998年6月，頁287。

人，也只道是那個朋友撤下的，再不想到鄰家有婦女勾引的事。」
（頁307）

丁耀亢用佛典語彙稱潘金蓮轉世的黎金桂爲「摩登淫女」，
在嚴秀才與她互動中，丁氏又藉中國士人以豔情標榜男性正人君子
形象的傳統，作爲「德／色」互證的主要書寫。中國的豔情文學
傳統，從屈原〈離騷〉、〈大招〉以女色作比興的主要材料，後來
〈神女賦〉、〈洛神賦〉、〈美人賦〉等豔色、豔情、豔遇的文
學傳統，對比出男人的高貴莊重克己，與女人的挑逗勾引，並隱現
男人對女色注視與閃躲的幽微心態。這一中國文學傳統的豔情典
故，結合《楞嚴》、《止觀》佛典中的「摩登淫女」（頁306），
其經典式的依據，與「神女」之類比誘惑，作爲男性對女性美的占
有與賞悅心態的趨避；所以在第九卷開始的兩回（四十六、四十七
回），嚴秀才回歸科考功名的完成，正是黎金桂成爲「石女」的
一組映照，在精神方面作者閹割了「傻公子」嚴正的欲望。西門
慶、潘金蓮轉世的劉瘸子、黎金桂也都喪失了性能力。有德者（嚴
正）、無德者（黎金桂）、無辜者（劉瘸子）所具有的原始激情，
在「德」的面前一一被消解，道德的虐殺性隱藏在神鬼的凝視、助
益以及虛幻的「末世功名」（頁447）之中。

《金瓶梅》中性描寫將男性的淫樂與女性的淫苦強行統一，
「葡萄架」的情節即其代表；西門慶隨著小說情節的發展性變態愈
行癲狂，他在王六兒、林太太、奶子如意兒身上燒香（六十一、
七十八回），以給這些女人造成肉體的痛苦爲樂。《續金瓶梅》
四十七回〈木瓜郎語小莫破　石女兒道大難容〉將黎金桂形容成性
衝動的化身，他不僅面對書生嚴正的避色心態（四十六回），更面

臨男性性器官「尺寸」異常的失望及傷害，導致最終喪失性能力。丁耀亢將性的萎縮與道的頓悟強行黏合，這種有意強行的構思安排，忽視人物內在性格的自然促發，正是《續金瓶梅》小說人物的遭報結局。

（三）「性」的異變──異域（地獄）、異國與異化

　　東吳弄珠客在《金瓶梅・序》說：「金蓮以奸死、瓶兒以孽死、春梅以淫死。」這三個組成《金瓶梅》書名的女性命運，構成了全書的因果關聯，而這種關聯是在一系列相關動力（奸、孽、淫）之下推展的；如此說來，死亡不是最大的威脅，威脅來自於那源源不絕的罪惡勢力。《續金瓶梅》以「度冤魂」和「還宿債」作為開場，可說是對《金瓶梅》處理死亡的命運流程的一種逆向操作。

　　不同於《金瓶梅》的主題與描寫，《續金瓶梅》第四十三回說：「一部《金瓶梅》說了個色字」（頁412），作者在第一卷的第六回當中，就安排了兩件「風月」事件，一在尼姑庵的僧尼集體淫媾（第三回），一在地獄的「淫鬼傳情」（第五回），也是集體性的，作者並發表了「色心不死」的一番道理：「總是情根一動，不在身子有無，……有此情不論生死，古來離魂幽會定是有的。」（第五回），「佛門色鬼」與「離魂幽會」，作為一書之始，雖然夾雜著地獄的審判和人間的戰火，「色」仍然漫天漫地的漫延、滲透著每個人的靈魂。

　　既然「色」是無法撲滅的，那怎麼去處置呢？

　　「性描寫」幾乎滲透了《金瓶梅》全書的肌理，這些「穢筆」指向了性心理、性意識、性情緒、甚至生活化的性情趣、性情境，笑笑生幾乎是採用近距離的性視角來觀測小說人物的性格發展與生命流程，他的道德尺度隱藏在「皮膚濫淫」的原欲衝動之下，而且藉由敘述空間的限制，將家庭隱私、個人生活隱私予以放大，然後由性視角的鏡頭來加以病理解剖，檢體「呈現」，成為《金瓶梅》的藝術基調，「譴責」反而隱晦不明。

　　丁耀亢《續金瓶梅》對「色」的處理雖然仍是帶著「死亡」的角度來審視「性」，但是書中主要人物的淫欲直接從地獄出發，黎金桂、孔梅玉、吳銀瓶等女人的宿緣，皆因淫陰不散，所以死亡同時又是色欲的保存與發動。四十八回作者寫梅玉出家的原因「正是合該梅玉災星已滿，她淫心悔過，轉禍為福」，所以當她有「梅心」的法名時，贊文道：「愛水波濤今日定，欲河煩惱一時消。」（頁465）但接著作者又不免評估自己的安排是否公道，他說：

　　看官到此或說，前集金蓮、春梅淫惡太大，未曾填還原債，便已逃入空門，較之瓶兒似於淫獄從輕，瓶兒亡身反為太重。不知前世造惡與今生享用，原是平算因果的。……後來瓶兒雖死，即化男身，這金、梅二女，雖已成尼，三世女身，才得成男，以分別淫根的輕重，在後案三世輪迴上，不題。（頁466）

　　「淫獄從輕」、「以分別淫根的輕重」判定輪迴，在作者的論述中不斷提醒讀者「淫獄」具有非人間性的「異域」色彩，「獄」而有「淫」，固然將「淫」著上死亡的終極意義，但是它同時又成

爲出發點──「淫根」，如此一來，「平算因果」根本不是重點，因爲這段話的結尾仍留著一個尙未算完的尾巴（「……分別淫根的輕重，在後案三世輪迴上，不題」），重點在哪裡呢？在於這一段議論特別點出來的「災星」，如果從這一方向來思考，則吳月娘的一百零八顆珍珠應也是「星宿」信仰的隱喻。

此外，性的「異域」也包括番僧密教儀式的集體淫媾（三十八、三十九回），及〈宋道君隔帳琵琶〉（十九回）徽、欽二宗遭俘虜路程中，「隔帳聽琵琶」正勾起亡國哀思，後隔帳所聽竟是「那些各帳內淫聲四起，全不可聞」（頁174）。

胡曉眞分析丁耀亢以「逾越」與「生育」之斷絕所產生的距離感來消解讀者面對性描寫的誘惑力時所可能產生的性愉悅，而成功的達到自己宣稱的寫作目的[11]，對丁耀亢處理三十八、三十九回（集體淫媾──既對宗教性，也對一夫一妻制的顚覆）及黎金桂（潘金蓮投胎）之最後喪失性能力等性描寫的深入剖析，非常富啓發性。

若我們從另外角度來看，明清豔情小說著意觸及我國性文化裡那些消極、畸形的誤區，揭發婚外戀、亂倫、同性戀、集體淫亂、性自由等在當時都是屬於越軌的社會行爲，「書生才子淪爲風流浪子，詩情畫意消失於狂亂的肉體歡樂之中」[12]，豔情小說雖然

---

[11] 胡曉真曾對丁耀亢處理色情的寫作困境時，力圖使讀者面對誘惑力保持距離的方法，所描繪的「逾越」及「生育」的性，導致性愉悅的消解爲策略，同註[8]，頁96-100。

[12] 謝桃坊〈論明清豔情小說的文化意義〉，《社會科學戰線》，1994年第5期，頁218-224。

較少出現像黎金桂變成「石女」（失去性能力）這樣「嚴厲」的懲戒，但往往略有悔悟便可洗去一切人間的罪惡，正如《續金瓶梅》的孔梅玉者比比皆是；而「逾越」從小說的情節結構來看便成為這類小說的主要內容，鮮少有人承認他們「借淫說法」成功了。編織在《續金瓶梅》作者時時現身喋喋不休的果報勸誡中，過程與結局都隱然有一個文化慣性在裡面，墮落→懲罰（或得贖），或謹守→得道。《續金瓶梅》以「淫獄」的書寫開始，將小說人物抽離生命的現場，「異域」化的結果，是情欲本身的「異化」，小說使用明清豔情小說程式化的描寫卻將出發點擺在地獄，以「奔女情結」、「孝與淫」等性張力的微妙平衡及其調節作為文化的呈現，在西門家通過金錢與道德的考驗後舉家逃禪入佛，以及畸人一一解罪之後，世界彷彿即將邁入一個新的秩序，「借淫說法」是一種「將然而未然」的說法，重點往往不是小說所極力推銷的「將然」，而是敘事裡層的「未然」。

明清小說對家族與家庭的描寫多有一種家國互喻的現象，小說以男女、家庭、家族而及天下，家是國的基礎，國是家的擴大延伸，家國一體，尤其是在一個綱常失序的世界，家綱不振，往往可以見證國綱罔存。在典型的家庭家族式敘事模式裡，基本上是以家庭人物的視野加以描敘，一方面描寫家庭瑣事來反映社會人生，另一方面透過家庭的視窗呈現鮮明的時代感。章亞昕在〈歷史的反思與民俗的批評──論《醒世姻緣傳》的文化視角〉一文說：「就潛在主題而言，也許可以這樣說：《金瓶梅》隱喻『家爛了』，《紅樓夢》暗示『家散了』，《醒世姻緣傳》則象徵著『家沒法子待

了』。」^⑬就家庭家族小說而言，《續金瓶梅》調動佛家「摩登淫女」豔典，以及民俗「掘藏奇報」的心理，反思歷史，感悟人生，最後傳家給僕人玳安的「西門家」，就家國互喻的角度來說，「傳家」實際上是更爲複雜的一種家國置換：「家國」的外形俱在，但是人事已非，奴僕翻身爲家主，身爲遺民的丁耀亢，失去身分、失去認同，深覺「難回故國」^⑭，一切如幻。也可以這麼說：以往的華夷之別在與異族融合的歷史現場呈現了明顯的一體化趨勢，對明清曾經蓄奴並經歷過奴變的仕紳階層^⑮，以「主／僕」暗喻「華／夷」，即是以「家國互喻」的方式啓動大家相當熟悉的歷史經歷，取得西門小員外資格的僕人玳安，再加上一個旗官的身分，骨子裡，仍是僕人！

---

⑬ 收在李增波主編《丁耀亢研究——海峽兩岸丁耀亢研究學術研討會論文集》，鄭州：中州古籍出版社，1998年，頁151。

⑭ 丁耀亢《化人遊》中書生何野航的心境：「俺何生今日大舡不見，小舡已拋，連海也是不見的了，赤手空拳，**難回故國**，只得向前尋覓便了。」（第六齣〈舟外等舟〉），《丁耀亢全集》（上），鄭州：中州古籍出版社，1999年3月，頁728。

⑮ 謝國楨考察明清之際「族譜」的印刷是很嚴格的，需事先報名調查，以控制印量，防止僕人冒名頂替，亂了家族關係，尤其是世僕制度與奴變有相當淵源，甚至由群奴索契運動的奴變又延伸爲告訐，一直到民國仍未革除淨盡。詳參氏著《明清之際黨社運動考》附錄一〈明季奴變考〉，臺北：臺灣商務印書館，1978年，頁175-197。

三、貞勝？畸勝？——人性張力與因果報應

　　張國星在〈性·人物·審美——《金瓶梅》談片〉一文中曾分析同為宿命式的設計，《金瓶梅》以吳月娘、孟玉樓、潘金蓮、李瓶兒、龐春梅、宋蕙蓮等一系列女性的生命過程縱向鋪陳遞進。《紅樓夢》以林黛玉、薛寶釵、王熙鳳等系列女子演繹大觀園的詩書簪禮之世界，前者在二十九回〈吳神仙冰鑑定終身〉藉一相士在西門慶家看相，預言她們各自的人生歸宿；後者在第五回以警幻仙境的「金陵十二釵」命冊預言式的羅列各人的命運圖程。但是「《紅樓夢》以女性的命運觀照人生，故有悲涼虛無的哲學氛圍；《金瓶梅》則以女性命運觀照道德，所以有冷漠的倫理寄旨。」[16]

　　小說作者面對無法言喻的龐大內在世界時，以個人的遭遇「觀照」另一層面更廣大、指涉更深入的抽象面（命運、因果），甚至用一種「女性」觀照面作為言說，具象與抽象對應出的理性內涵（哲學、倫理），及其所產生的「悲涼虛無」或「冷漠」的情感，使得小說的言說自有一種權威解構與叛逆的意味，《續金瓶梅》就如曹雪芹在《紅樓夢》一樣，有著一種哭笑不得的沉重心情！[17]

---

[16] 張國星〈性·人物·審美——《金瓶梅》談片〉，《名家解讀金瓶梅》，濟南：山東人民出版社，1998年，頁257。

[17] 丁耀亢於《續金瓶梅》的「興亡之感」說：「單表古人詩詞，多因故國傷心，閑愁惹恨，……也只為託興遣懷，方言醒世，真卻是假，假卻是真。自有天地古今，便有這個山川，這個歲月，這個人情世態，這個治亂悲歡，笑也笑不得，哭也哭不得。」這哭笑不得，真假難辨的心境，是他的創作動機，也是他無著力處

　　《續金瓶梅》中西門慶的重要性大不如《金瓶梅》，他以靈魂、轉世的肉身多方面詮釋一個生命在政治、經濟變動的另一時空中所可能發生的狀況，每一次的靈魂託夢，每一次的肉身畸變，主人翁西門慶逐漸消失霸氣與生命力（性），一個掠奪者變成乞討者。《續金瓶梅》將《金瓶梅》的主軸挪移，多少意味著《金瓶梅》對「士」階層已沒有一個符合儒生的標準了。

　　丁耀亢在《續金瓶梅》第五十八回點出創作的動機時說：「世上風俗貞淫，眾生苦樂，俱要說歸到朝廷士大夫上去，才見做書的一片苦心。」（頁581）以「朝廷士大夫」來表達「苦心」，卻又取消西門慶的官商履歷，這個「士大夫」情結成為《續金瓶梅》很重要的轉折點。當丁耀亢面向價值體系與社會實況的關係時，他在此宣稱自己士人的中介角色所肩負的影響力──「縉紳君子」是「朝廷紀綱」和「天下風俗」之重要紐帶，所以天下士大夫不可以「有了學西門大官人的心」（三十四回），黃霖認為丁氏創作本書有「亂自上作」的心態。[18]但《續金瓶梅》的言說系統（畸人）與發聲系統（士大夫）確實有很大落差；小說人物形象以游離於社會邊緣的角色，在一個破碎的社會狀態下進行塑像；雖然打著為「朝廷」頒布的「善書」做註腳的煙幕創作，其實用來「註腳」的每一個形象（有待救贖的生命及靈魂）及整個背景（被侵略的土地），本身就充滿零餘者的色彩。所以小說人物形象（游魂／流民）及小說視點（朝廷士大夫）的落差，在選材及視域上就突顯了作家的企

的一種心情。（三十六回回首）頁335。

[18]　《金瓶梅續書三種·前言》，濟南：齊魯書社，1988年8月，頁10。

圖心；除了小說現實上的「全人」——月娘、孝哥兒、玳安，及歷史上的「全人」——岳飛、韓世忠等以外，小說更大部分可以說是「畸人錄」（黎金桂、孔梅玉、吳銀瓶、鄭玉卿、金哥等），但這兩類人的互動卻非常微少：全人在自己的軌道中成全心願，畸人在彼此的糾葛中消解業障，原來恆久纏裹的人性矛盾與善惡摻雜在那個混亂的大時代反而各自運轉，互不干涉。這種偏離事實的人性結構及人生走向，除了表現作者那無法言喻的無力感外，對複雜的人性試圖予以分梳、定位，其所呈現渴望「秩序」，以至於反而呈現出過度簡化正義公理的現象，不正烘托作者那「無力」承載真正的「人」存在的一切複雜現狀，及其終極價值無所指歸的困境？

　　《金瓶梅》描繪了世人在「天命」觀念異化下人性彈力的失落[19]，《續金瓶梅》在「天命」與「人性」的天平之下，將亂世的靈魂描摹成「不為聖賢，即為禽獸」的更深的撕裂狀態。「懲惡」原本為了「勸善」，在這方面《金瓶梅》顯得比較篤定，《續金瓶梅》在六十二回〈活閻羅判盡前身　死神仙算知來世〉即將結束前突然加入一段秦檜謀殺岳飛，不遭報應，反而享了十九年宰相，封王，最後壽終正寢的反證，對因果詮釋人生的周延性企圖自圓其說，並在結論引出：「今日從因果處講了感應，又進一層說，無因果處正是因果，無感應處正是感應。」後面以一段「丁令威」五百年再出生的「仙家因果」，一筆勾銷了「塵世因果」的期望，試圖跳脫人世不平的質疑，其實不正說明報應的遙遙無期，或者說：因果的難以理解（所謂「仙家」不同於「塵世」），才是背後一個更

---

[19] 王啟忠《《金瓶梅》價值論》，上海：上海文藝出版社，1991年，頁280。

清晰的聲音。作家經過「肯定」（因果）而至終驗證的「否定」
（報應），實有很深沉的批判意味，而批判之爲累積，批判要求本
身漸成共識的過程，標幟出明清之際歷史上對有關於人性的反思，
與政治的處境的另一種對話。[20]在丁著《續金瓶梅》的纏雜辯證狀
態中，將經典與民俗大衆化的交融取向；但在「歷史」尚未提供更
明確的「前提」的情況下，披上御衣以創作《續金瓶梅》，其所透
露的矛盾性與通俗性，正顯現出明末清初「批判」的端倪以及此書
對省過與成德的某些態度，此書借「淫根」的提出來照鑑「幽暗意
識」，比較接近當時嘗試由人譜、省過會等改過遷善之行爲，援佛
氏因果與儒家感應之理的親近禪佛的一派士人心理。[21]

---

[20] 明清之際，王夫之論「篡」、「弒」，黃宗羲說「君」、「臣」等等，其所涉命
題之重大，影響清初儒學發展之古代取向，參閱李紀祥《明末清初儒學之發展》
第八章，臺北：文津出版社，1992年。《續金瓶梅》在處理亂世中的秩序以及秩
序重整，他將作爲奴僕的玳安道德化，並以之取得西門家的財富，躍升爲「玳員
外」，「他納了一百二十兩銀子，在東京錦衣衛裏作個旗牌官，還頂着西門大官
人的缺，只不管事。」（六十三回）由一個小人物的階級流動牽動傳統道德倫理
命題與現實處境的景況。

[21] 王汎森在〈明末清初的人譜與省過會〉一文中指出：晚明一些省過團體與文社有
相混的現象，滿清入承大統後雖然頒布禁社令，但仍不能阻擋知識分子結社以互
相砥礪道德修養的熱誠。在分梳明末清初的省過與成德的思想與實際作法時，王
汎森指出士大夫對運用明代民間早就流行的佛道家的《感應篇》、《功過格》之
類的書有不同的看法：一派堅守儒家陣營，一派親近禪佛之說。後者願意借取
儒學以外的資源來增進道德修養，如〈合刻救劫感應篇序〉即認爲「佛氏因果之
說，即吾儒感應之理」；但是前者如劉宗周即嚴厲的批判功過格，反對它的因果
觀念、事後改過以及功利自滿的心理，主張應該從更根源之處把惡念化除。詳參

丁耀亢在《續金瓶梅》對「因果」與「報應」的態度，時時拉回「塵世」的視角來解釋，對於「現世報」的討論，接近那些無法滿足於有「證」無「驗」的「日譜」之學，並因而改行功過格的士人。[22]

四、「主悟／主修」與「重情／重理」的調和與轉向

我們從明末清初文學創作的大範疇來看《續金瓶梅》的創作，可以發現此書有兩個呼應時代風潮的現象：

（一）「普地昏夢」中的「主悟」與「主修」

明清之際，在中國文化史上是一個特殊的歷史階段，思想上「普地昏夢，不歸程朱，則歸陸王」（顏習齋語），這一時期思潮的成就，是對宋明以來的哲學做了批判總結，特別是對理學做了嚴肅的批判，瓦解了作為官學的朱子學的權威，致使「清世理學之

《中央研究院歷史語言研究所集刊》，第六十三本第三分，1993年7月，頁679-712。

[22] 王汎森指出張際辰、陳錫嘏及陶望齡、陶奭齡的弟子們，在不滿於儒家正統派排斥將道德與幸福直接連結而「主修不主驗」，這些人面對有「證」無「驗」的日譜之證人之學無法滿足，而改行功過格，同上註，頁285-286。

言，竭而無餘華」（章太炎語）。

明末清初，不管在小說、傳奇、評點等創作上，士人往往挾裹著相當濃厚的人文精神，這些以群性為其本質的世俗載體，在挾裹著個性色彩濃烈的人文精神時，作家的立場就很值得我們審視。如：以哭廟案被殺的金聖歎腰斬水滸（1641年），將七十一回以後內容全部砍掉，另加上「驚惡夢」的結局，由官軍把梁山泊聚義頭領斬盡殺絕，他將一百二十回的《忠義水滸傳》終止在「逼上梁山」的英雄事蹟，除了藝術理由（去藝術之贅瘤——招安），最重要的原因是點出「奸厥渠魁」（痛恨賊首）的歷史感慨。又如說董說作《西遊補》十六回（1620-1686年），補入「三調芭蕉扇」之後，「以鬥戰勝佛之英雄智慧，而困於情」（〈讀西遊補雜記〉），最後也以「驚夢」的姿態，由「青青世界」出幻。

明代《三言》、《二拍》結合了揭露現實，體嘗生活的傳統及說教勸世的傳統，它們是由「酷嗜李（贄）氏之學」[23]的馮夢龍以及與湯顯祖友善的凌濛初執筆，在晚明主情文藝的思潮中，塑造了一批文學新人，這一批小說形象，鮮明的標誌著新興市民意識。但到了明末天啓、崇禎年間，內憂外患、政治危機、民族危機在文人「救亡」的時代感中，反省批評的聲音代替了傾聽「市井之常談，閨房之碎語」的耳朵，「寒儒意識」與「市民意識」產生了非常細膩的互滲交融。馮夢龍在為《石點頭》作序時說：「小說家推因及果，勸人作善，開清靜方便法門，能使頑夫悷子，積迷頓悟」，相

---

[23] 許自昌《樗齋漫錄》卷六，出自《北京圖書館古籍珍本叢刊》子部雜家類，北京：書目文獻出版社，1988年，頁304。

較於《三言》的「喻世」、「警世」、「醒世」的了然於心，強調
的角度有了微妙的變化，士人描摹的不再是他們認識、理解、樂於
體嘗的世界了，馮夢龍認爲《石點頭》既以聖僧說法，頑石點頭命
名，「頑石」的「積迷」只能以「頓悟」的方式去解決，我們如果
細心的去考察一系列明清小說家的創作，會發現他們在勸懲論上往
往包裹著因果論，而這二者看似以簡化了的手法來處理深層的悲劇
意識，卻有很濃厚的「頓悟」色彩。

　　同爲明末清初出現的《醒世姻緣傳》曾名爲《惡姻緣》，即以
因果報應爲全篇宗旨，其中描寫冤冤相報的兩世姻緣，尤其將惡報
採取誇張手法，表現得極爲痛苦，陽世之人不亞於在地獄受苦。主
角狄希陳遭妻妾凌虐，其刻薄狠妻，已到了令人無法置信的程度，
而狄希陳的悲慘，不僅僅是肉體的痛苦，更有精神的麻痺，作者聳
人耳目的描寫，超乎人情之常。

　　在明末清初的傳奇、小說中，由於場景的變化，往往對描寫
的主題起著一種特定的作用。《醒世姻緣傳》拿來「醒世」的「姻
緣」，是超乎常情的妒婦惡妻對丈夫的報復，將因果報應的懲罰拉
到人間來執行，婚姻生活，儼然人間煉獄。董說《西遊補》以孫悟
空掉入鯖魚肚腹，一路「求放心」（找尋失去的心）爲西天衍生一
段岔路；鯖魚者，情欲也。有趣的是，丁耀亢的第一個傳奇劇本
《化人遊》，完成於順治四年（1647），寫一書生何野航與古今
名人才士，麗姝美女遠遊海上，被一巨鯨吞舟入腹，爲「魚腹之
國」，「生不知也，但覺若至一地，天日昏暗，舟與諸人俱不知
何往，獨行踽踽，驟有所悟；乃靜坐修煉，彷彿久歷歲時，不生不
滅，大道將成。有魚骨大王，妒生成道，命劍客以魚腸劍刺之。生

方趺坐靜息，劍既著膚，段段化爲蓮花，生已證仙果矣。……忽有人大叫云：何生！何生！你夢好醒也！」[24]

　　《西遊補》、《化人遊》以相當類似的「入幻」情節作爲作品的結構，其主角也都以他人「喚醒」作結，這種「積迷頓悟」式的心理歷程，絕不是以「倫理心理化」或「心理倫理化」[25]的二分法來概括「情」、「理」對立的才子佳人小說所能範疇的。明末清初的士人，在「倫理」與「心理」的雙重迷惘中載浮載沉。如果拿《西遊補》與其原著來比較，在加入夢幻的因素之後小說人物的基本精神與變化和《西遊記》已有根本上的差異了。首先是《西遊補》的孫悟空單獨入幻，那是一個非秦、非唐亦非宋的去（或折疊）時間化的空間，所以身爲「御弟」唐僧的徒兒之悟空，在原來「倫理」的秩序關係中完全被解除了；另外，《西遊記》裡的孫悟空七十二變，完全是一種意識活動，因爲它知道想變什麼，就變什麼，這和《太平廣記》的〈薛偉〉等「魚身夢幻」的故事一樣，都是形變而神未變[26]，明末清初的《西遊補》、《化人遊》及《續金瓶梅》的人物卻是**神迷而形未變**，董說和丁耀亢作品中的主人翁在魚腹中及地獄亂世裡的若干情節有頗多類似的地方，如

---

[24] 詳見《化人遊詞曲》第五齣〈幻中訪幻〉，李增坡主編，張清吉校點《丁耀亢全集》（上），鄭州：中州古籍出版社，1999年，頁723-724。

[25] 郭英德認爲理學家主張理義是性情的基礎，應從倫理到心理，爲心理倫理化；才子佳人小說主張性情爲理義之根柢，是由心理而倫理，是倫理心理化。參閱〈論晚明清初才子佳人戲曲小說的審美趣味〉，《文學遺產》，1987年第5期，頁73。

[26] 張錯〈魚身夢幻〉收在《從影響研究到中國文學》，陳鵬翔、張靜二合編，臺北：書林出版有限公司，1992年，頁83-104。

「審秦檜」、「尋秦始皇驅山鐸」[27]等，《續金瓶梅》六十四回回首引《西湖二集，馬神仙騎龍升天》詩說：「秦王謾作驅山計，滄海茫茫轉更深」。是指神助秦始皇驅石造橋以渡海的典故。元代郝經〈秋興〉詩之三說：「翩翩精衛休填海，驅石秦人已斷鞭。」這和當時士人謁岳飛墓、哭項王廟的精神活動是相吻合的。王夫之曾說到：「當紛亂之世，未易立言」（《讀通鑑論》卷九），明清之際，士人看到「方死方生」的一片生命世界，其文字間常見「盛衰」的喟嘆，諸城人相傳丁耀亢撰述清人入關，「一陣腥羶不見大明」，董說《西遊補》也提到孫悟空在「青青世界」聞到韃子的臊氣，這些作品所傳遞的感官印象，較諸七十二變的孫悟空「形變而神未變」的取經之行，多了一層神形兩失的茫然感。「稍迷而頓悟」的歷史心境，在明清之際遺民文學中用神話、史典的長鏡頭被鐫刻出來，這一些以幻夢為場景的書寫，大多有被喚醒的記憶，正說明了一種「主悟」的歷史痕跡，只是有些作品喚醒後的靈魂有著深沉的負罪感，於是解罪的過程也是一種艱辛的歷程。

《四庫全書總目》說：「講學之風至明季而極盛，亦至明季而極弊，姚江一派，自王畿傳周汝登，汝登傳陶望齡、陶奭齡，無不提倡禪機，恣為高論。奭齡至以因果立說，全失儒家之本旨。」

---

[27] 《續金瓶梅》六十二回〈活閻羅判盡前身〉和《西遊補》第九回〈秦檜百身難自贖〉孫行者任閻羅審秦檜即為當時熱門素材。《西遊補》中孫悟空在鯖魚（情欲）腹中仍念念不忘向秦皇借驅山鐸，以處理火燄山的災厄，這種精衛填海，不自量力的變形神話，積澱著相當深沉的文化思維，「驅山計」即為當時時髦題材。

（卷一七二，集部，別集類二五）正說明明末士人在茫然無所依歸的情況下，走向「宿命」、「逃禪」的思想軌跡，由於「道失於上」，所以「耽迷談玄」。丁耀亢六十歲以後「喪目逃禪」，自署木雞道人，即其一例。所以我們若要理解「生平好道家言」（鄭騫語）的丁耀亢爲何選擇《金瓶梅》來「續」，唯有從「積迷」而又力圖「頓悟」的士人掙扎來思考，或可貼近部分知識分子由「主悟」到「主修」的轉變的一些原因。

明朝是一個內向、中央集權的朝代，維繫整個官僚、鄉紳體系的運作，及仲裁官僚系統的利益、意見時，皇權的神格化和道德的絕對化就成爲當時社會穩定制衡的重要力量。明末清初之際，有一批作家以小說或傳奇來描寫生活，抒發情感，當他們面臨錯綜複雜的世局，以及長久以來的思想習慣和行爲模式在生活場景中的點點滴滴，「困境」和「抉擇」成爲他們面對歷史的重要課題，舊有的威權與規範就在困惑與抉擇中被重新檢討。明末清初的士人由於通俗宗教及善書的影響以及修身日記所呈現的由玄轉實，由悟轉修的傾向，純正理學家的日譜所呈現的社會面的影響日漸消失，陶奭齡這一派「以因果立說，全失儒家之本旨」親近禪佛之說的學者，反而是比較有可能將學問事業與庶民百姓交會的一群。[28]丁耀亢和

---

[28] 此處論述參考王汎森〈明末清初的人譜與省過會〉與〈日譜與明末清初思想家──以顏李學派爲主的討論〉兩篇文章。前者同註[21]；後者同註[10]，頁245-289。陶奭齡與丁耀亢這一立論方式比較能夠貼近庶民對社會救濟、祓罪造命等轉移世俗命運的功利色彩，因此和普遍化、平民化的功過格運動相近，而非顏李學派的日譜修身的「主修不主驗」，導致於內捲化（involution）傾向的另一派純理學家修身日記運動。

陶奭齡這一派親近禪佛之說的學者的爲學進路應是比較接近的，他以《太上感應篇》爲正文，將《金瓶梅》的故事延伸發展，作爲註腳，鑲嵌在「功過格」的品第中去算計，就是一種「以因果立說」的通俗文學版本，在文學創作與知識圖譜的接合處，既有一種「結案」的意味，也指出由**重悟到重修**的平民化傾向的一個思考路線。

（二）「借淫說法」中的「重情」與「重理」

中國豔情小說在明代中葉以後，由於刻售通俗作品風氣大盛，書商爲迎合市民庸俗趣味，獲得更大商業利益，一時大量刊行，而後延續到清代，即西元十六世紀中至十八世紀初，其始作俑者大概是嘉靖末（1561年）至萬曆初（1581年）之間的文言體小說《如意君傳》和《痴婆子傳》。這兩本書都是以女性爲中心人物，《如意君傳》描寫宮廷的淫亂生活，《痴婆子傳》呈現世俗男女的性欲，小說中的性心理描寫基本上是透過女性人物的表述，如：《痴婆子傳》卷下，上官阿娜說：

> 我中道絕也，宜哉。當處閨中時，惑少婦之言而私慧敏，不姊也；又私奴，不主也；即爲婦，私盈郎，又爲大徒所劫，亦不主也；私翁、私伯，不婦也；私饔，不嫂也；私賫，不姨也；私優、私僧，不尊；私穀，不主人也。一夫之外，所私十有二人。

上官阿娜在晚年，面對社會輿論之下，所表達的悔悟，包含了倫常關係中的孝悌、主僕、上下、尊卑，對於那些道德所附著的倫

常關係一一點破；這類豔情小說所表達的觀念大膽激烈。如果說，明清豔情小說是以極端偏激的方式喚醒人們的肉欲，而宣稱：「夜深人靜，欲心如火，男男女女，沒有一個不想成雙作對，圖那臍下的風流快活。」（《燈草和尚傳》第一回）試圖由肉欲的覺醒，重新認識生命意義。那麼才子佳人小說就是另一個極端，如《玉嬌梨》蘇友白的一段話：「有才無色算不得佳人；有色無才，算不得佳人；即有才有色，而與我蘇友白無一段脈脈相關之情，亦算不得我蘇友白的佳人。」（第五回）的這一段話，就點出了才、色、情三者不可缺的理想，才子佳人小說理想的假設是：重「詩詞曲賦之才」而輕「經世致用之才」，並藉由重才不重學的人格觀點，消解了人對外在社會的依附，從而突顯對個體人格的重視。由於個體人格的突顯，與此相應的是對人性好色的本能也予以肯定，如《快心篇》說：「美色當愛也，美色而不愛，非人情也。」（第九回）但「色」、「欲」的認可，是作為人格塑型的生理基礎，它有待於「情」的中介，才能將自然本性的色欲和社會倫理的綱常予以黏合。但這才、色、情的理想組合，在小說的傳統審美趣味而言，「實質上表現了一種失敗了的近代審美理想的追求」。[29]

　　清初丁耀亢《續金瓶梅》一書的「借淫說法」立足於「才子佳人配合是千古風流美事」（《醒風流》第一回）的潮流之中，將「豔情」與「才子佳人」兩股不同審美趣味及價值取向的創作理念

---

[29] 同註[25]，郭英德認為晚明清初的才子佳人戲曲小說在總體觀念上只有量的位移，而沒有產生質的飛躍，頁80。《紅樓夢》賈寶玉、林黛玉的愛情悲劇，也正是突顯了才、色、情兼美的愛情理想在面對超穩定的傳統文化時被扼抑的精神苦悶。

揉合，試圖反應社會病態以及復歸傳統道德的矛盾心情，這種心情在他「創作煌煌四十二萬餘言的一部《續金瓶梅》」中表露無遺。丁耀亢《續金瓶梅》一方面回歸「才子佳人」的系統，以構築理想的人格，來消弭「主情」文藝因解釋「情理衝突」所造成過度重情的畸態，他轉向「才子佳人」小說的「情理合一」回歸「情感倫理化」的封建傳統，所以《續金瓶梅》強化了——吳月娘、孝哥兒、玳安、小王等一群「全人」（道德完人）的理學標本。

　　另一方面丁耀亢又在「豔情」小說的系列發展中，借淫說法，宣講因果報應，希望世人因而參透色欲，了悟人生，進行那「未易立言」（王夫之語）的言說。所以《續金瓶梅》一書也出現了一批淫婦（袁銀瓶、黎金桂、孔梅玉）、僧尼（密教僧尼、薛姑子）、淫棍（鄭玉卿）、妓女（李師師）、惡棍（蔣竹山、苗青）等，以驗證雖然天地不全，但是佛（道）法無邊，因果不爽。這批人的「豔情」如集體淫媾、同性戀、婚外戀等，其逾越乖張「非名教所能籠絡」，但是他們仍處於一個品第井然，因果嚴密的先驗世界之下（之內），所謂「借此說彼」，即一再告訴讀者其隱喻性。

　　《續金瓶梅》一書在處理理想人格的「全人」與充滿罪孽、連地獄都洗滌不淨的「畸人」時，丁耀亢是保持將近等量與等距的態度，他利用佛經品第架構，將小說人物「裝箱入櫃」，在「大運」的時空轉軸裡，證德的「全人」與消業障的「畸人」大致上並沒有接觸，偶有接觸，以吳月娘為例，當她在准提庵識破「薛姑子接鉢留僧」（第三回），在紹興府火德真君廟隨行的小玉遭和尚變裝的小姑子性騷擾時（六十回），都同樣避之唯恐不及，並「從今再不信這尼姑和尚了」（頁608）。這說明了丁耀亢在《續金瓶梅》

的道德全人基本上是有善惡的敏銳度與自制力，但是對人性雜質的容忍程度極其有限。吳月娘以及作爲西門家的唯一子嗣孝哥兒，在《續金瓶梅》一部亂世演義的最終結局卻也做了「尼姑、和尙」，除了表明丁耀亢在許多作品中經常出現的末世情調中的「英雄無路」的感受外[30]，孝哥兒法名「了空」，是否正表明丁耀亢對善惡、情理一筆勾消的眞正想法？所以「重情」的豔情小說中的淫欲罪人，與「重理」的才子佳人同樣都是由修行走向澈悟。

五、「妖書／善書」與「藏書／禁書」？

《續金瓶梅》處在一個「現場感」（明代）失落的歷史情境，遺民性格中那種頻頻回首以「故國」爲自我界定，而又宿命地必須在「新朝」證明生存意義的處境，決定了遺民文學的情感基礎──時空意識與自我定位：在「明」之中又在其外。這種巨大落差的歷史知覺，或表現如陳子龍等人的整理文獻編輯了《皇明經世文編》；黃宗羲修葺《明文案》、《明文海》等大規模的明文輯錄工程；或出現如梁啓超所說「多如過江之鯽」的野史稗乘，這種搜書、藏書活動成爲士「群體」隱曲重建的一環。而夾雜在正統文化知識庫之外，一些收藏家也熱衷醫藥卜筮之書、啓蒙讀物、法律

---

[30] 如丁耀亢的戲劇作品《化人遊》之類的書寫，男主角何生與古人共遊，很有〈離騷〉「遊」的況味，而「化人」之特質也富含老莊的情調。

條文匯編、色情讀物、旅遊指南等書籍，其中尤其以「天文祥異」之類的書籍最為政府當局所忌諱，因為占卜與預測未來的學問只有皇帝有權擁有。[31]乾隆三十七年（1772）下令徵書，為編纂《四庫全書》作準備，正是利用當時知識分子出版、藏書的風氣「寓禁於修」，這也是清朝由武力鎮壓轉向思想箝制的開始。藏書與禁書是一體的兩面，明清禁書的歷史中民間宗教的寶卷一直是榜上有名的，寶卷被稱為「妖書」，宣傳劫的觀念，分二十四品，韻散相雜[32]，其形式和內容其實與善書相去不遠。清初禁毀頻仍，《續金

---

[31] 〔加〕卜正民（Timothy Brooky）在《縱樂的困惑──明代的商業與文化》一書中指出明中葉以後中國圖書市場大興，明後期江南的私人藏書達到三萬、四萬甚至五萬卷，揚州的葛儉潤個人藏書更多達一萬種（不是「卷」），而藏書家又特別喜歡將自己所藏的珍本集結出版，如《說郛》、《說郛續》等，而余象斗編輯《萬用正宗》保留了民間流傳的祕密知識，在當時是有可能招來叛逆之罪的。詳參該書，方駿、王秀麗、羅天佑譯，北京：三聯書店，2004年，頁181-189。

[32] 由於明清兩代民間宗教教派繁多，隨著每一次對民間宗教的打壓與起義的失敗都有一批寶卷被禁毀。寶卷是一種模仿佛經形式的作品，用來宣傳民間宗教的教義，一般寶卷都分成二十四品，以韻文為主雜以通俗易曉之散文，有些譜入民間曲牌，其中最重要的是宣傳「劫」的觀念。大明律規定：「凡造讖緯、妖書、妖言，及傳用惑眾者，皆斬。若私有妖書，隱藏不送官者，杖一百，徒二年。」這裡所謂的妖書就是指寶卷，這一類書籍被稱為邪經，乃是聚眾之源，謀逆之始，因此明清兩朝多次禁毀，到了清嘉慶年間，民間宗教傳教活動已盡量不用文字，而以口耳相傳。有關討論參閱王彬著《禁書·文字獄》，北京：中國工人出版社，1992年，頁58-59。《續金瓶梅》中在在強調「劫」的觀念，丁耀亢並逐錄自己的《出劫紀略》進小說中，並在回目處理上分成若干品第，與寶卷的內容形式頗為吻合。

瓶梅》雖然以「御頒」《太上感應篇》爲幌子，除了光大其名的
端正風俗之外，藉「翼聖贊經」爲幌子，丁耀亢仍然不免因此書繫
獄，遺民作品中那「遺民性」之繫於閱讀期待，正是滲透小說肌理
無法切除的內質，也是新朝敏銳嗅覺不容輕易放過的。如果說「性
描寫」是《金瓶梅》的敘事視角與敘述動力，那麼《續金瓶梅》的
「性描寫」與「道學話」正是整理歷史記憶的澄汰與沉澱過程中的
兩個焦點。

　　由於受到歷史話語及哲學話語的制約及凌駕，小說話語的困
境因而表現爲意識型態的媚俗，表達形式的窘迫，思考能力的軟
弱。誠如王彪論《金瓶梅》的思想矛盾及主題的終極指向時，認爲
《金瓶梅》的思想成就要歸功於「作者眞切的發自內心的矛盾」，
如果沒有這些矛盾，《金瓶梅》中的生機無疑要受到謀殺，因此他
由這個角度判定《續金瓶梅》「滴水不漏」的因果輪迴、善惡報
應，「正是導致作品膚淺、陳腐的根本原因」。[33]《續金瓶梅》中
的人物結局就如《肉蒲團》、《繡榻野史》等豔情小說的出家結局
一樣，都以頓悟作結，豔情小說的主人翁大多在歷經荒淫的生活之
後拋棄塵俗，遁入空門，其結局像是一椿**既成的事實**，不像《紅樓
夢》中賈寶玉削髮爲僧是經過**長期痛苦掙扎**，展現了人性矛盾與
人生巨大無力感的悲劇意識，充滿藝術感染力，而《續金瓶梅》的
走馬燈式的人物與全景式的社會圖景，儘管也有勸善懲惡的意圖，
但是其勸懲就不是一般意義上的勸懲論，它所抨擊的不是惡的本

---

[33] 王彪〈無所指歸的文化悲涼──論《金瓶梅》的思想矛盾及主題的終極指向〉，
　　《文學遺產》，1993年第4期，頁116。

身，而是善惡根源背後那龐大的、全景圖式的結構。因此其書寫策略往往遊走在文類與知識的夾縫當中，將人物情節放在大歷史、大命題之下去關照，所以常常議論龐大、筆觸匆忙，讀來文學興味索然。也因為小說人物模糊，結構鬆散，有去小說化的傾向，深深烙印著預言式、宣告式、反思式或者總結式的「野史」、「雜傳」色彩。**㉞**

　　丁耀亢展現議題的策略，選擇「續」書的形式，使此書首先必須面臨原作的思想格局，當他將勸善的御頒《太上感應篇》與《金瓶梅》結合，亦即選擇將經典語錄大眾化並結合當時思潮中的異端因子，小說對經典語錄的傳播絕對不是「原裝貨」，它們在拼裝、組接的過程之後，分批、零售給讀者，在這挾裹著人文精神的世俗載體中，不同程度地變成了異質文化的攜帶者。是善書或是妖書就在這種異質性中生產出許多詮釋的空間。清道光、同治年間禁毀《紅樓夢》的所有「續書」，並批評它們「特衍誨淫之謬種」，以「衍」字、「種」字來形容小說所具備的影響力，才是主事者之所以防範於未然的欲加之罪之詞。

　　「德／色」的歷史存在本就是一個複雜的文化現象，《續金

㉞ 王汝梅就指出《續金瓶梅》的改寫本《金屋夢》凡例說：「可作語怪小說讀，可作言情小說讀，可作社會小說讀，可作宗教小說讀，可作歷史小說讀，可作哲理小說讀，可作滑稽小說讀，可作政治小說讀。」在體裁上它可以說是一部雜體長篇小說，丁耀亢甚至把自己的雜文著作《出劫紀略》、《山鬼談》照錄進《續金瓶梅》，可見此書以不僅僅是一本小說而已了。詳參王汝梅〈丁耀亢的《續金瓶梅》創作及其小說觀念〉，《丁耀亢研究——海峽兩岸丁耀亢研究學術研討會論文集》，鄭州：中州古籍出版社，1998年，頁161。

瓶梅》以美學的方式進行言說，更易貼近那「未易立言」的個人及時代處境。此書意圖將各階層文化中繁衍的特質轉化為小說描寫程式——「掘藏」致富成仙的市民夢想、「奔女情結」的豔典作為男性性張力的平衡制閥、「逾越的性」作為豔情的常態並以病理呈現作為審美挑戰等，來「披露」社會整體的現象，以與正統理學家在修、悟兩條路上直面幽暗意識的講學論學活動相契。《續金瓶梅》對文化思維的接受及詮釋，就「善書」、「淫書」甚或「妖書」的組接對話，其曲意刻劃的民俗風情，是為強調民族心靈不可磨滅的記憶，誠如丁耀亢所表白的：「我將借小說作《感應篇》注，執贄（李贄）于菩提王（即佛主）焉。」（〈《續金瓶梅》序〉）將「善淫」（德色）的幕後策動者予以組接、對話，作為「註腳」的小說，推崇的教祖正是異端之尤的李贄，不正是明末清初藉知識圖譜的構建來角力的洶湧暗潮的寫照？

六、結語——知我者，其惟《春秋》乎！

本文透過「德／色」的視角分梳《續金瓶梅》創作的內涵，指出此書兼具善書、淫書、妖書三重文化性質的文本，就文類和書名及書的回目形式來看，即已設定本書顛覆傳統文類的分法及其秩序。在故事情節裡反倒不像序言所說的善惡大融合，全節的貞良婦與義僕這些理學標本，基本上和那些畸人是沒有交集的，如此看來，「懲惡」既顯得左支右絀，「勸善」也多此一舉，因為善者本

善，惡者並沒有受到當得的報應。丁耀亢毋寧是更接近遺民性格中的那種異端特質，「翼聖贊經」的幌子就像「借淫說法」的老套，都是一種無效的宣稱，一個大學者為何創作長篇雜文續書，並拿「李贄」當作宣傳？他不斷藉小說的序、議論等寄生式文字召喚讀者做知音式的解讀，如前所言：預言式、宣告式、反思式或者總結式的「野史」、「雜傳」才是這一部敗德的穢史加上道德化的家庭史的真正面貌，作為「野史」、「雜傳」，意在「褒貶」而非「勸懲」。

※文中《續金瓶梅》頁碼引用丁耀亢《續金瓶梅續書三種》，濟南：齊魯書社，1988年8月。

第十章　未竟之事

《紅樓夢》續書群的赤子情懷與場式效應

摘　要

　　未完成的中間狀態一直指向對既存世界的提問，也在作品中對文化出路提出探路的可能，由於小說作爲一種豐富的文化載體功能，選擇這樣的文化生產線，本身就是一種對文化指歸的關切，而「殘缺」本身在這樣的文化生產線上形成一個賣點，吸引眾多思力進行創造、彌補，在書寫與評論之間成爲一個龐大的敘事群，是一個饒堪細味的文化景觀。本章考察了《紅樓夢》續書群，在程式書寫裡尋索其自我、組織、群集、完形的文化深層內涵。《紅樓夢》對文化及文化下的人生策略，以賈寶玉的「赤子」形象，採取一種決裂的態度以求突變，試圖在嚮往與追求之中補自然形態的道家的「天」；《紅樓夢》續書群的策略則是向廣大的群性追求一種此岸性與超穩定性的、慣性的圓融，希望藉現世的種種活動，去補儒家的、社會歷史型態的「天」。

　　《紅樓夢》的「白日夢」適合馳騁思緒，但是原著最吸引人的原是那無法治癒的「創傷」，一種永遠無法消除的「浪漫」來源、美的自我防衛姿態，卻再度遭到續作者們「補恨天宮」的再創作。書寫作爲一種治療的過程，續書作家們對「創傷」的彌縫，反導致「赤子情懷」角色化過程中的自我退化、自我消失。續作者們傾向以一種世俗圓融的慣性常態來掌握世界，但是這個「過去我」在遊戲的虛擬世界中，被組織到常識理性的範疇，「角色化」的網絡裡，在面對名著經典化的過程中以欣羨的步履踏上後塵，自我人格的危機之旅也就展開了。

在中國小說的發展脈絡中，世情小說的重心是描寫人物，注重揭示人的感情世界的豐富、複雜；但是隨之而來一路發展的社會小說、諷刺小說、譴責小說、政治小說等作品，則截取最能表現問題的橫斷面以特寫主題，人物形象成為某種社會問題的載體。《紅樓夢》續書群作為小說史移動中的一個環節，在「完形」的強烈需求下，被組織到一個龐大的穩定結構中，續書在積極的對應經典著作表現為：補、續、完、結、後、抗等形式之外，也表現為無創造性的特質，它們往往被解讀為阻力、慣性、對母體文化的投誠、對先鋒力量的消減（經常是沒有接管控制權）。人們在消費的心態下不斷把玩某些熟悉的形式、元素；進入公共化了的熟悉情境，以達到休閒的目的，來作為常態生活的一種模式，作為「我們的」共同經驗，其實也一方面見證了世情小說之所以為「世情」的通俗基因。

關鍵詞：未竟之事、赤子情懷、群集效應、殘缺、完形

一、未完成：殘缺美學的變形

在《紅樓夢》眾多的續書群中，根據一粟《紅樓夢書錄》指出署名逍遙子撰的《後紅樓夢》三十回是《紅樓夢》第一部續書，此書作於嘉慶元年（1796）前後，在開卷第一回作者聲言《紅樓夢》一書係賈寶玉請曹雪芹所撰，直到了曹雪芹全書脫稿，寶釵不忍千秋萬古之人替寶玉、黛玉二人傷心墮淚，於是再囑咐雪芹另行編出《後紅樓夢》，以便存入「補恨天宮」。《紅樓夢》續書作者將《紅樓夢》視爲「恨書」，就如清代《幽夢影》將《金瓶梅》視爲「哀書」，金聖歎視《金瓶梅》爲「憤書」一般，以情緒字眼冠在書前，這種定位與「奇書系統」歸納小說有不一樣的關注點。[1]《紅樓夢》續書雖然同樣被指出有評論體形式，而且主要是由人物評論（尤其對薛寶釵、林黛玉之好惡而引出的情節）而來，但無可否認的，「補恨」的主要對象畢竟不是書中人，而是「讀者」本身。

學者指出《紅樓夢》是在《風月寶鑑》基礎上增刪而成，《風月寶鑑》中的一些情節，經過改動被組織在《紅樓夢》中[2]，這種未完成的中間狀態一直指向對既存世界的提問，也在作品中對文化

---

[1] 楊義指出清代最有影響的是「奇書系統」的提出，從李漁到金聖歎「天地妙文」的才子書系統，都是評點家不顧正統文人的鄙薄，以宇宙天地一類宏大詞語，來創造一個生龍活虎的奇書評點世界，並且「要在這個獨特的世界中獲得自己生命之證明的心情，是躍然紙上了。」參閱氏著《中國敘事學》，嘉義：南華管理學院，1998年，頁359-360。

[2] 詳參尚友萍著《新人賈寶玉論》，河北：河北大學出版社，1994年，頁19。

出路提出探路的可能，由於小說作爲一種豐富的文化載體功能，選擇這樣的文化生產線，其本身就是一種對文化指歸的關切，而「殘缺」本身在這樣的文化生產線上形成一個賣點，吸引衆多思力進行創造、彌補，在書寫與評論之間成爲一個龐大的敘事群，是一個饒堪細味的文化景觀。在續書的創作中明顯都有一個「未竟之事」的破口，續作家們在處理這種情緒時，去傾聽內在兒童的聲音，去聆聽文化兒童的歷史迴聲，往往不經意中也流露了自身處境的艱窘與貧弱，當他們面對名著經典化的過程中以欣羨的步履踏上後塵，自我人格的危機之旅也就展開了。

二、一種選擇：自我、組織、群集、完形

　　完形心理學的理論認爲，人類經驗的邏輯次序是按一定順序分布的，其分布的過程，從功能方面來說是對稱的，這種對稱是說：在隱藏於經驗下的過程中一定有一些東西對應於我們在視覺中稱之爲「在中間」的東西。「在中間」的經驗是與所伴隨的腦活動的動力相互關係中的功能的「在中間」一起前進的。這是一種特殊的心物（身）同型論（psychophysical isomorphism）。這理論得出這樣的命題：經驗中的單位是與潛在的生理過程中的功能單位相伴隨的，經驗的順序被設想是經驗所依靠的過程中的相應順序的眞實代表。[3]

---

[3] 柯勒（Wolfgang Kohler）著，李姍姍譯《完形心理學》（Gestalt Psychology），臺北：桂冠圖書公司，1998年，頁41-42。

由於這一心理學觀點，借用物理學的學科知識，解釋了對「自我」的認識情況，其核心觀點運用場域物理學（field physics）的概念來詮釋人類的知覺場的運作情形。知覺場的「感覺群集」（sensory grouping）作用能將局部事實組織化，依據「自我-分布」（self-distributions）的物理學規律，局部活動只在作為一個整體分布中發生，這種「擴展中的過程」（process-in-extension）是相對定位的，它們採取一種類化的形式被組織化，所有有關記憶、習慣等等，或多或少保留在痕跡中，如果它們被保存下來，那麼就具有組織性質，將對記憶施加有力的影響。

由於組織具有決定性的作用，因此，過去經驗的痕跡之構成既不是一個無足輕重的連續，也不是一個孤立的局部事實的鑲嵌圖，它們必須以一種相似於最初過程的組織方式來組織自身，並由這個組織，參與回憶的過程。完形心理學強調，人類在知覺事物時傾向用完整（組織化）的心態去審視，在局部與全體之間、在部分與部分之間，有一個完整呈現的通則，只是在呈現的過程中，受到心理向量的機制所決定。在完形心理學中，自我的各種不同的定向趨勢不被解釋為存在於每個自我身上的「本能」；相反地，它們被看做向量（vectors）。向量的產生依賴於自我，也從對象而來，並依賴於物我「關係中的特徵」（characteristics-in-relation）。[4]

明清小說的續書作為一種附庸式的創作狀態，它們將許多情節與人物做了多角度的轉變，企圖達到對公共記憶的修正，對結局的再完善。一方面符合了組織化的原則，在這過程中產生了對原著

[4] 同註[3]，第五～十章，頁93-258。

裡許多異質性的特質（作為局部事實的存在）的一種施壓（往往朝
「常態存在」修正）。另一方面在每一部「續書」裡，於其「擴展
中的過程」又突顯出「關係中的特徵」，並因而產生不同的向量，
見證「自我-分布」的「分離實體的群集」，這些分離部分組成的
群集可能證實一個特定的單位、是獨立的；也可能在同時屬於一
個更大的單位。⑤ 所以，在中國文化裡潛藏著許多精神傳統，如：
隱逸傳統、俠義傳統等等，一個個組織化的「分離實體群集」，同
時也在過程中成為一個更大單位 —— 泛儒文化、墨俠民間文化的
原質，章太炎稱這是中國文化中「大禹模式」和「周禮模式」兩種
原型對立的體現。⑥ 在眾多的群集裡，積澱著許多文化模型，以陶
鑄出中國的國民性。徐復觀先生就認為中國文化體系，不像西方
的哲學傳統一樣的，是純認知的系統，而是通過「人格的建立」來
體現⑦，這種「人格的建立」，是按照某種價值觀念來形塑的，亦
即：可以找到一個對應的觀念體系。

　　本章嘗試從小說原著與續書之間的對應狀況觀察「大單位」與
「分離群集」之間的關係，以期探索這一批作品的處境。續書作者
大抵名不見經傳，也由於附屬於名著的關係，更不可能被經典化，

---

⑤ 同註 ③，頁98-99。如：色盲測試本子中，不同顏色產生的數字，正常的受試者因
　 為顏色感知，可以讀出數字，色盲的人看不到色彩的差異，在他們的視野中，不
　 會形成這樣的群體。

⑥ 章太炎著〈原儒〉，《國粹學報》，1909年10月第59期。

⑦ 徐復觀著〈中國文化的層級性〉，收在《港臺及海外學者論中國文化》上卷，上
　 海：上海人民文學出版社，1988年，頁474。

但他們在生產文化的流程中，卻處於一個尷尬、複雜而又特殊的位置，他們所選擇的焦點，呈現出強勢理陣與弱勢理陣、大文學與小文學、異文典與正文典的「中間狀態」[8]，這些續書作家群，關切著原著關切的某些面向，在擺盪、矛盾間，似乎勾勒出某些常見議題，通常這些議題也是主流／邊緣共同立論的焦點。

周蕾在面對鴛鴦蝴蝶派作品時，曾採取三個策略：一、重估過去的研究視野。二、提出新的切入角度。三、小說重讀，對此類作品在歷史時期出現的狀況及文本深入解讀做出有效的成績。[9]在面對評價不高的小說作品之中，「鴛鴦蝴蝶派」及其上游「才子佳人」小說，可以說在對「通俗性」及「邊緣性」重新評估的研究視野中，一直存在著理解及價值評估的雙重困難，但畢盡已挖掘出若干文化的深深淺淺的意涵。「續書」作品納入「學術研究」之林，也同樣有此困境，本文嘗試以「群體」的方式試圖對一批化名「山人」、「主人」、「居士」、「樓主」、「某某（逍遙）子」等等面目模糊的作家群，以「群集」的概念去貼近他們，當他們圍繞某些共同議題論述、書寫時，是否也意味著某部分「自我-分布」的組織過程？

此外，從這批「續書」作品中，映照出另一批稱為「經典」

---

[8] 廖朝陽〈異文典與小文學：從後殖民理論與民族敘事的觀點看《紅樓夢》〉，臺北：《中外文學》，第22卷第2期，頁6-44。

[9] 周蕾著《婦女與中國現代性——東西方之間閱讀記》，臺北：麥田出版有限公司，1995年。

的著作中仍留有許多問題（空白），尚待後繼者來解決[10]，本文的重點不在「解決」，而是「角度」的選取，唯有通過角度的設定，才能看出這些作家群面目模糊下的「集體性」的內涵。歷來對古典小說續書在面對「集體性」中「量」的累積與「質」的稀薄現象時，多將其放置於小說流派中來加以考察，如：《紅樓夢》續書包含豔情、才子佳人、兒女英雄的文學基因，成為流派縮影匯集地。[11]但若細細推敲上述這類小說與續書群的文學「基因」對照中，並不具有「基因」的創造性特質，反而是僵化的原因。有些研究者將一再出現的特點及其規律稱為程式化、模式化，並找出個中若干結構或稱反覆出現的情節名為預制件。[12]我們尋索小說「脈絡化」，其實往往是一連串文本解讀過程累積的結果，或者說是重新編織一連串解讀過的文本，使其具有可理解性之活動的產物。「基因」的取得及詮釋、建構之間的三組扭力[13]，在一般認為的「二

---

[10] 孔恩（Thomas S. Kuhn）指出典範（paradigm）是指「一、作者的成就實屬空前，因此能從此種科學活動中的敵對學派中吸引一群忠誠的歸附者。第二、著作中仍留有許多問題能讓這一群研究者來解決。」程樹德等譯《科學革命的結構》，臺北：遠流出版社，1991年，頁53-54。

[11] 林依璇《無才可補天──《紅樓夢》續書研究》，臺北：文津出版社，1999年，頁215。

[12] 郭英德認為晚明清初的才子佳人戲曲小說在總體觀念上只有量的位移，而沒有質的飛躍。參閱〈論晚明清初才子佳人戲曲小說的審美趣味〉一文，《文學遺產》，1987年第5期，頁80。

[13] 這裡借用宋家復討論錢新祖研究焦竑與晚明新儒學之重構問題的「重構」：restructureing的三條問題線索。參閱氏著〈思想史研究中的主體與結構：認真考慮

流」小說（包括續書）[14]，其（對象）主體意象是一條相對之下比較不明朗的線索，如何在「量」的位移中去品繹「質」的流向，將每一「群集」中潛在的組織意義——「自我－分布」勾勒出來，成為這類小說再定位的重要工作。

在眾多「分離群集」當中，赤子、才子、女子分別標誌出「過去我」、「理想我」以及「他者」的「自我－分布」狀況，本文選擇「赤子之情」作為第一部分的探析，嘗試從這角度一探續書作家群的書寫內涵，並為「續書」形式中的各種「自我」進行第一步的描繪。

三、中國文學的「赤子之情」

中國文學在新人格的形成與傳統人格消解的過程中，「赤子」是一個很有討論空間的詞彙，兒童之所以是兒童，一方面在於尚未受到「忠孝節義」等固定觀念的套牢，一方面流露出對清白的嚮往，與一個超然於濁世之上的純潔世界打交道，冀能投身宇宙大自然，人在宇宙自然的面前永遠是個小孩，只有意識到自己是個孩子，才能與自然打交道，才能與大自然一起遊戲，這種「赤子境界」，與萬物神遊，與天地精神往來，不失為擺脫困境的方法。所

《焦竑與晚明新儒學之重構》中「與」的意義〉，《臺灣社會研究季刊》，1998年第29期，頁58-61。

[14] 如夏志清、林培瑞，周蕾之研究「鴛鴦蝴蝶派」。

以「赤子」有時表現爲抗拒，有時表現爲嚮往，但二者同樣都以「現實」爲它們的參照面向。

　　《紅樓夢》大觀園與園外的世界究竟作何解讀：余英時將之分爲可欲與不可欲；廖咸浩則加上兼有「年少」與「非年少」的區別。[15] 張靜二在〈論西遊故事中的悟空〉一文提到百回本《西遊記》中孫悟空是經過人格塑造的過程，他不斷的在求取「成人」社會的一席之位，在大鬧天宮之際，「⋯⋯佛祖罵他是個『猖狂村野』的『小畜牲』，只知『胡說』，不知自制。⋯⋯這個不知天高地厚的『小太保』，終遭『大人』的圍剿，被壓在五行山下受苦。」[16]

　　而在《水滸傳》中，人格結構形成對立統一的兩個環節，其一端爲宋江的「保義」思想，一端爲李逵「旋風」式的野蠻特質，二者的相互依賴，彼此指稱、定義，遂成爲「英雄氣概」的複調存在。我們在《水滸傳》裡對李逵的描寫，會感到「黑旋風」那彪形大漢的身軀正和他自己的心理發育形成尖銳的對比，他的莽撞與天眞，他的稚氣與信賴，恰像一個未長大的孩子，他將人的文明看作虛飾，但當他執行自己的正義感時，單憑他那不問青紅皂白「一斧一個，排頭兒砍將去」的架勢，這種蠻性的力量在現實世界是相當可怕的。因此，當「呼保義」宋江那個「生當鼎食死封侯，男子生平志已酬」（《水滸傳》卷末詩）的價值取向作爲他們共同的決

---

[15] 廖咸浩著〈說淫：《紅樓夢》「悲劇」的後現代沉思〉，《中外文學》，第22卷第2期，頁85-99。

[16] 見《中外文學》，第10卷第11期，頁14-59。

定，「招安」成爲一起的命運時，那個被文明視爲自然存在、肉體存在的「我」，就成爲梁山起義必須犧牲的先天性缺陷了。

但從另外一方面來看，民間社會「俠義型」的人格，通常表現出敢說敢做、表裡如一的人格精神，深蘊著人類要求「自掌正義」的自發性傾向，這種「俠義型」的人格模式的主要特徵，如李逵的「大碗喝酒，大口吃肉」、魯智深的「禪杖打開危險路，戒刀殺盡不平人」，接近一種「自我實現者」（馬斯洛 Maslow, A.H）的相對的自發性。作爲中國文化內部人格精神的具體類型，既是普遍存在的，又是充滿異質性的一種下層文化意識，與儒家文化中的中庸的人格特質，有著互爲調節的功能。魯迅、郭沫若、茅盾等文人，都曾自述少年時期受武俠小說的啓蒙，個人意識抬頭，陳山就認爲：「兒童和青少年對於俠義精神的嚮往，是一種自覺的文化選擇，而不是如同儒文化影響那樣是被動的接受，因爲在當時的社會條件下（按：指魯迅等人少年時的民初時期），青年只能採取這樣一種方式來抗拒儒文化的桎梏。」[17]俠義精神貼近兒童經驗的部分，除了不受桎梏的渴望外，那單純的情感表達方式──快意恩仇，以及健康的「自我實現」，都是我們在小說世界中積澱的一種深沉而又複雜的文化心理。

中國古典小說最引人賞愛的，無非是其中潛藏著許許多多的「赤子崇拜」，而小說人物形象畫廊中收納著這些「赤子崇拜」的各式變種。在成人的文本世界中，這是一種「異態存在」，在續書的寫作過程中，續作者與原作者常常選擇在一些特定點上交鋒，

---

[17] 陳山著《中國武俠史》，上海：三聯書店上海分店，1992年，頁288-289。

「異態存在」經常是其對話的場域。

四、補恨天宮 ── 逆子（女）的妥協

學者指出，曹雪芹創造了一個「逆子」的賈寶玉形象，乃是爲了從根本上否定科舉和仕進，並且讓賈寶玉在成年之前就走盡了人生的道路。爲了突出這一點，作者「誇張地」讓賈寶玉在少年時代就具有與「封建主義相對立的一整套關於世界、人生的看法。……把『初試雲雨情』強加在一個十二、三歲的少年身上就完全不可理解。」[18] 但是，一個少年具有怎樣的人生觀、價值觀，進而讓此人生觀、價值觀的深度與廣度指涉一套社會建構是一回事；當這一套人生觀、價值觀與行爲驗證過程是否「合理」，又是另外一回事。亦即：「初試雲雨情」與「科考功名的否定」可否在年齡的限定上而有特殊的意義產生，二者（生理的／心智的）的未成熟或早熟，是社會使然？家庭使然？抑或個人因素？小說將情愛書寫與社會（時代）書寫相互編織，與賈寶玉的「少年」形象的關係爲何，的確是可以討論的一條線索。

我們都知道，「少年」（或說是「早期」）屈原曾寫出一篇〈橘誦〉，以擬人手法，將物我雙寫，橘的「受命不遷」、「秉德無私而參天地」，這種赤子般的初始忠心，雖不免孤芳自賞，卻也

是屈原之所以成為中國人的人格歸宿的一種典範書寫，在這種書寫中，透露了強烈的認同感，但也因為這種認同，當他在踏入現實社會之際，就處在重重的誣蔑陷害的阻力之中，從阻力中體現出他內心設定的「自我世界」與「現實世界」存在著巨大的距離和矛盾。

「逆子」賈寶玉的人生觀、價值觀的設定，在未成年時期的版本及其實踐，算不算誇張，合不合理此處暫不予估算。但是這種赤子之情在人類的歷史上向來就是一股不可忽視的力量。[19]與賈寶玉形象有著近似內涵的大觀園女子，其美好的「新人」、「女人」特質，在這個世界的處境是「無立足境」的困境，劉小楓認為，這些受難的美的形象，其稟有之「任性冷豔」、「孤標傲世」，原本都是一種美的自我防衛手段。[20]但是大觀園裡少男少女的情愛世界，其叛逆的姿態，與捍衛理想的行徑，都在他們還未走出大觀園，長大成人之前或離遁，或消香玉殞，顯然，大觀園這一片淨土，並無法提供他們安身立命的保障，曹雪芹最終用東方式的歸宿——不是青春夭折就是出家流落為結局，顯然引起當時及後代很多的嘆惋。徐朔方先生就認為：「要他（按：指賈寶玉）在塵世活到成年以

---

[19] 同上註，徐先生認為，賈寶玉、林黛玉「他們唯一能夠採取的反抗形式，消極絕望，軟弱無力，……可是當這種微弱、分散的反抗發展到一定程度時，……對封建主義上層建築將會造成不容忽視的破壞作用。」，頁498。

[20] 在《逍遙與拯救》一書中，劉氏指出：黛玉葬花焚詩，表明這個世界的自殺。大觀園最後零落為「落葉蕭蕭，寒煙漠漠」；無數極清淨的女孩子，最終漂流到這個劫難世界的骯髒的角落，承受形形色色的屈辱和糟蹋：惜春「緇衣乞食」，妙玉「風塵骯髒違心願」，巧姐「流落煙花巷」。臺北：風雲時代出版社，1990年，頁84-85。

後，生男育女，直到老死，那是難以想像的，除非他走上一條妥協的道路，根本否定自己。」[21]對於大觀園的命運及其內涵的操作，顯然在續書作者的眼中是個熱點，但也是因為這個共同焦點的處理，反映出一批批讀者心中對曹雪芹那一片「赤子之情」的盲點，續書的確就從「妥協」這個面向開展的。

（一）只要我長大 —— 自我的角色化以及人格整合的危機

在乾嘉年間大量出現的《紅樓夢》續書[22]，作為《紅樓夢》的後裔，在大觀園上演的一幕幕生活，充滿了庸俗劇況味。在這裡我們不妨試著以「大觀園」裡，人的活動為觀察對象：

《紅樓圓夢》中賈府掌控家中權力的變成黛玉，她還兼有郡主的身分，她在賈家就是和寶玉一起住怡紅院，而天上地下的掌權者則是晴雯，她住在綴錦閣上的芙蓉祠，因此在這本書中，大觀園變成掌控天上人間地下權力的所在，而且以續作者認為「憾恨最深」

---

[21] 同註 [18]，頁522。

[22] 有《後紅樓夢》，逍遙子，乾嘉年間（1791-1796）；《續紅樓夢》，秦子忱，嘉慶四年（1799）；《綺樓重夢》，蘭皋居士，嘉慶四年（1799）；《紅樓復夢》，小和山樵，嘉慶四年（1799）；《續紅樓夢》，海圃主人，嘉慶年間；《紅樓圓夢》，長白臨鶴人，嘉慶十九年（1814）；《紅樓夢補》，歸鋤子，嘉慶二十四年（1819）；《補紅樓夢》，嫏嬛山樵，嘉慶二十五年（1820）等。至於晚清一系列冠以「新」字的《紅樓夢》續書，因為反應的內涵與乾嘉年間的作品非常不同，此處暫不予列入討論。

的黛玉、晴雯為所有時空的主宰。

在《綺樓重夢》中，作者無疑是借《紅樓夢》故事，另外鋪演一段「綺麗春事」，所以不但人物都借轉世手法而改頭換面，連大觀園也難逃改頭換面的命運。

首先，賈家後代還未進駐大觀園之前，史湘雲、寶琴、李紋、李綺等為祝賀蘭哥補了中書，所以到大觀園去逛逛，此時的大觀園十分破敗，大家還起詩社，透過詩表達大觀園的破敗景象（第六回）。接著賈家後代臨上學的年紀時，王夫人等便讓岫煙擔任老師，大家在怡紅院受教，怡紅院就不再只是一個人的住所，而是眾人讀書的地方，但也同時使怡紅院變成逐小鈺淫欲的所在（第七回）。在小鈺七歲時，賈政便把新收拾出來的三間書房叫「紅藥院」（十二回）。

到了小鈺因平倭有功而封王之後，他們就建了新王府，新王府中的花園也叫大觀園，從此舊的大觀園便被取代了。王夫人規定新的大觀園的怡紅院、瀟湘館、蘅蕪院名稱仍然保留，其他都可以換掉。雖然怡紅院住的是小鈺（也就是寶玉的後世），但是他的精神內涵已非原來的寶玉，因為小鈺的淫蕩而變成「穢墟」，而大觀園住的又是與他有關係的女子，因而大觀園從女子的天堂，變成男性流蕩色欲的所在，寶玉一個人娶了五位女子，此地變成父權高度發揮之處。

《補紅樓夢》中的大觀園可以象徵家族的興衰旺盛。一開始當人丁尚不興旺，鳳姐、黛玉、鴛鴦、賈母等人死去時，一日為了賈環要娶一個馬姑娘，王夫人等到櫳翠庵去找惜春，「打算園裡經過，到處塵封，燕泥蛛絲，甚是冷落。」（第七回）又一次，已嫁

給蔣琪官的襲人回賈府探視，幾個人到大觀園，先到怡紅院，其中灰塵滿屋，並無可坐之處，瀟湘館則因為紫鵑常來打掃，故與別處不同，但蘅蕪院、稻香村等處，一樣十分破落（十五回）。便是賈家打算把蘅蕪院給賈蘭住的時候，大觀園從此也開始變成賈家「人丁興旺、家業發達」的象徵。因為當初重新進駐大觀園就是為了賈蘭娶媳婦，後來進入大觀園的都是這種「夫妻」，他們意味的是人丁的重新旺盛。並且賈環、賈蘭除了功名有成之外，接著賈家第四代也在大觀園中成長並在外取得功名，到了這個時候，大觀園就再也不是女子的天堂，性靈的所在了。

《紅樓夢補》中，黛玉自回魂之後，因為展現治家長才，而成為家中的掌權者，因而瀟湘館成為重心空間，瀟湘館和黛玉的存在是一體的。黛玉還為賈家帶來財富，在瀟湘館地下藏有許多寶銀，全是上天賜給黛玉的，因為這批寶銀，又使她有權力掌管家中經濟大權（此處與《續金瓶梅》吳月娘、玳安的「掘藏」致富的民間夢想類似）。

大觀園在續書中都有世俗化的傾向，只是世俗化的角度不同，如：《紅樓圓夢》和《紅樓夢補》便強調黛玉之才，讓她們在大觀園中擁權；《綺樓重夢》則讓小鈺滿足男性對權力、欲望的幻想；《補紅樓夢》不強調個人色彩，而是讓整個家族進入大觀園，在其中展現家族由衰到盛的過程，而所謂由衰到盛，就是由人丁衰少到人丁興旺、功成名就，一代接著一代。至於以擁戴薛寶釵為主的「鬼紅樓」——《紅樓復夢》則醜化林黛玉（十五回〈俏郎君夢中逢醜婦〉），在大觀園中充斥著人倫節操、功過報應的討論。綜觀大觀園中的新內容裡，其景象都非常類似，相當程度上反映了乾嘉

年間的主流意識，或者說是被主流意識腐化了的「虛假意識」[23]，
這種「虛假意識」朝向集體的模式進展，是一種傳統儒家文化價值
體系以家庭爲本位的產物，雖然夾雜著非理性、非道德的性、權力
及金錢，但當它們爲倫理或政權服務時就被合理化了。這裡，各種
逆反價值或無價值和傳統結構互相整合的過程十分明顯。[24]但是這
種整合的過程其實呈現出相當嚴重的人格危機，尤其以《綺樓重
夢》的小鈺這種「小大人」最爲突兀，一個不到十歲的小神童（小
說以七歲開始，文治武功樣樣精通、男女情（性）事處處順遂、甚
至出國接見外國使節、重建家園等情節），種種異想天開，描繪出
一些互相悖逆的價值，在人物形象裡顯出自我調整的草率。

　　嘉慶年間的這一批《紅樓》續書，顯然像遊戲人間般的輕易調
換布景、情節，有任意拼湊（bricolage）[25]的感覺，這種表達方式

---

[23] 所謂「虛假意識」：「是一個封閉而教條的體系，當它只能消極被動地接受社會
　　秩序，那麼意識型態的社會功能也就微乎其微了。」參閱Alan Swingwood著，馮
　　建三譯《大眾文化的迷思》（The Myth of Mass Culture），第四章〈三、意識型
　　態與虛假意識〉，臺北：遠流出版社，2000年，頁133。

[24] 金觀濤、劉青峰在《開放中的變遷──再論中國社會超穩定結構》一書舉例《鏡
　　花緣》中「君子國」的描寫像中國社會的造型：「……只能把種價值來個顛倒，
　　至於大量日常生活細節仍需依靠常識，結果這個君子國仍像中國傳統社會，……
　　五四時期，儒家意識的具體內容被拋棄，但傳統思維方式並沒有改變，於是一個
　　儒家文化深層結構和逆反價值相結合的過程出現了。」參閱該書第五章，香港：
　　中文大學出版社，1993年，頁234。

[25] 迪克‧赫布迪齊（Dick Hebdige）《次文化生活方式的意義》（Subculture The
　　Meaning of Style）一書提及次文化用一種和我們不同邏輯，將物質世界的細節瑣
　　事詳盡地、準確地整理、分類，並安排到結構中，透過這些臨時拼湊的、虛構的

不只出現在「續書」系列之中，在英雄傳奇續書、言情小說續書等系列都有許多相近的情節。

　　在小說史被稱為二流的，或評價不高的才子佳人、續書系列小說，往往累積相當可觀的程式化書寫，除了因作者快速生產、民族的審美定向、通俗市場導向等解釋外，似乎仍不能解釋人物性格變化的深層內涵。大觀園及其中的賈寶玉等人，作為文化載體的符號，所呈現的「赤子情懷」的喪失，也就是個性的喪失。《紅樓夢》藉賈寶玉之口反對的「國賊」、「祿蠹」；所謂科考經世是「混帳話」，那是衝著儒家觀念為主的人生目標而發。賈寶玉伸張的個體自主性的自我雖然仍有許多矛盾及侷限，但其攻擊目標乃是儒家作為中國傳統文化在集體主義、社群性和克己活動的系統中建構出來倫理關係中的「角色自我」（role-self）。中西文化中「自我」觀念的區別在於一是經由魯迅、胡適的介紹與推動的西方的主體自我（agent and subject），另外則是傳統中國在儒家論述中的「倫理自我」（moral self），是以人際關係為中心的，也是修養過程的基礎，這種系統中的「自我」，是倫理關係中的「角色自我」（role-self），而非西方觀念中的「個人主義自我」（individual self）。「自我」的實踐與完成，有賴於其角色的實踐與完成，因之亦受到倫理的文化制約。[26]而紅樓續書卻津津樂道

結構，從而建立「解釋」世界，並使人可以在其中生存。迪克・赫布迪齊（Dick Hebdige）著，張儒林譯《次文化生活方式的意義》，臺北：駱駝出版社，1997年，頁114-115。

[26] 詳參譚國根在〈中國文化裡的「自我」與現代身分意識〉一文分析，收在劉述

「角色」的種種，在「角色」的審視中把玩、操作，作爲圓夢、補恨的手段，說穿了，那個社會大夢，卻是世故與早熟的生命藍圖，喪失了「赤子」的天眞與清純，也就喪失了作夢的能力了。被「角色」化了的自我，既受到倫理文化的制約，是活在一個人際關係的架構之中，所以一切婚喪喜慶、一切功成名就、一切逾越的性活動及求仙求道，是一種集體性的活動。[27]

因此，我們在《紅樓夢》續書看到諸多續作者任意「重建」大觀園，或將重心移往充滿非邏輯性的、晴雯主事的芙蓉祠，或以情色化了的怡紅院。在種種彼此幫補、快意恩仇的關係中，是沒有獨立的個人（individual），也沒有「個性」（individuality），更沒有「個人的身分認同」（individual identity），「自我」轉向爲「角色的實現」，這種人際關係的自我其實是一種「非我」（no-self），弔詭的是，這種面向文化母體投誠，以正統體面核心價值作爲自我建構取向的續書群，在「妥協」的生男育女、功成業就之際，在取得「角色化」的功能性的同時喪失了「自我」。《紅樓夢》以離經叛道作爲價值體系的確定過程，續書作家群卻在圓夢補恨之中，試圖勾勒主導和從屬價值體系之間的連續（補其斷裂）而失去了「自我」。「赤子」形象向角色化功能、補償性功能傾斜，其命運正如曹雪芹在《紅樓夢》預示的結局——出走（一僧一道挾持而去）或夭折。

先、梁元生編《文化傳說的延續與轉化》，香港：中文大學出版社，1999年，頁177-188。

[27] 此處道家的、儒家的「天」，借用劉小楓的闡釋，同註[20]，頁79。

（二）「儀典／日常生活」──自我的安身立命

　　誠如之前提及金觀濤等人在分析《鏡花緣》時所指出的：「（君子國的君子）大量生活細節仍需依靠常識」；克利福德・格爾茲（C. Geertz）也指出：「沒有人（甚至是聖徒）永遠生活在宗教象徵符號構成的世界，大多數人只偶爾涉入其中，由常識性的客體及實踐行為構成的日常世界，才是我們安身立命的最可靠的世界。」格爾茲認為一個人（或一群人）：「也許缺乏審美意識，也許對宗教漠不關心，也許對從事正式的科學分析沒有準備，但他不能完全沒有一點常識而存活。」而宗教觀與常識觀之間的來回轉換是社會活中明顯的經驗現象之一。[28]

　　在《紅樓夢》續書就可閱讀到「儀典／日常生活」的頻繁編織，如《紅樓復夢》大量的言情寫景和家庭聚會，《補紅樓夢》的各式排場：後者如周姑爺新中了舉，要來迎娶巧兒，「這裡賈赦、賈政、賈珍、賈璉、賈環、賈琮、賈蓉、賈蘭迎接進來，到了榮禧堂上，姑爺拜見過了，然後與眾親友相見。擺了五席酒筵，讓周姑爺陪來的人坐了。酒過五旬，獻過燒烤，外面鼓樂喧鬧，進來了十六個披紅家人，提著八對宮燈，引了彩轎進了大門，一直到榮禧堂上。姑爺席上放了賞賜，便一齊起身謝酒告辭。賈赦等送出大門，便都上馬去了。裡邊眾人已忙著給巧姐兒梳洗打扮，穿戴齊備，搭上蓋頭，大家纔送出來。到榮禧堂上，纔送到轎內，閉上了

---

[28] 參閱格爾茲（C.Geertz）著，納日碧力戈等譯，王銘銘校《文化的解釋》（The Interpretation of Cultures），上海：上海人民出版社，1999年，頁136。

轎門，眾人便都到裡頭去了。外頭將彩轎上好，鼓樂喧鬧，抬出大門。這裡又派了四個家人，騎馬跟送過去。」（第十回）接著就寫賈環的婚禮，賈家第三代的賈桂芳中舉後點了翰林院編修，寶釵和平兒等人說要把薛家的宛容給他，又是一大段婚儀。這裡的儀式中空間都在「大門」、「榮禧堂」等地方，但並不特別去強調空間布置，反而加強過程的陳述，透過煩瑣的過程，證明家中的發達，對於禮節毫不馬虎。這一點不但在婚禮上如此，當賈政七十大壽時，榮府張燈結綵，但是作者不寫一個場景一個狀態，而是寫第幾天請誰，誰該在什麼地方，對禮節的細膩處理帶有濃厚的寫實色彩：「都派定了家人，大小男女，各有執事，不得紊亂。」（四十回）

　　開宗祠、祭祖，也是書中常出現的情節。本書對儀式的描寫，主要集中在賈府發生的事上，而不是皇帝如何封賞他們的過程（這一點與《綺樓重夢》重視皇帝封誥不同），或死後警幻仙子或天帝之流「封神」的過程。由此可知，家庭的價值在這裡被極度強調，所有的榮耀都歸於家庭，而透過種種儀式表達家業的發達。當然家業的發達是因為人的因素，對作者而言，一個發達的家庭，人丁必然眾多，秩序必然良好，所以「禮」就被強調了，誰該在內誰該在外，都有一定的規矩，所以空間被彰顯不是在物的位置上，而是在人的位置上被強調，是在誰在這裡、誰在那裡被強調。

　　《綺樓重夢》中，小鈺透過政治權力的給予，使賈家復興。作者看到賈府的敗落，在於政治權力的喪失，以至於到最後被抄家，於是把權力加封的過程寫得非常詳細。女子也可以獲得兵權，最後小鈺終於得到一妻四妾，因為她們都曾被封賞，這一場婚禮的儀式，重點在嫡庶之分的強調：「到了十五日申正，同時發了一式

一樣的五乘十六人抬的珠燈結彩花轎，扣準洋表，五轎同進門來。正交酉正，通在第四進榮禧堂前停下，舜華轎居中，碧、纈在東，藹、淑在西。待到戌初，小鈺出來和舜華並排站在中間毯上。碧簫等四人略退下一步，分立兩旁，隱分個嫡庶的意思。同拜過了天地神明，一個個牽絲入房，逐一飲了合巹杯，自然先和舜華好合，以下挨次同衾共樂。」（四十八回）

　　比起《補紅樓夢》重視的是人丁興旺，在儀式過程中被突顯出來，本書注重的是在一個固定的，具有神聖意味的空間中，儀式怎樣被進行，權力怎樣被給予，因為神聖，所以排場不同於平日，物品的使用也不同於一般。

　　以上這些續書，儀式都成為作者用來補夢的一個工具，但是兩者都不欲透過儀式進入他界，卻是進入世俗文化上層去的階梯，儀式沒有（或失去？）宗教意味。或者是否可以這麼說：作者們欲透過儀式獲得「進入」的權力，如：透過婚姻儀式進入賈家、透過封賞儀式進入政治核心，這些事本身成為類似宗教式的信念。

　　在分析嘉慶年間這一批《紅樓夢》續書時，引了一些片段作為文本的切片，實不足以說明其中連篇累牘的細節「轟炸」，但從續作家群體中也令人感受到濃厚的模仿興味，擺盪在「宗教」與「常識」之間的是一種蒼白記憶（曹雪芹是以一種記憶書寫的方式進行文化的追問的），或者這樣的書寫，何嘗不是象徵性的進入「遊戲世界」，使他們能從無所適從的窘迫（或悲苦）中解脫出來，這些虛擬的歡笑本身就架設在宗教觀的有限意義域與常識觀的有限意義

域的脈絡下[29]，透過學習、演練與轉換，對二者所界定的意義框架獲得一些註解式的、模板式的掌握世界的方式。當儀式結束，又重返日常世界，不管是「正功能」還是「負功能」、「強化自我」還是「產生焦慮」[30]，都會像書寫本身是虛構的一樣消失。

五、結語

西方「創傷範式」（trauma paradigm）的觀點指出，使一個事件成為創傷事件的原因是一個人在當時沒有充分地和恰當地做出情緒反應；壓抑這種記憶使它成為致病因素。治療的目的是恢復被壓抑了的對創傷事件的記憶，徹底發洩被壓抑的情緒，以便這些記憶和其他的意識自我之間建立連繫。治療的方法是自由聯想，尤其是夢的解析。[31] 在續書的創作中明顯都有一個「未竟之事」的破口，

---

[29] 同上註，頁138-139。

[30] 余英時提出在近現代史上中國知識分子逐漸從社會中心被排擠出來，成為邊緣人物，「知識分子邊緣化」遂成為研究思想、文化重心轉移的一個觀察點。詳參〈明清變遷時期社會與文化的轉變〉一文，收在《中國歷史轉型時期的知識分子》，臺北：聯經出版事業公司，1992年9月，頁35-42。有些研究指出這種現象導致他們在創作時，選擇比他們更為弱勢、更為邊緣的女子為焦點，是將自己往中心推一些，不僅是消除焦慮感，也是強化自我的一種手段。同註[24]，頁14。

[31] 詳參盧文格、布萊西著（Jane Loevinger with the assistance of Augusto Blasi），李維譯《自我的發展概念與理論》（Ego Development: Conceptions and Theories），臺北：桂冠圖書公司，1995年，頁320。

續作家們在處理這種情緒時，去傾聽內在兒童的聲音，去聆聽文化兒童的歷史迴聲，往往不經意中也流露了自身處境的艱窘與貧弱。在面對名著經典化的過程中以欣羨的步履踏上後塵，自我人格的危機之旅也就展開了。

　　《紅樓夢》的「白日夢」極為適合馳騁思緒，但是原著最吸引人的原是那無法治癒的「創傷」，一種永遠無法消除的「浪漫」來源、美的自我防衛姿態，對於這一核心價值卻在續作者們的「補恨天宮」裡遭到荼毒，書寫作為一種治療的過程，續書作家們對「創傷」的彌縫，反導致「赤子情懷」角色化過程中的自我退化、自我消失。續作者們視文化連續比斷裂重要而完整，傾向以一種世俗圓融的慣性常態來掌握世界，但是這個「過去我」在遊戲的虛擬世界中，被組織到常識理性的範疇，「角色化」的網絡裡，「自我」個性的消失，「逆子（女）」的以神（鬼／魔）為戲，所有神聖的戲仿與重估，像瑰麗的童年一樣卻是永遠的未完成，作家各自以其需要操作文本世界的符號，在對話的當下，見證了文化的自我調適歷程。

　　格爾茲曾將文化系統形容像章魚一般，協調性有時候不那麼好，是一種部分整合、部分不協調、部分獨立的混合物；當它在移動時，並非各部分順暢的協調增效（synergy），以形成大規模的共同行動；而是各部分不協調的移動，最終累積了定向變化。[32]學者指出中國小說史的脈絡中，世情小說的重心是描寫人物，注重揭示人的感情世界的豐富、複雜；但是隨之而來一路發展

---

[32] 同註[28]，頁459。

的社會小說、諷刺小說、譴責小說、政治小說等作品，則截取最
能表現問題的橫斷面以特寫其主題，人物形象成為某種社會問題的
載體。[33]紅樓夢續書群作為小說史移動中的一個環節，在「完形」
的強烈需求下，被組織到一個龐大的穩定結構中，續書在積極的對
應經典著作表現為：補、續、完、結、後、抗等形式之外，也表現
為無創造性的特質，它們往往被解讀為阻力、慣性、對母體文化的
投誠、對先鋒力量的消減（經常是沒有接管控制權）。人們在消費
的心態下不斷把玩某些熟悉的形式、元素；進入公共化了的熟悉情
境，以達到休閒的目的，來作為常態生活的一種模式，作為「我們
的」共同經驗，其實也一方面見證了世情小說之所以為「世情」的
通俗基因。

---

[33] 詳參武潤婷著《中國近代小說演變史》，濟南：山東人民出版社，2000年，頁
311。

第十一章

廣場狂歡

明清小說中英雄與神魔譜系之大眾化闡釋

摘　要

　　本章嘗試以《西遊記》、《封神演義》、《薛丁山征西》及《三寶太監下西洋記》四部小說中所呈現的在追求完善（《西遊記》）、征服異己（《薛丁山征西》、《三寶太監下西洋記》）及王朝易鼎（《封神演義》）的變化過程，來考察「市井」模塑「英雄」力量的展演，在「神魔」的小說煙霧下，大眾文化藉著「英雄譜」如何進行言說，並進而追尋各小說中對菁英文化與大眾文化在界線的交鋒，以及嘗試重新「發現」主流意識與顛覆潛能的動態文化景觀，發掘被「菁英論述」所隱蔽、放逐，卻從不曾消失過的各種次文化。

　　「英雄譜」的中介角色中所展現的怪誕身體、戰場上的食色受阻、逆倫及複調語言等模式化的書寫，開啓了豐富的話語「邊緣性」。本文著眼「英雄譜」這一反秩序與秩序化的明清小說書寫，透過戰爭的描寫及異質威脅（取經路上的妖魔）的收編整飭，英雄們加冕的過程中，小說的深層內涵卻是帝王將相文治武功的神聖光環被消費、脫冕的實況。明清時期儒釋道的大論述沸沸揚揚，通俗小說家通常是一些以藝名出場的邊緣文人，其活絡的文化生產，不管從結構面、解構性來看，總帶著多重的文化性格，藉著游擊戰的方式，不斷向主流文化發言，在文化身分的遊走之間，挾帶著各種性質的文化成分進行時代造像。在這一些「神魔小說」的人物中，藉異鄉他域的變身、另類倫常觀、婚戀行爲、對典範和論述進行隱蔽的、熱情洋溢的表述，食色受阻、逆親背約、寡廉鮮恥（薛丁

山三拒樊梨花的原因），無不帶著戲謔坦然，形成一連串「大眾的」、「我們的」生鮮世界，而在這一系列的「英雄譜」這一反秩序與秩序化的明清小說書寫，透過戰爭的描寫及異質威脅（取經路上的妖魔）的收編整飭，英雄們加冕的過程中，又頗貼近溝口雄三、王汎森等學者所指出的「理觀」、「禮制」的再造與頑強生命力在近／現代典範危機中的另類表態。

關鍵詞：大眾化、英雄譜、神魔小說、明清、狂歡化

一、戰爭、身體、家國：有關「英雄譜」幾個問題的提出

　　長久以來受「述而不作」的學術傳統氛圍影響之下，明清小說創作的各個環節的參與者得以在轉述傳統、重組傳統及對傳統的各樣創發時，順利的以寄生的方式進行創作。這些積極的傳承人或消極的傳承人，透過小說創作或者扮演一種啓蒙者的文化身分；或者是主／次流意識型態的發言人的文化身分；又或者只是市場文化代言人，不斷的對前二者進行整編。

　　由於人們的知識表達在模式轉換中往往同時跨越多種知識類型的疆界，就知識生產的角度而言，「小說」這一文類既屬於知識分子內部對話的範疇，又屬於廣大社會輿論收納的範疇。《西遊記》及其敘事群所展示的，正反映出這些知名度不高、甚至不知名的作家，不斷的借用「遊」的主題，在異國他鄉，對五聖／妖魔的展演與除滅來揭露「他性」，這類文學文本不再只是宗教文本；也不再只是生活文本及任何種類的任何文本。所謂「類型錯誤」或「理念先行」的提法，是朝向支持某種單向度的、有預設順序的理解方式，但是在知識生產線上的考察，卻可以清晰的發現，「神魔」及「志怪」類型的小說，都毫不含糊的支持我們任何一種方式的理解。[1]

　　基於這一問題的延伸，本章嘗試擴大範圍，將《西遊記》及其

---

[1] 參考本書第八章。

敘事群的觀察往鄰近具有「神魔」色彩的小說推進，追尋是否具有表態與交鋒的界線存在？在界線中是否有主流意識與顛覆潛能的動態文化景觀，可以重新被「發現」？是否可以發掘被「菁英論述」所隱蔽、放逐，卻從不曾消失過的各種次文化，生意盎然的、頑強的附著主流文化當中？

　　本章試圖以《西遊記》、《封神演義》、《薛丁山征西》及《三寶太監下西洋記》四部小說中所呈現的在追求完善（《西遊記》）、征服異己（《薛丁山征西》、《三寶太監下西洋記》）及王朝易鼎（《封神演義》）的變化過程，來考察「市井」模塑與「英雄」力量的展演，在「神魔」的煙霧下，大眾文化如何藉著「英雄譜」進行自己的言說？擴展自己的文化空間？確認自己的文化身分？如何在有限（或有意）的認識（知識的、哲理的等上層結構）中，進行「自己的」使用？

　　在這幾部小說中，不斷借用「遊歷」、「征戰」的主題，在異國他鄉，開疆拓土、斬妖除魔，但是這些屬於「累積型」的小說，大多走過變文、說書、戲曲等民間藝術階段，故事小說化、文本化的過程中，以閱讀爲主的藝術形式，成爲城市大眾文化消費型態。屬於城市大眾文化消費的明清文化到底衝撞了什麼？如何展演？

　　對於神魔小說眾多的詮釋當中，有關於肉身道場、戰場上的食色受阻、家國／個體的種種理性、非理性的逆差，以及差異共存，開啓了歷世歷代許多的解讀，並在解讀中有一些評價定勢，本文擬由幾個問題切入討論：

（一）模式化的問題

　　明清小說由於出版技術與物質條件的改進，隨著大量生產的文化事業，逐漸產生書寫「模式化」的情形，例如：「才子佳人」系列有「天花藏主人式」及「煙水散人式」，以聞名編者或出版商合作狀態影響小說寫作刊刻。在「模式化」過程中，各模式間容有異同，對於許多古典小說的更新與再鑄模，帶來些微變化，進而再次模塑的歷程，這類狀況以充滿現代闡釋學味道的巴赫金或加達默爾的「長遠時間」之大歷史視野來看，由量化而產生的微調，使作品總是與它的歷史處於對話狀態，現在與過去形成一種對話的延續，對於如何解釋這些正宗的「才子佳人」或變調的「才子佳人」，時而「行禮如儀」，時而「有若狂疾」的演出，都能帶給我們理解中國式的「田園時空體」②的豐富視野，同時也關係著言情小說史的

---

② 所謂「時空體」是人們在認識世界的過程中形成的一個認識論範疇，卡西爾認為，空間和時間是一切現實存在與之相關聯的架構，我們只有在空間與時間框架的條件下，才能設想任何真實的事物。「田園時空體」是巴赫金由此概念提出的存在把握方式，巴赫金認為「田園時空體」與「道路時空體」是歐洲現代小說興起之前的兩種基本的時空體類型，他以為西方小說偏愛「道路時空體」，中國小說則偏愛「田園時空體」。所謂「田園時空體」是強烈的時間感和對時間的區分感最初是以集體農業活動為基礎的，這裡形成的時間感，為區分和表現社會日常的時間，為區分和表現農事勞動週期，四季、一天當中的時辰、與動植物生產階段相連繫的節日禮儀打下了基礎，也是在這裡，這個時間得以體現在古老的故事和情節之中。如按上面的定義，所謂東方式的「田園時空體」，在中國大抵指《金瓶梅》、《紅樓夢》等世情小說，以家庭或園林為書寫空間，尤其在《紅樓夢》的季節變化中（如黛玉在芒種節葬花），人物的行動的確是一種時空體的展現。《巴赫金全集》第三卷，石家莊：河北教育出版社，1998年，頁405。

發展。

又如：「歷史演義加神怪」是另一種經常出現的「模式化」，對於這種書寫「模式化」的小說之整理，基本上已有許多學者不斷輯錄，使我們可以初窺其風貌（孫楷第、吳建國：1999；李忠明：2003），但在解讀上學界目前仍大抵限於政治、歷史、思想等大論述的方式予以詮釋，尚未有較為整全的「大眾」的角度之成果。如果採用大眾（民間）文學所提「虛假意識」、「狂歡化」、拼貼等非官方文化角度來審視，如：歷史事件的神祕化、歷史人物的民間化等[3]，作家如何藉小說施展游離戰術？如何以躲避、消解、冒犯、轉化，乃至抵抗主流意識及宰制力量？此外，小說模式化的背後是否隱藏著某種「共識」？作為一種常識理性的存在，不斷的被小說傳播，是否也意謂著作者用小說書寫來揭露意識形態與日常生活之間的差距、融滲等關係？[4]

---

[3] 例如《三國演義》的前身，在民間藝人的評書體中有所謂的《柴堆三國》，劉邦的出身被改寫成牧童。

[4] 對於長篇小說的觀察，巴赫金認為一種時代的大變革之前不久，或大變革之時，原本收容民間諧謔文化的民間廣場受到威脅或遭取締，而這些原本與官方文化對峙的「莊諧體」開始尋求新的出路，長篇小說就可能在這個背景之下產生，將這些無處棲身的民間體裁招致麾下。長篇小說不是和平時代的寧馨兒，而是大動盪大轉折時代的血腥子，而此時就會造就長篇小說的「動力學品格」。這種「動力學品格」首先藉著對異己的認識，亦即差異透視，形成走向自身的有效條件；接著認識到差異共存更接近生活的真實，同一性不過是一種假設的制高點，沒有他人異者我就會無所歸依，更不用說我的本質了，所以，差異之間的交流，隨著動態的臨界狀態產生「變異」與「未完成」，巴赫金不滿足於「異」的靜態比較，

相對於模式化的不斷書寫，對書寫傳統我們也看到譜系化的相似性，對經典作品的續仿，重新啓動事件，是否意味著向事件開放？並由此開放中轉而對技巧的更新及傾斜，或對理論的依賴及偏嗜？乃至於在「類型錯讀」、「理念先行」等現象中試圖對知識圖譜進行修正或開啓另類言說的可能？

（二）複調與時代感問題

明清之際，在王朝崩解及專制政體遞嬗的過程中面臨許多難題，當時興起一些「時事小說」，如：遼東、流民、官宦專權引起黨爭等困擾朝廷的主要問題都被「即時」反應在小說書寫上。此外，例如：圍繞魏忠賢的故事就有《陰陽夢》等多部小說，都在他死後一、兩年內陸續出版，其藝術形式多被評斷爲良莠不齊，這種時間感的幾近同步化，以及其內容的淺白、過度及不統一，摻雜著大量雜質的狀態，在官方尚未修史的狀態下，這類民間積極傳講、書寫的野史、故事，代表著另一種「庶民之議」，其弱勢言說的發聲狀態是否表現爲一種對任何控制性話語的複製，使讀者強烈感受到解釋這個世界正在發生的事情之主導方式及力量正在瓦解、改變中？文本處理的事物是淺露的，而且其處理方式本身也具有淺露、粗糙的特徵，是否也是對失去家國這件事，表達不提供洞見卓識的解釋？或無人能代表所有人發言的一種發言權爭奪表態？

更關切這些「異」是如何結合起來的，因此，巴赫金對「變異」與「未完成」推崇備至。《米哈伊爾·巴赫金》，北京：中國人民大學出版社，2000年，頁14。

借歷史或其他大論述、主流議題來發聲，表現在小說的語言與語境的設定上，經常呈現「雜語」和「多語」的現象，透過語言的各種形式形成對話狀況，使小說脫離官方一言堂的言說方式。此外，當時代交替，社會轉型，意識型態視野瓦解，生活多元化，一切都面臨除舊布新的臨界狀態，小說語言的雜語和多語就對專制話語或統一話語進行分化和層次化，小說往往嘗試將過去生活的既有理解置於現代語境中進行二度審查，每當小說對世界的觀察由過去轉到當下，也就將過去與當代的視野縮合，大大提高了其反映生活的能動性與積極性，另一方面在從前的言說（歷史的）與現在的言說雅俗共存，語言之間無高低貴賤之分，它們相互比較、相互補充、相互形成對話式的對應關係，共存於人們的意識之中，在話語系統的重心轉移，是否也能一方面反映文化場域的調整重組？

（三）邊緣性問題

另一種「大眾化」處境，是在各類作品邊緣不斷的續仿、創作，並對版本進行調整、廣告、流傳、評點、序跋等寄生式文字及其技術面的加強，這些副產品往往將「經典」置於不斷的過渡狀態中，生產出許多新型態的文化內容，其影響力量強大的意義群究竟帶來什麼樣的文化風貌？對讀者的重視與召喚，對閱讀的補強與打斷，是否在小說的發展上形成另一種文化景觀？

在歷史話語與經典話語強勢先在下，小說話語的興起不僅意味著話語重心轉移的問題，更開啓了豐富的話語「邊緣性」，這種「邊緣性」標明我與他人的關係，同樣也適合對內部進行描述，話

語的邊緣性不是靜態切面剖析，也不是它的瞬間定格，邊緣性滲透了整個話語系統，對邊緣性一次次的定格與一次次的重新設定，貫穿了整個對話過程，而且隨著對話的深入，「邊緣」就會越來越深的延展彼此的內心世界。[5]

　　對於小說的歷史地位向來有「世道」與「末技」的評價[6]，但是在這種評價的下面卻潛藏著龐大的力量，這些通常以藝名出場的邊緣文人，其活絡的文化生產，不管從結構面、解構性來看，總帶著多重的文化性格，藉著游擊戰的方式，不斷向主流文化發言，在文化身分的遊走之間，挾帶著各種性質的文化成分進行時代造像，邊緣，不是圈定，而是開禁。[7]

二、英雄譜：一種文化選擇

　　就「英雄譜」這一條主軸來說，「譜」本身即意味著名標凌煙閣的仕宦之夢，在下層文人自譜的美夢中，「榜單文化」有另一番

---

[5] 同註 [2]，頁86-88。

[6] 清初杜濬（1611-1687年）在《十二樓‧序》中所說：「蓋自說部逢世，而侏儒謀利，苟以求售受其言，猥褻鄙靡，無所不至，為世道人心之患者無論矣。……今是編以通俗語言鼓吹經傳，以入情啼笑接引頑痴，……道人（按：即李漁）嘗語余云：『吾於詩文非不究心，而得志愉快，終不敢以小說為末技。』」詳參《歷代小說序跋選注》，臺北：文鏡文化事業有限公司，1984年，頁350-351。

[7] 同註 [4]，頁321，巴赫金對邊緣有一種開放性的肯定看法。

事業（與世界）的退思。相對於官方動輒以正史、貞節牌坊、封誥等手法來建構某些社會經典價值，下層社會也有一些另類的建構方式。如：金聖歎以開書單（才子書）的方式，自築另一個「才子世界」與其時的階級概念、文化身分相抗衡；才子書有《史記》、有《莊子》、有《水滸傳》，其性質很難在傳統圖書分類被擺置在一起，但是金聖歎卻將其以「才子」的非文學概念評價排列，形成另類「經典」清單，至今傳誦，有效的取得發言權。

所謂英雄，本章以「中介形象」來考察價值型態的轉換而鎖定的形象。劉小楓曾指出：當我們在回答歷史的需要，解釋歷史中「新質」形象的意義及歷史根據時，文學創作中的形象設計，無形中就擔負了世界價值型態的各種轉換形式。上古時代，人與冥冥中的神性溝通，往往藉著中介形象的傳達：或者是圖騰中的動物，或者是帶面具的人扮演假想的神性溝通，在後代，儒家所給出的中介形象爲先王、聖人；道家中介形象爲生機盎然的大自然。由於中介形象的共同特徵是：既爲現世世界之中的存在，又超越了現世形態，涉足到另一個世界，因而它使得被中介的雙方得以相互轉換及結合。因此，儒家的先王、聖人，給出的中介形象都是「英雄」、「天道」的體現或領有者，這個形象特徵，較爲拒斥超世形態特質。道家給出的「大自然」，其精神指向「無」──一個不可言說，沒有任何規定的道體，劉小楓將之稱爲「原生命的植物性存在」。在儒釋道及平民百姓那裡，這中介形象出現在小說的異想世界裡，容或成爲「聖賢」（如：《西遊記》四眾一馬的旅行隊伍是帶罪的「五聖」）；容或標舉「英雄」、「好漢」（如：《水滸

傳》）。本章所使用的「英雄譜」泛指這一類的中介形象。[8]

　　小說的另類言說在以「英雄」表達價值化的過程有許多種，如：與《西遊記》呈現相當大程度的「重出」關係的《封神演義》[9]二書都以「謫降」思想來表達小說的「獎懲」，最終以「果位」來揭示「榜單」，形成非常有趣的「榜單文化」。以往的研究，多著重在揭示榜單的教化功能，《封神演義》第十五回在王朝鼎革之時，揭示天命，最重要的是完成「英雄譜」：

　　因昊天上帝命仙首十二稱臣，故此三教並談。乃闡教、截教、人道三等，共編成三百六十五位成神，又分八部：上四部雷火瘟斗，下四部群星列宿，三山五岳，步雨興雲，善惡之神。此時成湯合滅，周室當興，又逢神仙犯戒，元始封神，姜子牙享將相之福，恰逢其數，非是偶然。所以五百年有王者起，其間必有名世者，正此之故。

　　所謂「……成湯合滅，周室當興，又逢神仙犯戒，元始封神，姜子牙享將相之福，恰逢其數，非是偶然。」將「天命」與「國運」合提，正是這一種議題設定的方式。沈淑芳在〈《封神演義》中「封神」意義的探討〉一文，闡發「封神」有崇德報功、解釋冤仇，攜手合作以鞏固政治、提高君權的象徵，因應農業社會「神

---

[8] 劉小楓《逍遙與拯救》，臺北：風雲時代出版社，1990年，頁48-66。

[9] 詳參康士林（Nicholas Koss）著，呂健忠譯〈由重出詩探討西遊記與封神演義的關係〉，《中外文學》，第14卷第11期，頁130-148。

道設教」的需要等意義[10]，這種提法將宗教意涵、個人自我完善的「封神」與世俗功利的「封爵」、「封土」乃至精神生活之所必須的自然崇拜混合來看。

誠然，由上而下的角度而言，榜單的確有君權秩序化一切（自然山川人事）的內涵；但是，如果我們由下層社會的角度來思考，五聖取經至靈山，取得「鬥戰勝佛」等封號；姜子牙（而不是「元始封神」）設壇封神，是不是企圖以小說之教「共用」一套典律化的話語，並透過這種「權且」利用，將界線與彼此的了解、參與無形中擴展、打開？

由講史、講經，各種民間藝術（說書、戲曲、變文等）一路發展的通俗小說，長期以來依其面對的的閱聽群體而言，具有相當強烈的民間消費意涵，小說的內在生成動力，如果在下層與上層的交界處來看，它兼具了多重視野，我們試由其中幾個經常出現的面向來考察「大眾」的可能面向。

三、身體的想像與消費：怪誕的、變身的意涵

中國古典小說向來面對許多接受與評價的困境與轉型，早期評點階段及出版所附帶的序跋多集中在「虛實論」[11]，這是將小說話

---

[10] 收在《中國古典小說研究專集──第3集》，臺北：聯經出版公司印行，私立靜宜文理學院中國古典小說研究中心主編，1981年，頁221-236。

[11] 高儒《百川書志》說：《三國志演義》「據正史，採小說，證文辭，通好尚。

語誤植在經典話語與歷史話語中評價，以得出來的「三實七虛」之最佳「歷史演義小說」的比例；此外，或者發現通俗小說在市井間流播，有其主、次功能，如：袁無涯《水滸全書發凡》所提出的：「惟周功懲，兼善戲謔」，功懲，是市井小民的自我教育；而戲謔，則是市井小民的自我娛樂。袁無涯這段話一個「周」字與一個「兼」字，就將小說流播的主、次目標予以設定。但是我們若從成書過程以及書中展演的許多情節特徵，可以發現：這些接受狀態與價值化的機制中與所謂的「文本特徵」仍存在未盡之處，中國「通俗小說」除了教化功能之外，其流播反而應該靠著「戲謔」來推動的，而「戲謔」的評價，卻從來鮮少被建構一套話語系統予以正視，我們由諧謔文化出發嘗試去面對這一可能性。

非俗非虛，易觀易入。非史氏蒼古之文，去瞽傳詼諧之氣。陳敘百年，該括萬事。」（長沙：光緒己卯仲冬月觀古堂刊本，卷六，頁3）這段話其實概括了「虛實」問題，也關切到「雅俗」的效果，但是由《三國志演義》一書的接受史，則往往側重「虛實」的討論，如：魯迅《中國小說史略》指出：「講史之體，在歷敘史實而雜以虛辭」（《中國小說史略》第十二篇〈宋之話本〉，頁116，香港：三聯書店（香港）有限公司，1996年）；「然據舊史即難於抒寫，雜虛辭復易滋混淆，故明‧謝肇淛既以為『太實則近腐』，清‧章學誠又病其『七實三虛惑亂觀者』也。」（《中國小說史略》第十四、十五篇〈元明傳來之講史〉，頁134，香港：三聯書店（香港）有限公司，1996年）這種討論及接受，或者以比例的恰當與否，或者以閱聽人的接受效果為觀測，以釐定歷史真實與藝術虛構的最佳比例，儼然成為歷史演義的正宗；然則，「雅俗」問題的受忽視，恐怕才是打破上層思維定勢的重要入口，市井小民關切的，不會是只側重在史觀之是否被「惑亂」，反而是有意以「非史氏蒼古之文，去瞽傳詼諧之氣」的「俗趣」上大作文章，來「建構」「自己的歷史」吧！

在民間諧謔文化中，「文化身體」是一個重要的切入口，可以展開豐富的對話，小說究竟以「身體」表述什麼？以及如何消費「身體」呢？

（一）身體的宇宙規模與宇宙的肉體化

巴赫金在分析拉伯雷小說中的民間狂歡化想像時，特別注意到他的身體書寫，拉伯雷的寫作中一直貫穿著一種肉體的盛宴，如張開的嘴巴、鼻子、陰戶、乳房、陽具、大肚子等凹凸部分幾乎都處在身體的邊緣，通過對這種邊緣性極度誇張的方式，拉伯雷試圖衝撞被官方話語取消的肉體性，他想恢復肉體所能輻射到的各領域，尤其是：解剖和生理角度的人體系列、人的服飾系列、食物系列、飲酒和醉酒系列、性（生活）系列、死人系列、大便系列等七個系列。在拉伯雷看來，這七個系列符合肉體的邏輯，符合諧謔的民間精神，在整個世界的構成中，它是一種物質下部，而這個下部正是世界得以發展與存在的母腹。拉伯雷小說用「糞尿」來戲弄、褻瀆，以諧謔生活來揭去神聖性與權威性，孫悟空的行徑頗有這種意味。[12]

我們從膾炙人口的《西遊記》中也可以發現「身體」所展現的豐盛的文化意涵：孫悟空最有名的本事是「七十二變」，小說不斷由「變變變」將身體的可能發展到極大限度，小至於毫毛、面孔、

---

[12] 詳參王建剛著《狂歡詩學──巴赫金文學思想研究》，上海：學林出版社，2001年，頁221-237。

配備、服飾都是有來歷，有情節意義。在《西遊記》一開始就是由身體與鎮壓來展現「取經」的起點，從唐三藏的角度而言，出發點在長安；就孫悟空而言，被鎮壓的五行山才是真正的起點，那是靈程的起點，也是生命的起點。

孫悟空被鎮壓的事件中，他對邊界的突破與褻瀆，作為告別「齊天大聖」的身分，取得「行者」的新身分之邊界，孫悟空無父無母，身體由石頭迸出，是一隻石猴（故事核心是「心猴」）。當他取得武藝以及配備，仍有趣的以一個跳不出（如來佛的）「手掌心」來對比其「有限性」，在此，大眾的想像及消費就同時具有開放與定界的微妙平衡。孫悟空在邊界上（卻是佛的「手掌心」）灑了一泡尿，又用筆寫下「孫悟空到此一遊」以資證明，更是與拉伯雷的怪誕人體觀非常的神似。手掌心／溺尿的意象，標誌出孫悟空是用邊緣性的下半身來和如來佛的神性、威權（「手掌心」）對應，這種不敬，鬆動了禮教的強勢之姿。

至於「最佳拍檔」豬八戒和孫悟空，「火眼金睛，毛臉雷公嘴」的孫悟空，和只會三十六變長得「黑臉短毛，長喙大耳」的一條「黑胖漢」的豬八戒是《西遊記》最吃重的角色，他們以怪誕的身體在「取經」的路上立功，這個形象設計本身就饒堪細味，「美猴王」齊天大聖戲佛、忤道、超人，與豬八戒好吃、懶睡、笨拙、貪色的性格衝突，形成共生效應，造成歷險尋寶特有的懸念、曲折及幽默感。怪誕身體觀植根於民間的諧謔文化，是以貶低化或物質化的視野來觀察世界，將物質的──肉體的因素奉為作品世界與形

象的生命所在。基於這種肯定的理解[13]，像人的靈長類「猴子」與家畜「豬」的組合，是貶低化了的「人」，卻有民間狂歡節文化的古老傳統與新鮮的當代感受，這種身體觀念及其表演：包括孫悟空自道：「我身上有八萬四千毫毛，以一化十，以十化百，百千萬億之變化，皆身外之法也。」以及他變不掉的屁股上的兩塊紅、收拾不好變作旗竿的尾巴；豬八戒則「只會變山、變樹、變石頭、變癩象、變水牛、變胖大漢還可；若變小女兒……也像女孩而面目，只是肚子胖大，郎伉不像。」這種鉅細靡遺的地方，使得在道路時空體裡頭展現的身體寓言，充滿了宗教元素、民俗信仰、及純粹身體特徵的觀看的樂趣。

此外，孫悟空多次進入妖精的肚子裡（為什麼不是腦袋或心臟？）[14]，進行破壞與要脅，這一層面的身體互動，比自我變身的想像更突破身體的界線（尤其是下半身），將人體的孔洞、縫隙的開放、生產與排泄的動態的人體，以「斬妖除魔」和「度厄取經」的抽象目標來開啟，「變身」，試圖在物質——肉體的層面倒置那些高級的、精神性的、理想的和抽象的東西，讀者在閱讀的過程

---

[13] 另一種否定的角度來看怪誕，認為怪誕無法整齊有序的納入理性文化空間裡，而被視為體制文化中的異物。（同上註，頁221。）

[14] 豬八戒在進行破壞時，也曾將代表道教最高神祇的「三清」神像丟進「五穀輪迴之廟」（廁所）裡，並欺騙三清的信徒將自己的尿液當「聖水」給喝了。這個排泄物的意象，除了幽默、藝瀆，也頗有將聖俗拉近的狂歡節精神，這部小說有時看起來真的說不上「宗教感」。這一個情節由豬八戒主演，其「傻子」的形象更符合狂歡人物的特徵，傻子同騙子、小丑、瘋子一樣，特有一種廣場語言的邊緣性特徵，是民間諧謔文化的主要人物形象。（同註[2]，頁79-124。）

中，一方面重溫文化中生命機體的完整性，一方面也在再一次的觀看中為身體的各部位（尤其是下半身）正名。

（二）玄祕知識的消費與重心轉移

「孫悟空」這個符號在小說中的意義系統兼具了模仿的（作為人的人物）、主題的（作為觀念的人物）、綜合的（作為藝術建構的人物）功能[15]，從上一節對身體的宇宙規模與宇宙的肉體化的切面，我們考掘出若干文化身體的豐富想像。馬克斯・韋伯（Max Weber, 1864～1920）認為中國的原始色彩的「巫術理性」將「元素、季節、味覺與氣候的種類，都與人的五臟拉上關係，也就是大宇宙與小宇宙連繫起來。……以五為神聖數字的有關宇宙起源的思辨，諸如五星、五行、五臟等等，反映了大宇宙與小宇宙的對應關係。……中國這種『普遍主義的』（天人合一的）哲學與宇宙起源說，將世界轉變成一個魔法乖張的園地。每一個中國的童話都反

---

[15] 詹姆斯・費倫（James Phelan）為理性敘事中的人物而提出一個模式，他分析人物的組成因素有：模仿的（作為人的人物）、主題的（作為觀念的人物）、綜合的（作為藝術建構的人物），這些因素之間的關係隨敘事的不同而異，其成分是由敘事進程決定，敘事首先把某些議題或關係確定為隱含讀者的興趣核心，敘事就是圍繞這些興趣核心而展開和解決（或未能解決）矛盾的，而敘事進程透過人物與其環境之間或之內的不穩定關係及張力（此指敘述者與讀者或作者與讀者之間在知識價值、判斷、見解或信仰上的分歧）來開展。詳參〔美〕詹姆斯・費倫著，陳永國譯《作為修辭的敘事：技巧、讀者、倫理、意識型態》，北京：北京大學出版社，2002年，頁4-5。（*Narrative as Rhetoric: Technique, Audiences, Ethics, Ideology*, by James Phelan, 1996.The Ohio State University.）

映了非理性巫術的大眾性。」[16]作爲一部充滿諧謔性質以及童趣的小說,《西遊記》對「巫術的世界圖像」的演義[17],不管在敘事的形式結構上,或是內容的增刪創發上,透露出神魔小說的「巫術理性」、「知識理性」以及「常識理性」滲透與融合,文本的民間「大眾性」與菁英「小眾性」彼此回饋、再造,反映了明清普遍的神祕寓意解釋,《西遊記》的書寫,有一個明顯的總傾向,那就是對「名色」、「名物」的不斷把玩、命名、抵抗、消解。

就創造「平民英雄譜」這個向度來看,明清時期的神魔小說,啓動了非常豐富的文化景觀。學者指出,漢語的神話敘事曾在先秦諸子(包括陰陽五行學說)的符號系統中界下,由神話 —— 巫術原型向自然 —— 文化表象形塑,漢語文明神話的理性知識對於非理性

---

[16] 詳參氏著,洪天富譯《儒教與道教》,南京:江蘇人民出版社,1993年一版,頁222-226。有關韋伯此書的譯本有多種,本文選擇洪天富譯本,乃著重其翻譯中的「大眾性」一詞的提法。同一書在臺北出版的《中國的宗教:儒教與道教》,簡惠美譯,臺北:遠流出版社,2002年1月,二版四刷,頁295,在「巫術之合理的體系化」一段譯為「巫術的世界圖像」,此外,在頁311,韋伯也提及「教育階層在極大程度上,以否定的方式,決定性的影響了**庶民大眾**的生活樣式。」對**巫術的世界圖像、庶民大眾**二詞是本文開端所試圖聚焦的重點,此譯文亦值得參酌。

[17] 清·劉廷璣《在園雜志》說:「近來詞客裨(稗)官家,每見前人有書盛行於世,即襲其名為後書副之。取其易行,竟成襲套。有後以續前者,有後以證前者,甚有後與前絕不相類者,亦有狗尾續貂者。……演義,小說之別名,非出正道。」(卷三)臺北:藝文印書館,1971年,頁146-148。我在此處借用中國歷史小說的「演義」說法,嘗試說明「口傳」、「戲劇演出」、「書寫」這些流播的方式,對《西遊記》這個「魔法世界」有著創造與改造的種種功能與結果;其實也針對小說創作時「說」與「故事」兩方面的演變。

知識祛魅的途徑之一是將神話中具體意象的敘事關係轉換為抽象程度不等的概念倫理（邏輯）[18]，如：「五行」觀念再延伸為五聖的集團。《西遊記》就話語系統模式而言，至少可以指陳出具有官方意識型態的話語系統（如來佛、唐僧等）和具有士人烏托邦精神的心學話語系統（孫悟空、妖魔等）[19]，五聖成為一個團體，既有自我辯證的個體性，若將五聖作為神魔之間的重要樞紐來看，作者所置身的位置，就不會只是「群魔」或任何一方的視點，而秩序的建立及重整，也不會只是「群魔」的騷動與衝撞，它有時表現為神界的策動，有時實為人類意志的萌生、貫穿所致，這三個向度的（官方、民間、自我）互相影響，彼此完成，正是此一主題不斷衍生的重要關鍵。

在《西遊記》續書的「五聖」、「神佛」與「妖魔」的形象設計中，所謂「妖魔」，是障礙，是阻力；所謂「神佛」，是救助，

---

[18] 呂微《神話何為——神聖敘事的傳承與闡釋》一書曾舉例，如：治水傳說，經過五行說的整合，洪水神話的敘事性及危機模式，在這種整合互滲的敘事中，「水」和「土」衍變為抽象的邏輯符號，而此話語模式一旦被固化，就被普遍的運用於各種現實中與想像中的生活處境，也因此，人們的知識表達往往同時跨越多種知識類型的疆界。北京：社會科學文獻出版社，2001年，頁191-198。

[19] 李春青借用格雷馬斯的「矩陣」作為人物形象的意義系統，指出孫悟空與諸神、唐僧、妖魔的關係，形成了四個文本意義的模式，而這四個意義模式分別隸屬於官方意識型態話語系統（如來佛、唐僧等）以及具有士人烏托邦精神的心學話語系統（孫悟空、妖魔等），當時的文化景觀亦即學術話語乃至文學藝術話語賴以建構的文化語境。詳參〈在文本與歷史之間——重讀《西遊記》〉，哈爾濱：黑龍江省社會科學院，《學習與探索》，1998年第6期（總第119期），頁97-102。

是出路，而「聖」，卻擺盪在二種力量之間費力前行。取經的天路歷程，所指出的，不僅是地理性的險山勝水，也不僅是「行動著的地點」（acting place），它們更是一種傳記性和個人的，一種存在的方式，這種道路時空體的展演，將身體及其歷程呈現出地形學的意義，熟悉的路標的改變與消失，即為一整套生活方式的轉變與崩解。如此說來，妖魔及魔境的種種「名色」和「名物」，也是另一種深刻的中介形象，標誌著人類存在的一種實況，「齊天」的願望，終究要先落在天路的諸魔試探中，才逐步達成。[20]《西遊記》由聖賢傳記脫冕為民間藝人的詩話體到小說定本，大眾一方面消費玄祕知識，一方面以民間身體文化發聲，最後在清初道士悟元子評釋、悟一子詮解《西遊原旨》之類的宗教式解讀中，說明了「身體」在文化生產中再一次遭受放逐，對「續書」群過度「道學氣」的評語，也說明了文化身體試圖為理性、秩序脫冕的「大眾化」精神，再一次在文化的整編中隱蔽了（並未消失）[21]，清初《西遊記》續書群呈現的文化景觀又成了一種沒有身體（尤其是下體）的、被閹割的文化（或者說是一種半體文化），等待我們再努力挖掘、召喚。[22]

---

[20] 相關論述請參閱本書第七章。

[21] 事實證明在各種新興傳播媒介中，《西遊記》潛在的「大眾」資源，在後代以漫畫、電影、卡通等方式不斷被改寫、再造。這類研究可以參閱張家仁《《西遊記》與三種續書之比較研究》，中國文化大學中國文學研究所碩士論文，2001年。洪文珍〈改寫本西遊記人物造型之比較分析——兼論忠實性與角色強化〉，《臺東師專學報》，第14期，頁79-194。

[22] 此處用「召喚」一詞是為了說明恢復其詩性的精神，而不僅僅是理性的挖掘。

四、加冕與脫冕：逾越、食色受阻及複調

　　小說對戰爭的描寫如何從帝王將相文治武功的神聖光環中進行另類言說？戰爭意味著自我保護與種族延續，有著生死存亡的嚴肅意義，像《三國演義》的詮釋中就長期環繞在「正統說」的議題上打轉。[23]戰爭既是表達某種個體現象，但更重要的是作為社會現象進行言說。[24]通俗小說的戰爭有許多型態的書寫，對於像《三國演義》那樣的官方視角（相對於許多充滿灑狗血的妖道神魔的那類戰爭小說而言），是「常識理性」[25]提供的固化思想、意識型態的產物；還有一部分是朝著逾越狂歡化進行的，如：神魔小說對文化的觀照從上層的官方視角轉向底層的民間視角，在主權宣示、民族尊嚴的祭壇上，我們看見尋歡作樂、招親婚配、弒父殺兄、產育祭祖等公私領域的畫面都被置於軍事行動之中，其中尤其是食色受阻特

---

[23] 如朱熹《紫陽綱目》就有理念正統（蜀漢）、地理正統（東吳）以及政治正統（曹魏）之說。

[24] 同註[15]，詹姆斯・費倫在闡釋小說中聲音概念時，提出「聲音」既是一種社會現象，也是一種個體現象，但他不只探討小說聲音具有的特性和個性，他更注意到一位作家發展獨特的個性聲音或個人文體時，也同時與一種或多種社會方言建立了關係，當中當然包括了學術批評話語，頁18-32。

[25] 「常識理性」是金觀濤、劉青峰所掌握的思想變遷中的長程模式，是一種超穩定結構，是社會不斷整合新意識形態，並使整合過的意識形態成為後設層面的一種文化融合的連續過程。詳參氏著《中國現代思想的起源——超穩定結構與中國政治文化的演變（第一卷）》，香港：中文大學出版社，2000年。以及《開放中的變遷——再論中國社會超穩定結構》，香港：中文大學出版社，1993年。

別引人注意。

　　《封神演義》和《西遊記》雖然有許多的「神魔」譜系的接近，但論其「革命」（周朝取代殷商）的歷程則更接近「歷史演義」與「俠義」的結合。在三個書寫譜系中，好漢們劫營破陣、取關拓邊，對政治的參與，呈現武力的、邊（疆）界的、重複的、非常性的一種敘事群。[26]

　　《封神演義》藉一個革命的故事來展演天命，這種力量的想像、議題的開拓故事情節當中，讓我們看到小說人物活動在一些他鄉異域，在種種衝突與難關之前，不斷的以力量進行收編與制伏，而「英雄譜」中的英雄們雖然多爲「能人」，但問題的最終力量，乃取決於一個更龐大、超然、不可知的結構，而那個結構通常是「說不清」，也「草草結束」的神佛介入，玄祕知識所折射的「神仙譜系」幻化成空洞的「危機處理模式」，說穿了，這種救援系統雖然有一種終極性的意味（神仙道長們往往預知災厄、命定等劫數，似乎多爲被動式的執行者，如樊梨花等英雄動輒回去請示師父爲何有此難關等等），但仙佛道長的高度卻反而明顯的將其形塑爲臨時化、簡化問題的空洞存在。從反面來思考，其實也在眞正的實踐者──「英雄」事蹟的過程中，透露了民間自力救濟的傳統俠義精神，從故事鋪展的事件來看，戰場江湖化了，戰場上的帝王將相

---

[26] 魯迅指出《封神》一書：「較《水滸》固失之架空，方《西遊》又遜其雄肆，故迄今末有以鼎足視之者也。」《中國古典小說鑒賞辭典》，關永禮等編，北京：中國展望出版社，1989年，頁944。這些性質相近的小說，在小說史的書寫上形成一個龐大的敘事群。

變爲江湖俠士，類似梁山水泊式的軍政集團，罡煞文化的數字模式帶著巫術性、神祕性的預應力，形成藝術上的慣性與庸俗性。

（一）英雄少年與英雄少女的食色受阻

乾隆年間崇德書院大字本《說唐全傳》六十八回，也是一部熱衷於排定十八條好漢的英雄譜，學者認爲這種廣爲人們津津樂道、易記易懂的平民英雄譜可能脫胎於《水滸傳》的梁山泊英雄排座次，所不同者在於《水滸傳》的三十六天罡，七十二地煞，是同一營壘內部的排列，主要取決於本人的社會地位；而《說唐》的十八條好漢則不計較出身、地位、政治傾向，唯一權衡的標準是武藝高下，而每級次的差距也很懸殊。[27]

由《說唐》系列延伸下來的《征西》故事，則有薛丁山與三位妻子的糾葛、情愛，尤其是樊梨花的陣前招親及三位妻子的先後加入「征西」行列，並齊力襄贊薛丁山的事業（由薛仁貴「征東」後一路下來的戰爭，頗有「家業」色彩），而其實掛主帥的是樊梨花，這種「英雄榜」又滲入了相當多的家庭色彩、女性意識（雖然仍是父權之下的產物）。[28]《征西》的故事則帶有馴服的意味，薛

---

[27] 詳參歐陽健著《明清小說采正》，臺北：貫雅文化事業有限公司，1992年，頁291。

[28] 薛丁山與薛仁貴父子之間的關係非常複雜，先是離家許久的薛仁貴誤殺親子薛丁山（《征東》），而後在征西時，薛丁山誤殺薛仁貴幻身的白虎，而演成類似伊底帕斯的弒父情節。而樊梨花為自媒於薛丁山，也演變成弒父殺兄的情節，兩者是否同為對父權的反抗，仍有不同的發展，但小說將其放在「誤殺」的架構下進

丁山繼承父親「征東」的爵位繼續爲國效命，在每一關的征服過程中不斷的盤查兵馬府庫，「征東」首敵蓋蘇文的餘孽不斷反抗的過程，宿怨、私仇似高於國家意識，但大多以國家名義進行對敵。「正義」的「我方」不免也有「邪」的成分，「他者」（番營）也隨時可以陣前招親或陣前倒戈，投降、忠誠、羞恥原則不斷的被有意無意的放大或輕易處理。在兩軍交戰的緊張關頭，常常加入男女關係的處理。如《征西》故事第二十四回〈竇一虎揭榜求婚〉、第四十五回〈薛丁山奉旨完婚〉、第三十回〈樊梨花移山倒海　三擒三放薛丁山〉、第三十一回〈樊梨花無心殺父　小妹子有意誅兄〉、第四十回〈刁月娥失身秦漢　竇一虎變俏完婚〉、第四十八回〈鳳凰山藩將擋路　薛應龍神女成親〉、第五十三回〈樊梨花大破金光陣　產麒麟沖散飛刀〉樊梨花在打仗中生產，以及薛剛的三掃鐵坵墳（七十五～七十七回）在這些回目中充滿了逆倫、迷姦、權力鬥爭和食色受阻，帝王將相與凡夫俗子沒有兩樣，「家國」的偉大性與瑣碎的家務、殘缺的人物（矮將秦漢竇一虎）和人性（私仇公報）並列，形成視角交融甚至倒置的狀況，使得求生不再是當務之急，國家正義不一定是終極價值，《征東》、《征西》的大唐霸權事業卻與「食色」相關的種種行徑結合在一起，小說書寫對戰爭進行有意識的脫冕。

　　而《征東》、《征西》故事的「英雄出少年」與「英雄出美女」是另一種「英雄」言說，結合了另類的「才子佳人」的想像。

　　行，雖然日後仍有因果報應的機制，但是小說中的人物，卻始終沒有「懺悔」意識，這是值得注意的。

《征西》先以大量篇幅鋪陳薛丁山逃避、否認自己即是「應夢賢臣」的白衣英雄，並改名為薛禮，「無名英雄」的想像不僅趣味橫生，也大大的羞辱了那些帶兵領將的「無能」之士。等到薛丁山身分真相大白，接下來的篇幅卻又將他架空，樊梨花與其他二位夫人不僅各懷寶貝，也常常在薛丁山無力應敵之際，強而有力的介入戰爭，達成戰爭中遠征的目的。《征西》故事雖然是一個典型的道路型的文學時空體，卻怪誕的結合了通常發生在類似「大觀園」之類的典型田園時空體的「才子佳人」故事情節，在一連串的浪漫驚險的傳奇故事中，奇遇、歷險、考驗等「歷程」，遠遠不及家庭事件的處理。

（二）弒親逆倫與君臣師徒關係

「天、地、君、親、師」向來是我們遵循的五倫，倫理，是一種規範，也是一種界線。每一部作品碰觸到價值體系時，多少圍繞著這一個社會建構來引發生命處境的討論：

在《征東》、《征西》故事中，家庭悲劇一再的出現，薛丁山在童稚時期遭父親誤殺，幸得雲夢山水濂洞王敖老祖師所救，後來隨父征西，卻又在白虎山誤殺其父薛仁貴（《征西》四十一回）。「弒父」情節也發生在樊梨花的身上，只是樊梨花又多了一個「殺兄」的情節與罪名（《征西》三十一回〈樊梨花無心殺父　小妹子有意誅兄〉）。逆倫成為反覆出現的主要情節，與戰事一起進行，但小說的情節高潮卻是薛樊二人的婚事（包括主要敵人蘇寶同尋釁的主要原因也是因為他與樊梨花的姻緣遭到薛丁山阻隔所致），薛

丁山似乎忘了自己也是誤殺父親的人，卻一再地以樊梨花「弒父殺兄」的理由拒絕婚事。

到了第三代薛剛，又因與武則天集團對峙，遭到滿門滅絕，只有薛剛一人脫逃，樊梨花則回其師父處不再過問世事（《征西》七十四回），這種天不怕、地不怕的「胡鬧小兒」性格，和孫悟空、哪吒有幾分神似[29]，小說進行到第三代時，「家庭小說」更延伸為「家族小說」。學者曾將父母扶養孩子的親職提出「過程」和「邊界」位置的關係理論，來詮釋二者功能的區別[30]，如果從「過程」和「邊界」的位置來看父母親在親職功能的概念化文化積澱，《征東》、《征西》的故事在家庭融合與國家融合的情節中，表面上我們看到勝利的一方不斷推進、建設中，但是實際上在女性主

---

[29] 參閱魏淑珠〈從「胡鬧小兒」的角度看孫悟空〉，《中外文學》，第15卷第4期，頁67-87。

[30] 根據「塔維斯托克群體關係理論」，執行任何群體工作或群體任務都與兩種功能有關：其一是對該群體與外界，及群體周邊的雙向關係進行監督，其二是保持群體內部的關係的穩定，及保持群體本身的發展過程。該理論認為一些無意識的決定因素在邊界活動和過程進行中都發揮作用，因而它很容易適合於家庭制度，因為家庭是成員之間具有親密關係的小型群體，而且又是在更大的社會框架內活動的。此外，當文明對神話進行理性化的過程中，一方面把母親概念化為對家庭的一般照料，對家庭這個群體內部的情緒和親密機能進行處理；把父親概念化為對家庭範圍的事物進行一般處理，亦即：確定它在這個更大社會的地位，並保護它的安康。「地母天父」一直是創世神話大部分的基礎概念。詳參〔美〕阿瑟·科爾曼、莉比·科爾曼著，劉文成、王軍譯《父親：神話與角色的變換》，北京：東方出版社，1998年，頁3。（*The Father Mythology and Changing Roles*, by Arthur Colman and Libby Colman, Chiron Publications, Wilmette, Illinois）

體與國家主體隨著邊界的拓展，位置的上升，「一體感」的成形卻標誌出主體性的雙重消失，在這裡我們一方面彷彿看到「俠義」與「才子佳人」某種程度的結合體，一方面卻又不能無視於「弒親逆倫」的情節卻作爲基調，不斷的對戰功進行反駁。

此外，在家庭內部的劇烈變化中，家庭這一小型群體才正要面臨眞正的危機：如果從「內聖」、「外王」的傳統價值體系來看，這一類神魔小說的讀者是否正循著一條中間破口——在男女姻緣、家庭內部窺見邊界猛烈撞擊的契機？三位主角（薛仁貴、薛丁山、樊梨花）都「誤殺」至親[31]，小說雖然名之爲「征」東、「征」西，但是對每一關隘的征戰寫得很模糊含混，反而將家庭內部的解體與再造，用一系列「誤殺」的情節結合，形成這故事膾炙人口的敘事動力[32]，但是，在家庭悲劇一再上演的同時，卻又被另一種喜劇的氛圍（招親、封誥）所消弭，小說的複調在此展露無疑。[33]

---

[31] 有些賞析者將此書的這一情節（弒父）理解爲中國式的、唯一的「伊底帕斯」情結，相較於哪吒的剔骨還精爲更爲決裂。

[32] 敘事動力的概念就如學者指出「性描寫」是《金瓶梅》的敘事動力一樣，文革時期，潔本《金瓶梅》刪除了數萬言的「性描寫」，使整部《金瓶梅》失去其重要的扭力。而「死亡描寫」某種意義來說，是《紅樓夢》的敘事動力，對有些人而言，在人生中死亡問題占據了中心位置。前者詳參李建中著《瓶中審醜——金瓶梅「色」之批判》，臺北：文史哲出版社，1992年。後者詳參劉玉平〈論《紅樓夢》死亡描寫的哲學意蘊和藝術內涵〉，《四川師範學院學報（哲學社會科學版）》，1993年2月，頁15。

[33] 巴赫金對狂歡文化的被（官方文化）放逐與功能的變異並不等於其文化本質的改變。它仍然能夠在本質這一層面與官方文化共處在統一的文化整體中。本質上，

　　此外，《西遊記》一書在形成百回本章回小說的過程中，民俗造型不斷的強化孫悟空的角色，一個亦仙亦神亦儒亦道亦俠的「大聖」形象，成爲作者評介世態人情，笑看崇偉卑賤的多重視域融合。「大聖」是取經行列中唯一的「自然人」，他是一顆石頭吸收日月精華，蹦出一隻猴子來，這隻石猴無父無母的出身，奠定他的原始特質，其野性、質樸是一種「赤子」般的人類原型，後來大鬧地府及天宮，被如來佛鎮壓在五行山，五百年後，唐三藏將其救出，成爲「取經人」，其一路收妖伏魔的取經事蹟，成爲積澱在明清時期敘事文學長期演化之後的一個民間共同記憶，是一種「文化原型」的童年與生命成長的故事。

　　張靜二先生將悟空的取經過程當作一部「人格塑造小說」來了解悟空人格發展的過程，而謂其由童年、少年、成年等歷程，「除了從團體生活學習相處之道，從蒙師獲得教誨外，悟空更在西行路上，從體察世情中，增加對自己的了解。」**34**

　　在《西遊記》中善於打鬥、諧謔的原始兒童 —— 孫悟空，與歷史聖僧偉大原型「玄奘」的結合，小說藝術創造出一群混合了人、神、魔、獸的形象，跋涉在長安與西天靈山的路上，取經隊伍的形成，雖然仍以唐三藏的故事爲框架，但是其中的虛擬世界是另一種眞實的內在世界之旅。從整部《西遊記》的設計來說，取經，看起

　　文化是關於人類及其存在的話語，不同之處是，官方文化是獨白的單聲的話語（筆者按：我們通常說「一言堂」），狂歡則是複調的多聲部的話語。同註**13**，頁195-220。

34 詳參《中外文學》，第10卷第11期，頁35。

來是目的，但是「天路歷程」才是真正的內容，而「天路歷程」相當核心的內在意義應是「心路歷程」。我們如果從「天路歷程」即「心路歷程」的整體概念來看，《西遊記》中孫悟空的兩位師父：須菩提祖師與唐三藏，在師徒之倫的意涵上就非常值得玩味：

1.須菩提祖師對悟空的啓蒙——命名和學藝

　　《西遊記》第一回載孫悟空拜師須菩提祖師，祖師問其「姓」，悟空答以無「姓」，祖師遂賜以「孫」，並說：「正合嬰兒本論」，此後，悟空常對妖魔自稱「你外公」，這種「祖孫」對舉的諧謔，不無占便宜之嫌，然實際上姓「孫」的悟空，卻是我們永遠的「文化兒童」。孫悟空主動拜師學藝，在「三星斜月洞」習得七十二變之後下山，學者指出「三星斜月洞」即意指「心」，所以孫悟空在章回體《西遊記》的回目中屢被稱為「心猿」，學成下山臨別的時候，師父不許他告訴外界彼此的師徒關係，書中說是須菩提祖師不願遭容易闖禍的悟空連累之故。由前面的賜名、授藝到離別，須菩提祖師與悟空的師徒關係比較像「幼教」的階段，一種心靈的啓蒙、技藝的學習、自我的發現及定位，而老師和學生的互動中，多了一份神祕的高度與長者的包容。

2.唐三藏對悟空的救贖——收心

　　孫悟空離開須菩提祖師以後，歷經大鬧天宮、遭如來佛鎮壓在五行山，飢餐鐵丸，渴飲銅汁，五百年後，唐三藏才為他解除咒語，救他出來。此後，二人在取經的路上一路偕行。唐三藏作為取經隊伍的領導者，靠的是控制孫悟空的緊箍咒；孫悟空作為取經隊伍的實踐者，仗恃的是如意金箍棒。有些研究者甚至指出悟空是妖魔的變節者，甘為唐三藏的馬前卒。不論後代如何看待《西遊記》

的師徒之倫，我們可以在這裡看到一個生命的成長，因著不同的依附關係，彼此證成生命的提攜與抱注。論實力，孫悟空實大大超越唐三藏；但是論取經的必備條件——純潔，孫悟空等人又不及其師。我們習慣以「五聖」稱呼這支隊伍（唐三藏、孫悟空、豬八戒、沙悟淨、龍馬），就「聖」的這一思維而言，成為老師的這一環節是以純潔（小說稱「元陽」）為隊伍匯聚和前進的重要條件。《西遊記》中唐三藏好幾次遭女妖擄走，豬八戒就嚷嚷要確認師父是否失去「元陽」，否則散夥回家去。

　　我們如果從通俗文化中對「聖」的這一思維來看，師徒的關係聚焦到某種接近抽象而又具體到「身體意象」的持守觀念，使取經這一使命就帶有相當個人的意味了。所以，我們若檢視「倫理」這一命題，在《西遊記》的展演，就相當具有個人因素在裡面。在上路取經之前，孫悟空即取得了配備（如意金箍棒）並學得了武藝，但弔詭的是在西天的路上，他仍然需要一個看似脆弱卻純淨的生命的操控。

　　此外，擁有一雙「火眼金睛」，善於辨識妖魔的孫悟空，常常要處理師父因為「肉眼凡胎」不識妖魔而惹來的災難，譬如小說二十七回寫白骨夫人先後變成美女、老婆婆、老公公想要擄走唐僧，只有悟空明白真相，還遭師父誤會逐回花果山，直到後來師父被此妖擄去，豬八戒只得硬著頭皮去請悟空出來救師父。因此，如果從「能力」的角度來看，唐三藏一點都沒有資格當「師父」，但是在「成聖」的路上，能力就不是唯一而且是必要的條件了。

　　如果結合孫悟空兩位師父在他生命中的參與，我們可以發現，《西遊記》這部小說的美學就此角度對於我們熟知的倫理進行另類

審視，藉著悟空這個大家熟知的「小淘氣」，對文化不斷提出新的看法，所以不管是在花果山稱王也好，或是在靈山的路上作徒弟，孫悟空永遠以充沛的精力爲文化注入新的成長定義。在五倫之末的「師徒之倫」，《西遊記》劃下了兩道界線，在孫悟空與兩位師父的互動中，我們可以看到一個成長中的生命是如何去與模塑他的力量之間對應，並在路途上施展其意義與影響，這當中仍有許多不同界線的落點及意義值得繼續考掘與咀嚼。

（三）複調的層理

複調的另一種表現方式純粹以語言層面來進行，這方面表現最爲特殊的要屬《三寶太監西洋記》，此書是明萬曆年間的作品，敘述永樂年間太監鄭和平服外夷三十九國，使之朝貢的事情。書中描述鄭和到「西洋」去，是碧峰長老以法術助他降服外夷，小說表層敘事雖然是國與國的戰爭，但是「中國」近於「神」，而「外夷」則居於「魔」的地位。在詮釋此書的成書背景，大多認爲明朝嘉靖以後倭寇猖獗，民間傷今之弱，於是「感昔之盛」；而於戰場上「不思將帥」、「不恃兵力」，卻「思太監」而「怯法術」，一方面是藉傳統敘事的作法，一方面則又反應了明朝以太監「監軍」，權力龐大的事實。[35]但是如果從身體的「閹割」狀態，與食色受阻

---

[35] 詳參魯迅〈明小說之兩大主題與清小說之四派及其末流〉收在王鍾陵主編《二十世紀中國文學史論文精粹·小說戲曲卷》，石家莊：河北教育出版社，2000年，頁133-134。

的狂歡精神來看，爲「中國」宣威，於戰場上「不思將帥」、「不恃兵力」，卻「思太監」而「怯法術」，相較於帝王將相文治武功原本被誇大和強化的國／家機制，更有一種拉到「廣場生活」來的將戰場廣場化的詼諧性質，使得本來被弱化和放逐的非官方領域轉移了過來，英雄以及戲仿英雄的化身，都在狂歡廣場這個邊緣情境中被開放了。

　　《三寶太監西洋記》出現了相當多的俚語、諺語，尤其在操作「辭賦」這一古老文類，又是歷代科舉考試「進士」科的重要項目時，夾雜了古賦、說書人慣用的套數——贊賦以及〈病狗賦〉、〈瞌睡蟲賦〉、〈蒼蠅賦〉、〈蚊蟲賦〉等俗賦。以往學者多認爲結構與語言是此書最受詬病的地方，直至侯健試圖以諷刺小說的類型，亦即百科全書或剖析性的故事，來分析此書採用諷刺是要以各種角度剖析世態[36]，使此書的文學價值得以被理解。本人在《明清小說運用辭賦的研究》一書中也曾比較此書以四篇〈花賦〉來形容戰場，集合花果樹木以爲戰場盛況，將嚴肅的、生死交關的人生場景，與自然現象融合，形成複調的多語和雜語現象，與它的〈病狗賦〉諷刺「人不如狗」的淺露民間心理等書寫，特有一種市井藝人

---

[36] 侯健提出這本書把語言的各種運用，發揮盡致，它有文言，也有白話，有韻文，有散文，……有歇後語，……有謎語、巧語、雙關語，……幾乎把中國語言書寫與口語的各種形式都用盡了。〈三寶太監西洋記通俗演義——一個方法的實驗〉，收在葉維廉主編《中國古典文學比較研究》，臺北：黎明文化事業公司，1977年。

以語言締構社會性存在場的表述方式。[37]

世情小說表現世態人心時，運用俗語及典故之手法是一種重要的方式，例如：《金瓶梅》、《紅樓夢》當中的許多對話，如「知人知面不知心」（《紅樓夢》十一回）、「千里搭長棚，沒有個不散的筵席」《金瓶梅》、《紅樓夢》都使用了，這種現象表現出小說與戲曲有很深的血緣關係。就拿《金瓶梅》、《紅樓夢》都使用的「千里搭長棚，沒有個不散的筵席」這句話在小說語境脈絡中來看，在《金瓶梅》是勸說寡婦不必爲丈夫守節的一句安慰語（八十回）；在《紅樓夢》出自紅玉之口，卻是對當時仍轟轟烈烈的大觀園未來命運的判決，給人一種涼颼颼的寒意。

神魔小說一般對語言的運用雖然不像世情小說那樣的俗褻僻冷或典雅新趣，但是作品中運用的語言也不是游離於情節、主題之外的附屬品，而是整個作品不可分割的血肉，是塑造人物性格的材料。

五、如何理解中國式的「大眾性」？──代結語

「大眾文化」的提出有將通俗文化和「經典」並列的思維模式，而在此模式下發掘通俗文化和經典之間的相似性和差別。由此出發，探討何謂通俗文化？何謂經典？「大眾文化」對此二者較多

---

[37] 詳參高桂惠《明清小說運用辭賦的研究》，臺北：國立政治大學中國文學系博士論文，第三章第四節，1990年。

關注的是界限本身的整體概念而非區別。在與經典文學比對時，通俗文化所呈現的特色，以及形成因素，在於大眾（或通俗）文學的大量創作是對經典文學（或文化）的瑣屑模仿，因此，通俗文化是每一時代的正常藝術，是任何美學經驗的必然起點（Simon, Kichard Keller, 2001）。但是循著這樣的思考，我們不禁要問：通俗文化複製了經典元素（假設已成立），在複製的過程，以及完成複製之後，經典本身可說產生另一形式的重生，則經典的位置是否會有所位移呢？或者這根本不會是大眾所關心的目的？

大眾文化包含了兩種意涵：popular culture和mass culture，過去對大眾文化的研究多認為，所謂大眾文化，它的產生並非真由「大眾」而來，而是上層階級（如：文化掌權者或商業機制產業家）將低等次或刻意炮製出來以博取歡心的作品推行給位居下層的平民大眾。因此，大眾文化一詞長期含有貶意。然而，晚近學者則為大眾文化辯護，他們認為大眾文化亦和民間文化一樣，逐步發展出「自足」性的成長。因為趣味和風格是社會和文化共同決定的，並不存在某一種一成不變的普遍模式或審美判斷。決定大眾文化的文化趣味，並不是只在於文化產業中的經濟政治力量，還有「大眾」的觀念及意識形態。因此，與其說大眾文化是將藝術降格為商品，不如說它是一個轉折點，對舊的文化形式進行改造，並將符號和消費導入自身的界定中。

從大眾文化的意義與闡釋，可以發現對於大眾文化的來源有兩項說法，一是來自於統治階級加之於民的社會控制，二是來自民眾本身，是他們喜怒哀樂與經驗模式的自然表達（陸揚、王毅，2000）。另有學者提醒到：「大眾」不容易成為經驗研究的對

象，因為它不是以客觀實體的形式存在。大眾（the people）、大眾的（popular）、大眾力量（the popular force）是一組變動的效忠從屬關係（allegiances）（John Fiske, 2001）。

本章著眼「英雄譜」這一反秩序與秩序化的明清小說書寫，透過戰爭的描寫及異質威脅（取經路上的妖魔）的收編整飭，尋索帝王將相文治武功的神聖光環如何被消費、脫冕？儘管當時儒釋道的大論述沸沸揚揚，下階層的城市大眾藉異鄉他域的變身、另類倫常觀、婚戀行為、對典範和論述進行隱蔽的、熱情洋溢的表述，食色受阻、逆親背約、寡廉鮮恥（薛丁山三拒樊梨花的原因），無不帶著戲謔坦然，形成一連串「大眾的」、「我們的」生鮮世界。

西方大眾文化理論經常以「權力」論述來理解下層文化與上層文化的互動策略，如：拉克勞（Laclau E, 1977）對國家與各種各樣的大眾層理之間的差異分析，理論化了他所命名的「大眾式」的對抗與「民粹主義式」的對抗。[38] 相對於西方的「權力」論述，中國式的大眾文學面貌，在小說中所呈現的是一種融合式的狀態。英雄好漢與兒女柔情、聖君賢相和妖魔孽子、重責大任與身心殘缺等等互生共存，在大眾文化對官方的刻意模仿及靠攏之中，進行非理性脫冕，一方面也在消費玄祕知識與歷史知識等各文化層理之中達成其言說目的。

本章所觀察的幾部明清神魔小說，對異質力量的收編與秩序化的過程當中，汲取了玄祕知識，並編織到個人修身齊家的倫常維度

---

[38] 〔美〕約翰・費斯克（John Fiske）著，王曉珏、宋偉杰譯《理解大眾文化》，北京：中央編譯出版社，2001年，頁188-194。

當中，在危機處理模式裡往往導向「兵來將擋，水來土掩」等「常
言道」式的常識理性，以及宿命式的解釋之中，這種將理性知識常
識化，將身體想像與家國想像縮合，導引出日後義和團式的以「法
術」對抗外國「槍炮」的歷史真實[39]，現實與想像之間的界線，經
過思維定勢的模式化結果，就連文化菁英在「啓蒙」、「救亡」的
時代斷裂邊緣，也不免大力提倡「小說教化論」與「少年中國說」
（梁啓超）的普及化與體制化（納入教化所需）呼籲，進而泯除了
理性思辨的戒心。時至清末，小說被文化菁英視爲救國啓蒙的理性
工具，這恐怕不是早期以說唱等民間藝術形式寄生於文化生產的下
層文人所能想像的，大眾文化的開放性與動態發展由此可證，但是
這種大眾化傾向的文本性質，卻在無形中吸納了許多菁英論述的議
題，進而在近／現代化過程中，貼近了溝口雄三、王汎森等學者所
指出的「理觀」、「禮制」的再造與頑強生命力，形成在近／現代
典範危機中的另類表態。

---

[39] 據有關義和團的口述資料顯示，義和團員在武裝動員時，有降眞（神靈附體）的
儀式，其神仙譜系中，不乏庶民階層耳熟能詳的小說戲曲人物，如：喬志強編
《義和團在山西地區史料》曾引述山西太原市居民賈仙居的口述：「一次，我
從（太原街）柳巷到西肖牆，見一十五六歲少年在練拳，向東南叩頭，口誦：唐
僧、沙僧、八戒、悟空等語後，跌倒爬起來即精神百倍練習武藝。」太原：山西
人民出版社，1989年，頁150。

第十一章
《聊齋志異》、《閱微草堂筆記》續書中
「擬唐」與「擬晉」的承衍

摘　要

本章試圖分別就《聊齋志異》、《閱微草堂筆記》於乾嘉年間之續衍的「擬唐」與「擬晉」書寫風格，由「醫案」型故事的知識衍化、「新聞性」的衍化、以及援引《聊齋志異》為論述焦點展開對話，考察此二書的「擬古」色彩對此時期的小說續衍之若干影響與發展。

文中指出：「擬晉」的視角源自六朝知人論世的書寫傳統，更為貼近清代文言小說的深層意涵。至於「擬唐」書寫，則源於唐人小說每以自敘者形象行文，經由男女主人公才色碰撞的展演，反映唐人詼諧嘲謔之風、性愛意識，以及以情寫志的重要表徵。

《里乘》、《醉茶志怪》續衍小說的知識衍化，反映出虛實之間如何轉化的問題，小說展示的，其實就是層層疊疊的構思過程與解釋，占據故事中心位置的是這些解釋。續衍者對說故事的興味往往在於衍化知識，小說的敘事話語繞著道德語境、民俗事象呈現不同認知的斷裂落差，涵納了知識衍化的矛盾性與主觀性。

由《醒夢駢言》對《聊齋志異》的續仿對話；以及《夜雨秋燈錄》、《里乘》、《醉茶志怪》等書對《閱微草堂筆記》續衍，我們看到文學經典由知識衍化，直至晚清，這種書寫形式登上報刊的徵稿專欄，試圖取得「輿論」的新地位，反證出這批文言小說長期受詬病的議論化傾向，卻是打造論壇，逐漸發展為「全民寫作」新風貌的沃土。

一、前言

　　對於清代文言小說的兩部高峰之作——《聊齋志異》與《閱微草堂筆記》，是我們討論文言書寫過渡到白話文，以及傳統知識與現代性知識轉型一個頗為典型的、龐雜的作品群。[1]早在清朝盛時彥、鄭開禧就很推崇《閱微草堂筆記》「勸懲」的意旨，雖然曾國藩斥《閱微草堂筆記》為虛構無稽之言，指責其對於理學多方譏謗笑侮的舉措，但是此書的寫作的確緊接著《聊齋志異》，牽引著學術型知識與地方型知識等多面向知識譜系的探討。

　　魯迅《中國小說史略》提出《閱微草堂筆記》文、理兼擅的析賞角度，並從學術淵源闡明紀昀學六朝、避唐人的緣由。[2]乾嘉時期樸學盛行，紀昀理趣重於情趣的觀點普遍受到認同[3]，如《鏡花緣》等才學之作便與此思潮有關。《閱微草堂筆記》的「擬晉」[4]，

---

[1] 如溫瑗《「閱微草堂筆記」傳統與現代思想流轉》，即曾藉由紀昀的《閱微草堂筆記》，來關注乾嘉時期文化界從傳統向現代啟蒙的思想轉型，指出此書的寓言形式的多元議論，乃寄託其勸懲思想與淑世精神。國立彰化師範大學國文學系碩士論文，2004年。

[2] 魯迅《中國小說史略》引紀昀《閱微草堂筆記・姑妄聽之》自序中追蹤晉宋的譜系有：王仲任、應仲遠、陶淵明、劉敬叔、劉義慶等人之學風。（香港：三聯書店有限公司，1999年3月一版二刷），第二十二篇〈清之擬晉唐小說及其支流〉，頁220-221。

[3] 李劍鋒〈情趣與理趣——《聊齋志異》與《閱微草堂筆記》比較研究之一〉，《蒲松齡研究》，1994年第1期，頁90-97。

[4] 吳波〈追蹤晉宋，踵事增華——《閱微草堂筆記》對魏晉六朝志怪小說的繼承與

學界的態度是由二十世紀五、六〇年代指責其議論化傾向開始，直至八〇年代視野、觀點才又趨向多元化的接受，調整「以現代小說定義檢示」的標準，改而著眼《閱微草堂筆記》之創作實際的理解過程，經過邵海清重新肯定《聊齋志異》、《閱微草堂筆記》在文言小說發展上的對等影響；姚莽認為《閱微草堂筆記》開創了寓言體小說的新形式；李漢秋、胡益民則以散文觀點看出紀昀以古為新的創意，紀昀的創作逐漸得到更多的理解。[5]

　　本章擬檢視《閱微草堂筆記》與《聊齋志異》的續衍之跡，就其取材和寫作動機承衍的初步探討，來尋思其對後續續衍的可能影響。其中「以古為新」的書寫，在時代意識與現實針對性之衝擊下，究竟帶給清代書寫的新變有何啟發？透過「擬唐」與「擬晉」的進一步發展，《閱微草堂筆記》與《聊齋志異》的續衍呈現出何種文學風景？

　　誠如羅蘭・巴特（Roland Barthes）在《寫作的零度》中指出：一位作家各種可能的寫作，是在歷史和傳統的壓力下被確定的，作家的寫作被迫使用祖傳的、強而有力的記號，這些記號來自

發展〉，指出紀昀在小說觀上的推崇與仿效，強調史筆記實的態度；在題材繼承方上，則包括「直接援引六朝故事」、「就原有故事引伸，開出新旨」、「以原故事作為理論基礎」與「汲取六朝藝術手法敷寫新故事」四種。另有兩點發展突破，包括其「寫作動機」更具時代意識與現實針對性。以及風格同樣簡淡質樸，在「表現手法」上卻已趨於成熟，在敘述鋪墊上層次更見分明（以「陽羨鵝籠」幻中生幻手法為例），在鬼神顯現的描述上，亦更間接輾轉。《蒲松齡研究》，2005年第2期，頁137-147。

[5] 汪龍麟〈20世紀《閱微草堂筆記》研究綜述〉，《殷都學刊》，2003年，頁77-81。

不同的過去，卻把一種作爲儀式規約而非互相調和的文學強加於他。[6]因此，巴特極爲關注語法規範、風格恆穩因素在與作家語言和人類語言的相互協調之下，文學如何成爲語言的烏托邦？寫作形式的擴增如何建立新的文學？而這些問題或可給我們一些啓發，不僅對續衍小說的典範回應也好；或是在創作中考掘其意義，發現其侷限與困境，畢竟都是那個時代存在的種種創作樣態。

二、《聊齋志異》與《閱微草堂筆記》的「擬唐」與「擬晉」[7]

　　我們若從歷史和傳統的脈絡與文化處境的撞擊來看，無論是

---

[6] 羅蘭‧巴特（Roland Barthes）著，李幼蒸譯《寫作的零度》，臺北：桂冠圖書，1994年，頁77-127。

[7] 魯迅指出，清小說純法《聊齋》者，包括吳門沈起鳳作《諧鐸》十卷、滿州和邦額作《夜譚隨錄》十二卷、長白浩歌子《螢窗異草》三編十二卷、海昌管世灝之《影談》四卷、平湖馮起鳳之《昔柳摭談》八卷、金匱鄒弢之《澆愁集》八卷，皆志異，亦俱不脫《聊齋》窠臼。筆致純爲《聊齋》者流，還包括長洲王韜《遁窟讕言》、《淞隱漫錄》、《淞濱瑣話》各十二卷；天長宣鼎作《夜雨秋燈錄》十六卷。參閱魯迅《中國小說史略》，香港：三聯書店有限公司，1999年3月一版二刷，第二十二篇〈清之擬晉唐小說及其支流〉，頁215-227。另王平〈《聊齋志異》在清代的傳播〉一文對於清小說純法《聊齋》者、受《聊齋》影響但不刻意模仿《聊齋》者、在《聊齋》創作的啓發下另闢蹊徑者，有列舉書目與說明，《蒲松齡研究》，2003年第4期，頁30-41；黃子婷《《聊齋志異》與《閱微草堂筆記》之仿擬作品研究》（國立政治大學中國文學系碩士論文，2001年）對於蒲派仿擬作品亦有所探討。

「擬晉」或是「擬唐」，牽涉到「知識處境」與「敘事語境」等方面的問題，亦即：魏晉玄學撞擊乾嘉樸學；初唐文風影響豔異綺思的種種文化現象。

談到「擬晉」，由於魏晉清談有著魏晉時人物品評喜將同一地域或同一時的人物放在一起品評的習慣，其中由於論同一地域的人物會順便論及當地風土，如《世說新語·言語第二》（第24則）中記載王濟與孫楚共論其地人與物之美，此種由於地靈人傑，由人物品論順便論及地理的方式，影響了當時地理類史書寫作的興盛。另外，由於九品官人法在品第人物高下時，必須以簿世（譜牒家世）、狀（個人行狀）和鄉品輩目（中正官據簿世行狀最後給予鄉品，在給鄉品之前先大致列入某一層次，即是輩目），所以家族史、家族族譜的寫作也因之而生，譜學的興盛，實與人物品評非常有關聯。

此外，才性論的討論實為魏晉玄學一大主題，魏晉玄學與人物品評之間的關係密切，但因品評當代人物因易涉及政治是非，魏晉時品評家亦群趨於古代人物的評論。如在《世說新語·賞譽第八》（第133則）中的註引王濛別傳說「濛性和暢，⋯⋯商略古賢顯然之際，辭旨劭令，往往有高致」，這裡明確指出品評活動中也包含了品評古人；另外，也常有拿古人來比較當時的名士，或是以古人為喻來形容要品評的人或要表達的意思，在在都顯示出當時有討論古人的習慣。[8]

---

[8] 如《世說新語·品藻第九》（第41則），王珣要桓溫品評殷商時的箕子與比干，桓溫卻說寧願作管仲，顯示了他對於這段歷史的看法，也表現了當時的對於君權

　　魏晉學風表現在志人與志怪的書寫，及其影響紀昀《閱微草堂筆記》的創作，有些學者已指出這方面的特質，如：吳波〈紀昀的家世及其對《閱微草堂筆記》創作的影響〉[9]一文，收集大量史料，說明家族傳統觀念在理性為學；尚儒學、守禮法；重人事、輕天道等方面對紀昀思想產生重大影響。又紀氏家族事蹟，也成為《閱微草堂筆記》的重要書寫材料來源，尤其對於實際相處過的明玕等人的悼念憑憶更是寫來楚楚動人。劉樹勝〈論紀昀的鄉戀情結──《閱微草堂筆記》的主體感之一〉[10]以量化統計方式，對《閱微草堂筆記》材料多方考察，發現書中在「地域風土」與「家族人事」二方面的高密度書寫。地域方面，紀昀數百次提及滄州大小地名，對當地篤實學風頗為自豪，對生活周遭小人物的事件描述亦生動入微；家族方面，文中詳細繫連出紀家族譜，另對於妻族、母族的親戚也多有書寫，而對於家風展現以及兒時記憶等等的描寫也都如數家珍，可見少年的家鄉印象對晚年的紀昀而言仍十分珍貴。這種知人論世的研究方式，如果從「擬晉」的視角來看，則能更為貼近清代文言小說的深層意涵。

　　至於「擬唐」，由於唐人小說每以自敘者形象行文，將性愛

的忠心程度並不高。〈品藻〉（第50則）中，劉尹將他的兩個好朋友比作顏回與許由。〈品藻〉（第68則）中，庾龢品評稱讚了古代的廉頗、藺相如，並將之與今人比較。〈品藻〉（第80則）中，記載了王徽之與王獻之兩兄弟藉由品評古代的高人，表現了他們的志趣。

[9]　同註[4]。

[10]　劉樹勝〈論紀昀的鄉戀情結──《閱微草堂筆記》的主體感之一〉，《滄州師範專科學校學報》，第20卷第4期，2004年12月，頁9-15。

通過藝術手法與詩境包裝，顯出曖昧迷人的特質，對情欲描寫獨具一格；故事在浪漫戀情之中引入強烈的悲劇意蘊，以男女歡愛題材體現人生好景難再的悵然，母題核心在表現「愛情」，至於婚合與否則不在意的婚愛觀，表現出擺脫儒家禮俗的灑脫風格。相較於陶潛〈閒情賦〉將情愛定位為「始則蕩以思慮，而終歸閒正」，唐人小說如《游仙窟》所展現之「伏願歡樂盡情，死無憾恨」顯得大膽而無所顧忌，唐人小說在這方面為後世文人狂欲幻想化豔情小說打開了一面更為寬廣的空間，一方面也體現了初唐昂揚向上的青年自信，女方則為門閥貴族，無須奔忙衣食，又為家庭規範之外的「寡婦」身分，可以從容追求理想化的愛戀模式，描寫一種沒有貞操、薄倖觀念重壓的無拘束情感表現。⓫

此外，唐人小說創作手法往往與初唐風氣、創作環境結合，並刻意製造「範文」⓬，不斷以詩文「調情」的細節，闡發男女主人

⓫ 王增斌在〈佳色功名兩不朽　詩人意興託風情──《游仙窟》的文學特質與美學價值〉一文比較了六朝到唐男女情感的若干發展，對愛情母題的題材，指出其初唐氣息，唐人小說愛戀模式值得推敲。詳參《太原師範學院學報》，第2卷第2期，2003年6月，頁60-64。

⓬ 李鵬飛引據陳寅恪〈讀鶯鶯傳〉「仙之一名，遂多用作妖豔婦人，或風流放誕之女道士之代稱，亦竟有以之目倡伎者」推論《游仙窟》女主角真實身分不出女道士或倡伎者流，並以初唐詩中屢見之「觀妓」主題為旁證，說明當時盛行冶游之風。至於文中刻意將女主角設定為大家閨秀，對照作者出身沒落地主人家，又「言頗詼諧」，可能是對於當時大姓不與外族通婚的門第觀念進行的心理補償與諷刺。《游仙窟》以簡單情節撐起大篇幅，詩歌贈答為重要特色，究其源流，除模仿民間對歌習俗，應該還包括迎親禮贊習俗與漢譯佛經韻散結合的形式。同

公才色碰撞的展演情況，小說中的男女互動，彼此譽為「神仙窟」與「文章窟」，運用典故彼此試探，反映初唐人詼諧嘲謔之風，其後漸涉淫事，相較而言，唐代女子比清代佳人更有性愛意識。[13]這種強化文人的身分表徵、文人的專長、文人的謀生技能以及以情寫志的重要表徵，正是《聊齋志異》「令燕昵之詞，媟狎之態，細微曲折，摹繪如生」給人的擬仿印象；也是以詩文綺情為重要創作內涵的傳奇小說的核心命意。

時，作者更注意到其和初唐「嘲謔之風」、「酒筵遊戲之風」與「詠物詩盛行」三大初唐社會風氣的關係。另外，作者就張鷟「是時天下知名，無賢不肖，皆記誦其文」、「新羅、日本東夷諸蕃，尤重其文，每遣使入朝，必重出金貝以購其文」的生平推敲，此文創作動機或許不在創作小說，而是因應時代對其創作「範文」的預期，有意融合當時流行之各種文體，借用現成框架（如劉阮入天臺）展現詩文長才，以為逞才場域。詳參李鵬飛〈《游仙窟》的創作背景及文體成因新探〉，《山西師大學報》，第28卷第1期，2001年1月，頁43-48。

[13] 詳參鮑震培、于燕華〈邂逅風流：唐代小說《游仙窟》的世俗化特徵〉，《天津大學學報》，第7卷第2期，2005年3月，頁122-126。

三、「擬晉」視角 —— 以「醫案」型故事的知識衍化為例

（一）鄉俗「醫案」的知識衍化格局與日常經驗之潛在意義

羅蘭・巴特（Roland Barthes）認為寫作乃是一種陳述行為，作為語言學一般對象的陳述乃是陳述不在（absence）的一種產物。陳述行為在顯示主體的位置和能量，甚至主體的欠缺（manque，它不同於不在）的同時，專注於語言的現象本身，陳述行為是使一個主體被理解，這個主體既堅定存在又不可言傳，由於其令人不安的熟悉性，既不被認識又被認識，因此語言不再被虛幻地看作是一種簡單的工具，語言字詞是被作為投射、爆發、震動、機件、趣味而表達的。寫作使知識成為一種歡樂，正是字詞的趣味性才使知識深刻和豐富。[14]

在《聊齋志異》、《閱微草堂筆記》的續衍中，除了傳統「志異」、「志怪」的脈絡，在對特定知識的興味上，尤其值得我們考察文言志怪的功能轉化，在許多故事當中，知識論辯是《聊齋志異》、《閱微草堂筆記》續衍的重點。在夾雜著危機與災難的語境中，有一大部分已由六朝志怪的遐方異聞、鬼怪精靈轉變為鄉土民俗知識的紀錄，書中羅列民間偏方，主要應用於產育及治病。清同

---

[14] 同註 [7]，頁9-10。

治年間許奉恩著《里乘》就有大量這方面的故事，如：

〈產怪〉[15]一則記官婦產怪而殺之之事。小說中記載「或謂熱天婦人不可露宿，馬通褻物俱不宜夜置野處，倘妖氣侵之，即不免感生怪物，是或一道也。爰筆識之，使妊婦知所自謹焉。」

〈產鬼畏傘〉[16]（鬼）則曰：「製之亦自有法，但君切不可告人……產鬼最畏雨傘，以一傘置戶後，即不敢入房矣。……如不能入房，則伏屋上，以血餌縋入產婦口中亦可，倘於床頂再張一傘，使血餌不能下縋，則鬼術窮矣。」……妻甚惡此苦，囑遍告於人。凡有娠之家，各如法預防之，果皆無恙。

〈杭城某翁〉[17]（老媼）曰：「老婦有兒，幻亦患此，曾遇異人，謂名『七星攢月』，危症也。惟十二歲內小兒所下蟯蟲百條，搗餅疊敷之可治。」

〈祝由科〉[18]記祝由氏祕傳之劍符治人神術，於故鄉湖南辰州一帶尚傳。「相傳黃帝有二臣，曰岐伯氏，曰祝由氏，皆善醫。岐

---

[15] 《里乘》卷三，濟南：齊魯書社，2004年1月一版，以下所引頁碼同據此版本，不另註，頁80。

[16] 《里乘》卷五，頁139。另一個有趣的產鬼故事〈周孝廉妻〉，頁136。

[17] 《里乘》卷一，頁15。

[18] 《里乘》卷三，頁80。

伯氏治疾，按脈能知人七十二經，投以藥，無不效。祝由氏治疾不用藥，惟以清水一碗，以手捏劍訣，勒勒書符水面，以飲病者，亦無不效。祝由氏爲湖南辰州府人，故今辰州人多擅此術，名曰『祝由科』。爲人治疾誓不受錢幣之謝，或酬以酒食則可耳。」

〈玄壇〉[19]「世俗商賈所祀黑虎玄壇，稱趙大元帥，其實非也。神姓陳氏，初當捕役。」涉及對世俗傳說的記載，又有作者自身的思想辯證。有道士法術〈圓光二術〉[20]、〈李泥丸〉[21]、鄉里奇術〈蟻陣〉[22]等篇章。

而光緒年間李慶辰《醉茶志怪》像這類民間風俗的紀錄也非常豐富，如：

〈銅騾〉[23]「都中齋化門東岳廟，有銅騾一匹，高如眞者。周身色暗，惟胯間勢挺然下豎，光明如鑒。予甚怪之。或告之曰：『凡婦女入廟焚香，有艱於嗣者，則竊把而捫之，以故日久若磋以□□焉。』」

---

[19] 《里乘》卷四，頁111。

[20] 《里乘》卷四，頁104。

[21] 《里乘》卷五，頁145。

[22] 《里乘》卷五，頁141。

[23] 《醉茶志怪》卷三，濟南：齊魯書社，2004年11月一版二刷，以下所引頁碼同據此版本，不另註，頁143。

〈泥娃〉[24]「津中風俗，婦人乏嗣者，向寺中抱一泥娃歸，令塑工捏成小像如嬰兒，謂之壓子。」

〈武清乙〉[25]「先是鄉俗，凡有喪者之家，每擇一靜室，盛設酒肴，布灰於地，局門禁人窺探。夜深往往聞室中枷鎖叉鐶聲。次日啓視，地上或有人足跡、鳥獸蹄印等形，即知亡者後身托生何物，謂之出殃。」

這類的知識雜化與「寺廟」、「鄉俗」、「子嗣」等願望有關，是屬「群體性」的風俗，以民俗模式的敘事，不否定其中日用經驗和理性認知部分的合理價值，夾雜對民俗事象科學理性的認知考察。就災難與疾病等危機的反應而言，表層敘事是將產育等危機突顯出來，然纏夾著病理學語言討論著人情世故的思路，其實是放在人情事理、勸懲教化的脈絡中，化人倫道德秩序為反危機模式，對神話－巫術原型、地方知識及民間模式、理性知識之間的關係做了複雜的融合。如《里乘》卷一〈富翁子〉講到一富翁的兒子啼哭不食，群醫無計，某醫偶由乳娘知兒哽生螺而哭，乃以鴨涎治癒，乳娘因而得厚賞。里乘子末了總評時再敘另一指上生紅毛的人，以五行原理醫治的例子，最後並做結論說：「所謂醫者，意也。彼小兒哽螺，以鴨見螺必�¿½，取其瀺以瀹之，故立愈。」[26]這裡的「醫者，意也」就有許多非理性的成分。

---

[24] 《醉茶志怪》卷三，頁144。

[25] 《醉茶志怪》卷四，頁201-202。

[26] 《里乘》卷四，頁8。

上述《里乘》、《醉茶志怪》續衍小說的知識衍化，反映出虛實之間如何轉化的問題，小說展示的，其實就是層層疊疊的構思過程與解釋，占據故事中心位置的是這些解釋。也就是說：從小說的語言形態上看，小說由「間接語式」構成，大量的作家轉述語，少量的人物生活語言，續衍者對說故事的興味在於衍化知識。

論者指出紀昀《閱微草堂筆記》的創作內容，反映了相當程度的家世與乾嘉學風[27]，紀昀創作往往針對故事來源作了一番梳理，他在作品中提及引述出處，多是爲了與前說印證、考辨，名物典故錯出其間，包含天文地理、風俗民情及軼聞軼事。從這裡可以看出，許多文言小說作者所承襲的「小說」概念，仍體現在聽聞街談巷語的收集編輯，也就是古代方士方術知識，這與紀昀編纂《四庫全書總目提要》時，賦予小說「資考證、廣見聞、寓勸懲」的內涵有相當程度的吻合。《閱微草堂筆記》追求晉宋筆記小說「簡淡數言，自然妙遠」的風格，在於他化虛構爲見聞的敘事手法，把筆記小說從遂混虛實發展到有意寫實的標誌[28]，這種創作手法或可作爲與《聊齋志異》的區隔意圖。

---

[27] 吳波〈紀昀的家世及其對《閱微草堂筆記》創作的影響〉，《明清小說研究》，2001年第3期，頁223-236。

[28] 楊子彥指出《聊齋志異》以筆記體寫傳奇，一書而兼二體，代表了清代小說中「明變」的一方；《閱微草堂筆記》則代表了「暗化」的一方，保持筆記小說固有文體的特徵。《閱微草堂筆記》化虛構爲自述或轉述的見聞，使虛構成爲紀實，體現爲比《聊齋志異》更爲正統的一種發展和變革。詳參楊子彥〈化虛構爲見聞——論紀昀《閱微草堂筆記》的敘事特點〉，《淮陰師範學院學報》（哲學社會科學版），第26卷，2004年6月，頁793-814。

　　然而，越往晚清發展，《聊齋志異》、《閱微草堂筆記》的續衍在面對問題、時事的討論中，觸及現代、西方觀點，隱見清末西方文化衝擊下的時代氛圍，就明顯反映出文言小說的格局之狹隘，以及日常經驗之不足。如《醉茶志怪·青靈子》一篇論及「日食」，藉著神仙的話說：

　　此事（日食之說）自西人論之而始明。本日月對光，中隔一地，亦度數使然耳。古史於日食必書，用以警惕人君，使不敢失德。斯乃古聖之深意。在昔未嘗不知其理，特未明言。意謂君若不畏天，尚孰畏哉？……或問曰：「西人云如中國日食之某日，即外國日食之某日，合中外眾國觀之，則為一日。豈一國之君失德，眾國之君皆失德乎？」……仙曰：「所謂君德者，指中國之天子言。」……「自天視之，（人君）雖皆其子，然子中有長男、次男、少男之分，中國之君，天下冢子也。其所示之象，自應以中國為斷。」[29]

　　由於人類的知識表達往往同時跨越多種知識類型的疆界，大體而言，以文字為載體的知識系統中，理性、論理與學術的色彩比較濃；而在保持口頭和動作形態的知識系統當中，非理性、敘事與巫術的成分居多。在文明化的進程裡，理性知識對非理性知識袪魅的途徑之一，是將神話中具體異象的敘事關係轉換為抽象程度不等的概念理論（邏輯）關係。

---

[29] 《醉茶志怪》卷一，頁42。

　　相對於啓蒙理性知識和西方話語霸權的知識「他者」，從軸心時代（axial period）開始，「地方性知識」（local knowledge）[30]反過來將理性知識的話語霸權陌生化、相對化，此時原本具普世型的原始神話經由地方型知識的吸納、過濾與整合，使得各文明知識叢體產生新的格局。呂微指出：軸心時代以後，這新型的知識格局變成了一種由各種知識類型所調配的不同比重的組合體，其關係更爲複雜隱奧。本土知識系統中共同源於神話原型的理性的論理、學術型知識與非理性敘事、巫術型知識之間的複雜關係，使得一些看似理性的論理與學術知識表述當中，仍然可能發現非理性的內容和巫術的功能，因而，隱藏在論理言論背後的，仍然可能是對於超越性、神聖性神話原型的信仰和繼承。

　　《醉茶志怪・青靈子》藉神仙之口論及「日食」，與《里乘・富翁子》的里乘子評論，都可以看到那些試圖學理化的言說，雖然如陳文新所言，是延續《閱微草堂筆記》某種「致力於建立和完善子部小說的敘事規範」[31]，但是在「見聞」與「經驗論」的視角之

---

[30] 吉爾茲提出「地方型知識」（Clifford Geertz :Local Knowledge, New York, 1983），是指從軸心時代（axial period）開始，占據該文明中心位置形成自足系統的、以理性為主導的知識整體，因而作為其原始發生基礎的、普遍的神話（此時已異化為地方型知識的他者），也只有經此地方型知識的吸收、過濾、整合，並在其整體性框架中尋找到恰當的位置後，方能繼續行使其曾經擁有的最高話語權力，這在幾大古國的文明史都是通例。詳參呂微《神話何為──神聖敘事的傳承與闡釋》，北京：社會科學文獻出版社，2001年12月，頁193-199。

[31] 詳參陳文新《傳統小說與小說傳統》，武昌：武漢大學出版社，2005年5月第一版，頁166。

下，其「世俗語態」仍不同於子部的學術況味，反而流向倫理轉向的判斷，對於理性思辨的疏離（鄉俗）或無力（日食的誤解），說明這些續書可能只是在意口頭傳承的廣闊背景，儘管書面文本的文字紀錄是建立在眾多口頭異聞的基礎之上，然而表現在這一類續衍的創作，作者致力於在西方新知識與中國舊傳統間看似合情理的認知，其實仍缺乏真正的科學新知。小說的敘事話語繞著道德語境、民俗事象呈現不同認知的斷裂落差，涵納了知識衍化的矛盾性與主觀性。就小說格局而言，這一類故事的衍化，一方面回應了「筆記體」反故事的傾向；另一方面在粗陳梗概、簡淡閒遠的材料中，傳達了作者由鄉土口頭傳統等廣闊背景的集體意識為基礎的書寫姿態，實與子部的理性架構和經部、史部的宏大敘事有一段距離。

（二）「新聞性」的衍化——從軼事到小說化的展演

此外，在《聊齋志異》、《閱微草堂筆記》的續衍中，對傳統「志異」、「志怪」裡特定知識的興味，在知識的建構與故事的拆解之雙向指趨中，另一方面又回應了某種「新聽聞」之「奇」。

有學者指出：明代的「剪燈三話」[32] 係六朝志怪、唐宋傳奇到清初《聊齋志異》以傳奇筆志怪的文體形式變遷的中間物。[33] 蒲松齡趨向民間的取材方式，有別於唐傳奇多所撰述文人圈之奇聞異

---

[32] 「剪燈三話」係指明・瞿佑《剪燈新話》、明・李昌祺《剪燈餘話》、明・邵景詹《覓燈因話》。

[33] 楊義《中國古典小說史論》，北京：中國社會科學出版社，1995年，頁310。

事，其〈感憤〉詩說：「新聞總入夷堅志，斗酒難消磊塊愁。」「新聞」在此可解釋作新近聽說的事。董毅對蒲松齡此詩中的「新聞」一詞，有如下的解釋：

> 「新聞」雖不能說是對事實的及時和如實的反映，卻是作者聽到的，那個時代裡發生的，經過訛變流傳的故事。它具有當時當地耳聞目見的真實性「新鮮而獨特」，也有傳說故事添油加醋的不穩定性，多緣飾而矜奇，它既有現實的依據，又不侷限於現實。[34]

學者認為蒲松齡寫《聊齋志異》所搜集素材的方法，是借鑑了洪邁這樣採集的做法。[35]這種記錄方式多是將聽來的傳聞如實記錄下來，基本上是「傳錄舛訛」、「粗陳梗概」，保持故事的原狀，並不多加議論，甚至註明這是聽誰所說的，屬於一種較為落實的紀聞手法。

而蒲松齡創作的取材方式，雖然亦是大量汲取民間傳說的題材，但是不以純粹紀聞為目的，而是活用了唐宋傳奇、宋元話本的一些創作手法，更豐滿了小說中的人物形象及情節內容，這樣一來，《聊齋志異》融會志怪小說中的徵實與虛構，無形中也就是將文學書寫傳統之擬唐與擬晉綰合，融攝了傳奇、志怪、話本等多種

---

[34] 董毅〈新聞總入夷堅志——蒲松齡的另類「孤憤」〉，《蒲松齡研究》，2005年第2期，頁6。

[35] 張敦彥〈「新聞總入夷堅志」——淺談《聊齋志異》的文學繼承〉，《蒲松齡研究》，1997年第3期，頁25。

文學體裁的風格，「風行逾百年，摹仿贊頌者眾」[36]，在清代為以記載怪誕詭奇之事為主要內容的小說，創設出一種新形式的典範。

　　羅蘭・巴特（Roland Barthes）曾指出，文學包含很多科學知識，但是由於它本身具有百科全書式的特點，文學使這些知識發生了變化，它既未專注於某一門知識，因而賦予知識以間接的地位，這種間接性正是文學珍貴性的所在。一方面，它使人們確定可能的知識範圍（未被懷疑的，未完成的）；另一方面，文學所聚集的知識既不全面又非確定不變，它不說它知道什麼，而是說它聽說過什麼，或者說它知道些有關的什麼，及它知道有關人的一切。透過寫作，知識不斷的反應知識，所根據的話語不再是認識性的，而是戲劇性的了。[37]

　　清代文言小說續衍也有深具這種「戲劇性」展演的特色，如：《里乘》卷一〈傅青主征君軼事〉，寫一知名畫家傅青主征君的軼事，他平日不肯輕易創作，創作時則幾近瘋狂狀態，友人以為他中邪而制止他。除了繪畫的軼事，擅長醫療也是傅青主征君重要的事蹟，他曾以舊氈笠煎濃湯、瀘成膏，代替生人腦漿為藥方，治癒腦髓虧損的病人之絕症。這件事使得曾經診療過這病例的宮中太醫佩嘆道：

　　「傅君神醫，吾不及也！吾初診汝疾，係腦髓虧耗。按古方，

---

[36] 魯迅《中國小說史略》，上海：上海古籍出版社，2004年7月初版，第二十二篇〈清之擬晉唐小說及其支流〉，頁190。

[37] 同註[7]，頁8-9。

惟生人腦可療，顧萬不能致，則疾亦別無治法。今傅君以健少舊氈笠多枚代之，真神醫！吾不及也！若非傅君，汝（按：指病人）白骨寒矣。」（傅青主征君）謂：「非為鄙人所語耶。然則醫雖小道，攻之不精，是直以人命為兒戲也！吾尚敢業此哉？」公（按：指太醫）送某出，即乞休，閉門謝客，絕口不談醫矣。[38]

　　這是典型的醫案型軼事，有一種超乎常理的展演性質，將藝術氣質與醫療能力並置，顯出傳主的戲劇特質，此時，醫療就成為知識所無法詮釋的範疇了。

　　但是在傳奇的因子不斷強化的過程，「病症」與「療程」及「醫理」之間的書寫如何小說化，也因重點的轉移形成非常有趣的衍化現象。我們考察晚清筆記小說中的知名之作──宣鼎《夜雨秋燈錄》「麻瘋女」故事為例，這故事以不同的形態被多次記載或敷衍，從乾隆間的《秋燈叢話》到光緒初的《夜雨秋燈錄》，這個故事的要素有三：奇特的風俗「過癩」，貞潔的女主角，還有蛇酒對癩病神奇的療效。本來作為志怪傳奇小說的對象，最核心的應該是「過癩」，但隨著故事的發展，「過癩」漸漸退為敘事語境，而貞潔的女主角則成為故事的重心，在這種轉變中，軼事性的故事也就上升為文學性的小說。占驍勇曾說：「『麻瘋女』故事在流傳之中，少有神怪情節（如果真的相信那種風俗的話），而宣鼎卻加入了一個所謂的地仙，這並不是一種倒退，事實上，志怪傳奇小說在清代普遍具有求實的傾向，而故意加入神怪的成分反而是一種虛構

---

[38] 《里乘》卷一，頁22-23。

的標誌。」[39]

　　「怪」是「醫案」之所以走入故事很重要的環節，但是在集體意識與個體意志之間，形成實化與虛化的不同面向，充分展現知識在續衍文化中的侷限與文體意識轉化中「戲劇性」的展演效果。

四、打造論壇 —— 以《醒夢駢言》與《聊齋志異》的對話為例

　　陳炳熙在〈論《聊齋志異》對清代文言小說的影響〉一文指出《聊齋志異》成為清代文言小說寫作的某些基本路數[40]，但是續書作者仍然企圖尋索突破之處。如：《里乘》卷一〈韓文懿公軼

---

[39] 占驍勇〈從軼事到小說——論「麻瘋女」故事的起源與發展〉，《南開學報》，2001年第5期，頁69-74。

[40] 如宣鼎《夜雨秋燈錄》卷四「〈鄔生豔遇〉是寫狐的，也還是書生遐想、美人自來的《聊齋志異》路數，但作者似乎要塑造一個完美的狐女形象，他讓她和書生在一段愛情生活中各得到滿足之後，就悄然離去而保持善始善終。她絕不對她的愛人『朝伐夕戕，非髓竭神枯而不已』；她又怕『潔身而退，令人魂銷氣結不能忘』，故用幻術使對方心死，討回所贈以免對方觸目傷心，寄以丹砂令對方服後『思女之心亦釋』。於是作者贊道：『情之所在，父母師保不能止，天地鬼神不能禁，山川河海不能隔；顧為情而來，情既盡……不以餘情害情人，復能以幻相警癡子，是非真深於情者乎！』（懊儂氏曰）點明了本篇不同於他篇的立意。」詳參陳炳熙〈論《聊齋志異》對清代文言小說的影響〉，《蒲松齡研究》，1998年第4期，頁96。

事〉說韓文懿落魄借宿於外，阻縊鬼尋替，因其貌醜，星者本占其
將死，不意後竟為官。「里乘子」末後就從《聊齋志異》展開議論
說：

> ……《聊齋志異》載「元少先生曾設鬼帳一事，因思古之不得
> 志于時者，或為路鬼揶揄，或受小人奚落，正復不少。」若公既見
> 重于冥王，又能氣懾惡魄，可見公平日為人，為天人之所欽矚，較
> 之尋常與鬼物為伍者不同。彼星者，本小人之尤，以公貌陋家寒，
> 預挾一窮儒不能發跡之見，不待推算，遽加菲薄，是炎涼之心中
> 之，非其術數之或驗或不驗也。其智識不又出鬼物下哉！[41]

這是直接同意《聊齋志異》的經驗之談，作為自己再創作故
事的構思起點，重點在於駁斥占相以貌論人，以窮達論世的錯謬。
「窮儒發跡」的夢想，是超乎「路鬼」、「小人」更進而是「相
士」之見的。

在眾多續衍作品中《醒夢駢言》與《聊齋志異》的對話頗能闡

---

[41] 《里乘》卷一，頁7。卷四〈姮兒〉一篇里乘子也引《聊齋志異》說：「天生佳
麗，將以報名賢；而世俗王公，偏留以贈紈袴。」千古一輒，牢不可破，良可
浩歎。奚生密邇佳人，親敬不敢狎褻，即此一節，不愧名賢；少宰贊其才品俱
優，信非溢譽。……某公擇婿非不知破格求才，惜為閫內所持，幾至名花墮溷。
幸杜少薇夫人智能應變，卒使淑女君子得遂好逑，隻手回天，不露聲色，其籌畫
盡善，即方之古押衙，何多讓哉！」（頁96）這篇故事並連著附錄李賀〈宮娃
歌〉、張籍〈節婦吟〉、杜甫〈佳人〉三篇知名唐人代表作，調動一切擬唐、學
唐的語境，將其故事疊入歷史語境中。

釋續衍故事的觀點變化。第一種對話是屬於「男女愛情」的觀點：《醒夢駢言》第九回〈倩明媒但求一美　央冥判竟得雙姝〉有男女三人一同還魂的情節。這故事敷衍自《聊齋志異》卷三〈連城〉，但是與《聊齋志異》之議論觀點不同，《醒夢駢言》的入話，頗不以女子讀書識字爲然，以爲這會撩撥性情，易涉情弊；《聊齋志異》則以「痴」、「知己」超越生死爲男女情誼的高貴向度，連結「賢豪所以感結而不能自已也」，不侷限於愛情，也涵蓋其他層次的高義，將情感推至超越性的高度。

　　第二種情形則是對大環境與歷史處境中，人物具「非常之才」，其非常際遇的評價問題：《醒夢駢言》第十回〈從左道一時失足　納忠言立刻回頭〉敷衍自《聊齋志異》卷三〈小二〉，兩篇故事的時、地與人名不同，《聊齋志異》的「小二」即《醒夢駢言》裡的「珍姑」。《醒夢駢言》的背景是明朝永樂的唐賽兒之亂。《聊齋志異》背景則是徐鴻儒亂事，《明史紀事本末》卷七十有〈平徐鴻儒〉。但明倫在評論《聊齋志異》與《醒夢駢言》持不同觀點，《聊齋志異》篇末異史氏曰：「二所爲，殆天授，非人力也。然非一言之悟，駢死已久。由是觀之，世抱非常之才，而誤入匪僻以死者，當亦不少。爲知同學六人中，遂無其人乎？使人恨不遇丁生耳。」[42]但明倫評說：「既爲秀才，而乃以風流相愛故，陷身爲賊，痴之極矣！幸小二慧人，豁如夢覺，悟左道之無濟，作比翼之齊飛；不然者，紙鳶未跨，玉石俱焚，雖非妄意攀龍，亦似

---

❷ 清・蒲松齡著，張友鶴輯校《聊齋志異》會校會注會評本，臺北：里仁書局，1991年9月3日出版，第一冊，頁382。

甘心從賊耳。與其豺狼之行，蛇蝎之鄉，奚啻霄壤哉？異史氏以丁生一言之悟小二，爲小二幸；余更以小二之跨鳶而出丁生，爲丁生幸。」[43]《醒夢駢言》的入話[44]，一點都不以唐賽兒之亂是錯誤的，反而認爲亂世兒女能「全身」是值得讚美的盛事。

　　第三種續衍則將充滿人格美學的況味導向因果善惡與神仙報應，如：《醒夢駢言》十一回〈聯新句山盟海誓　詠舊詞璧合珠還〉敷衍自《聊齋志異》卷三〈庚娘〉，文中除了夫妻相會的暗語不同，《醒夢駢言》丈夫說：「男兒志節惟思義。」妻子回應：「女子功名只守貞。」較爲雅馴、道德；《聊齋志異》丈夫說：「看群鴨兒飛上天耶！」妻子回應：「饞獪兒欲喫貓子腥耶！」[45]更符合人物的具體形象。《聊齋志異》篇末：異史氏評道：「大變當前，淫者生之，貞者死焉。生者裂人眥，死者雪人涕耳。至如談笑不驚，手刃仇讎，千古烈丈夫中，豈多匹儔哉！誰謂女子，遂不

---

[43] 清‧蒲松齡著，張友鶴輯校《聊齋志異》，頁382。

[44] 《醒夢駢言》的入話說：「古來多少英雄豪傑，不得善終；那庸夫俗子，倒保全了首領，死於牖下。這是什麼原故？要曉得庸夫俗子自量氣力又敵不過人，計策又算不過人，在這上頭退了一步，便不到得死於非命。英雄豪傑，仗著自己心思力氣，只要建功立業，撞到那極危險的地方去，與人家爭鋒對壘，何嘗不建了些功業，那逃不出俗語說的道：瓦罐不離井上破，將軍難免陣前亡。
到這時候，反不及得庸夫俗子的結局了。那個到底不算真正英雄豪傑。若是真正英雄豪傑，決不肯倒被庸夫俗子恥笑。在下這八句詩，是贊一個女中范大夫，要羞盡了許多鬚眉男子的。待在下敷衍那故事與列位看。」（頁125）

[45] 清‧蒲松齡著，張友鶴輯校《聊齋志異》，頁387。

可比蹤彥雲也？」[46]《醒夢駢言》入話則說：「奸惡之徒，天才降他災禍，在那劫內勾決了；若是善良的，不過受些磨折，卻還不到裡面害。」以及篇末：「狹路逢奸幾喪妻，誰知反占別人姬。」強調的是善惡因果之報，而《聊齋志異》則是讚美女性之英勇，可與男子比肩。

第四種續衍則類似上述《夜雨秋燈錄》「麻瘋女」的「神怪」情節，標誌出虛構的文學性。《醒夢駢言》十二回〈埋白石神人施小計　得黃金豪士振家聲〉敷衍自《聊齋志異》卷三〈宮夢弼〉，《醒夢駢言》中方家窮不自給，無人援助，後得神仙之助發跡。但是《聊齋志異》中有「惟優人李四，舊受恩卹，聞其事，義贈一金」[47]的記述，馮鎮巒評論道：「寫世情之薄，卻借一優人反襯出來。」但明倫則評論：「座上客百人，何竟不及一優伶！」[48]《聊齋志異》篇末異史氏說：「雍門泣後，朱履杳然，令人憤氣杜門，不欲復交一客。然良朋葬骨，化石成金，不可謂非慷慨好客之報也。閨中人坐享高奉，儼然如媵嬙，非貞異如黃卿，孰克當此而無愧者乎？造物之不妄降福澤也如是。」[49]其重點在闡發「造物之不妄降福澤」，觀點分為兩部分，一是主人翁「慷慨好客」，一是「貞異」之善報。《醒夢駢言》則突顯「埋白石神人施小計，得黃金豪士振家聲」的主題，諷刺不知報效的篾片相公，標榜張管師

---

[46] 同上註，頁388。

[47] 同上註，頁390。

[48] 同上註，頁390。

[49] 清·蒲松齡著，張友鶴輯校《聊齋志異》，頁395。

「高似馮諼十倍的，分明是神仙下降。」《聊齋志異》不曾指明「宮夢弼」是為神仙，《醒夢駢言》卻借一神仙施為使事情更具有戲劇效果。《聊齋志異》這個故事末了又附一則小故事，[50]正文故事主角揮霍太甚，與小故事的慳吝不拔適成相反，說明過猶不及皆非好事，其理性而持平的態度較具菁英視野的高度，而《醒夢駢言》則較具大眾視野的通俗性，這或可說是一種由「美學關注」到「倫理關注」的轉向。

五、《聊齋》、《閱微》續衍中審美意趣與書寫性質之搏化──代結語

學界對於《閱微草堂筆記》與《聊齋志異》二書「擬唐」或「擬晉」的書寫比較，除了以採錄方式為討論切入點之外，審美意涵應該也是觀察作者如何觀看故事的位置之有趣的思考點。李劍鋒就從朱光潛「不即不離」的美學觀點出發，由「審美距離」的角度

---

[50] 故事說：「鄉有富者，居積取盈，搜算入骨。窖鏹數百，惟恐人知，故衣敗絮、啖糠粃以示貧。親友偶來，亦曾無作雞黍之事。或言其家不貧，便嗔目作怒，其仇如不共戴天。暮年，日餐榆屑一升，臂上皮摺垂一寸長，而所窖終不肯發。後漸尪羸。瀕死，兩子環問之，猶未遽告；迨覺果危急，欲告子，子至，已舌蹇不能聲，惟爬抓心頭，呵呵而已。死後，子孫不能具棺木，遂薨葬焉。嗚呼！若窖金而以為富，則大帑數千萬，何不可指為我有哉？愚已！」清・蒲松齡著，張友鶴輯校《聊齋志異》，頁395-396。

對《聊齋》、《閱微》二書進行比較。[51]李氏認爲《聊齋》以「遠離」現實，卻更「貼近」人情，秉承唐傳奇「事雖出於虛構，理實本於人情」的理念，一改明末志怪以來「誕而不情」的缺失，並以戲劇筆法爲文，使故事充滿「情趣」。相較之下，《閱微》則放棄了情感上的「痴」，偏於議論，以諷刺、寓言筆法達成「理趣」。二書一爲「才子之筆」、一爲「著述之筆」，各異其趣。

　　此外，李劍鋒以另一文章藉「莊周化蝶」貫串，說明蒲松齡「遠離」現實，以其天眞幻想投入「貼近」審美幻覺的開創，達到變化、忘我的藝術境界；而紀昀不願馳騁才子之筆，「遠距離」旁觀故事，卻和功利現實「貼得太近」，幸其超脫理性能針對同一事件呈現不同觀點，雖變化不成，卻也另創理趣盎然。[52]

　　當人們考辨乾嘉文言小說作者閱讀視野與作品故事來源，對於文言寫作的題材襲用有些許歸納，同類型／主題的故事在作品中略改面貌，或許使讀者稍有新鮮之感，然而模擬愈多，反使人感到文言小說的侷限。清代《聊齋志異》與《閱微草堂筆記》的眾多續衍作品之中，我們考掘在擬晉「筆記體」的書寫中，雖然保留了方志、家傳等制式書寫風格，但是在強化鄉俗之餘，透過勸懲功能與紀實的傳統文類意識，作家仍予以不同的小說化、虛化處理，賦予簡淡新的美學意蘊，使「晉人之美」得以傳承。

---

[51] 李劍峰〈情趣與理趣──《聊齋志異》與《閱微草堂筆記》比較研究之一〉，《聊齋志異研究》，1994年第1期，頁90-97。

[52] 李劍峰〈試析《聊齋志異》與《閱微草堂筆記》審美創作之異趣〉，《山東師大學報》，1995年第3期，頁93-95。

　　而在與《聊齋志異》對話的例子中可以看到續衍故事在對歷史事件、人物情態賦予更多的詮釋與風貌，表現出精英與庶民化傾向的交流。本來《聊齋志異》的「狂」、「痴」、「呆」、「拙」等人格意態[53]，正是像蒲松齡一般帶著「孤憤」際遇的文人圈中一種生命必須擁有的「鮮活感」，「擬唐」的意趣與印記正在於此。

　　然而像《醒夢駢言》對《聊齋志異》的續仿對話；以及《夜雨秋燈錄》、《里乘》、《醉茶志怪》等書對《閱微草堂筆記》續衍，令我們看到文學經典由知識衍化，結合節操人格、練達世情的論辯與關注，更使得故事與其裝載的知識有許多潛在的生命力，當它們和集體意識表徵的鄉俗知識、方志實錄等概念合流，共同建構出「志怪」與「志異」的歷史情懷與時代風貌，而這些一再被述說的故事，正不斷的製造出反思與評介的文化語境。直至晚清，這種書寫形式登上報刊的徵稿專欄，試圖取得「輿論」的新地位，反證出這批文言小說長期受詬病的議論化傾向，卻是打造論壇，逐漸發展為「全民寫作」新風貌的沃土，小說文類中的舊瓶子，遂轉化為一種有意味的生存方式，發揮了部分的新功能，這究竟是歷史之偶然？抑或是文學之必然？

---

[53] 陳文新闡釋《聊齋志異》的抒情精神，論及名士風度、佳人韻致時，拈出《聊齋志異》的「狂」（理想的生命形態）、「痴」（知己情結）、「拙」（人格砥礪）是其核心情感。（同註[31]，頁107）魏晉月旦人物的人格美學，的確也哺育了論學、論世以及論人之樂。

結　論

　　本書透過續書群的分析與闡釋，嘗試理解在小說經典名著誕生之初即引起的一些書寫風尚與社會文化現象，發現其中蘊藏著豐富的文學因子。就經典小說的經典性而言，續書作家所闡發的群聚效應有相當大的成分是類型意識的粗胚狀態，如：「水滸世界」的順民（《蕩寇志》）與遺民（《水滸後傳》）乃至於市民精神（《後水滸傳》），都一再碰觸到「民」的基本內涵與理想形態，他們與「官本位」的龐大機制互動的結果，觸發了君、群與我的整合問題，這些問題最適合涵納後代在「現代化」過程中對意識形態的討論。所以晚清對「遺民史」、「遺民論」的再創造；對烏托邦、國民性的討論，即帶動水滸評論與新水滸傳等創作一再翻新，水滸傳的初期續書群就科學新知與海（巢）外視域就已提供了相當豐富的想像空間。

　　在「西天去來」的路上，我們既看到「證道」的諸多面貌，如：《西遊補》的幽閉時空、《續西遊記》的「心學」演義；在《後西遊記》裡的解碼遊戲更開發出「遊戲」性質的另類揭露美學，這種揭露美學不同於《金瓶梅》那種世情小說的悲涼感，在揭露儒林群像與僧團亂象時，充滿了角色扮演的諧謔感，而半吊子的取經團隊與妖魔之間的互動並非競爭激烈的對立面，被諷刺的妖魔反而有許多問題丟回給求解經方法的新團隊，「求解而無解」，問題一道道累積在西天路上，而取經新團隊卻終止辯解，使此書繞回「實錄化」的書寫方式，與神魔小說的詩性精神更為疏離。而《後

西遊記》運用許多潮州方言、實錄性質的文字風格以及對儒林僧團等特定對象的嘲諷，與後代黑幕小說、譴責小說的書寫特徵有相當程度的類似，但又不失《西遊記》戲仿神聖的特色。

　　「生死兒女」的續書群連繫「世情小說」發展中的一個基本命題，那就是這類續書群往往在程式書寫裡尋索其自我、組織、群集、完形的文化深層內涵。對世情小說而言，其重心是描寫人物，注重揭示人的感情世界的豐富、複雜；但是隨之而來一路發展下去的社會小說、諷刺小說、譴責小說、政治小說等作品，則截取最能表現問題的橫斷面以特寫主題，人物形象成為某種社會問題的載體。世情小說續書群作為小說史移動中的一個環節，在「完形」的強烈需求下，被組織到一個龐大的穩定結構中，往往被解讀為阻力、慣性、對母體文化的投誠、對先鋒力量的消減。人們在消費或參與公共議題的心態下不斷把玩某些熟悉的形式、元素。進入公共化了的熟悉語境，創作常態生活的一些書寫模式，作為「我們的」共同經驗，其實也一方面見證了世情小說之所以為「世情」的通俗基因。此外，世情面貌被家國同構吸納，使得世情的內涵又在群集的運作中藉由病理呈現作為審美挑戰，來「披露」國家社會整體的現象，《續金瓶梅》及《紅樓夢》續書群對文化定勢思維的接受及詮釋，就「善書」、「淫書」甚或「妖書」的組接對話，既曲意刻劃民俗風情，又常常以明末清初藉知識圖譜（金觀濤稱之為「常識理性」）的構建來形塑其角色，它們繼承《金瓶梅》與《紅樓夢》借男女家庭瑣事「罵（說）盡諸色」的敘事傳統，在因果的檢驗標準之下，仍然大肆演義敗德的穢史，這類續書雖然對世情的描繪仍保留了道德化的家庭史相對照，但續書群中的這兩大部分（穢史／

倫常家庭史），也正吻合了「世情」與「風月」長期以來一線之隔的尷尬關係與歷史現實。

　　「廣場／閭巷」是對小說續衍現象的另一觸角衍伸，說部傳統向有「譜系化」的書寫特色，這種特色既有「鑄模」功能，在帶動小說模式化生成之際，也誘發出新的文學因子。通俗小說家通常是一些以藝名出場的邊緣文人，或者是處於亂世，無所用於世的舊家子弟（如：董說、丁耀亢），其活絡的文化生產，不管從結構面、解構性來看，總帶著多重的文化性格，藉著游擊戰的方式，不斷向主流文化發言，在文化身分的遊走之間，挾帶著各種性質的文化成分進行時代造像。「市井」模塑「英雄」力量的展演，在「神魔」的小說煙霧下，大眾文化藉著「英雄譜」進行言說，並進而追尋各小說中對菁英文化與大眾文化在界線的交鋒，以及嘗試重新「發現」主流意識與顛覆潛能的動態文化景觀，發掘被「菁英論述」所隱蔽、放逐，卻從不曾消失過的各種次文化。

　　明清神魔小說，對異質力量的收編與秩序化的過程當中，不斷汲取了玄祕知識，並編織到個人修身齊家的倫常維度當中，在危機處理模式裡往往導向「兵來將擋，水來土掩」等「常言道」的式的常識理性，以及宿命式的解釋之中，這種將理性知識常識化，將身體想像與家國想像縮合，現實與想像之間的界線，經過思維定勢的模式化結果，既有義和團員在武裝動員時降眞（神靈附體）的儀式，其神仙譜系中，不乏庶民階層耳熟能詳的唐僧、沙僧、八戒、悟空；也有文化菁英在五四「啓蒙」、「救亡」的時代斷裂邊緣，大力提倡「小說教化論」與「少年中國說」（梁啓超）的普及化與體制化呼籲，進而泯除了理性思辨的戒心。時至清末，小說被文化

菁英視為救國啓蒙的理性工具，以及民間團體作為修練、救國等實際行動的精神力量資源，這恐怕不是早期以說唱等民間藝術形式寄生於文化生產的下層文人所能想像的。此外，清代文言小說的兩部高峰之作——《聊齋志異》與《閱微草堂筆記》的續衍現象，大量的仿擬作品，提供我們討論文言書寫過渡到白話文，以及傳統知識與現代性知識轉型一個頗為典型的、龐雜的作品群。故事與其裝載的知識有許多潛在的生命力，當它們和集體意識表徵的鄉俗知識、方志實錄等概念合流，共同建構出「志怪」與「志異」的歷史情懷與時代風貌，直至晚清，這種書寫形式登上報刊的徵稿專欄，試圖取得「輿論」的新地位，反證出這批文言小說長期受詬病的議論化傾向，卻是打造論壇，逐漸發展為「全民寫作」新風貌的沃土，小說文類中的舊瓶子，遂轉化為一種有意味的生存方式，發揮了部分的新功能。

　　本書對中國小說續書群複製繁殖的文學生命力不是以「價值論」，或者是「續書方法論」所得出的考察、闡釋。當我們拼貼水滸世界的「亂世忠義」，看它們如何因著「草莽失身憐赤子」而有另一種快意恩仇、官民相得或飆發建國的想像；或是在嚴肅的證道畫面中讀到「解碼遊戲」的半吊子取經人身影；在生生死死的愛怨情仇中，感知乾嘉盛世的兒女大團圓戲碼背後的赤子情懷與寂寞心事；於英雄譜系的狂歡展示中思考「偉大」的意涵「續書群」的集體意象可在歷史的地表中浮現：

　　一、褒貶先於勸懲：《續金瓶梅》、《西遊補》、《蕩寇志》等多部續書大多以「春秋」一書自喻，並且也不乏對讀者作「知我者其惟春秋」的提醒。如世情小說的續書群藉投胎轉世來寫一

些「亂世／盛世」兒女，小說的面貌往往是「野史」、「雜傳」的形式，誠如丁耀亢、董說提醒他們的讀者，不管在形式上或是內容，重點是「褒貶」而不是「勸懲」。續書中許多的道德論斷、價值參考、得失衡量等各面向的估算、報應、報仇；或是藉地獄「審案」、「再判案」，無不指向「褒貶」，續書對「勸懲論」的運用與理解別有用心。又如《西遊補》中孫行者入地獄審秦檜，秦檜爲自己的行爲辯解說：前面作秦檜的和後面作秦檜的很多，爲何單單審他。這個「秦檜」成爲廣大「奸臣」的符碼，被《西遊補》「權且利用」，成爲一種褒貶的寓意。

　　二、以遊戲爲主調：《綺樓重夢》的小寶玉除了專心向道的黛玉以外，淫遍了大觀園衆女子；《後西遊記》的裝僧扮儒，孫小聖與不老婆婆打鬥充滿性暗示；《後水滸傳》生吞人肉的綠林法則；說唐系列的陣前招親等等，無不指向遊戲、狂歡色彩，既指向偉大的平凡性，也開顯平凡的偉大意義。由於續書作家對傳統說部「勸懲論」的運用與重心轉移，所以在沉重（有時是近乎沉痛）的褒貶目的之下，看似無目的性的「遊戲」色彩就顯得荒誕而又脫離小說主流，如：《後水滸傳》以諢號行世的楊幺等近代俠士風貌，既是一種娛樂性質的續書，也是結合相當程度的傳統說部中教化的理性色彩之變體。

　　三、回歸「殘叢小語」的感性斷片：誠如《西遊補》的意識流書寫、《水滸後傳》的歷史通感等，都充滿了情緒性的、感性的另類小說美學，也因爲這一非理性色彩，續書的「斷片」面貌對整體文化的選擇與聚焦方式一開始就不是以主流或中心自居，對文類的看法也不以傳統文類是尙，結構的縮小不完全符合章回小說的傳統

規範，所以，續書有將經典小說朝「大說話語」發展的傾向拉回來「殘叢小語」的野史、雜傳或雜文傳統，回溯小說發展史的源頭，並回應當代的、新聞性質的新需要，其新舊雜陳的狀態也是一種續書群的特色。

四、熱衷中國材質的複製、繁殖：透過小說續書的再製，原著中的若干元素成為另類「中國材質」，如：《水滸後傳》的續衍，對傳統中國面對巨變時的自我修正與生命韌性進行反思，前者的巢外之殖民思想；後者以傳統脊梁人物的困境為傳統文化困境之隱喻，對中國材質的承載能力進行精神檢討，以打造精神家園，來直面現實家園（國）的失落。《蕩寇志》劉蕙娘、陳希眞；《後水滸傳》的楊幺等主角人物有時是擁有科技新知的主要角色，有的則是掌控傳統祕技的焦點人物，無不是被寄予掌握「中國材質」的部分精華之主要載體，他們與血統、文化身分、詩文傳統等不同元素共構所謂「中國材質」的想像。

五、主體性、群性以及意識形態的轉化：如前所論，續書對菁英文化與大眾文化在界線的交鋒處發掘被「菁英論述」所隱蔽、放逐，卻從不曾消失過的各種次文化，又被整編成文化菁英的大論述（如：五四「啓蒙」、「救亡」的「小說教化論」與「少年中國說」等），小說被文化菁英視為意識形態的工具理性的同時又是庶民的常識理性之載體，像《續金瓶梅》之類的理性省過，或是政治事件回應，歷史審判的平衡，形成它們的多元性格。

徵引書目

一、小說續書

陳忱（明）
1993《水滸後傳》。臺北：世界書局。

佚名
1995《後水滸傳》。侯忠義主編：《明代小說輯刊》，成都：巴蜀書社。

俞萬春（清）
2003《結水滸傳》。出自《續四大古典名著》，長沙：岳麓書社。

董說（明）
1958《西遊補》。臺北：世界書局。

佚名
1995《續西遊記》。臺北：建宏出版社。

佚名
1992《後西遊記》。臺北：老古文化事業公司。

丁耀亢
1988《金瓶梅續書三種》。山東：齊魯書社。

逍遙子
1995《後紅樓夢》。臺北：建宏出版社。

秦子忱
1995《續紅樓夢》。臺北：建宏出版社。

蘭皋居士
1990《綺樓重夢》。上海：上海古籍出版社。

小和山樵
1995《紅樓復夢》。臺北：建宏出版社。

長白臨鶴人
1994《紅樓圓夢》。上海：上海古籍出版社。

歸鋤子
　　1985《紅樓夢補》。臺北：天一出版社。

娜嬛山樵
　　1994《補紅樓夢》。上海：上海古籍出版社。

二、專書

（一）古籍

丁耀亢（清）
　　1999《丁耀亢全集》，李增波主編，張清吉校點。鄭州：中州古籍出版社。

王陽明（明）
　　1985《陽明全書》卷八。臺北：臺灣中華書局。

王龍溪（明）
　　1970《王龍溪全集》。臺北：華文出版社。

谷應泰（清）
　　1956《明史紀事本末》。臺北：三民書局。

李東陽　等（明）
　　1963《大明會典》。臺北：東南書報社印行。

紀昀　等（清）
　　1986《景印文淵閣四庫全書》。臺北：臺灣商務印書館。

高儒（清）
　　光緒己卯《百川書志》。長沙：觀古堂刊本。

許自昌（明）
　　1988《樗齋漫錄》。《北京圖書館古籍珍本叢刊》子部雜家類，北京：書目文獻出版社。

董說（清）
　　2002《豐草菴文集》，收於顧廷龍等編：《續修四庫全書》集部，別集類。上海：上海古籍出版社。

劉廷璣（清）
　　1969《在園雜志》，收在沈雲龍主編：《近代中國史料叢刊》。臺

北：文海出版社。

（二）民國以後

文鏡編輯部　編
　　1984《歷代小說序跋選注》，臺北：文鏡文化事業有限公司。

王日根
　　2003《明清民間社會的秩序》。長沙：岳麓書社。

王北固
　　2003《水滸傳的組織謀略》。上海：上海書店出版社。

王同舟
　　2003《地煞天罡──《水滸傳》與民俗文化》。哈爾濱：黑龍江人民
　　出版社。

王光東
　　2003《民間理念與當代情感──中國現當代文學解讀》。桂林：廣西
　　師範大學出版社。

王志成
　　1996《解釋與拯救──宗教多元哲學論》。上海：學林出版社。

王建剛
　　2001《狂歡詩學──巴赫金文學思想研究》。上海：學林出版社。

王啓忠
　　1991《《金瓶梅》價值論》。上海：上海文藝出版社。

王彬
　　1992《禁書·文字獄》。北京：中國工人出版社。

朱一玄、劉毓忱　編
　　1981《水滸傳資料匯編》。天津：百花文藝出版社。

江怡
　　2002《維特根斯坦：一種後哲學文化》。北京：社會科學文獻出版
　　社。

成復旺
　　1992《中國古代的人學與美學》。北京：中國人民大學出版社。

宋莉華
　　2004《明清時期的小說傳播》。北京：中國社會出版社。

余嘉錫
　　1963《余嘉錫論學雜著》。北京：中華書局。

呂微
　　2001《神話何爲──神聖敘事的傳承與闡釋》。北京：社會科學文獻
　　出版社。

李紀祥
　　1992《明末清初儒學之發展》。臺北：文津出版社。

李建中
　　1992《瓶中審醜──金瓶梅「色」之批判》。臺北：文史哲出版社。

李豐楙
　　1997《許遜與薩守堅──鄧志謨道教小說研究》。臺北：學生書局。

金觀濤、劉青峰
　　1993《開放中的變遷──再論中國社會超穩定結構》。香港：中文大
　　學出版社。

────
　　2000《中國現代思想的起源──超穩定結構與中國政治文化的演變
　　（第一卷）》。香港：中文大學出版社。

武潤婷
　　2000《中國近代小說演變史》。山東：山東人民出版社。

林依璇
　　1999《無才可補天──《紅樓夢》續書研究》。臺北：文津出版社。

林幸謙
　　2003《女性主體的祭奠──張愛玲女性主義批評II》。桂林：廣西師
　　範大學出版社。

尙友萍
　　1994《新人賈寶玉論》。石家莊：河北大學出版社。

周明初
　　1997《晚明士人心態及文學個案》。北京：東方出版社。

周英雄
　　1989《小說、歷史、心理、人物》。臺北：東大圖書公司。

紀德君
　　2002《中國歷史小說的藝術流變》。北京：中國社會科學出版社。

侯杰、范麗珠
　　2001《世俗與神聖——中國民眾宗教意識》。天津：天津人民出版
　　社。

胡適
　　1999《中國章回小說考證》。合肥：安徽教育出版社。

柳鳴九　主編
　　1990《魔幻現實主義、未來主義、超現實主義》。臺北：淑馨出版
　　社。

徐朔方
　　1997《小說考信編》。上海：上海古籍出版社。

唐躍、譚學純
　　1995《小說語言美學》。合肥：安徽教育出版社。

馬幼垣
　　1987《中國小說史集稿》。臺北：時報文化出版公司。

馬伯通
　　1979《周易費氏學》。臺北：新文豐出版社。

高有鵬
　　2001《（插圖本）中國民間文學史》。開封：河南大學出版社。

浦安迪（Plaks, Andrew H.）
　　1998《中國敘事學》。北京：北京大學出版社。

孫立
　　1999《明末清初詩論研究》。廣州：廣東高等教育出版社。

孫尚揚
　　1992《明末天主教與儒學的交流和衝突》。臺北：文津出版社。

陳山
　　1992《中國武俠史》。上海：三聯書店上海分店出版。

陳少明、單世聯、張永義
　　1995《被解釋的傳統：近代思想史新論》。廣州：中山大學出版社。

陳敦甫
　　1976《西遊記釋義》。臺北：全眞教出版社。

曹明海
　　1997《文學解讀學導論》。北京：人民文學出版社。

喬志強　編
1989《義和團在山西地區史料》。太原：山西人民出版社。

嵇文甫
1996《晚明思想史論》。北京：東方出版社。

巽昌
2002《水滸黑白綽號譚》。上海：上海辭書出版社。

張光芒
2002《中國近現代啟蒙文學思潮論》。濟南：山東文藝出版社。

張靜二
1984《西遊記人物研究》。臺北：學生書局。

葉舒憲
1997《中國神話哲學》。北京：中國社科院出版。

黃亞平
2004《典籍符號與權力話語》。北京：中國社會出版社。

黃霖　等
2002《中國小說研究史》。杭州：浙江古籍出版社。

楊國榮
1997《王學通論：從王陽明到熊十力》。臺北：五南圖書出版公司。

楊義
1998《中國敘事學》。嘉義：南華管理學院出版。

趙建忠
1997《紅樓夢續書研究》。天津：天津古籍出版社。

劉蔭柏　編
1989《西遊記資料匯編》。上海：上海古籍出版社。

鄭志明
1989《中國社會與宗教》。臺北：學生書局。

樂蘅軍
1992《意志與命運——中國古典小說世界觀綜論》。臺北：大安出版社。

樊樹志
2005《晚明史——（1573-1644年）》。上海：復旦大學出版社。

鄧曉芒
　　1996《人之鏡：中西文學形象的人格結構》。昆明：雲南人民出版
　　社。

魯曉俊
　　2003《汗青濁酒——《三國演義》與民俗文化》。哈爾濱：黑龍江人
　　民出版社。

歐陽健
　　1992《明清小說采正》。臺北：貫雅文化事業有限公司。

錢穆
　　1988《中國文化史導論》。上海：三聯書店。

謝國楨
　　1978《明清之際黨社運動考》。臺北：臺灣商務印書館。

蕭兵
　　1991《楚辭的文化破譯》。武漢：湖北人民出版社。

關永禮　等編
　　1989《中國古典小說鑑賞辭典》。北京：中國展望出版社。

嚴敦易
　　1996《水滸傳的演變》。臺北：里仁書局。

顧昕
　　1992《中國啓蒙的歷史圖景》。香港：牛津大學出版社。

龔鵬程
　　1994《晚明思潮》。臺北：里仁書局。

（三）翻譯著作

〔日〕溝口雄三
　　1997《中國前近代思想之曲折與展開》，陳耀文譯。上海：上海人民
　　出版社。

〔日〕磯部彰
　　1983〈《西遊記》的接納與流傳——以明代正德到崇禎年間爲中
　　心〉，收入《中國古典小說研究專集》。臺北：聯經出版事業公司。

〔日〕濱下武志
1999《近代中國的國際契機——朝貢貿易體系與近代亞洲貿易圈》，朱蔭貴、歐陽菲譯。北京：中國社會出版社。

巴赫金（Bakhtin, M. M.）
1998《文本、對話與人文》，《巴赫金全集》第四卷，白春仁等譯，錢中文主編。石家莊：河北教育出版社。

——
1998《小說理論》，《巴赫金全集》第三卷，白春仁、曉河譯，錢中文主編。石家莊：河北教育出版社。

〔荷〕米克・巴爾（Bal, Mieke）
1995《敘述學：敘事理論導論》，譚君強譯，萬千校。北京：中國社會科學出版社。

羅蘭・巴特（Barthes, Roland）
1997《神話學》，許薔薔、許綺玲譯。臺北：桂冠圖書公司。

〔英〕齊格蒙特・鮑曼（Bauman, Zygmunt）
2003《現代性與矛盾性》（*Modernity and Ambivalence*），邵迎生譯。北京：商務印書館。

〔加〕卜正民（Brooky, Timothy）
2004《縱樂的困惑——明代的商業與文化》，方駿、王秀麗、羅天佑譯。北京：三聯書店。

〔德〕恩斯特・卡希勒（Cassirer, Ernst）
1994《人論：人類文化哲學導引》，甘陽譯。臺北：桂冠圖書公司。

〔美〕卡特琳娜・克拉克（Clark, Katerina）、麥可・霍奎斯特（Holquist, Michael）
2000《米哈伊爾・巴赫金》，語冰譯。北京：中國人民大學出版社。

柯文（Cohen, Paul A.）
1989《在中國發現歷史：中國中心觀在美國的興起》，林同奇譯。北京：中華書局。

史蒂文・科恩（Cohan, Steven）、琳達・夏爾斯（Shires, Linda M.）
1997《講故事——對敘事虛構作品的理論分析》，張方譯。臺北縣：駱駝出版社。

〔美〕阿瑟・科爾曼（Colman, Arthur）、莉比・科爾曼（Colman, Libby）
1998《父親：神話與角色的變換》，劉文成、王軍譯。北京：東方出版社。

喬納森・卡勒爾（Culler, Jonathan D.）
　　1994《羅蘭・巴特》，方謙譯。臺北：桂冠圖書公司。

〔美〕約翰・費斯克（Fiske, John）
　　2001《理解大眾文化》，王曉珏、宋偉杰譯。北京：中央編譯出版
　　社。

格爾茲（Geertz, C.）
　　1999《文化的解釋》（*The Interpretation of Cultures*），納日碧力戈等
　　譯，王銘銘校。上海：上海人民出版社。

迪克・赫布迪齊（Hebdige, Dick）
　　1997《次文化——生活方式的意義》（*SUBCULTURE-The Meaning of
　　Style*），張儒林譯。臺北：駱駝出版社。

〔美〕赫爾曼主編（Herman, David）
　　2002《新敘事學》，馬海良譯。北京：北京大學出版社。

柯勒（Kohler, Wolfgang）
　　1998《完形心理學》（*Gestalt Psychology*），李姍姍譯。臺北：桂冠
　　圖書公司。

孔恩（Kuhn, Thomas S.）
　　1991《科學革命的結構》，程樹德等譯。臺北：遠流出版社。

盧文格（Loevinger, Jane）
　　1995《自我的發展概念與理論》（*Ego Development: Conceptions and
　　Theories*），李維譯。臺北：桂冠圖書公司。

〔美〕希利斯・米勒（Miller, J. Hillis）
　　2002《解讀敘事》（*Reading Narrative*），申丹譯。北京：北京大學
　　出版社。

〔德〕埃利希・諾伊曼（Neumann, Erich）
　　1998《大母神——原型分析》，李以洪譯。北京：東方出版社。

〔美〕詹姆斯・費倫（Phelan, James）
　　2002《作爲修辭的敘事：技巧、讀者、倫理、意識型態》，陳永國
　　譯。北京：北京大學出版社。

斯溫杰伍德（Swingewood, A.）
　　2000《大眾文化的迷思》（*The Myth of Mass Culture*），馮建三譯。
　　臺北：遠流出版社。

特雷西（Tracy, David）
　　1995《詮釋學、宗教、希望──多元性與含混性》，馮川譯。香港：香港卓越書樓。

馬克斯・韋伯（Weber, Max）
　　1993《儒教與道教》，洪天富譯。南京：江蘇人民出版社。

──　2002《中國的宗教：儒教與道教》，簡惠美譯。臺北：遠流出版社。

三、期刊論文

（一）中文期刊

方祖猷
　　1993〈實學思潮和人文主義思潮──論晚明的虛實之辯〉。《中國哲學》第十六輯。

王民求
　　1984〈《後西遊記》的社會意義〉。載於《明清小說論叢》第一輯。瀋陽：春風文藝出版社。

王汝梅
　　1998〈丁耀亢的《續金瓶梅》創作及其小說觀念〉。收在李增波主編：《丁耀亢研究──海峽兩岸丁耀亢研究學術研討會論文集》。鄭州：中州古籍出版社。

王汎森
　　1993〈明末清初的人譜與省過會〉。收在《中央研究院歷史語言研究所集刊》第六十三本，第三分。

──　1998〈日譜與明末清初思想家──以顏李學派為主的討論〉。收在《中央研究院歷史語言研究所集刊》第六十九本，第二分。

──　2003〈清末的歷史記憶與國家建構──以章太炎為例〉。參氏著：《中國近代思想與學術的系譜》。臺北：聯經出版事業股份有限公司。

王彪

1993 〈無所指歸的文化悲涼 —— 論《金瓶梅》的思想矛盾及主題的終極指向〉。《文學遺產》1993年第4期。

——

1994 〈作爲敘述視角與敘述動力的性描寫 ——《金瓶梅》性描寫的敘事功能及審美價值〉。《社會科學戰線》（中國古代文學）1994年第2期。

王煜

1981 〈附：評介彼得遜教授《匏瓜：方以智與對思想革新之衝動》〉。收於《明清思想論集》，臺北：聯經出版事業公司。

王德威

1993 〈賈寶玉坐潛水艇 —— 晚清科幻小說新論〉。收於氏著：《小說中國 —— 晚清到當代的中文小說》，臺北：麥田出版股份有限公司。

王學泰

1994 〈論《水滸傳》中的主導意識 —— 遊民意識〉。《文學遺產》1994年第5期。

石玲

1998 〈丁耀亢劇作論〉。收在李增波主編：《丁耀亢研究 —— 海峽兩岸丁耀亢研究學術研討會論文集》，鄭州：中州古籍出版社。

石麟

1990 〈略論《西遊記》續書三種 ——《續西遊記》、《西遊補》、《後西遊記》考略〉。《明清小說研究》（總第16期）。

朱恆夫

1999 〈宋明理學與小說表現手法〉。《江海學刊》1999年第6期。

宋家復

1998 〈思想史研究中的主體與結構：認真考慮《焦竑與晚明新儒學之重構》中「與」的意義〉。《臺灣社會研究季刊》第29期。

吳毓華

1993 〈情的觀念在晚明的異變〉。《戲劇藝術》1993年第4期。

吳達芸

1982 〈天地不全 —— 西遊記主題試探〉。《中外文學》第10卷第11期。

吳曉鈴

1983〈關於後水滸傳〉。《社會科學輯刊》1983年第3期。

沈松僑

1997〈以我血薦軒轅──黃帝神話與晚清的國族建構〉。《臺灣社會研究季刊》第28期。

沈淑芳

1981〈《封神演義》中「封神」意義的探討〉。收於《中國古典小說研究專集──第3集》，臺北：聯經出版公司印行，私立靜宜文理學院中國古典小說研究中心主編。

李亦園

1994〈從民間文化看中國文化〉。收在陳其南、周英雄主編：《文化中國：理念與實踐》，臺北：允晨文化出版。

李希凡

1962〈西遊記的主題和孫悟空的形象〉。收於《論中國小說的藝術形象》，上海：上海文藝出版社。

李忠昌

1993〈續書價值新論──《古代小說續書漫話》補論〉。《明清小說研究》1993年第4期（總30期）。

李春青

1998〈在文本與歷史之間──重讀《西遊記》〉。《學習與探索》，1998年第6期（總第119期）。

李豐楙

1985〈服飾、服食與巫術傳統〉。收於《楚辭研究論文集》，臺北：學海出版社。

何錫章、高建青

2002〈江湖遊民的奴才夢──論「水滸人物」的生存狀態及其生存意識〉。《中國文學研究》2002年第4期。

林仁川

1980〈明代私人海上走私貿易與「倭寇」〉。《中國史研究》1980年第4期。

林保淳

1985〈後西遊記略論〉。《中外文學》第14卷第5期。

竺洪波

2002〈金聖歎與中國敘事學〉。《明清小說研究》2002年第4期。

侯健

1977〈三寶太監西洋記通俗演義——一個方法的實驗〉。收在葉維廉主編：《中國古典文學比較研究》，臺北：黎明文化事業公司。

侯會

1996〈從「烏雞國」的增插看《西遊記》早期刊本的演變〉。《文學遺產》1996年第4期。

胡念貽

1956〈談西遊記中的神魔問題〉。收於《文學研究集刊》第三冊，北京：人民文學出版社。

胡萬川

1983〈天花藏主人到底是誰〉。收在《中國古典小說專集》第六集，臺北：聯經出版社。

胡適

1999〈水滸傳續集兩種序〉。收於氏著：《中國章回小說考證》，合肥：安徽教育出版社。

胡曉眞

1995〈《續金瓶梅》——丁耀亢閱讀金瓶梅〉。《中外文學》第23卷第10期。

洪文珍

1986〈改寫本西遊記人物造型之比較分析——兼論忠實性與角色強化〉。《臺東師專學報》第14期。

洪淑苓

1995〈地理書與方志中的關公傳說〉。收在淡江大學中文系主編：《人物類型與中國市井文化》，臺北：學生書局。

高桂惠

2000〈生生死死，死死生生——《補紅樓夢》的另一種凝注〉。中央研究院民族學研究所，「情、欲與死亡小型專題研討會」，2000年10月20-21日。

————

2002〈《西遊記》續書的魔境——以《續西遊記》為主的探討〉。收在李豐楙、劉苑如主編：《空間、地域與文化——中國文化空間的書

寫與闡釋》，臺北：中央研究院中國文哲研究所。

——

2005 〈類型錯誤／理念先行？──由明末《西遊記》三本續書的「神魔」談起〉。收在蒲慕州編：《鬼魅神魔──中國通俗文化側寫》，臺北：城邦文化事業股份有限公司麥田出版事業部。

徐元濟

1994 〈從孫悟空的形象看民間文化對作家創作的影響〉。《中國民間文化》第16期。

徐復觀

1988 〈中國文化的層級性〉。收於《港臺及海外學者論中國文化》上卷，上海：上海人民文學出版社。

馬昌儀

1987 〈文化英雄析論〉。《民間文學論壇》，1987年第1期。

浦安迪（Plaks, Andrew H.）

1979 〈西遊記、紅樓夢的寓意探討〉。《中外文學》第8卷第2期。

郭英德

1987 〈論晚明清初才子佳人戲曲小說的審美趣味〉。《文學遺產》1987年第5期。

梁斌

2003 〈此儒家非彼儒家──《水滸傳》和《蕩寇志》文化價值取向之比較〉。收入《浙江師範大學學報》（社會科學版），2003年第3期。

黃中青

1999 〈明代福建海防的水寨與遊兵〉。收在湯熙勇主編：《中國海洋發展史論文集》第七輯，臺北：中央研究院，中山人文社會科學研究所專書45。

黃豔梅

1998 〈邪神的碑傳──從民間信仰看《南遊記》、《北遊記》〉。《明清小說研究》1998年第4期。

章太炎

1909 〈原儒〉。《國粹學報》第59期。

章亞昕

1998 〈歷史的反思與民俗的批評──論《醒世姻緣傳》的文化視

角〉。收在李增波主編：《丁耀亢研究——海峽兩岸丁耀亢研究學術研討會論文集》，鄭州：中州古籍出版社。

張天翼

1957〈《西遊記》札記〉。收於《西遊記研究論文集》，北京：作家出版社。

張鈞

2002〈從作家出發還是從文本出發——談金聖歎對宋江形象的「誤解」〉。《明清小說研究》2002年第2期。

張南泉

1984〈《後西遊記》的思想與藝術〉。《明清小說論叢》第一輯，瀋陽：春風文藝出版社。

張雪蓮

2000〈反諷的意義——《故事新編》的現代再評價〉。《魯迅研究月刊》2000年第7期。

張國星

1998〈性・人物・審美——《金瓶梅》談片〉。收於《名家解讀金瓶梅》，濟南：山東人民出版社。

張增信

1980〈明季東南海寇與巢外風氣〉。收在張炎憲主編：《中國海洋發展史論文集》第三輯，臺北：中央研究院，三民主義研究所。

張錦池

1994〈『亂世忠義』的頌歌——論《水滸》故事的思想傾向〉。收在沈伯俊編：《水滸研究論文集》，北京：中華書局。

——

1996〈宗教光環下的塵俗治平求索——論世本《西遊記》的文化特徵〉。《文學評論》1996年第6期。

張靜二

1982〈論西遊故事中的悟空〉。《中外文學》第10卷第11期。

張錯

1992〈魚身夢幻〉。收於陳鵬翔、張靜二合編：《從影響研究到中國文學》，臺北：書林出版有限公司。

陳文新

1995〈論志怪三體〉。《學術論壇》1995年第6期。

陳冬季

1989〈變形、荒誕與象徵──論「荒誕」小說《西遊補》的美學特徵〉。《明清小說研究》1989年第12期。

陳永明

1998〈《西遊記》的凡與聖〉。收於黃子平主編：《中國小說與宗教》，香港：中華書局有限公司。

陳愛娟

1999〈明代中後期市民文化初探〉。《安徽大學學報》（哲學社會科學版）第23卷第5期。

陳澉

1980〈論《西遊記》中神佛與妖魔的對立〉。《求是學刊》1980年第2期。

程毅中、程有慶

1997〈《西遊記》版本探索〉。收於《文學遺產》1997年第3期。

楊俊

1991〈人類未來的預見者──《西遊記》理性思維新論〉。《明清小說研究》1991年第1期。

楊紹溥

1994〈《水滸》與明代農民起義〉。收在沈伯俊編：《水滸研究論文集》，北京：中華書局。

楊緒容、方彥壽

2002〈葉逢春本《三國志傳》題名「漢譜」說〉。《明清小說研究》2002年第2期。

雷勇

1994〈明末清初社會思潮的演變與才子佳人小說的「情」〉。《甘肅社會科學》1994年第2期。

趙明政

1982〈也談《西遊記》中神佛與妖魔的關係──兼答陳澉同志〉。《文史哲》，1982年第5期。

寧俊紅

1998〈《水滸》女性形象漫說──兼談《水滸》的「話語」〉。《新疆大學學報》（哲學社會科學版）1998年第26卷第3期。

廖久明

2002〈《故事新編》的後現代主義特徵〉。《成都大學學報》（社科版）2002年第3期。

廖咸浩

1993〈說淫：《紅樓夢》「悲劇」的後現代沉思〉。《中外文學》第22卷第2期。

廖朝陽

1993〈異文典與小文學：從後殖民理論與民族敘事的觀點看《紅樓夢》〉。《中外文學》第22卷第2期。

鄭家建

2001〈小說類型與與文學傳統：問題與思路──中國現代小說類型研究引論（四）〉。《福建師範大學學報》2001年第1期。

鄭智勇

1993〈《後西遊記》與潮人〉。《韓山師專學報》第1期。

劉玉平

1993〈論《紅樓夢》死亡描寫的哲學意蘊和藝術內涵〉。《四川師範學院學報（哲學社會科學版）》1993年第2期。

劉海燕

2001〈《水滸傳》續書的敘事重構和接受批評〉。《明清小說研究》2001年第4期。

劉敬圻

1997〈《聊齋志異》宗教現象讀解〉。《文學評論》1997年第5期。

蔡鐵鷹

1989〈《取經詩話》的成書及故事系統──孫悟空形象探源〉。《明清小說研究》1989年第5期。

──

1991〈元明之際取經故事系統的流向和影響──孫悟空形象探源之三〉。《明清小說研究》1991年第1期。

──

2002〈說不得的「忠義雙全」掙不脫的「功名家業」〉。《明清小說研究》2002年第2期。

歐陽見拙

1989〈《蕩寇志》是《水滸》作者觀點的再現──《水滸傳》與《蕩

寇志》的比較〉。《明清小說研究》1989年第3期。

駱水玉
2001〈《水滸後傳》——舊明遺民陳忱的海外乾坤〉。《漢學研究》第19卷第1期。

蕭兵
1985〈中國古典小說的典型群〉。收於《明清小說研究》第一輯，北京：中國文聯出版公司。

謝桃坊
1994〈論明清豔情小說的文化意義〉。《社會科學戰線》1994年第5期。

魏淑珠
1986〈從「胡鬧小兒」的角度看孫悟空〉。《中外文學》第15卷第4期。

譚國根
1999〈中國文化裡的「自我」與現代身分意識〉。收在劉述先、梁元生編：《文化傳說的延續與轉化》，香港：中文大學出版社。

羅德榮
1997〈別一種審美意趣的追求——《續金瓶梅》審美價值探究〉。《南開學報》1997年第6期。

龔維英
1998〈簡析《水滸》兩種續書——《水滸後傳》和《蕩寇志》比較研究〉。《貴州社會科學》1998年第3期（總第153期）。

（二）翻譯期刊

康士林（Koss, Nicholas）
1986〈由重出詩探討西遊記與封神演義的關係〉。呂健忠譯，《中外文學》第14卷第11期。

四、學位論文

趙淑美
1988《水滸後傳研究》。臺中：東海大學中國文學系碩士論文。

鄭明娳
　　1981《西遊記探源》。臺北：師大國文所博士論文。

張家仁
　　2001《《西遊記》與三種續書之比較研究》。臺北：中國文化大學中國文學研究所碩士論文。

高桂惠
　　1990《明清小說運用辭賦的研究》。臺北：政治大學中國文學系博士論文。

周家嵐
　　2002《清末民初水滸評論研究》。臺北：政治大學中文所碩士論文。

五、外文書籍

Ashley, Bob Edited
　　1989　*Reading Popular Narrative*, London: Leicester University Press.

Benjamin, Walter
　　1968　*Theses on the Philosophy of History*, Illuminations, New York: Schocken Books.

Berman, Marshall
　　1982　*All That Is Solid Melt Into Air*: The Experience of Modernity, New York：Penguin.

Chatman
　　1978　*Story and Discourse*, S., Ithaca: Cornell Univ. Press.

Fisk, John
　　1989　*Reading the Popular*, Boston: Unwin Hyman.

Huang, Martin W.
　　2004　*Snakes' legs*, Honolulu: University of Hawaii Press.

Phelan, James
　　1996　*Narrative as Rhetoric*: Technique, Audiences, Ethics, Ideology, The Ohio State University.

Ricoeur, Paul
　　1981　*Science and Ideology, (Hermeneutics and Science)*, trans.and ed.by

John B.Thompson, New York: Cambridge University Press.

Schurmann, Franz
　　1968　*Ideology and Organization in Communist China*, Berkeley, Cal.: University of California Press.

後　記

　　本書部分章節撰寫過程承蒙科技部與中央研究院補助，先後以單篇論文發表：

　　〈情欲之夢：《西遊補》的空間與細節的意涵〉，《情、欲與文化》，余安邦主編，臺北：中央研究院民族學研究所，2003年12月出版。

　　〈類型錯誤／理念先行？——由明末《西遊記》三本續書的「神魔」談起〉，《鬼魅神魔——中國通俗文化側寫》，蒲慕州編，麥田出版公司，2005年6月出版。

　　（NSC89-2411-H-004-027）

　　〈《西遊記》續書的魔境——以《續西遊記》爲主的探討〉，《中國文哲專刊第27期——空間、地域與文化——中國文化空間的書寫與闡釋》，李豐楙、劉苑如主編，臺北：中央研究院中國文哲研究所，2002年出版。

　　〈未盡之事：明清小說「續書」的赤子情懷〉，《情欲明清：遂欲篇》，中央研究院「明清研究會」主編，麥田出版公司，2003年12月出版。

　　（NSC90 -2411-H-004-006）

　　〈英雄譜：試由明清神魔小說之「大衆化」中尋找近現代性〉一文，於2004年3月6日在「第一屆大衆文學與文化研討會：大衆性與（反）全球化」宣讀。

這些文章都經過修訂改寫與擴充，為本書的重要基礎。至於「水滸世界」編以及各編中的一些章節則為本書的新作，試圖邁向問題的整全關懷，以及補足論文架構的完整性。

特別要感謝本人先後參與的三個學術團隊的知識社群：

中央研究院熊秉真以及「情欲與禮教」工作坊；

政治大學陳超明以及「大眾文學與文化」研究沙龍；

中央研究院蒲慕州以及「鬼與怪跨文化研究」工作坊。

這本書曾經在2005年於大安出版社出版，如今，五南圖書出版公司再版，增列文言小說的部分，感謝黃文瓊小姐、吳雨潔小姐的細心編務工作，使本書有了更為完整的風貌。作為中國小說研究的諸環節，誠如之前所言：小說續衍仍有許多現象尚待掘發，尤其在後現代學術處境中，擴大文本的研究，仍是值得嘗試與重構的盛事。

國家圖書館出版品預行編目資料

追蹤躡跡：明清小說的文化闡釋／高桂惠著.
-- 初版. -- 臺北市：五南，2019.11
　　面；　公分
ISBN 978-957-763-761-1 (平裝)

1.明清小說　2.文學評論

820.9706　　　　　　　　108019083

1X8L

追蹤躡跡：明清小說的文化闡釋

作　　　者 — 高桂惠（189.5）

發 行 人 — 楊榮川

總 經 理 — 楊士清

總 編 輯 — 楊秀麗

副總編輯 — 黃文瓊

責任編輯 — 吳雨潔

封面設計 — 王麗娟

美術設計 — 劉好音

出 版 者 — 五南圖書出版股份有限公司

地　　　址：106台北市大安區和平東路二段339號4樓

電　　　話：(02)2705-5066　　傳　　　真：(02)2706-6100

網　　　址：http://www.wunan.com.tw

電子郵件：wunan@wunan.com.tw

劃撥帳號：01068953

戶　　　名：五南圖書出版股份有限公司

法律顧問　林勝安律師事務所　林勝安律師

出版日期　2019年11月初版一刷

定　　　價　新臺幣590元